有爱的青春陪伴者

玫瑰废墟

各度秋色 著 /

贵州出版集团
贵州人民出版社

图书在版编目（ＣＩＰ）数据

玫瑰废墟 / 各度秋色著. -- 贵阳：贵州人民出版
社,2022.11
　ISBN 978-7-221-17245-7

　Ⅰ．①玫… Ⅱ．①各… Ⅲ．①长篇小说-中国-当代
Ⅳ．①I247.5

中国版本图书馆CIP数据核字(2022)第163727号

玫瑰废墟

MEIGUI FEIXU

各度秋色 / 著

出版统筹：陈继光
选题策划：大鱼文化
责任编辑：严　娇
特约编辑：欧雅婷　姜文迪
装帧设计：颜小曼　唐卉婷
封面绘制：晚安小树
出版发行：贵州人民出版社（贵阳市观山湖区会展东路SOHO办公区A座
　　　　　邮编：550081）
印　　刷：长沙鸿发印务实业有限公司
开　　本：880毫米×1230毫米　1/32
字　　数：342千字
印　　张：10.5
版　　次：2022年11月第1版
印　　次：2022年11月第1次印刷
书　　号：ISBN 978-7-221-17245-7
定　　价：42.80元

贵州人民出版社微信

目 录

目录

楔子

九号路的尽头没有春天。

浅岸市有一条很特殊的路，叫作九号路。
出名的不是名字，而是它的终点——
墓陵。
所以在浅岸，当地人便有了这么一句耳熟能详的话——
万物皆复苏，独逝人长眠。

一个女生穿着简单的蓝白校服，梳着乖巧的齐耳短发。
她的相貌，形容起来很简单，甜美且舒服。
性格更简单，天生的疏离型人格。
这格格不入吗？
但在生物的逻辑链上，它本身就是没有道理的。
天色很蓝，蓝得晃眼。
入秋的天气有点凉，但不至于把人吹得瑟瑟发抖。
她左手拈着朵玫瑰，另一只手缩进长长的袖间，自然下垂，看不见分毫影子。

墓园的周围栽着高高的松树，松针一年到头都是那般青翠，被水土调养得生生不息。

松树紧凑地挤在一起，一棵挨着一棵，做长眠人天然的保护伞。

女生踩在仿佛看不见尽头的石阶上，白色的帆布鞋后跟有些破了，她也没舍得扔，还这么穿着。

与穷不穷无关，她只是容易对喜欢的东西有太深的眷恋。

念旧，舍不得。

所以她总是很注意，注意着不去轻易接触某些容易戒不掉的东西。

比如说，人。

不知不觉间，她已经走到了一处碑前。

将玫瑰放下，祭奠逝人。

她蹲下，小小的身形显得单薄又有些可怜，看着照片上的人，即使照片已经微微泛黄了，却还是能看清基本的眉目。

"啪嗒"一声，指尖转着的金属盒子上端冒出火苗，一截白色的蜡烛凑上去，棕色的蜡芯被点燃，蹿出橘黄色的暗芒。

她将蜡烛放在碑前，任由它燃着。

秋风里带着些湿意，撩起少女松软的乌质短发，在发丝间埋下清晨的雾气。

湿漉漉的，她无言，打了个冷战。

她嘴角轻扯，勾起一抹笑容，唯有眼神冷淡。

"这么多年了，我还是恨你。"

嗓音落下的瞬间，带着无力的恨意。

可照片上的人还是带着那抹平静的笑容。

第一章
·
乖孩子

浅岸一中。

为响应国家素质教育政策，浅岸一中有一个传统——

每个年级都有活动课，学生可以满校园自由活动，主要场地还是操场。

难得是学校从校长到大部分老师都提倡学习效率，所以很多班主任在新生入学的时候会反复强调类似的话：

"真正的会学习不是你记住一百个单词付出了多少时间，而是你一分钟之内有没有办法记住一百个单词""正确的时间做正确的事情，与其晚上累死累活打手电，不如灯亮即起"等等。

所以浅岸一中的学习生活虽然很苦，但课余生活也比较丰富。

高一的活动课被安排在了周五的最后一节课。

以往女生们大多挽着胳膊，满操场地溜达闲聊，而男孩子们则是各种球类运动，但这一级高一的大部分女孩子，却是异常默契地穿梭在各个篮球场地，有室内的也有室外的。

原因很简单。

找人。

找温喻珩。

一个还没入学报到，名声就传遍了学校的人。

温喻珩不仅成绩特别好，模样也挺帅，性格更是不羁。够招摇，也够烦。因为这样的风云人物在女孩子中太受欢迎。

导致……

"走了，江辞。"温喻珩把球丢给一个眉清目秀的少年。

"要脸吗？"被叫江辞的少年抱着他丢过来的球，耸了耸肩。

温喻珩拍了拍自己的肩膀，困意渐生，眉间添了几丝慵懒："表现机会让给你还不好？我困了，找地方睡觉。"

江辞笑骂了句。

温喻珩顺手勾起之前扔在地上的校服外套，抖了抖，甩在肩膀上，穿过人流离开了篮球场。温喻珩一走，围观的人群也四下散了，原本热血沸腾的少年们纷纷叹了口气，像是为失去这一波蹭热度表现而失望。

女孩子们会打着看球赛的借口去看温喻珩，但不会借着看温喻珩的心理而去跟着他。

青春期的女孩子们，一个个都骄傲，而且口是心非。

温喻珩只说了一半的假话，找个地方睡觉是真话。昨晚给他那个小没良心的堂妹讲题，愣是讲到凌晨一点，导致他现在实在困得不行。一会儿还有晚自习，以他的惰性和对今天课上内容的预测，作业一定很简单，所以那时眼皮铁定得打架。

所以想就近找个地方睡会儿。

这个时候，体育馆一楼打球的人比较多，二楼大都是唠嗑的女生，所以他径直上了三楼。

他把手插在校裤口袋里，白衬衫袖口挽得相当随性，蓝白的校服外套随意地搭在肩上，随着步子有一下没一下地颠着。他的身材很好，偏瘦，皮肤略白，但不会显得病态，发丝如墨，狭长的丹凤眼似乎天生含情，张扬又总是给人一种慵懒且肆无忌惮的感觉。

懒洋洋的，似乎下一秒就要睡着。

校裤被他改过，像是直筒九分裤，显得他的腿又长又直。他散漫地踏上最后一级台阶，打算找个安静凉快的角落休息，却被一个低低的抽噎声吸引了注意。

他皱眉，偏了偏头，目光所及刚好是一双白色的帆布鞋，略脏且旧。他剑眉轻挑，唇未动，眸子里却漫上些笑意，又或许他并没有笑，只是那好看的丹凤眼天生如此。他不应该管闲事的，不想万一又惹来什么不必要的麻烦。

烦。但此刻更烦，因为他得睡觉，而且那角落，地理位置优越。

他"啧"了一声，懒洋洋的，眼尾轻挑，漫不经心地迈开步子。

抢地盘去！

走近了一点，一点一点映入眼帘的首先是蓝白校服。少女环抱着膝盖，将头深深地埋进臂弯里，似乎并没有发现有人靠近她。

齐耳短发，显得很乖，又有点弱不禁风，甚至有些许的可怜。她似乎特别难过，娇小玲珑的身体抽噎得一颤一颤的，手里紧紧攥着一张试卷，试卷刚好露出姓名那一栏。

安树答。

温喻珩就那样定定地看着她哭，发觉她丝毫没有停下来的打算。

试卷、乖乖女，刚结束的月考……考砸了。

他得出结论。

眉头微皱。

他最讨厌乖乖女还有乖乖男，觉得他们不是老师和家长的追随者，就是毫无自身思想和思考能力的机器人，没劲得很。明显，眼前这个哭得昏天黑地旁若无人的家伙，刚好属于他讨厌的那个群体。

"哎，你……"

对方愣了愣，缓缓地抬头。

映入眼的是个巴掌脸。

她眼神更乖，明显地慌了，而且形象狼狈，小巧的鼻子此刻红彤彤的，大大圆圆的眼睛像小兔子一样又亮又红，下眼眶还含着几颗亮晶晶的珠子，腮边是淡淡的粉。发丝牵扯着泪水粘在脸上，显得她此刻可怜至极。

温喻珩剑眉微挑，依旧是双手插兜懒洋洋地站着，此刻正居高临下地看着坐在地上的她。一副谁都瞧不上的范儿。

两人也不说话，就这么对视着。

但对方明显是认识他，好像还很怕他，因为温喻珩明显感觉到，她正以肉眼可见的速度弥漫上一层忐忑……

他有这么可怕？

安树答可能是因为蹲久了，所以双腿有些发麻，以至于站起来的时候踉跄了一下。

温喻珩下意识伸手去扶她，但安树答迅速躲开了，甚至是一副心有余悸、胆战心惊的模样。

温喻珩怔了一下，也不尴尬，轻笑了声，慢悠悠地收回手，丹凤眼懒洋洋地打量她："你……"

谁知安树答往后退了几步，直到退无可退，也要贴着墙壁往一旁移动，脸色越来越白，似乎被吓得不轻。

"你没事吧？"温喻珩站在原地不动。

安树答小心环视了一圈，四下无人，心底涌起一阵恐慌，她变得更加紧张甚至有些发抖，然后看着他，越发慌乱起来。她一边抽噎，一边紧紧地贴着墙，求生的本能让她没有停止移动脚步，似乎眼前的人是什么穷凶极恶的坏蛋。

温喻珩全校闻名，而安树答初中时的某些经历，让她对这类人心有余悸，以至于让她下意识想撒腿跑。

她的害怕，或者说反感，是下意识的。

安树答见温喻珩没靠近也没什么多余的举动，等终于碰到墙壁的折角了，才使出自己最快的速度，一个转身就朝楼梯口狂奔而去，手里还紧紧抓着那张卷子。

把人吓走的温喻珩愣住了。

他这会儿才后知后觉地想起来，他在浅岸一中好像有不少初中同学，所以这是把他在初中的那些打架斗殴的谣言，一起带到高中了？

嗯……看来谣言波及度还挺广，看把人吓的。他嘴角弯了弯，长叹一口气，似乎在思考着什么，然后无奈地笑一声。

安树答因为害怕，使出了浑身解数跑到楼梯间，才敢回头看一眼，见某"不良少年"并没有跟上来，这才喘着气坐到阶梯上，又重新拿起自己的试卷看。

不过被这么一打断，她也没有了先前那么伤心的情绪，中考摔了个大跟头的她，算是实实在在体会了一把从云端摔下来的感觉——虽然还是考上了浅岸一中，却连重点班都没进。

她的心理素质实在是不行，所以上高中一个月了，成绩也不上不下，入学考试居然考了最后一名。

这些导致第一周周末回家的时候，她妈妈乔佳在餐馆和她吃饭时，忍了半天还是没压住脾气，直接发了火：

"下次要是再考不好，我就再也不管你了！

"你能不能吃快一点！吃完回去看书！"

安树答即使低着头，也依然能用余光感受到周围纷纷投来的疑惑目光。

也许是从没遇到过安树答成绩这么差的情况，乔佳根本就吃不下饭，恨铁不成钢地说："吃完自己回来！"

然后结了账，带着一肚子火离开了。

想到妈妈发火时可怕的表情，安树答心里升起一股寒气，心有余悸。可她又隐隐地发现，真正戳中她心脏的不是妈妈那莫名其妙的火气，而是妈妈眼里的恨铁不成钢，以及……失望。

可是这次月考，安树答还是考得不甚满意。她真的有在认真学习，每天唯一的时间，哪怕是课间，都是背书、做题、记各种公式。

但她也不知道怎么了，每次看课文、听课时，脑海里总会浮现妈妈恨铁不成钢的样子，等她回过神时，老师已经在讲下一题。她明明知道这样下去绝对无法取得好成绩，却管不住自己的脑子。

不知是不是青春期到了，还是因为自己开始住宿从而远离乔佳远离那个家，一时之间的不适应加手足无措让安树答急需开辟一种新的生活模式——在身边每一个人熟悉她之前，尽快裹上一层伪装，以避免自己与身边人出现关于心理的正面交流，从而达到保持距离的目的。

又或许是高中的教学内容让安树答学会更加客观地看待周围的一切，总之，有一个真相好像在渐渐浮出水面。

安树答在那个餐厅忽然意识到，从小到大，她其实从来不在乎成绩，她在意的只是妈妈的眼神里有没有失望。如若不然，她会和其他女孩子一样，在众人面前被骂时，因为那碎了一地的自尊而委屈羞愧。

可她没有，她一点点感觉也没有，她唯一在乎的是——妈妈果然不满意。

她还是那个疏离的安树答，只是分外重视妈妈的眼神，只重视妈妈的眼神。

因为母亲这个位置，在她心里，有着超过周围一切人和事的地位。

所以成绩够不到妈妈标准时，安树答第一次焦虑，第一次心慌，第一次害怕，也第一次有理由地哭。

班主任很理解安树答，也总会找她开解心结，并且鼓励她，告诉她到了高中应该更注重学习效率之类的话。

安树答和老师交流也只是客气地笑笑，然后礼貌地附和一句"我会的，谢谢老师"。

但她不知道怎么了，依旧适应不了这样的生活，甚至连朋友都不怎么交，也懒得去交。

她以为她和班里的同学话都说不上几句，理所当然不会有人多关注她。

甚至可能连她的名字都不知道。

直到那天，她在女厕所门口听到有人在议论她……

"你以为你是安树答那种假努力的书呆子吗？李云芮怎么可能给你准假？你得会装，懂吗？"是班花齐浣和她的小姐妹张意昕。

李云芮是她们班的班主任。

然后厕所里是一阵阵笑声。

齐浣和张意昕出来的时候碰到了安树答，不约而同地怔了怔，然后又若无其事地走了。

那是安树答第一次认识到，原来有的时候，你什么都不做，也会惹到某些人。她很难适应一个新环境，甚至害怕与人打交道，那个时候"社恐"（社交恐惧症）这个词还没有流行开，所以安树答以为这是她才有的缺陷。

"班长……"是江辞。

安树答把目光从一道晦涩难懂的数学题上移开，好半天才反应过来。

"啊……怎么了吗？"她甚至不知道怎么和男孩子对话。

江辞把一摞奖状交给她，另一只手里拿着篮球，安树答这才想起，下一节是体育课。

"班主任让我给你的，说让我和你把这些奖状得主的名字写在这些贺卡上，下节班会课用……咳咳，那个，班长大人……"

江辞搓着手笑起来。

安树答隐约预感到了什么。

"好不容易有一节体育课，我都和阿珩约好了，你看……要不把我的一起做了，晚饭我请，行吗？"

安树答想着也不是什么大问题，就答应了："可以，那麻烦你帮我跟体育老师请个假。"

"谢谢班长！"

江辞飞似的抱着篮球冲出班级，一溜烟儿跑没了。

安树答无奈地叹了口气。

"答答！干什么呢？别学了别学了，再学都傻了。"桑嘉跑过来找她，一如既往的玩笑语气，"体育课都不积极是想怎么样嘛！"

桑嘉是安树答的舍友，也是她的初中同学。虽然她们初中就认识，但关系一直不咸不淡，直到又上了同一所高中，才慢慢地走近了。算说得上话的朋友。

安树答指了指桌上的一堆"班主任任务"，无奈地笑了笑。

桑嘉扶额。

很快，教室里就只剩安树答一个人，她开始做"班主任任务"。可能是李云芮为了节省时间，就把这一个月来所有比赛的得奖情况都聚到今天来公布，所以工作量属实有点大，怪不得她把任务分给了班长和副班长一起做。

不知过了多久……

"安树答？"一个清亮的声音打破了教室无比安静的氛围，"你怎么没去上体育课？"

安树答愣了愣，抬起头，发现是张意昕，回道："有点事情要做。"

张意昕手里拿着一袋辣条，缓缓走到她身边，了然道："哦，班会课的内容吗？"

安树答点了点头："应该是。"

"吃吗？"张意昕把辣条拿到安树答跟前。

"不了，谢谢。"安树答摇了摇头。

张意昕坐到她前面的椅子上，开始有一搭没一搭地聊起天："我可以看吗？"

安树答点了点头，把一堆写好的奖状递给张意昕。

张意昕随意地翻了翻："你怎么不问我为什么回来了？"

安树答没有打探他人隐私的习惯，所以一时不知道该怎么回答这个问题，但想到自己好歹是个班长，有义务关心同学，于是问道："为什么呀？"

"和齐浣吵架了。"

安树答一愣，不知道该怎么接话。

但张意昕似乎并没有要她问的意思，自顾自地往下讲："上次在厕所说你坏话来着，那个，不好意思啦。其实班里其他人对你没什么意见的，只是你太受李云芮照顾了，其他人多多少少都会有点忌妒。更何况，比起江辞、明周淇他们，你的成绩确实有点……"张意昕没再说下去，吃了根辣条掩饰尴尬。

安树答抿了抿嘴，苦笑了一下："没事，我知道。"

"所以大家对你这个班长吧……多少有点不服气。"张意昕看了看安树答的脸色，见她没什么难堪的表情，才又继续说下去，"但是齐浣吧，对你有敌意其实还挺搞笑的，因为她不是很欣赏一班的那个温喻珩嘛——温喻珩，你知道吧？"张意昕吃完了辣条，拿起奖状翻了起来。

安树答想了想，然后点了点头，回想起在体育馆三楼那吓人的一幕。好在温喻珩不认识她。

"她欣赏温喻珩，还挺认真的那种，所以就把她身边所有长得漂亮的女生都当作了假想敌。"张意昕说到这里，忍不住翻了个白眼。

安树答一愣，不禁觉得有些好笑，又有点无奈和委屈。

"谁叫你长得那么漂亮呢？我说真的，要不是你在班里不得民心，我们班班花哪轮得到她呀，这事儿她还挺耿耿于怀的。不过你也不用太介意，对于她来说，你还算不上威胁，她的头号假想敌是明周淇。"青春期的女孩子一聊起小道消息，就有无限的热情。

安树答点了点头，对这些小道消息并不十分热衷。她对帅哥也并不狂热，也许是因为从小就对着家里那位嘴特别毒的帅哥，所以有了免疫。

"哦，你知不知道我们和一班的体育课是一起的？齐浣非要拉着我去看温喻珩打篮球，但是我想溜去办公室看这次月考的排名就不想陪她，因为这事她就说我不够意思，也太无语了……"

安树答并不想当张意昕解闷的树洞，只好打断道："那个……"

"啊？什么？"

"有监控。"说着，安树答写完最后一个字。

张意昕愣了愣。

浅岸一中一直都是做高考考点的，所以每个教室里都装有监控，平时也是全程开放，并且教室的监控都是直接连接本班班主任手机的，可以随时看回放，所以你并不知道你在干坏事的时候，班主任是不是正看着你。

张意昕有些尴尬，然后立刻又重新找了个话题："你的作文是年级最高分呢，你知不知道？"

安树答有些意外，因为刚刚月考完，只出来了数学和物理成绩，她考得特别不好，所以活动课才忍不住去角落里哭，结果碰到了温喻珩。忽然想起来这件事，不知道为什么，她觉得有些丢人。有的时候，她的情绪总是来得莫名其妙。

　　"你怎么知道？"安树答有些好奇。

　　"我刚刚回来的时候，去语文办公室溜了一圈呗，张周给我看了。"张意昕的语气颇有些得意扬扬。

　　张周是语文老师，这个年纪的学生似乎总是喜欢在同学面前直呼老师的名字。安树答见惯不怪，平淡地点了点头，松了一口气，这样语文成绩应该不错，总分可以往上拉一点，到时候也可以向妈妈交差。

　　她几日来的坏心情和焦虑终于好转了些。

　　"这么平淡吗？我作文分要是比重点班的还高，我妈能炫耀一年。"张意昕有些不可思议。

　　"就你那作文可算了吧。"齐浣从操场回来，打趣张意昕。

　　张意昕白了她一眼："你怎么回来了？不看温喻珩打篮球？"

　　齐浣破天荒没说什么，只是坐回椅子上，拿出课后作业，闷头写了起来。

　　张意昕愣了愣，走过去用胳膊肘戳了戳她："干吗啊，大美女，你不会吧？不就吵一架嘛，这就生我气了？"

　　"不是。"

　　安树答回过头看了看她们，思考了一下，从课桌里拿出一包糖，走过去。

　　"你不会是失恋了吧？"张意昕开玩笑道。

　　齐浣沉默。

　　"那题的答案不对，你怎么第一题就做错？到时候老王肯定要批评你。"张意昕撇了撇嘴。

　　"温喻珩拒绝和我做朋友了。"齐浣忽然闷闷地说。

　　张意昕一愣："他有欣赏的人了？他们班的？"

　　"……你别告诉我是明周淇！"说完，张意昕自己都不相信地瞪大了眼睛。

　　"不知道，反正不是我。"齐浣把笔一甩，胸口有些闷。

　　张意昕一时有些无措。

　　"吃点糖吗？"安树答走过去。

齐浣愣了一下，有些惊讶："给我？谢……谢谢……"

"没事……"安树答想了想，又说，"你们如果要说什么重要的事情的话，还是去小教室吧。"

小教室是每个教室自带的一个类似杂物间一样的地方，里面有每个同学的柜子，可以放一些课桌里放不下的生活用品和多余的书，还有垃圾桶、扫把等清洁用品，同时配备有洗手池。

最重要的是，里面没有监控。

平时早上来不及吃饭，可以从食堂里买了早饭，早自习结束后去那里解决。

齐浣撇了撇嘴，不置可否，起身拉着张意昕去了小教室。

安树答呼了口气，回到自己的座位整理那些材料，等她整理好的时候，下课铃也响了。

班会课上，班主任李云芮做了一个简单的开场白。

"上个月，两个年级里的小活动，一个是征文比赛，一个是诗歌会，我们很棒啊，拿了很多奖。"

然后，李云芮开始分发手中的奖状、贺卡，以及她自己出资买的一些奖品。

"征文比赛三等奖：齐浣、沈央、桑嘉。来，每人一个本子，自己挑吧。"

大家鼓起掌来。

"征文比赛二等奖……江辞，把笔放下，你赶着投胎还是怎么着？这么早写完作业，晚自习是想干吗？"李云芮朝他挑了挑眉，表情严肃，语气带着玩笑。

"当然是做课外作业啦，老师。"江辞讪讪地笑了笑，然后趁她不注意又写了道公式。

"江辞，还能坦诚点吗？合上。"

"好嘞。"江辞夸张地合上了本子。

李云芮今年是第一次带班。安树答记得刚来报到，看到这个长得特别漂亮还化着淡妆的班主任时，心里小小惊艳了一下。后来经过一段时间的相处，了解到班主任兼生物老师是个妥妥的行动派，效率高、行事稳，课也讲得简单易懂。

她很喜欢这个班主任。

"二等奖：明周淇。"

"哇！！！"所有人鼓起更大的掌声，毕竟二等奖就这么一个。

"咳咳，安静。"班主任笑了笑，"才一个二等奖，激动成这样。"

"征文一等奖：安树答。诗歌一等奖：安树答。"李云芮的语气带着明显的骄傲。

班里安静了一下，瞬间爆发出更大的掌声。

高中的时候就是这样，无关人缘、无关喜恶，成绩和实力是获得所有人认可的唯一条件。但被比较的人总会有不痛快，尤其是在被明显对比时。安树答下意识地去看了看明周淇的反应，果然，她的脸色并不好。

安树答睫毛颤了颤，起身，淡笑着去迎接她的成就，她没必要为不熟的人的情绪买单。她本来就情薄自私，没有也无法接受太过浓烈的感情。

是典型的疏离型人格。

就像昙花只短暂绽放于某个不起眼的夜里，所有的情感只在那一瞬间绽放，黑夜是唯一的共舞者。

一等奖的奖品是两本小说——马尔克斯的《百年孤独》和加缪的《局外人》。

似乎也是这两本书，奠定了安树答今后许多年的人生基调。

后来的安树答如是想。

高一下学期，安树答的期末考试成绩不错，刚踩上重点班的线。

或许是命运之神的安排，又或许他们本该如此，那一年的夏天，安树答和温喻珩在高二（10）班相遇。

天生波澜不惊的人和天生波涛汹涌的人，似乎永远没有擦枪走火的可能。

安树答抱着厚重的书本，扎起微长的头发，背着米白色的双肩包，低着头从教室穿过，乖巧、安静，眼里却全是淡漠，像天生罩着个隔离圈。她的外形最迷惑人，但她心里透彻得很。她清高又自卑，属于疏离型人格。

像刚进高中时那样，被分到新班级的安树答仍然害怕社交，害怕适应不了新事物和新环境。因为陌生与未知是让人最害怕的东西，刚开始总是让她局促不安。

温喻珩和江辞勾肩搭背，像每一个少年的样子，眼里身上都是光。幸福家庭出来的孩子，似乎都是这样的，从骨子里透出来自信，头顶上像有无形的光环，到哪里都是非常耀眼的存在。

安树答是进班报到那天才知道的，温喻珩和她一个班。

少年一身懒散，额前的黑色发丝被风轻轻吹起，偏白的肤色让他在阳光下染上更闪的金光，侧脸极出挑，嘴角挂着似有若无的笑意。他一身懒劲儿，仿佛没什么能勾起他的兴趣，懒洋洋地靠着椅背转笔。

江辞喊他，他懒洋洋地投过去一个眼神。

他穿着黑色的短袖T恤，黑色条纹的直筒裤，漫不经心到了极致。有大胆的女生上去加好友，他懒懒地回："班级群，记得给备注。"

许是注意到有人在看他，含情的丹凤眼无意识一偏，就抓住了安树答打量的目光。然后，他嘴角的笑意更深，歪头，配着那嘴角似有若无的笑意，像是在说"你看，被我抓住了吧"。

安树答一愣，淡定地偏过了目光，紧紧抱着书站在桌椅的过道间，腿有些发抖。

妈妈从小就对她和男生的任何交往都管束得特别严，不断给她灌输各种早恋的危害，所以她很多时候下意识选择远离男生，绝对不与他们作不必要的交流。而这样的心理和行为导致的结果就是她现在一点也不知道该怎么与男生相处。

其实温喻珩身上的光环挺多，但最出名的还是初中时的"英勇事迹"。许是这些事迹视觉冲击大，想象空间也足，迎合青春期躁动的心理，够带劲，也就让人印象更深刻。

"我珩哥就这么牛！"江辞和那群女生吹嘘起来的时候，整个人都泛着一种骄傲。

安树答也不知道为什么，她明明在背书，那些"光荣事迹"却无法被她的耳朵拒之门外。但高一的班里，有很多女生喜欢听温喻珩初中时候的年少轻狂，每次课间江辞讲这事的时候，周围总是围满了一群眼冒粉红泡泡的女生。

这个时候也会有其他男生不服，然后阴阳怪气地说："确定不是因为家里有钱？"

温喻珩家里有钱，是众所周知的事情。他父亲是个颇有成就的企业家，母亲是法国交响乐团的退役钢琴家，即使已退役，每年也有不少的演奏邀约。

而每当这个时候，江辞就会一脸不屑："我珩哥要是靠过爹妈我跟你姓。"

也因此，班里很多女生都对温喻珩有一种特殊的崇拜，但安树答只觉得害怕，她对这类轻狂不羁的男生一向有一种难以言喻的闻风丧胆。

源于初中。

记得那个时候，班里有个男生总是喜欢下课后去楼梯间堵低年级的漂亮小妹妹。她看到过一次，有一个学妹让男生走开，那个男同学就直接上手抓那学妹的胳膊，甚至还要把人家拽怀里，害得人家又哭又打又推，后来是路过的老师把那学妹解救了。

从那过后，安树答对这类男生的害怕更深，走路都绕着走。

江辞和温喻珩是初中同学，成绩一直很好的江辞理所当然进了重点班。

温喻珩和江辞，一个第一，一个第二。

"答答！"桑嘉朝安树答挥了挥手，把她从呆愣的状态中揪了出来。

桑嘉从高一到现在和她一直是一个班，关系要比高一的时候更好了一些。

有了朋友的安树答，慢慢地没有了高一时的那种局促，才敢去适应一个新环境。

她性子不闷，但很慢热，特别慢热，并且骨子里带着一种疏离感。只是从外表看不出来，与她相处也感觉不出来，只有她自己知道，她骨子里的薄情很容易伤害别人。

维持女生群体里的人际关系全靠她从小练习、反复打磨的演技，人物设定不倒，就没人能见到那个真正的她。

所以她朋友很多，但主动保持联系的，一个没有。

安树答抱着书走过去。

因为是新学期，所以还没有调位。新班主任说第一个月先自由坐，之后的一个月里她会仔细地告诉他们新班的规矩。

"答答，我们一起坐吧？"桑嘉站起来接过安树答手里的书。

桑嘉是一个很漂亮清秀的女孩子，看着有点冷，但和她一个宿舍久了，安树答知道她其实是一个体贴中带点温柔的女孩子，很乐于助人，大大咧咧。安树答甚至觉得她有时候傻傻的，和她的长相完全不搭。

桑嘉很会交际，认识的朋友很多。但在桑嘉心里，安树答是她最好的朋友，因为两人从初中到高中都在一个班，她认为这是"天赐良缘"。

桑嘉平时在安树答身边叽叽喳喳的，也带着她奔赴各种交流会。她每次都是拒绝，但桑嘉用实际行动让她体验了一把什么叫作"拒绝无效"。

所以最后的结果都是，安树答无奈地笑，或是安树答顺从地跟着。

跟着交际小能手，即使安树答半句话不说，也依旧能被各种女生塞联系方式。当然，另一个得天独厚的原因是她那张平易近人的脸，极具迷惑性，极易让人产生好感。

"桑桑！"一个很漂亮的女孩子跑过来，马马虎虎的，差点被地上不知道是谁的一摞书绊倒。听桑嘉说，他们班被评为浅岸一中有史以来颜值最高的班级。

女孩子低头看了一眼，没怎么在意，走到桑嘉面前："喝吗？奶茶。"

她把吸管凑到桑嘉嘴边。

安树答兀自整理东西，理所当然地当着绿叶。

"你哪里来的？"桑嘉喝了一口，含混不清地问。

那个漂亮女生给了她一个眼神："我爸送我来的路上买的。"

安树答把手表落在宿舍了，想看一下时间，所以她抬起头去看墙上的时钟，刚好撞上那女孩子打量的眼神。

女孩子一边喝着奶茶，一边看着安树答，猝不及防遇上安树答抬头，一时之间有些尴尬："你要喝吗？"

她朝安树答递了递奶茶杯子。

"她不喝。"桑嘉一边整理着书，一边说道，"她有点洁癖。"

安树答愣了愣，然后笑着点了点头，不知道怎么，她心里暖暖的。因为她记得自己之前在宿舍只是顺口说过一次，那个时候大家也都是在各忙各的，从没想过真的会有人记得。

那个女孩子笑着点了点头，继续喝起了奶茶。

安树答这才仔细看了看她的长相，五官立体，眼神深邃，暖白皮让人看着很是舒服，两腮有些小雀斑，但丝毫不会让人觉得不好看，反而是成熟感里带些小可爱。她走起路来风风火火的，大家闺秀的气质，女汉子的作风。

"我叫宋或今。"那个女孩子见被安树答发现了，也不掩饰，大大方方地自我介绍，然后拿起桑嘉桌上的笔，找了张草稿纸就签下自己的大名。

"我是安树答。"安树答指了指自己的书本上那三个娟秀的字。

宋或今点了点头，笑得落落大方："我和桑嘉一个宿舍，你们之前一个班吗？"

安树答点了点头。

"岂止呀，我俩初中就认识了。"桑嘉把自己的桌子整理得井井有条。

"哇！还有这种缘分？"

安树答笑了笑，放松了一点，没有特别拘束。宋或今是个长得漂亮、性格还大大咧咧很好相处的女孩子，给人的感觉也很舒服。

"哎哎哎，"宋或今用胳膊撞了一下桑嘉，露出耐人寻味的表情，"看到温喻珩没有？真的好帅啊……"

桑嘉开玩笑似的翻了个白眼："你又来了。"

"不……不是，你没觉得吗？"宋或今接着又露出一副了然的表情，朝她抛了个"我懂"的眼神。

桑嘉再次翻了个开玩笑式的白眼："又戳我心窝子是不是？"

说着两个人笑闹起来。

安树答被冷落在一边，但也没觉得尴尬，似乎是因为习惯了，就不会很在意。

"安树……答？"有个男孩子的声音传来。

安树答闻声转过身去。

是一个长得很乖的男孩子，举手投足之间，有一股天然自成一派的憨气，属于男孩子特有的、很自然的可爱。

"嗯，我是，你好。"安树答不怎么会聊天。

那男孩子傻笑了一下："我叫苏函，函数的函，但我数学不好，嘿嘿。那个，我之前看过你的文章。大神，我可崇拜你了，改天我们可以聊一聊……"

男孩子身后有脚步声靠近，然后一只细长白皙的胳膊就搭了上来。

"咳咳……"温喻珩自来熟地勾住苏函的脖子，似笑非笑的。

苏函似乎之前也听说过温喻珩这号人物，下意识就以为温喻珩是手痒要揍他，脸色瞬间有些不好，慢慢地布满惧色。

"同……同学，打……打人是不对的行为。"苏函不知道平时是吃什么长大的，语气里都带着一股子憨气。

温喻珩"扑哧"一声笑了。

温喻珩的语气懒洋洋又漫不经心："对不对还要分情况，你说呢？"

"好像……有点道理……"苏函蒙蒙的。

安树答下意识转头看向旁边，有熟人在她会安心点，却看到宋或今和桑嘉已经走到门口，估计是去厕所。这时这座位附近只有她一个人，所以实话实说，她有些不自在，因为她也有些怕温喻珩。

"哎？可……可我又没做错什么事，为什么要挨揍？"苏函反应过来。

"你很怕我？"温喻珩勾着他的脖子跟他说着话，眼睛却不经意往安树答身上瞟了一眼。

"没，我……我……我不怕……"苏函此时怕得有些舌头打结。

毕竟珩哥的"神话"全校都知道。

似是注意到安树答的局促不安，温喻珩嘴角勾了勾，丹凤眼里溢出些笑意，勾着苏函的脖子边走边说："怕什么，你见过我打人？"

意识到他和苏函走了，安树答才微不可闻地松了口气。而她的动作却被温喻珩收进了余光里。温喻珩勾了勾嘴角，就这么怕他？

他们的新班主任叫穆逢，一个年龄不大不小，但做班主任经验颇丰富的女老师，兼任他们的语文老师。鉴于今天只是刚来报到，所以班主任收完假作业便开班会。

"首先欢迎大家加入十班这个大家庭。

"报到班会，就例行啰唆一下，大家不要不耐烦。

"大家也知道，我们是一个重点班，大家都是经过新一轮的考试选出来的。因此，我们要给其他的班级树立榜样……"

同桌桑嘉用手肘碰了碰安树答。

安树答微微偏了偏头："怎么啦？"

桑嘉捂着嘴巴，若有所指地小声道："你看明周淇。"

安树答一愣。明周淇和她高一是一个班的，只不过不太熟，基本上没交流。只是她印象里明周淇各科成绩都挺好的，理所当然是在重点班，但她不明白桑嘉什么意思。

她忽然间好像猜到了些什么，悄悄回过头去找了一下明周淇的位置，又找了一下温喻珩的位置。

果然，明周淇是温喻珩的前座。

少年靠在椅背上，跷着的二郎腿有一下没一下地抖着，然后再次不经意地撞见了安树答的视线。他嘴角微勾，轻轻眨了一下眼睛，动作做得很好看很自然。

安树答立马扭回头。

"她也真够直接的。"桑嘉笑了一下。

她说的是明周淇。

可安树答觉得用在温喻珩身上好像更应景。

安树答无甚在意。

因为她现在脑袋发蒙，有些听不清别人在说什么。

怎么会有……这么直接的男孩子？

高二之后，安树答和桑嘉就不是一个宿舍了。

桑嘉和宋或今一起住安树答隔壁宿舍。但桑嘉总会过来找安树答聊聊天，慢慢地，安树答知道了许多关于桑嘉的事情。

比如她发现桑嘉和宋或今两人有许多的共同点，她们慢慢地走得很近，成了无话不说的闺蜜。

比如知道了桑嘉有个很欣赏的男生叫段措，以前也是浅岸一中的，成绩很好，现在是华京大学的大二学生。

桑嘉说，她是在一次暑期夏令营认识段措的。那个时候段措过来当志愿者，她一眼就对这个长得很帅，看起来又有点腼腆的大男孩有了不一样的感觉，但是她说不出来是什么感觉。

后来他们就认识了，在相处中，桑嘉发现段措又温柔又体贴，偶尔也会调皮。

后来她才知道，这种无法宣之于口的感情叫暗恋。桑嘉每次一说起段措的时候就特别兴奋，连带着脸都会有点红。

安树答是认识段措的，准确来说他们俩还挺熟。因为段措是她哥哥安疏景的高中同学兼密友，偶尔段措会来他们家住，然后会很客气地给她买点零食。

安疏景说段措是华京本地人，家里挺有钱的，算个富家子弟，但又不是不学无术的那种。

段措读高中的时候，他爸工作特别忙，又刚好来洛朗这一带拓展市场，就把段措送来离洛朗不超过两小时车程的浅岸。

然后安树答就会假装很严肃地跟她哥哥开玩笑："老哥，你不可以因为人家有钱才和人家交朋友，这样是不对的。"

然后安疏景就会翻个白眼教训她："安树答，不要用你肤浅的眼睛充当显微镜来窥视揣测我高贵的灵魂。"

声音中带着他特有的高冷语调。

在损人方面，她永远比不过安疏景。

后来安疏景和段措又前后脚上了华京大学。不过安疏景比较厉害，高二就拿到了保送名额，高三没上完就直接去了华京，拍拍屁股，没有丝毫眷恋，不带走一片云彩。段措不一样，段措是高考考上的华京大学，然后被调剂到了哲学系。

不过据桑嘉说，段措好像后来学不下去，转专业了。

桑嘉说段措体贴又温柔，会照顾她的情绪，也会辅导她的功课，喜欢和她在图书馆钻研各自的难题，也愿意陪她逛一下午的街，跟在后面提大包小包。

安树答笑起来，看着桑嘉笑得脸红彤彤的样子，她就想，也许这就是青春最好的样子了吧？

相互尊重，让彼此都变得更好。

"即使是假的，也体验到了恋爱的感觉。"桑嘉捂着脸完全不能自拔。

安树答却开玩笑说："你确定不是自欺欺人吗？"

"暗恋本来就是自欺欺人。"桑嘉耸耸肩，笑得无奈又清醒。

安树答不再说话，那个时候的她，对这种认知全然不懂。

除了以前两点一线的枯燥的学习生活外，她现在有了一个新的活动——体育课陪桑嘉她们看温喻珩打篮球。

她带着那本《百年孤独》，靠坐在石凳上，桑嘉和宋或今则在一旁打打闹闹，眼睛会不适时地瞟向不远处的篮球场。

安树答偶尔也会看一眼，但少年对繁花簇拥似乎并不在意，只享受在球场上挥洒汗水的一点一滴。

传球、假动作、三步上篮，一切都行云流水、专心致志、配合默契。

"为什么我总觉得江辞在看你？"桑嘉笑着调侃宋或今。

宋或今愣了一会儿，然后反应过来："……有……有吗？他难道不是在看安树答？"

安树答愣了愣，随后不置可否地和桑嘉相视一笑，目光回到书上。

桑嘉笑着戳她胳膊："宋大美女魅力太大了吧？"

"哎别！我丑，我丑。"宋或今不好意思地摆手逃跑。

有少女藏着小心思远远地站在人群中，看着光芒万丈的少年，也有人大胆地站在所有害羞的女孩子前面，占领高地，大胆示爱。

明周淇就是。

大胆明媚的少女，可以心高气傲得目中无人，也可以毫不掩饰地示爱。

温喻珩退下场来，明周淇拿着早已准备好的农夫山泉跑上去，递纸巾，递外套。

温喻珩看了她一眼，然后淡淡地移开了目光，接过自己的校服外套。除此以外，他什么都没有拿。

"下次别碰我衣服了，不太合适。"温喻珩闻到衣服上有一股浓郁的香水味，皱了皱眉。

明周淇也不尴尬："温喻珩，你打篮球好帅啊。"

沉默。

"我有道数学题不会，你一会儿晚自习可以教我一下吗？"

温喻珩觉得好烦："没空。"

他的视线在人群中扫过，极度漫不经心，不偏不倚，一抹小小的身影撞入视线范围内。

下午金色的阳光透过浓密的香樟树，星星点点洒在安树答的周身，少女此刻坐在石椅上，笑容甜得晃眼睛。她的笑容太过好看，好像里面塞满了诱人的蜜糖，不知她在和苏函聊些什么，津津有味的，笑容时隐时现。

温喻珩皱了皱眉，漂亮的丹凤眼微眯，一把将外套甩上了肩膀，走过去："苏宝宝——"他的尾调拉得老长，嘴角意味深长地上扬，带着天然的慵懒。

正和安树答探讨宇宙奥秘的苏函呆住了。

因为苏函独特的行为模式和说话方式中，总透着让人忍俊不禁的诙谐，同时正经又单纯。他身上所有的气质总和，似乎只能用"可爱"来形容，所以整个十班从同学到老师，只要和他相处超过三天，几乎没有不喜欢他的。

就连安树答和他相处久了也颇感自然。

苏函是十班的吉祥物，也是公认的团宠。

自从上次政治老师在课上忍不住说："我们苏函怎么还是个宝宝呢？一定是班里的团宠吧？"然后班里从女生到男生，都非常自然地叫他这个称号，并且不断传播，慢慢地，来上课的老师都会用这个绰号叫他，但直到现在他也没适应。

"珩哥，您能放过我吗？"

温喻珩直接无视了苏函的不满，非常自然地盘腿坐在安树答一旁，看着乖乖女从冷静到紧张起来，脊背僵直，白皙匀称的手指不自觉微微蜷缩。

安树答注意到温喻珩直接坐她旁边，瞬间局促起来，虽然低头看着字，却怎么也入不了脑子。

少年的身上有股淡淡的木质松柏的清新，温和而深邃，让人联想到幽静的密林和群鸟归栖的深山，亘古不变的只有神秘，慵懒又自由。

能让人慢慢平复心情的松木香，很难得，这个味道在这一刻让她生出些莫名其妙的安心。

"你们聊什么呢？"温喻珩笑得百无聊赖。

"探讨一些文艺青年的话题。"苏函挠了挠后脑勺，有些不好意思。

安树答被迫坐在两人中间，也不知道该做些什么，她只觉得尴尬。

"你喜欢马尔克斯？"

咦？他说话这么温柔的？

安树答抬头看了看温喻珩，又低下了头，淡定地翻过一页，摇头："我喜欢加缪，只是刚好在看《百年孤独》。"

"咳咳。"宋或今轻轻用胳膊肘撞了一下桑嘉，朝安树答那儿瞥了个眼神。

桑嘉和宋或今相视一笑。

宋或今悄悄靠近桑嘉的耳朵："我就喜欢看明周淇吃瘪。"

桑嘉又往远处看了一眼，然后"扑哧"一声笑了。

两人贴耳说道："明周淇脸都黑了。"

"快别说了，她来了。"桑嘉心虚地低下头，憋着笑。

"来就来，怕什么。"宋或今嗤笑着。

"温喻珩不会喜欢我们答答吧？"宋或今在明周淇走过来的时候，故意放大了声音。

果然，明周淇脚步顿了一下，但只一瞬，还是抬步走了过去。

"阿珩！"明周淇直接坐到温喻珩身边。

温喻珩看她一眼，轻轻挑了挑眉，笑得漫不经心的："怎么，我们很熟？"

明周淇一愣，反应过来后，脸上烧起来。

刚喝了一口水的安树答猝不及防呛了一下，然后猛咳起来。

她发誓她真不是故意的，但是明周淇一定记仇了。她下意识去看明周淇的反应，果然，明周淇的脸立马黑了。

"有这么好笑吗？"

"不好笑。"安树答连连摆手，满脸歉意。

但她的内心独白是：不好笑，但是挺丢人的。

她觉得人可真是个复杂的动物，不知不觉就心口不一了。

她呛得挺厉害，暖白皮的脸上此刻满是滴血的红。

温喻珩眸色微深："你还好吗？"他直接上手拍了拍安树答的背。

动作很温柔，生怕吓到她似的。

所有人都愣住了。

包括安树答。

她立马摆摆手，"噌"一下站起来："我……我没事的。"像只受惊的兔子。

一旁的桑嘉见状，连忙走上来，扯过安树答转头就跑，从而避免了安树答更加尴尬。

"哎，安树答，你的书……"苏函拿着被她落下的《百年孤独》，想追上去，却被温喻珩一把拉了回来。

苏函不解。

温喻珩笑得散漫又人畜无害："我帮你还。"

"啊？为什么？"

苏函和温喻珩相处了几周后，发现温喻珩没有传闻里的那么"残暴"，也不会不讲道理，甚至可以说是个性格不错的同学，所以已经没有刚开始那么怕他了，甚至偶尔还会和他开些不痛不痒的玩笑。

温喻珩笑得懒洋洋的，丹凤眼天生含情："因为你珩哥天生乐于助人。"

苏函无语。

周末回校。

坐在妈妈车里的安树答听着数落，看着窗外前行一阵又停下一阵的车流，心不在焉的。

"好好学习，听到没有？"

"嗯。"对于这样的没话找话，安树答一贯敷衍地应了一声。

因为按她对乔佳的了解，这个时候乔佳只是想得到她"得体的反馈"，而不是她的真心话。

"中考再没考好，所幸浅岸一中是保住了，现在又在重点班，抓住机会懂不懂？你有没有去问过你们老师你们这届的保送名额？"

因为安树答终于重回了重点班，所以乔佳的态度明显不像之前那样的恨铁不成钢了。

"没有。"

"啧，让你去问怎么这么难呢？我跟你说过多少遍了，我们家不像别人家，我们没有靠山没有背景，也没有什么人脉，更没有人家有钱，你要是再不努力你靠谁？靠你哥吗？"

安树答不说话了，深深喘了口气看向窗外。

"你要是真靠你哥，不怕别人说你是吸血鬼吗？"乔佳说得语重心长又愤愤不平。

安树答垂了垂睫毛，在眼窝处投下一圈阴影。她明明没有这么想过，也没这么说过的。

"算了，你哥也指望不上，哲学系出来就业都是个问题，让他转专业消息也不回。

"你哥前几天回国了，最近可能要回来一趟，问他也不回消息，也不知道什么时候去接他……"

乔佳开始了一贯的碎碎念模式。

最后，乔佳烦躁地叹了口气："你以后去读个师范类的大学就行，出来当个老师……"

"我不想当老师！"安树答闷闷地回了句嘴。

乔佳一愣。

"不想当老师你想干吗？！"许是安树答从来没有语气这么冲地忤逆过她，乔佳的暴脾气瞬间上来了——

"其他专业你考得上吗？

"考得上的有前途吗！

"你一个女孩子安安稳稳的不好吗？

"偏要出去闯，你能闯出什么名堂？平白被人指着脊梁骨骂，到时候别怪我没事先提醒过你！

"你哥不听劝，你现在怎么也这么不听话，非要跟全世界作对？！"

安树答不说话了。

真没意思，整个世界都没意思了。

"吃了亏才知道后悔！不吃亏怎么知道会不会后悔？"安树答破天荒地顶了回去。

但换来的是更大的语言压迫。

"反了天了你，安树答！你知道你在跟谁说话吗？！你什么语气啊！谁教你的！你在学校都学了些什么东西？"

安树答闭上了眼睛，却堵不上耳朵，骂骂咧咧的话到她下车才结束。她拖着行李箱进了学校，然后到校门口的时候，又停下了步子，转回头去看了看。

妈妈开的宝马车只能看到一个车尾了。她咬了咬唇，把眼泪憋回去。哭什么哭呢，安树答？全世界就你这么软弱？

而她并没有意识到，这是她青春期的开始。

周日下午的周测安树答也心不在焉的，数学考完就差不多猜到结果——考砸了。不过，她不知道为什么，经历过车上的聊天之后，总感觉开始没那么在乎成绩的好坏了。

这种坏心情持续了一下午，导致她和桑嘉去食堂吃晚饭的时候，两个人一路上谁都没说话。她以为是自己的坏情绪影响到了桑嘉，心里有点愧疚，想说点话掩饰一下，借此缓和缓和气氛。可她发现桑嘉似乎根本没有注意到她的情绪，这就很不对劲。

"你没事吧？"

桑嘉苦笑一下，摇了摇头："没事。"

"如果真的有心事，就和我说吧。"安树答朝她笑了笑。

桑嘉点了点头。

两人沉默了一整个晚自习，安树答因为心烦，所以早早把作业写完了，然后把一周的数学错题拿出来总结，再举一反三。刚上高中的时候，可能是不习惯高中数学的难度，再加上不适应新环境，导致她学起来挺吃力，但好在她有一个不错的学习习惯，所以数学成绩虽然不够突出，但还能稳定在一个中等的水平，就是理解起来差点。

可是到了高二之后，不知道怎么，好像突然开窍了似的，她觉得数学突然简单了起来。平时的作业可以完成得很出色，但一到考试就容易崩，她的心态真的很不好。

错题差不多回顾了一遍，看着还有十几分钟，安树答就拿起了笔记本写日记。但憋了半天，没什么思路，就下笔按着心情写了点真实感受——

"九月十七日：

"今天心情糟透了。

"后妈又把我骂了一顿。

"桑嘉好像不开心，我没有问，因为我不开心的时候，也讨厌被人问东问西，很烦。

"我好像在自欺欺人。

"数学应该没考好。

"我好像又惹到明周淇了。

"她想拿刚泡好的热水洒我，但我用余光看到，所以躲开了。

"虽然还是溅到了鞋子，但她没说对不起。

"所以我朝她翻了个大大的白眼，她也许一直以为我很好欺负，所以被吓了一跳。

"但我觉得这可能是她活该。

"我是不是太小肚鸡肠了？

"可我不喜欢她，以后不会理她了。不，离她远点，这人不好惹的。

"温喻珩……

"好像没有霸道的样子，就是酷了点，还挺好相处的……"

写到这里，安树答一愣，拿起修正带想擦掉，又发现有点不对劲，她的流水账上第一次出现一个男孩子的名字。

最后她还是有点心虚地涂掉了。

"丁零零——"晚自习下课。

写个日记这么打发时间吗？

安树答合上了日记本，放进了包里，然后转头对一直在按着笔灵魂出窍的桑嘉喊了一声："桑嘉？走啦，回宿舍了。"

桑嘉这才反应过来，看着自己空白的数学试卷，苦笑了一下："……答答，你数学卷子借我抄一下呗？"

安树答叹了口气，从书里找出来试卷，递给她。

"你先回去吧，别等我了，我怕你洗漱的时间不够。"桑嘉拿着试卷抄起来。

安树答坐回去拿本书看了起来："没事，我相信你的笔速。"

桑嘉一边抄，一边笑，但眼里却没有笑意。

这张数学卷子的计算量很大，但好在大多都是填空题，所以桑嘉只用了几分钟。

两人看着墙上的钟，抓起书包就往宿舍狂奔。

　　安树答赶路着急，一出门没注意，就和回来拿东西的温喻珩撞了个满怀。她抬头看着他近在咫尺的下颌，呆住了。

　　温喻珩低头看她。

　　安树答愣了半天，面红耳赤地推开他："对……对不起！"

　　温喻珩挑了挑眉："嗯，没事，我原谅你了。"

　　安树答几乎是红着脸拉着桑嘉跑的，整个场面只能用"落荒而逃"来形容。

　　这也……太、太、太尴尬了吧！

　　她回到宿舍都是惊魂未定的，刷牙的时候想的还是这件事。直到桑嘉哭着过来找她，她才慢慢地平复下来。

　　她知道桑嘉可能出什么事了，但没想到是这样的事……

　　"答答……我和段措表白了。"桑嘉委屈得眼泪含不住，"他拒绝了。"

　　安树答愣了许久。

　　"为……为什么呀？你们俩相处得……不是挺好的吗？"

　　"他说……他一直把我当妹妹，并没有那个意思。"桑嘉嘴巴委屈地瘪下去。

　　到点熄灯了。

　　安树答只好拉着桑嘉到楼梯口悄悄说。

　　"桑嘉……我没有经历过这样的事情，所以我也不知道，该怎么安慰你。"安树答有点不好意思。

　　"没事。"桑嘉摇了摇头，"你能不能陪陪我？我真的找不到别人说话了。"

　　她趴在膝盖间小声抽噎起来。

　　安树答也不说话，拍着她的背陪着她。

　　"我想去找他，答答，我想去找他问清楚，可是我爸妈知道了一定会打断我的腿，不……

　　"他们要是知道我有早恋的苗头，肯……肯定不会放过我的……"

　　安树答想了想："要不，这周回家我给我哥打个电话问一下？他们关系这么铁，他肯定会知道的。"

　　桑嘉的眼睛终于亮起来："真……真的吗？"

　　安树答笑着点了点头。

　　桑嘉的情绪终于缓和了一点。

但不知道怎么回事，她们第二天早自习，却被班主任喊了出去："你们昨晚聊什么呢？"

安树答从小就是被老师偏爱着长大的，哪里经历过这样的阵仗，一时被吓坏了，只好斟酌着措辞说谎："桑嘉她……考试没考……考好，有点不开心，我就安慰她一下……"

穆逢却并不买账："安慰？你知道几点了吗？跟你们强调多少次了！熄灯就寝！熄灯闭嘴！熄灯上床！你们俩当监控是摆设吗！不知道夜里讲话一扣扣5分吗？我们班有多少分够你们扣？！"

安树答被吓得眼泪都出来了。

但穆逢根本不吃这一套："哭什么哭！委屈什么呀委屈！我冤枉你们了吗？！"

穆逢的嗓门很大，引得班里的同学纷纷抬起头来往窗外走廊上看。

"啧啧啧，"江辞踹了一脚一旁的温喻珩，虽然又被踹了回去，"这穆女士也太凶了点吧？"

"杀鸡儆猴，立威罢了。"温喻珩把一本政治书"啪"一下拍桌上了，然后站了起来。

江辞一惊："吓我一跳！阿珩，你干吗去？"

"让她小声点喽。"温喻珩翻了个白眼，插着裤子口袋就开了门。

"老师……"

穆逢转回头，看到是温喻珩："怎么了？"

温喻珩瞥了一眼哭得小脸通红的安树答："老师声音可以小点吗，影响到我学习了。"

穆逢愣了愣，突然意识到了什么，转回头看向班内，一群人立马低下头看书写作业。

"一个个拉长了脖子看什么热闹！作业写完了吗？！"

温喻珩靠着墙，懒洋洋的。

"那要我给你道个歉吗？"穆逢气笑了，双手环胸看着他。

温喻珩笑得也懒洋洋的："不用，要不我罚个站给您消消火吧，老师？"

"那就自觉点。"穆逢往旁边的墙角使了个眼色。

温喻珩会意，慢悠悠地走过去，罚站。

安树答偷偷抬头看了他一眼。

温喻珩朝她眨了眨眼。

安树答吸了吸鼻子，感觉胸口那点郁闷好像消散了一点。

被温喻珩这么一闹，穆逢也没什么火气了，看向安树答和桑嘉："回去上自习！"

"答答，对不起，都是我不好，连累你了。"桑嘉一回座位就和安树答道歉。

被穆逢骂都没哭，唯独刚一说出这句话，桑嘉的眼泪就掉了下来。

安树答只是从没被这么凶过，所以觉得很难受很委屈，但她心里其实一点也不怪桑嘉。因为她知道桑嘉是真的把她当朋友，才会在忍了一天终于忍不住的时候第一时间想到的她。

她其实挺感动的，毕竟这是第一个真正把她当朋友的人，她还挺珍惜的。其实到了高二，她已经比高一时开朗了很多，也愿意对周围的人慢慢敞开心扉。

"没事啦，我其实一点也没有怪你。只是从没被这么教训过，有点难以接受罢了。"

桑嘉从桌肚里掏出许多小零食："都给你，都是我的错，如果我再忍一忍就过去了，如果我再忍一忍就不会这样了，对不起……"

她突然崩溃了，趴在桌子上闷声抽噎起来。

安树答拍着桑嘉的背以示安慰，也不说话。她知道，桑嘉既是因为愧疚，也是因为太喜欢段措。

喜欢到即使是一想起来，也会忍不住不甘心和难过，所以情绪被挤压，到一个爆点后只有崩溃。

安树答懂，但她无法感同身受，毕竟感同身受这种东西，前提都是"身受"，所以从某种意义上来说，她只懂果，不能心感因。

不过到最后，那个电话她还是没有打。

因为桑嘉想了一周，临到周六回家时，说："算了，我不想那么不体面。"

安树答没有多作安慰，只是点了点头："我尊重你的决定。"

温喻珩搞定老师的三步骤：

一、引火烧身。

二、自食恶果。

三、战火转移。

被老师骂后，安树答没去吃午饭，她被困扰了一上午，还是觉得很委屈。虽然她确实不该违反纪律，但是第一次经历这种批评，她并不适应，更不习惯。

以至于心情很糟糕。

她趴在桌子上酝酿眼泪，心情郁闷的时候最好哭一哭，就像喝醉的人催吐让自己舒服一样，不过她不是催吐，而是催泪，但原理是一样的。尤其是在没人的时候，这种好机会不可多得。

释放压力，也不会丢人。

这是安树答在高一的时候总结出来的经验，很好用。

"安树答……"音调懒洋洋的，带着变声期少年特有的不稳定和磁性。

安树答一愣，泪眼模糊地抬起头，转过头。

映入眼帘的是一个身形颀长的少年，校服外套随意地搭在肩上，双腿漫不经心地交叠在一起，就那么靠在门口，阳光一点一点地洒在他身上，跳动着细碎的光影。

"温……温喻珩？"

安树答突然意识到自己的脸上还挂着泪珠，赶紧转过头去擦干净，然后再转回头来。

少年一步一步向她走来，极漫不经心。

她抿了抿嘴。

温喻珩非常自然地往她前座一坐，环着臂看着她，笑得极勾人："哭了？"

"没有。"安树答睁眼说瞎话。

温喻珩看着她通红的眼睛，笑意更深，却不点破："怎么不去吃午饭？"

"我……我不想吃……"

温喻珩弯着嘴角从口袋里拿出了个饭团，扔她桌子上。

"不……不用了，谢谢……"安树答有些吃惊，下意识拒绝。

她从不欠别人东西，那种感觉会让她心里很不舒服，尤其……他们好像……不熟的样子。

"安树答，你觉得我是过来跟你客气的？"

温喻珩好像生气了？她不确定地抬头看他的表情，但他还是笑得极慵懒散漫。

四目相对，她的耳朵又开始烧了。

"这样……不太好……"她低下头，脸蛋有些发烫，语气带着些小心翼翼。

"想什么呢？"

"啊？"安树答抬头看他。

"这不要竞选班委吗？我过来拉票的。"温喻珩笑着看她，那双丹凤眼天生含情，似是有旋涡要把她吸进去，"哎，这是在贿赂你呢。"

可是，她怎么没听班主任说过要竞选班委呢？

"小道消息不可信的。"安树答看着他，一脸天真，"期待越大，失望越大。"

"穆逢昨天放学的时候说的。"温喻珩愣了愣，挑眉，"你没听见？"

有吗？可能确实说了，是她没听见？

她点了点头。

"那你还挺不乖？"温喻珩依旧懒洋洋的。

安树答抿了抿嘴。

"不给面子？"温喻珩朝那饭团歪了歪头。

想着这是温喻珩贿赂她的，被他这么一打岔，酝酿的情绪没有了，她也确实有点饿，况且下午还有课，该吃点东西垫垫。这么一想，安树答也就没什么心理负担地拿起桌上那个饭团，看了看他的表情，觉得没什么问题，才慢慢地吃起来。

温喻珩满意地挑了挑眉。

"你……你放心，我……我一定会给你投一票的。"她一边吃一边说，饭团塞得嘴里满满当当的，导致她有点吐字不清。

温喻珩一直笑着，笑得意味深长。

午饭后，同学陆陆续续回来。

桑嘉知道安树答没吃饭，就从食堂给她带了汉堡，还特别内疚地又道了一次歉。

安树答只好又说了几次"没关系"，她是真的没什么感觉。

几天后，穆逢公布了班委和课代表的人选，并解释这个班委是临时的，月考之后会考虑大家的意见重新调整。

温喻珩是班长，江辞是副班长，明周淇是学习委员兼语文课代表。安树答什么都不是，不过她没啥太大的感觉，唯一的感受可能就是终于反应过来温喻珩在骗她，穆逢果然没有说过班委竞选的事情。她就说她怎么可能会记错呢？

那这样的话，那个饭团的人情怎么办？安树答犯了愁。

但桑嘉知道班委名单后立马内疚哭了，还说都是因为自己，让安树答在穆逢心里留下了一个坏印象，这次班委里才没有她。

安树答并不觉得，她本来也不想当什么班委，高一的时候还是他们班主任李云芮赶鸭子上架。虽然是普通班，但好歹也曾经是他们班的第一名，所以李云芮很看重她，才钦点她做的班长。

只是安树答从前坐惯了年级第一的宝座，所以一个普通班的第一名是让乔佳生气的。在乔佳的心里，重点班的第一名才有含金量，年级第一的位置才是安树答该有的水平。

但其实安树答不怎么喜欢当班委，因为她并不喜欢管别人，也不喜欢被人管。她现在乐得清闲了，心情反而比较美妙。

但桑嘉就是气不过："明明你语文碾压明周淇，凭什么语文课代表是她啊？穆逢就那么喜欢她吗？"

不过桑嘉这话倒是没错，穆逢确实很喜欢明周淇，宋或今暗地里也吐槽过。安树答也不知道为什么，不管是桑嘉还是宋或今，好像都对明周淇有一种莫名其妙的敌意，又或者是，不止她们两个，班里的大部分女生都不太喜欢明周淇。

明周淇倒是也不怎么和女生多交流，她很多时候都和男生走得近。

安树答刚开始还觉得是自己小肚鸡肠，感觉有点对不起明周淇，后来慢慢了解到班里大部分女生都不太喜欢明周淇的时候，她莫名就放心了。

果然是那姑娘的人品问题了，与她无关。

虽然时常自我埋汰自己的疏离型人格，但在看心理医生之前，安树答并不了解这种心理，便也觉得正常，看了之后才慢慢知道这样的人格障碍其实并不健康，所以她私心里有过努力要改的打算。

那是中考之后了，因为考砸，她在家里闷闷不乐将近两个月，而乔佳骂归骂，说归说，到底还是嘴硬心软，怕她那样下去真的想不开，又加上那时李云芮和乔佳反复强调过不能逼之过急，容易适得其反，所以乔佳最后带她去看了心理医生。本意是让心理医生开导开导，结果得到一个疏离型人格障碍的诊断。

可能是高二的班里熟人比较多，又或许是妈妈知道安树答的病之后，不像高一时对她压迫那么大了，她反而轻松了不少，也少了很多的陌生感和不适应，高一时那种焦虑和与世隔绝的状态渐渐被打破，她渐渐找回了自己曾经的学习状态。

就像蚯蚓一点一点地钻出土壤，试探着接受阳光。

第二章

公主病

高二的第一次月考在紧张中结束。

学校依惯例给他们多放了四个小时的假，原本周日下午一点半前返校，变成了五点半前返校。

周六上午，刚刚考完地理，大家兴高采烈地收拾着东西。

大多数是在对答案。

因此这个时候，温喻珩和江辞的周围就围满了人。

但很少有人敢直接拿温喻珩的卷子，因为珩哥名声在外，又一副不爱搭理人的样子。

反倒是江辞就和善很多，他身边闹哄哄的。

"沈央！"穆逢看着手机在班里吆喝着，"你妈说在南门那里等你，叫你速度快点，她还有事。"

学校不允许带手机，让老师保管等放学再拿也不可以，所以家长和学生的联系基本都通过班主任来传达。

"林透，你爸在宿舍等你。"

"好好好，知道了知道了。"穿着白衬衫的林透挽了挽袖子忙回道。

"桑嘉，你妈在宿舍等你。"穆逢看着手机，一条一条地念着消息，口干舌燥的。

"嗯嗯，好的。"

"安树答！"

"啊？在这里老师……"安树答听到在叫她，立马举起手来，等着消息。

"你妈说她现在太忙了，让你自己坐车回去。"

班里传出几声笑。

安树答听到了，手顿一下。

穆逢扶额，每到这个时候就要忙得焦头烂额。

"……哦，好的。"安树答垂了垂眼帘，长长的睫毛投下一片阴影。

星星好像是一点一点熄灭的。

她继续不动声色地收拾着东西，但把原本塞书包里的几本书挑了挑，又拿了几本出来，减轻了不少重量。

她没回宿舍，背着书包就往校门口走。

"安树答！"

安树答在教室外的走廊上被叫住。

温喻珩？

"怎么啦？"安树答疑惑地看着他。

温喻珩眼神闪烁了一下，移开了目光："没事。"

安树答将信将疑地点了点头，然后转身走了。

温喻珩双手插进裤子口袋里，看着她背着书包走远的样子，心口闷闷的。"这是怎么了，我亲爱的班长大人？"江辞走过来，惯常勾住温喻珩的肩膀，"您的副将乐意为您效劳。"

"滚，没心情搭理你。"温喻珩声线懒洋洋的。

"哟哟哟，你不对劲。"江辞顺着他的视线望过去，慢慢地像是发现了什么，眼神变得犀利起来。

他摘了鼻梁上的圆框眼镜，倒是显得距离感强了一点，露出些纨绔子弟的调性来，开始阴阳怪气地调侃："你一直盯着人家背影做什么？"

"有你事？"

"怎么没有？兄弟，可别怪我没给你通风报信哈，刚考场里一男生问安树答要联系方式了。"江辞朝他挑眉，日常呛他。

"哪个男生？"

"卓帆那小子。"

"她给了吗？"

"没有？"江辞不确定道。这语气说得有水平，像是回答又像是在反问他"你希望她给吗？"。

温喻珩挑了挑眉，又笑了笑："靠你那嘴，现在我可是让人闻风丧胆的不良少年呢。"

江辞悻悻地笑了，松开了环着温喻珩肩的手。

温喻珩把牛仔外套往肩上一甩："走。"

"干什么？"江辞双手环胸。

"仗势……"温喻珩朝他挑眉一笑。

"啊？"

"欺个人。"

乔佳不能来接她，安树答其实挺失望的，但她没有表现出来，因为她觉得这样的自己太幼稚了，这种心理简直可笑。她应该成熟一点的，而不是为这种没有意义的事情难过。

她是敏感，但不能真的做林黛玉吧？她自己都要笑话自己了。刚刚考完试有个男生问她要联系方式，她知道对方想干什么，所以没有给。

她对开始一种新的关系很抵触。没有底气的关系，她没有勇气去尝试，也没有兴趣去开始。

她到校门口的时候，一眼就在人群中看到了她那长得出挑帅气但一脸冷漠的亲哥。冷硬的骨相，出众的皮囊，极违和的搭配，却让安疏景的细胞和基因另辟蹊径，达成了合理。

他身形比例极好，颀长却不显瘦弱，是人群里鹤立鸡群的存在。只是她哥似乎有点不耐烦。

安疏景抬了抬眼皮，看到安树答了，然后更加不耐烦地抱起了胳膊："喂，臭丫头，你能不能快点？"

她怎么觉得她哥哥比温喻珩还冷酷？不，她哥哥不是冷酷，而是臭脾气加说话难听，但她还是不自觉加快了脚步。

"妈不是让我自己回去吗？你怎么来了？还有……老哥你什么时候回来的？"

"不知道。"安疏景拿过安树答背上的书包，挎在了自己的肩膀上，语气有些不耐烦。

背上一松，安树答撇了撇嘴，没说什么，但还是乖乖地跟了上去。

"老妈让我来接你，她说她现在太忙，走不开。"走在前面的安疏景忽然说道。

安树答一愣，"哦"了一声，嘴角又弯起来。

"我昨天回来的。"

"哦。"安树答迈着轻快的步子跟上去。

"带了个朋友回来，长得有点帅。"安疏景突然转回头来看她，挑了挑眉，"别心动。"

安树答"啊"了一声，不知道她哥哥什么意思。

"早恋犯家规。"

少女第一次强烈的心动，源于一个叫柏图的翩翩公子。

他就坐在车副座。简单蓝白色的休闲装也是质地昂贵的料子，保养得极好的皮肤吹弹可破，质地如璞玉，说是晶莹剔透都不为过。他单手撑着脑袋搭在车沿，浓密的睫毛微微扇动，上下扫合，圆圆的大眼睛浏览手机。

一身的矜贵温润。

安树答从未见过这样的男孩子。这样的人，从骨子里散发出来温文尔雅、矜贵温柔，举手投足之间时刻散发着优雅与从容、平易近人，让她第一时间联想到自由的云、淡钻蓝色的牛仔和有着活力的少年。

"你就是安小妹妹吧？我是你哥的朋友，柏图。没想到你哥这么高傲又清高的家伙，竟然会有这么可爱的妹妹。"柏图笑起来，爽朗又大方，没有半点架子，像极了干净温和的邻家大哥哥，让安树答第一时间联想到小时候常吃的大白兔奶糖。

他走下车和她说话时，还会微微俯身，与她平视。好像生命里总会出现一个人，是符合少女所有幻想的完美理想型，然后你只能猝不及防地怦然心动。

从此，少女有了一个不能说的秘密。那副温柔的平易近人让她忍不住想要靠近，但安树答又隐隐地认为，是柏图身上那份自由让她心生……羡慕？

她情不自禁想起了温喻珩，然后心头冒上些她自己都解释不清的心虚。

思及此，她忍不住苦笑一声，也不知怎么，高中这本该紧张的阶段，她反而开始胡思乱想了起来。她觉得不适应，在对这种陌生的情绪惴惴不安的同时，又有些莫名的欣喜。

"安树答，成绩出来了？"安疏景开着车，从后视镜里看了她一眼。

正喝着牛奶的安树答被打断了思绪，从后视镜里望了安疏景一眼，摇了摇头："没有这么快。"

"景哥好歹是同校学长，没经历过？"柏图坐在副驾驶笑着帮腔。

安树答咬着吸管，不由自主地笑起来，莫名带上些雀跃。

"搁这儿拍谁马屁呢？"安疏景斜睨了柏图一眼。

"难道不是拍我们景哥哥吗？"柏图嬉皮笑脸的。

安疏景翻了个白眼。

安树答笑着看向窗外，却瞥见一抹熟悉的身影。

是温喻珩。

"哥！"

"这世上没有鬼。"安疏景冷漠地从后视镜瞟了安树答一眼。

"你能不能停个车？"安树答看着窗外的一男一女，问道。

安疏景翻了个白眼："不能，浪费时间。"

然后下一秒，车平稳地停在路边。

温喻珩牵着一个很漂亮的女孩子，挡在她身前。他面前有几个长得很凶一看就是小混混儿的少年，手里拿着棍子，有一下没一下地敲着手心。

温喻珩还是一副谁都不怕的样子，一只手插在裤兜里，另一只手牵着那个女孩子，丝毫没有惧怕，仿佛见惯了这场景似的。安树答甚至觉得他挑眉都是在向那群少年挑衅。

而被他牵着牢牢护在身后的那个女孩子则一脸的高傲，不知道为什么好像还很生气。安树答第一眼看到那个女孩子就被惊艳到，她真的太漂亮了，明明是浓艳的长相，却又高高在上仿佛不染凡尘一般，和温喻珩一样属于极艳丽却又极高级的相貌，如果他们是情侣……

安树答摇摇头，打断自己脑海里的想法。

今天一下子遇到了两个漂亮的人。

"怎么，你同学？"安疏景把车停在一边，环着胸，透过车子的前挡风玻璃看着眼前的一群人。

"嗯。"安树答轻轻应了一声，"哥，我们要不要报警……"

她还没说完，温喻珩一把拽起领头那人的衣领，然后就一个拳头挥过去，那人就被打翻在地，又连着被踹了好几脚。剩下的几个人终于反应过来，一哄而上，但三下两下就被温喻珩解决了。

那个漂亮至极的女孩子就那么靠墙站着，淡淡地看着他们被打得鼻青脸肿，毫无还手之力。

柏图趴在窗沿，看得津津有味，就差袋爆米花了："别说哈，安小妹妹，你这同学还挺能打。"

安疏景勾了勾嘴角："怎么样？还要报警吗？"

安树答呆呆地摇了摇头："要不，还是……别了吧。"

温喻珩真的名不虚传，好可怕，对方五个人呢！就这么被打趴下了？还挺丢人。

"啧。"温喻珩蹲下抓起那人的衣领，"这么多人就这么点战斗力？"

"花拳绣腿？"温喻珩懒洋洋地笑了笑，手上的力道又紧了紧，歪了歪头，眼里全是戾气，"还是来我这儿健身？"

"珩哥，别，我错了我错了。"

"你要真想健身就去正规健身房，我这里不提供免费健身服务，懂吗？"

"懂懂懂！珩哥，我错了，我错了！"被揪着领子不放的少年拼命地点头。

"温喻珩！后面！"安树答隔着窗户看见一个人从地上爬起来，慢慢地拿起棍子，朝温喻珩挥过去。

说时迟那时快，安树答毫不犹豫地打开车门，下车朝少年喊。

一直不耐烦靠墙玩着手机的少女听到喊声，猛地回头看去。

棍子照着头劈下，却被反应过来的温喻珩躲了过去，然后一脚踢到那人肚子上，将偷袭的那人踹翻在地，疼得他捂着肚子"嗷嗷"叫起来。

温喻珩挑眉看了看不远处的安树答，愣了一下，然后拎起那家伙的领子："怎么着啊？跟我玩刺激呢？"

"不不不，不敢不敢。珩哥珩哥，我错了，我错了，饶我这一次，我不敢了不敢了。"那人一边求饶一边赔着笑，但因为腹部的剧痛，使得脸部又微微扭曲，一时有些狰狞好笑。

温喻珩没跟那人多计较，手一松，那人又摔回大地。他把手插回裤兜里："秦瑞，这次就算了。但你要是再皮痒呢，我也懒得再跟你动手，咱们警局见，你看我能不能让你把牢底坐穿。"

"想跟我玩命，你配？"他白了地上的人一眼。

温喻珩"喊"了一声，懒懒的，又变回了那副没什么精神的样子，拉过一旁玩手机的美艳少女，朝安树答走过来。

安疏景眯了眯眼睛："在车里待着。"

"哎？没我事吗？"柏图闷闷的。

"怎么？你也想来打一架？"安疏景解下安全带，朝他翻了个白眼。

柏图一时无语。

温喻珩看到从安树答背后的车里下来一个青年，绝佳的长相外加一脸的高傲和不耐烦，他原本懒洋洋的面色慢慢变得攻击性十足。那人下车后就靠着车门，双手环胸站在安树答的身后，看着他们朝车子这边走过来。

温喻珩挑了挑眉，漫不经心地笑了笑："安树答，你怎么在这里？"

"路……路过。"安树答有些紧张，毕竟他刚刚太可怕了，她一个观众看得心有余悸。

温喻珩尽力挤出一个不怎么吓人的笑容，语气也尽量放得和缓："刚刚……谢了，欠你个人情，想要怎么还？"

安树答一愣，转回头看向她哥哥。

安疏景和她对视一眼，冷冷地笑了笑，又看向温喻珩："要不你……以身相许？"

温喻珩一愣，然后"扑哧"一声笑了出来。

安树答脸立刻红起来，气得直跺脚："哥！"

温喻珩愣了愣，不知怎么，原本紧绷的脸部线条松和下来。

安疏景挑了挑眉："开个玩笑，别当真。"

"哇！宝贝儿你也太可爱了吧？"那个美艳少女看到安树答生气的样子，眼睛亮了亮，一步越过温喻珩，就一边冲她跑来，一边还伸出细长好看的手指，就想上手捏一捏安树答此时气得又红又鼓的脸。

但就差一点，刚要碰到就被温喻珩毫不留情地一把拉了回去。

"温优度，你们很熟？"温喻珩挑了挑眉，一脸嫌弃。

温优度愣了愣。

"宝贝喊谁？"

温优度委屈巴巴地撇过脸去，但天生高冷的相貌让她看起来像在表示不屑。

温喻珩解释："不好意思，我堂妹，有点自来熟。"

温优度腹诽：你才自来熟，你全家都自来熟。哎？好像哪里不对。

安树答摇了摇头，表示没关系，又抿了抿嘴，不知道该说些什么，但又不能不说。"刚刚那个，就……就当还你的饭团之情了。"安树答眼神躲躲闪闪的，"没事的话，我们就先走了。"

她转头看向她哥哥，用眼神求救。

安疏景翻了个白眼，敷衍起来："嗯，老妈喊你回家吃饭了。"

安树答心想：你这理由找得真是经典。

"安树答……"安疏景一边开车，一边笑得阴阳怪气。

"干吗！"安树答没好气地暗暗翻了个白眼，她哥哥怎么老让她下不来台？

"眼光不错。"

安树答听到前座的柏图笑声没憋住，漏出声来。

啊啊啊！糗死了！

反应过来后，她的脸涨得通红："不是你想的那样！！！"

"嗯哼？那是怎样？哦，我懂我懂，普通同学，而已。"安疏景打着方向盘继续开她玩笑，"不过你干吗对着他脸红呢？"

"安疏景！你烦死了！"还当着柏图面呢！什么浑蛋老哥？安树答简直气爆了！

"景哥，你别逗她了，女孩子脸皮薄，会不好意思的。"柏图回头看了看安树答恼怒的表情，好心提醒安疏景。

安疏景这才收敛了许多。

安树答捂住耳朵，决定当沙漠里的鸵鸟，一点都不想听她浑蛋老哥不说人话。

"放心，我不告诉老妈。"

"不是不是不是！都说了不是了！安疏景你能不能闭嘴！"她气得直跺脚，气呼呼地转头看向窗外。

安树答不喜欢反驳别人，即使她心里不认可也不会，因为长年累月和乔佳对峙的经验告诉她——她的意见从来不重要。慢慢地，她就习惯性沉默，然后再慢慢地，她就再也吵不过她哥哥了。

如此循环往复。

但今天的她不知怎么异常敏感。她好像隐隐发现，从小到大，她只有在安疏景面前会有比较大的情绪波动。

是因为安心吗？

想到这里，她不自觉咽了一口口水。

"安小妹妹，别生气了，你哥就那样，我们不搭理他。"柏图转回头看她，然后温和地笑了笑。

"嗯！"

"你怎么这么护着她？"安疏景一边开着车，一边斜睨了柏图一眼。

"像你妹妹这么可爱的女孩子当然得护着啦，我以前就想要这么个妹……"柏图不知想到了什么，笑着笑着忽然不说话了。

但是安树答没发现。

安疏景睨柏图一眼，喊了一声："答答。"

"干吗？"怎么突然喊小名？

"喊声柏图哥。"

为啥？

"柏图哥。"不问缘由，她第一反应是乖乖照做。她抿了抿嘴，有点不服气。

"看呢，真乖啊，看来心里早就想换个哥了。"安疏景勾了勾嘴角。

柏图忍不住笑了。

"我才没有……"安树答小声嘟囔。

"安小妹妹的小名叫答答吗？"柏图转回头看她。

安树答点了点头："嗯嗯！"

"那我可以这么喊你吗？答……答？"柏图笑着试探着喊了一声。

"嗯！可以！"

安疏景从后视镜里看了她一眼，然后又"啧"了一声，随后叹了口气："安树答……你是不是有点客气过头了？"

安树答一愣。

没想到安疏景又说了一句："还是殷勤过头了？"

安树答看到亲哥从后视镜里无比挑衅地朝她挑了挑眉。

安疏景你有病吧！怎么会有这么喜欢让人尴尬的生物存在？不仅乱点鸳鸯谱，还喜欢调侃人！宇宙无敌大浑蛋！

安树答眼睛一翻，彻底不想理他了，惹不起我还躲不起吗？

"你干吗老呛你妹？"柏图眯起眼睛打量安疏景。

"脸皮这么薄，进入社会挨欺负吗？"安疏景面无表情的样子相当严肃认真，但他调笑的语气还是透露出，他此刻只是在练习呛人，"我这是让她提前接受社会的毒打。"

我谢谢你啊！安树答一个白眼翻上天。

"安树答，出去买点水果。"乔佳把门打开大声吆喝着。

正在写数学卷子的安树答被吓了一跳，语气有些闷闷的："让我哥去吧，我在写作业。"

"你哥得招呼他朋友，就一会儿工夫，不差这点时间的。"乔佳走过来，看了看她的书桌，仿佛在确认她是真的在写作业。看到那密密麻麻的卷子，乔佳满意又微不可闻地松了口气。

乔佳做得那么小心翼翼，但安树答还是观察到了。

"喏，手机拿去吧，钱转你微信上了，明天去学校之前交到我房间里来。"

安树答接过手机，点了点头："知道了。"

她打开手机，一下子跳出来很多消息，有桑嘉的，有宋或今的，还有问作文题目的苏函，有些已经是一周之前的了，还有一些是这几天的，最新的一条是温喻珩的。她选了些重要的先回了，但是温喻珩的那条……她点开聊天框，一共两条消息。

温喻珩："在？"

温喻珩："刚那是特殊情况，我一般不随便打人。"

安树答一时有些踟蹰，在对话框里输了又删，删了又输，来来回回改了好几次还是没发出去。

对方像是在她这儿安了监控似的，没一会儿又发来两条消息。

温喻珩："什么话你要编辑那么久？"

温喻珩："搞这么隆重。"

温喻珩："我面子还挺大？"

安树答："啊？我没有。"

安树答睁眼发瞎话。

温喻珩："你是不是忘了'正在输入中……'"

安树答蒙了。

她怎么忘了这茬？她也不知道该怎么回了，有点尴尬。

"安树答，你干吗呢？怎么这么慢？"妈妈在门外催了。

"马上——"

她应了一句，然后又在手机上打字。

安树答："我现在有事，一会儿再聊。"

然后又发了个"拜拜"的表情包。

温喻珩没再回。

安树答等了一会儿，看他没反应了，抿了抿嘴，拿上外套出门去了。她穿好鞋子，想了想，跑到她哥哥房间门口，敲了敲门。

"进来。"这么冷冰冰又不耐烦的声音，是她哥哥的。

正在打字的安疏景抬头，看到是她："怎么？"

"柏图哥，我妈叫我出去买水果，你想吃什么？"安树答直接无视安疏景。

"现在？你一个人吗？"盘腿坐在床上玩手机的柏图看了看外面已经黑透的天。

安树答点了点头。

"你怕吗？要不我陪你出去？"

安树答摇头："没事的，我不怕。"

"浅岸好歹是个文明的一线城市，治安好着呢，你担心什么？"安疏景一边打着字，一边不说人话。

安树答没忍住朝他吐了吐舌头。

柏图朝她耸了耸肩："好吧，那你注意安全哟。"

安树答笑着点了点头："那你想吃什么水果？"

"椰子。"安疏景抢答。

"买不到。"安树答唇缝抿成线，语气是很刻意的不耐烦。

柏图看着这兄妹俩的互动，憋笑道："都可以，你想吃什么就买什么吧。"

"……行。"安树答关上门走了。

安疏景刚好打完最后一个字，环抱双手，挑眉："柏图……"

"干吗？"

"你今天怎么这么人模狗样呢？"安疏景斜睨他，"你不会……对我妹有什么想法吧？"

柏图有苦说不出，脸黑了黑："我没有。"

安疏景眯了眯眼睛，然后"啧"了一声。

十月份的夜晚已经开始降温了，但热气还是一点没少，只是吹上来的风少了几分燥。

知了还在叫，像是要抓紧生命的尾巴高歌。

安树答披了件红白格子的衬衫外套，戴着耳机走在马路上。其实天气并不冷，只是穿件外套总能让她有些安全感，莫名其妙的理由，但这种感觉只有她懂。

耳机里播放着 Tiffany 的 *Eternal flame*，翻译过来就是永恒的火焰，也是生生不息的希望，她很喜欢这种生机。其实她还挺喜欢这样，戴着耳机听着歌，漫无目的在街上闲逛，这样的过程让她觉得是自由自在的，没有什么拘束，可以随心所欲地天马行空、胡思乱想，或者思考迸进脑海的问题。

只是这样的自由很少，几乎没有。

安树答去了就近的一家水果店，估算着妈妈转给她的一百块钱，拿了些妈妈爱吃的葡萄、西瓜，按着安疏景的口味买了半个哈密瓜。

然后抱着切好打包的水果结账，出门，却迎面撞上了一个人。

少年似笑非笑，摁熄手里的手机，勾了勾唇："挺……巧？"

"温喻珩？"她一愣，呆呆地看着他。

"不重吗？"他朝她怀里抱着的一堆水果努了努嘴。

当然重！

"还好，我家离这里不远的，一会儿就到了。"安树答死鸭子嘴硬。

温喻珩挑眉："那我送你吧？"

"啊？不用……我……我认路……"安树答下意识拒绝。

温喻珩没说什么，而是直接上手拎起她怀里的那一大袋子水果："我是过来跟你客气的？"

安树答愣了愣，反应过来后才迈着步子跟上去："温喻珩……"

"嗯？"

我们好像……没有那么熟。但安树答并没有这么说，抿了抿唇："你也住这附近？"

"不是，我过来补课。"

"补课？"安树答一惊，在她心里，温喻珩应该是属于天赋型学霸，怎么还要补课？

看着她疑惑的样子，温喻珩笑了笑："人总有短板，我再牛……咳咳。"

他想到是在安树答面前，有些话终归不怎么动听，所以话到嘴边硬生生止住了。

"我再牛，也有不擅长的不是？"

安树答摇了摇头，诚实地说："不，我觉得你没有什么是不擅长的。"

她这是夸他了对吧？温喻珩不自觉地勾了勾唇。

安树答发现他朝着自己笑，愣了愣，脸开始有些烧："你……你看着我干吗？"

"没什么。"

安树答眨了眨眼睛。

"你家在哪儿？"

"前面那个小区。"安树答加快了脚步。

温喻珩个子很高，目测有一米八几，腿又长又直，他虽然平时看着懒洋洋的，很不靠谱，可腿脚很利索。安树答个子不高，才一米六出头，所以为了跟上他的脚步，只好加快速度赶上去。

温喻珩朝她看了一眼。慢慢地，安树答发现她不用加速也能跟上他的步伐了。

她偷偷瞥了一眼旁边的少年，然后就被抓了个正着："帅吗？"

安树答连忙瞥开眼神，尴尬得红了脸。

温喻珩突然问："你急吗？"

安树答一愣，疑惑地看他一眼，又迅速移开目光："什么？"

"急着回去吗？"他好笑地重复了一遍。

安树答摇了摇头。

"那我们……当心！"温喻珩一把把她拉到怀里。

她的手腕被人用力一扯，身体下意识被转了个弯，然后一只手臂环住了她的肩，下一秒，她被带入一个温暖的怀抱。旁边一辆电瓶车摁着刺耳的铃声从他们旁边飞过。

更加浓郁的松柏的清香扑面而来，萦绕在她的整个鼻尖，慢慢地占据脑海里的记忆表层。

从来没有和男生这种距离接近过，安树答耳尖都开始烧。

温喻珩低头就能嗅到安树答松软发丝里清淡的柠檬薄荷香。印象里，她该是草莓或者桃子甜甜的味道，可长得这么可爱甜美的女孩子，出人意料却是酸酸冷冷的薄荷柠檬，他不知道想到了什么，有些入神。

安树答耳尖都快烧熟了，明明他就用了一只手，怎么力气还那么大？果然是男女有别。

她轻轻推了推他："温……温喻珩，你松下手……"

温喻珩这才反应过来，松开手。

"谢……谢谢……"她低着头不敢看他，手指不住地捏着衣角。

"不客气。"温喻珩似笑非笑地欣赏着她的局促不安。

安树答脸更红了，拿过他手里提着的那袋水果，低着头不敢直视他，不由分说抱着水果就跑。

　　留他一个人在原地。

　　第二次把人吓跑的温喻珩又蒙了。

　　月考成绩出来得很快，他们回校的当晚，班主任就已经打印好了成绩单，打算趁着晚自习前的休息时间开一个简单的班会。

　　桑嘉看了一眼贴在墙上的月考成绩单，然后飞奔过来，神采奕奕的："答答，你猜猜你考第几名？"

　　安树答摇了摇头："不想猜，你直接告诉我吧，我自我感觉良好。"

　　她不喜欢考好了说"没考好"，考差了说"别问了"，她喜欢说自己的第一感觉。

　　"你第二！年级第二！你考过了江辞呢！"桑嘉捏着安树答的肩膀使劲摇着。

　　安树答愣了愣，一年的憋屈好像在这一刻得到了疏解："第一是谁？"

　　"温喻珩呗。除了他还有谁？你都不知道，当初知道温喻珩和江辞换班的时候，一班那位裴源可高兴坏了，差点没放鞭炮庆祝，听说这次他们班第一就是他。"

　　安树答不知道为什么，听桑嘉说第一是温喻珩的时候，心里有点开心，但听到"除了他还有谁"的时候，感觉怪怪的，好像有点不服气。

　　"珩哥——"是一班的裴源，说曹操曹操就到。

　　趴桌子上睡觉的温喻珩烦躁地抬起头，看到一脸得意扬扬的裴源。

　　温喻珩今天的黑眼圈很重，给他罩上了一圈雅里带痞的光晕，又丧又懒的样子配上他天生优秀的相貌，看起来有一种颓丧的美感。

　　他拿起桌上的笔袋就砸过去："看不到我在睡觉？吵什么？"

　　起床气上来了。

　　但朝气蓬勃的裴源似乎早就习惯了，并没有对此有什么额外的脾气，拿着温喻珩砸过来的笔袋屁颠屁颠靠过去，给他放桌上摆好。

　　"嘿嘿嘿，我错了，珩哥，我过来是有大事！"裴源大大咧咧，丝毫不见外地进了十班的教室，一屁股坐在隔壁江辞的位置上，"过来谢珩哥和辞哥大恩，这次月考我排班级第一。"

　　温喻珩不耐烦地翻了个白眼："这种破事有我睡觉重要？"

　　裴源一愣。

温喻珩翻了个白眼，倒头继续睡。

"珩哥？"裴源小心翼翼戳了戳他的肩膀，"别这样啊，珩哥，你好歹给句鼓励。"

"哎哟，这不是我们裴源源嘛？"江辞拿着一沓纸进来，扶了扶眼镜，调侃起来。

"闭嘴！"裴源瞬间气恼，"再叫这破名我跟你急。"

"哎？"裴源甩胯撞了一下江辞，"看年级排名没？我，班级状元。"

"别嘚瑟了。"江辞笑道。

"不是捡漏王？"温喻珩被吵得彻底睡不着了，打了个哈欠，懒洋洋地坐起身来，惺忪的睡眼瞟到江辞桌上那沓纸，"这什么？"

"座次表喽。"江辞耸了耸肩，没所谓地笑了笑。

温喻珩挑眉看了一眼，又看向裴源，声调懒懒散散的，漫不经心，带着属于他特有的酷酷的腔调："裴兄还不走吗？我们要商量班级大事了。"

裴源"呵呵"假笑了两下，然后"哼"了一声就背着手出了门，像极了傲娇的孔雀。

"怎么空白的？"温喻珩问江辞。

"因为我们'老班大人'山人自有妙计。"江辞笑嘻嘻地推了推圆框眼镜，白净的脸上显出几丝深藏不露的笑意。

"按成绩选？"温喻珩勾了勾唇，懒洋洋地抽出一张数学试卷，一边慢条斯理打了个哈欠，一边按了按圆珠笔。

江辞笑着"啧"了一声："不是？你能给个面子吗，猜错一次不行吗？"

温喻珩微不可闻地翻了个白眼，语气一如既往："这都猜不到，争当九年义务教育漏网之鱼？"说完，他又懒洋洋地打了个哈欠，垂睫看题。

江辞笑了笑，不再说话，开始做"班主任任务"。

月考后，回校的那个晚自习，是统一用来订正和整理月考试卷的，浅岸一中是浅岸市数一数二的重点高中，属于学霸遍地走的存在。

很多时候，学校对学生的学习管理并不特别严格，更注重学生的个性和多方面发展，因为这里的学生本身就是中考优胜劣汰选出来的尖子生，具有与生俱来的学习天赋，或者在长年累月的学习生活中早已经形成了自己独有的学习方法。所以学习对他们来讲是学校里最简单的事情，所以任课老师只管上课、布置任务、接受反馈、调整讲课方式方法，其他的很少管。

就比如讲评试卷这种事情，都是让学生提前订正，到第二天课上拣重难点讲一讲，提个方法就过去了。

反正学生领悟能力很强，不会的再自己问就行，简单基础的就问做对的同学，相互讨论就可以解决。这次的数学考卷题目不难，饶是平时数学不是那么好的安树答也考了147分，所以她订正得很快。但安树答看着自己的语文作文，却愣了神，70分的满分她只拿了61分，难道是因为刚开始写议论文不习惯？

"桑嘉……"

"哎？"桑嘉正在优哉游哉地订正数学卷子，"怎么了，答答？"

"你知道这次作文最高分是谁吗？"安树答想借来看看标准答案，然后借鉴借鉴，分析一下自己的问题出在哪里。

桑嘉歪头想了一会儿："好像是……温喻珩。"

"啊？哦……"安树答开始犯难了，她有点不太好意思主动和男生讲话。知道这是自己的缺点，她无奈地叹了口气。

"大家停一下笔。"班主任穆逢走了进来，然后朝江辞招了招手。

江辞会意，拿着完成好的"班主任任务"上去，递给穆逢，又原路返回。

"成绩已经出来了，相信大家都已经看到后面贴着的成绩单，总体来说呢，大家的发挥还是在正常水平上的，我们班的第一名和最后一名的总分分数差是25分。这次月考奖励放在周二的班会课，顺便重新安排班委，到时选出来的班委就是正式的了。

"接下来，按着成绩，每个学习小组的组长上来选一下位置，我先来公布一下每个小组的组长以及小组的总成绩。"

穆逢打开黑板上的白板："这是座位的分布图，大家看一下。"

穆逢拿出一张A4纸："第一名是男生一组，组长温喻珩；第二名是女生一组，组长安树答；第三名组长桑嘉；第四名男生四组沈央；第五名女生明周淇……"

女生大致是按宿舍分的，男生因为他们班只有十个，穆逢干脆就把男生五五分了。

"好了，给你们十分钟，一个组的相互讨论一下，然后挨个上来填名字，没轮到的就订正试卷，订正完的可以看《红楼梦》。都看到第几章了呀？过几天就是《红楼梦》1～10章小测，看你们能考多少。"穆逢的笑语中透着几分阴阳怪气。

底下一片叫苦不迭。

安树答她们组全票通过要中间前排的位置，视野是全教室最好的。

"安树答。"有人喊了她一声，熟悉的声音，带着少年天生的桀骜和磁性。

是温喻珩。

温喻珩笑着歪了歪头，语气依旧懒洋洋的，手里转着他的那只价格不菲的圆珠笔："上来填座位，到你了。"

穆逢有事，所以叫班长盯着班里的秩序，顺便让他看着同学们选座位。

温喻珩坐在讲台后面的椅子上，看着她从懵懂不解到恍然大悟，然后又急又怕打扰到别人的样子，脸上是她自己都不曾注意的各种小表情。温喻珩情不自禁笑起来，丹凤眼狭长，天生含情，然后就被一个飞过来的纸团砸了个正着。他也不恼，只是环视一圈，然后找到了朝他挑眉的"罪魁祸首"。

江辞，你想死？温喻珩用口型对着江辞隔空喊话。

看字条。江辞笑得意味深长的，回他一个口型。

温喻珩挑了挑眉，慢条斯理地打开揉成一团的纸团，纸团上写着：你能别笑得那么诙谐吗？

温喻珩挑了挑眉，嘴角弯过一抹坏坏的笑容，按了按圆珠笔，龙飞凤舞地写下一行字，然后慢条斯理地重新团成团。

"嗯……"安树答压低声音喊他，"温喻珩……"

"嗯？"温喻珩挑眉看着她。

"这个名字怎么排？"安树答拿着鼠标抿了抿嘴。

她又把头发剪短了，齐耳的短发，因为一直把前面的两撮头发别在耳后的缘故，所以那两撮头发有些微卷，乖乖的形象里又添了几丝甜美和俏皮。

温喻珩笑了笑，从椅子上起来，单手撑着讲台，看着上面的电脑，清新好闻的松柏香就这么猝不及防地侵入安树答的嗅觉领地。

温喻珩从她手里接过鼠标，安树答下意识地缩了缩，另一只手不自觉捏紧了衬衣外套的衣角。似是注意到两人之间的距离近得有些过分了，她脚步微抬，似是无意往旁边移了移，躲开了些。

温喻珩眉头微抬，笑了笑，压低声音，温声细语的："你们选的哪个区域？"

安树答指了指："这个。"

温喻珩挑眉，嘴角扯起一抹坏笑，轻轻地"啧"了一声。

安树答这时才发现，那个区域的另一边……是温喻珩他们组。

那岂不是……邻座？

她忽然反应过来温喻珩刚刚那一声"啧"的含义，他不会认为她是故意和他选靠近的座位吧！

安树答脸开始红了，抬头看了看其他人，幸好他们都低着头在写作业，只好压着声音小声道："这是我们组共同讨论决定的。"

好像又不对？这解释像是另一种证据，用来坐实她的"图谋不轨"。可她真的没有那个想法。

"嗯。"温喻珩似笑非笑的调侃语气。

明明他回得简单，但安树答却觉得误会更深了。

温喻珩笑了笑："回去写作业吧，我帮你填。"

"啊？谢……谢谢，是……是这个区域。"安树答怕他搞错，再次指了指。

温喻珩笑着点了点头，递给她一个纸团："麻烦帮我给江辞。"

安树答没再说什么，拿着纸团走到了江辞边上，然后递给他，就回了自己的位置。

江辞一愣，然后看向讲台上的温喻珩。对方朝他挑衅地挑了下眉。他忽然有种不好的预感，沉着气打开了那团纸，然后班里正埋头写作业的众人便听到后排某个位置发出一阵剧烈的猛咳。

"咳咳咳！"

那纸团上写着温喻珩的回信，字体是他自成一派的潇洒行楷：因为太帅影响到你，不好意思。

下面紧跟着一句话：别迷恋哥，更别迷恋哥的一颦一笑。最后"笑"字的那一捺写得极其飘逸。

温喻珩撑着讲台，悠悠然欣赏了一会儿，才心满意足地开始慢条斯理打字。

他十分"善解人意"地在"温喻珩"三个字旁边首先写上了"安树答"三个字。

就……很完美。

第二天穆逢把座次表公布出来的时候，江辞皮笑肉不笑地默默给温喻珩竖了个大拇指。

安树答看到她座位的时候愣了一下，然后抿了抿嘴，开始收拾自己的东西。

桑嘉朝她吐了吐舌头："答答，我们以后就不是同桌了。"

安树答笑了笑："你不就在我后座吗？"

"干吗喽，让我感慨一下嘛！"

安树答笑了笑，无奈地摇了摇头。

隔了一会儿，桑嘉又戳了戳她的胳膊："答答？"

"嗯？"

"你和温喻珩坐一起呢。"桑嘉朝安树答挑了挑眉。

安树答垂睫，轻轻地"嗯"了一声，没什么情绪。

桑嘉眯起眼睛："不是，你就没啥想法？"

安树答愣了愣，反应过来后，苦笑了一下："我……"

"打住，我懂了我懂了，我们答答心里只有学习。"桑嘉笑嘻嘻地朝她挑了挑眉。

安树答想起什么，笑了笑："我这样的，不好。"

"答答，别这么说嘛，你长这么漂亮，自信点。"

安树答抿了抿嘴，从小到大只收过关于成绩的夸赞，很少受到这方面的，一时之间倒有些不适应，于是她的第一反应是反驳："不了，还是……别喜欢我这样的了。"

不知怎么，心里有股淡淡的酸涩，因为只有她知道自己是个什么样的人——疏离型人格，害怕孤独，但更害怕别人的关心和突如其来的温暖，让她不适应，想要下意识拒绝，也不知道该怎么回应这种温暖，所以只能逃，逃得远远的，像个怪物一样。

"答答？"桑嘉疑惑地拿手在她眼前晃了晃。

"啊，不好意思，走神了。"安树答抱歉地笑了笑。

教室里到处都是桌椅拖移的嘈杂声。

"嗨！"温喻珩歪着头朝安树答笑。

安树答看着离她半个过道距离都没有的温喻珩，一时有些呼吸紊乱。她点了点头，算作打招呼，然后别地扭转回了头。

其实这一个多月相处下来，她发现温喻珩的霸道人设是有些崩塌的。他不抽烟，不喝酒，很有礼貌，她曾见过的那些小混混儿的恶习，他一个没有，一个不沾，更不乱撩女同学，甚至与每天堵教室后门的那些追求者保持着距离。他还成绩优秀，乐于助人，有责任心也有领导能力，在同学和老师中的人缘都很好。

如果不是那次亲眼看见他打架，他真的就是一个品学兼优的好学生。

不过，也不能因为一个人会打架就说他是一个坏学生吧？逻辑明显不通啊。也许他有其他原因呢？也可能是那些坏家伙故意挑事呢？

安树答心里第一次出现了思想斗争，第一次对"非黑即白"产生了质疑。经过一番思想斗争，安树答最终还是把温喻珩归入了"好学生"一类。

"安树答？"温喻珩喊她。

"啊？"安树答扭过头。

"借支笔。"

安树答疑惑："你为什么不问江辞借？"

江辞和温喻珩是一个小组的，所以他们两个现在还是同桌。

"他的笔不好看，用着影响心情。"他语气慵懒。

一旁的江辞转过头来，一脸嫌弃："咦……"

安树答看着江辞想揍人又无奈的表情，又看了看温喻珩倨傲懒懒的样子，笑了笑，拿了支笔递给他："其实我的也不好看。"

"好不好看不重要，主要他的笔不符合我的审美。"温喻珩抬了抬眼皮，似笑非笑。

温喻珩前座的苏函转过身来，眯着眼"啧啧啧"。

安树答一愣，随后转回头，抿了抿嘴，脸又不争气地发烫了。

温喻珩斜睨了苏函一眼："没事儿别转过来。"

苏函也是温喻珩一组的，现在坐在温喻珩前座，此刻他有些心情低落，假意吸了吸鼻子："珩哥，你不爱我了。"

温喻珩白了他一眼："你反射弧挺长？"

"啥？"苏函一时没反应过来。

"今天才知道这个事实？"

安树答没忍住笑，"扑哧"笑出了声。

"答答，我要和你绝交。"苏函恨恨地撇了撇嘴。

苏函的语文成绩很好，而且颇有些文艺青年甚至是愤青的情怀和范儿，所以对安树答这种作文写得一流的大神很有好感，一下课没事就来找她交流交流哲学和社会问题。一开始安树答也很别扭，但一来二去两人也就慢慢地熟了，再加上他们讨论的都是安树答感兴趣的话题，她也就慢慢地从别扭变为合拍。

安树答笑了笑："对不起，我不是故意的。"

但温喻珩不干了："苏宝宝……你喊谁答答？"

苏函咬牙。

安树答愣了愣，帮苏函解释道："没事的，我的朋友都这么喊我。"

"哦——"温喻珩拉长了语调，脸色黑了黑，情绪肉眼可见的开始不好。

江辞抿着嘴在一旁疯狂憋笑，握着笔的手因为憋笑的缘故一颤一颤的，他掩饰性地推了推圆框眼镜，然后把脸扭到一边，继续憋笑。

安树答也不知道温喻珩怎么就情绪变化那么快，她哪句话惹到他了吗？不都挺正常的吗？但是想想之后还要相处一个月，而且他打架的时候那么凶……不不不，按温喻珩的教养是不会打女孩子的。但安树答还是有些怕他，不过温喻珩的那张脸是真赏心悦目，挑不出一点瑕疵。

啊啊啊！

她摇了摇头，脸有些微微发烫，安树答你在想什么啊？

"安树答，你怎么了？"温喻珩转着圆珠笔，懒洋洋地抬了抬眼皮。

"没……没什么……"安树答抿了抿嘴，从抽屉里抽出一袋刚拆封不久的薯片，"你要吃吗？"

温喻珩挑了挑眉，勾了下唇："转移话题啊？"

"我……我没有，不吃算了……"安树答把薯片推进去，却被他抓住了手腕。

安树答一惊。

温喻珩一触即收，慢条斯理地接过薯片袋子，摸出几片来塞入嘴里，"吧唧吧唧"嚼了起来。他的手指又细又长，骨节分明，手背上的皮肤像玉一样，摸薯片的样子像是在抽着扑克牌，十分潇洒。

"味道不错。"他笑得相当好看。

周末，温家。

爸妈吵架了，老妈单涟绛又是砸东西又是收拾行李箱的："我告诉你，温开远！这日子没法过了！"

然后又是一阵乒乒乓乓砸东西的声音。

温喻珩跷着二郎腿坐在沙发上，腿有一下没一下地抖着，印着"浅岸一中"字样的校服外套被他随意地扔在沙发上，他只穿了一条校服裤子。

电视声音开得老大。

他斜睨了一眼一旁的温优度："温优度，薯片让你一个人吃完了！给我留点！"

"凶什么凶啊，温喻珩？脾气都让你一个人发完了呗？"温优度抱紧了怀里的薯片，朝他翻了个白眼。

温喻珩"喊"了一声，捏住妹妹的马尾辫，像拎小鸡似的，然后一把把薯片给抢了过来："你跟谁说话呢？这语气？"

被扼住命门的温优度可怜兮兮地讨饶："哥哥哥，疼疼疼，我错了错了错了！"

温喻珩翻了个白眼，松开了她的小辫子。

"阿珩！优优！"单涟绛拎着一个行李箱气势汹汹地走下楼梯，"我们走！这破别墅不住也罢！"

然后温开远在后面追。

"哎，不是，老婆别啊，不是……"

温喻珩无语地翻了个白眼，还真是小学生吵架现场。温优度也是一副习以为常的样子，一点都不在意她大伯和大伯母的吵架，反正每次大伯都会把大伯母哄回来的。

他拿过一旁的手机，点开了和安树答的对话框，思考了一会儿。

温喻珩："在？"

温喻珩："几点到？"

对方没回，他就抓着手机静静地等。

温优度偷偷瞄了一眼他的手机，女生天生的八卦之魂立刻熊熊燃烧，她拿胳膊撞了撞她讨人厌的堂哥："啧啧啧，是上次那个姐姐吧？"

温喻珩抬了抬眼皮，没看她："和你有关系？"

温优度跳起来："怎么没有关系？那很有可能是我未来……"

"你们在说什么姐姐？"单涟绛拎着箱子在他们身后停下了脚步。

"我哥班上的一个女同学！"温优度快速且简明扼要地总结。

温喻珩翻了个白眼。

单涟绛立马忘了她还在和温开远吵架，而是迅速关心起这件事，总感觉是一件大事。

单涟绛拉着温优度八卦起来。

温优度点头如捣蒜："漂亮，长得像洋娃娃似的，皮肤也白，而且啊，一看就是特别乖特别懂事的，长得可甜了，又甜而不腻，说话也温温柔柔的，我都害怕我哥会欺负她。"

"真的？听着性格很好的样子，我就说我儿子眼光肯定随我！"

"行了吧你们俩，八卦不八卦？"温喻珩翻了个白眼，拿起沙发上的校服外套就起身走了。

"哎哟，阿珩啊？别害羞啊，有空带回来看看啊！"

他懒洋洋地挥了挥手，扭头往楼上走。

刚刚安树答给他回了消息。

安树答："十二点半吧？因为我还要去趟宿舍收拾东西，你有什么重要的事情吗？"

温喻珩："我语文作业没写，你的借我抄抄？"

这次她回得很快。

安树答："语文不是只有三页摘抄吗？"

温喻珩："我家徒四壁，买不起书。"

还发了一个笑哭的表情包。

安树答："好，那我尽量早点去教室，我要交手机了，一会儿见，拜拜。"

她又发了一个挥手的表情。

温喻珩："嗯，一会儿见。"

"不错啊，儿子。"温开远拿着一把折扇偷看温喻珩的手机，欣慰地拍了拍他的肩膀，"你这架势和我当年有得一拼。"

温喻珩按灭了手机，双手吊儿郎当地插进裤兜里，站在楼梯上大喊了一声："妈——"

单涟绛应了一声："怎么啦？"

"我爸说我长得丑！"

温喻珩笑嘻嘻地朝他老爸挑了挑眉："保重，爸。"

几秒后。

单涟绛怒吼的声音从客厅传来："温开远！你胆子肥了是不是！你再说一句我儿子丑我跟你离婚！"

温开远如遭雷击，嘴角微抽："臭小子……我不就是看了眼你手机，你良心不会痛吗？"

温喻珩单手插在裤兜里，另一只手懒洋洋地朝他挥了挥，慢悠悠地上了楼。

安树答收拾了一下东西，塞了几件干净的衣服进行李箱，看还有点空间就把书包一起放了进去，然后出了房间，说："妈，我好了，我们走吧？"

"这么早吗？你们几点到啊？"

"一点半以前。"

"可现在才十一点半多啊？"

"我要去宿舍收拾东西。"她回道。

乔佳点了点头："行，你等一下，我把饭吃完。"

安树答点了点头，回屋拿起一本《穆斯林的葬礼》看起来。

没过一会儿，妈妈就过来敲门了："安树答，走了。"

安树答想着温喻珩没写作业可能会有点急，就尽量早点到了教室，但是没想到他竟然胆大包天地在教室里玩手机！他不知道学校不让带手机吗？他不知道教室有监控吗？

这也太狂了吧？他爸妈就不收他手机吗？不怕玩物丧志？

温喻珩用余光看到了安树答，今天是周末，学校并不强制要求学生在周六周日穿校服，所以她只是穿了件简单的连体牛仔裤，里面配了件红白格子的衬衫，衬得她皮肤更加白皙，整个人都暖洋洋的，有种乖巧和俏皮结合起来的甜美。

温喻珩不由得看得呆了呆，反应过来的时候，安树答已经坐到他旁边了。

她拉开书包的拉链，从里面找出摘抄本："给你，你记得别抄最新的那三页，抄中间一点的，这样穆逢不会发现。"

她细心地给他把本子翻开到中间，然后递给他。

温喻珩撑着脑袋笑嘻嘻地看她，眉头微抬："好。"

他只穿了校服裤子，上衣穿的是白色短袖，有些好看。安树答看着他，脸红了，抿了抿嘴，别开了目光。

温喻珩挑了挑眉："安树答……"

"啊？"

"脸别乱红。"

这下她耳尖也开始发烫。

她决定转移话题，于是转过头问温喻珩道："那个……你数学卷子能不能借我看看？我想对一下答案。"

温喻珩"嗯"了一声，从文件夹里拿出一张数学卷子递给她。

他是个很有条理的人，课桌总是收拾得干干净净，什么东西都放得很整齐，连安树答一个女生都自愧不如。所以每次老师路过他和江辞位置的时候，都会发出由衷的感叹。其实江辞的桌子也挺干净的，但和温喻珩的一比，就相形见绌了。

这次的数学卷子出得很标准，完全是高考的格式，14 道填空题和 6 道简答题。因为这次的卷子难度挺大，安树答在家做了好久，所以有点心虚，不敢直接交上去。

她简单对了一下，和温喻珩有三个答案不一样。

还好。

她松了口气，然后找温喻珩请教。

"第 14 题用三角函数和圆与直线方程。"温喻珩简单提了一下。

安树答顺着他的思路走，立马就懂了。

温喻珩的字很好看，自成一派的行楷，潇洒中又可见端正，就像他的人一样，独立又有自我清晰准确的判断和追求，相当有自己的想法，风格独特。

这个世界上没人像温喻珩，安树答上次觉得柏图和他有点像，但是真正和他相处之后，却觉得两者存在很大的差异。

温喻珩有很多优秀的学生的共性，但又永远保持自己的个性，尤其在自我认知方面，绝不认输，活得自由又洒脱。而最重要的是他独立清醒从不盲目的思想，这一点让安树答发自内心地欣赏和敬佩。

她和温喻珩差不多同桌了两个星期，说是同桌其实也不算，毕竟隔着半条过道，但由于特殊的地理环境，他们几乎是伸手就能碰到的距离。

她知道班里有不少女孩子都对他芳心暗许，但她觉得这其实并不意外。

毕竟他是出类拔萃又相貌极出挑的人。

高二的活动相对还是多的，年级里面组织了一个辩论比赛，让每个班选一些同学参加，然后根据抽签顺序在班与班之间进行比赛。

温喻珩和江辞都报名了，安树答也想报名，但是晚了一步，最后一个名额被明周淇报了。

她还挺失落的，却没有表现出来，就当一件小事随它去了。

温喻珩晚自习给她传了字条，他的效率一向很高，晚自习无比繁重的作业他每次花一半时间就搞定了，剩下的时间就做自己的事情，偶尔会睡觉或者拿自己偷偷带的手机上网。

安树答有一次很好奇他是怎么做到的，便偷偷观察他，然后就发现他每次做作业的时候都是全神贯注的，什么话都不说。

这倒没什么，毕竟班里大部分同学做作业的时候都是这种浸入式状态，但要命的是，一般晚读要背课文背单词的时候，他基本浏览十秒钟就翻页了，哪怕内容再多，他背诵的时间也不会超过五分钟。

背完后就做数学和英语的课后作业。

更气人的是，温喻珩每次这两样都是同步进行的！！！

别人做数学填空题，草稿纸上密密麻麻的全是数学公式和计算过程，他的草稿纸却干干净净的。

一般写完英语的完形填空，数学填空题前八题的答案就全算出来了……

关键是即使这样一心二用，他的数学和英语每次基本都是满分。这是什么逆天人类？

安树答后来问温喻珩："你英语阅读理解都怎么看的，为什么能看这么快？"

他说："我一般一目十行，而不是一个单词一个单词地看过去。"

"怎么一目十行呢？"

"靠感觉找到一整篇文章的对称轴的位置，然后顺着那个中线从第一行往下平移，只要注意力集中，练习久了习惯了，一分钟就能看完全篇。"

怪不得，等他们要一起默写的时候，温喻珩的数学和英语就全做完了。

听完他的做题方法，安树答再也不敢奢望能考过温喻珩了。她服了，服得五体投地，她为她之前的不服气和年少轻狂道歉。

也是因为这件事，让安树答真正相信了，这个世界上真的有些东西，是靠努力超越不了的，比如有些天赋上的差距。

但安树答并没有多失落，因为她更知道，人活着的意义绝不仅仅是为了比较或是竞争，而是为了追寻更好的远方和更优秀的自我。

她佩服温喻珩也并不是因为他得天独厚的天赋优势，而是因为他永远清醒的思想与人格。

安树答打开温喻珩给她飞过来的字条，上面写着：你想参加辩论赛吗？

嗯？他怎么知道？

她下笔写了回答：嗯。

然后抬头看了眼今天值日的同学，是桑嘉。

桑嘉眯起眼睛看了看她，用口型说：动作小点。

她点了点头，用口型回道：我注意。

她把字条传回去。

没一会儿，温喻珩又把字条传了回来：下课找你说。

她偏过头，温喻珩刚好也回过头来看她，他眉峰微抬。

她虽然不懂是什么意思，但还是点了点头。

"丁零零——"

晚自习结束了。

大家开始收拾东西。

温喻珩从桌肚里偷偷拿出手机塞入校服外套口袋，说："安树答，门口等你。"

"好。"安树答乖巧地点了点头。

但是温喻珩却被明周淇拦住了："温喻珩，有道数学题我不会，你可以教我一下吗？"

他有些不耐烦，但还是保持了一点绅士风度："哪道题？"

明周淇神色松了松："就是最后一道大题，那个数列，最后的公式我求不出来。"

"哦，那个啊，那是奥赛题，你做不出来很正常。"温喻珩打了个哈欠，"你是走读的？"

明周淇点了点头："嗯嗯嗯，你怎么知道我……"

"那挺好，回家自行百度。"温喻珩扭头看了一眼早已收拾好东西，却因为被明周淇堵着而出不来的安树答，皱了皱眉。

明周淇还想说些什么，温喻珩先一步打断了她："没事了吧？没事我要走了。"

明周淇不死心："我们可以一起回去啊，我们不都是走读的吗？"

"没兴趣。"他偏头，越过明周淇，对安树答说，"走吧，我送你回宿舍。"

安树答终于可以离开。

"你想参加辩论赛？"

他们走在校园里的林荫道上，那是去宿舍的必经之路。

安树答点了点头："但人不是满了吗？"

温喻珩"啧"了一声："退出个人不就行了？"

安树答有些感动，她大致明白温喻珩的意思了，他还挺有大无畏牺牲精神的。她以后一定逢人就说温喻珩不是什么凶神恶煞的坏人，而是一个大好人！

她感动地看了眼温喻珩："温喻珩，谢谢你。"

温喻珩一愣，笑了笑："小事。"

第二天。

穆逢说因为有一个人退出了这次的辩论比赛，所以让上一次没轮到的安树答补上。

"所以，我们班这一次的比赛成员是安树答、明周淇、苏函，还有温喻珩。"

温喻珩不是退出了？江辞呢？安树答愣住了。

她转过头看了一眼温喻珩，对方朝她眨了下眼睛，笑得天真无邪，人畜无害。然后她视线一偏，又对上了江辞无比幽怨的眼神。

只见温喻珩冷笑了一下，江辞又无比幽怨地把视线收了回去，伸手抬了抬鼻梁上的眼镜，从课桌里拿出一个纸片做的小人，上面写着"温喻珩"三个大字，然后拿起一只子弹头的圆珠笔，狠狠地扎上去……没一会儿，纸片人就被扎了个稀巴烂。

安树答默默咽了口口水，她有些心虚，也有些愧疚，对江辞，也对自己。

她怎么就信了温喻珩呢？

辩论赛打了几轮，十班实力太强劲，基本上每次都赢得毫无悬念，一路挺进决赛。

决赛对上的是裴源所在的重点班，重点班对重点班，看头很足。

这一期的辩论题目是"家庭养老和社会养老哪个更可靠"，十班抽中的是反方"社会养老更可靠"。

宋或今是学生会主席，因为她出色并且大气端庄的外表，所以一直都是年级里各大晚会的主持人之一。

另一位主持人是江辞。

这次辩论比赛她和江辞是轮流当主持人的，决赛刚好轮到她。

笔挺的黑色正装让宋或今此刻看起来颇具英气，清亮的声音通过麦克风传遍整个会场：

"接下来，双方进入自由辩论环节，各自时长为十分钟，从正方开始。

"计时开始。"

裴源打头阵："我方认为家庭养老更可靠，因为在中国，家庭养老占比明显高于社会养老。"

"指出对方逻辑错误，占比高不等于可靠，难道'中国式过马路'也可以靠人数优势洗白吗？"安树答立刻起立反驳。

"'中国式过马路'与本次辩题无关，谢谢。"正方一辩。

"类比而已。"安树答继续反驳。

"家庭养老充分考虑老年人的精神情感需求，社会养老做得到？"正方三辩。

〈 第二章 〉
〈 公主病 〉

"社会养老至少有法律保证，更加安全并且可靠。"温喻珩加重最后两个字，"并且我想问对方辩友，按你们的逻辑，把老人送养老机构难道就代表子女不闻不问吗？"

对方语塞，一阵空白期。

底下文科班的同学爆发出热烈的掌声。

裴源站起来："当然不是，但家庭养老至少保证子女和老人在一起，让老人觉得自己没有被抛弃，有精神慰藉。"

温喻珩慢悠悠地站起来："那请问对方辩友怎么解释中国人数庞大的'空巢老人'以及社会新闻频频爆出的家暴老人的新闻？我方认为，虽然养老机构的工作人员与老人的情感联系不高，但至少在法律的强制性保护下，可以规范自己的行为，这可以看出社会养老更加可靠。"

温喻珩顿了一下，看向对方辩席："人性无法被赋予绝对信任，但是法律可以。"

对方又语塞了一两秒。

三个文科班的学生立刻心有灵犀地鼓起掌来。

还是裴源来救场："我方当然是信任国家法律的，尤其是国家对家暴的法律规定，所以家庭养老在某种意义上也是被法律保护的。"

安树答立刻站起来反驳："但子女的专业毕竟不是养老，而且无论是人生经验还是年龄阶段，他们终究无法完全站在老人的立场和角度上思考，他们有自己的工作要做，照顾老人也只是分出的精力罢了，这又怎么和接受过专业培训的养老机构的工作人员相提并论呢？"

理科班的其他三个人都是女生，好像还有点腼腆，而安树答这边基本都是温喻珩和安树答在反驳。

苏函是莫名觉得自己像个电灯泡，不忍心打扰安树答和温喻珩掌控全场，而明周淇是根本、完全插不上话。

明周淇本来想得很好，能和温喻珩挑大梁，可谁知道安树答平时看着安安静静闷不吭声的样子，一到辩论场上就这么盛气凌人、侃侃而谈呢？

她还没有反应过来怎么反驳的时候，人家已经一句话说完坐下了，搞得她心态有点崩，整个自由辩论环节她的存在感都极低。

所以场上的情况基本是裴源一对二，他太心累了。本来他们班还有一个卓帆的，但是那家伙上次因为给安树答递字条，被温喻珩找去谈了一下午的人生，后来听到决赛碰上的是温喻珩，就突然怂了，找了个借口退出了，所以只好拉了个女生做替补，一时手忙脚乱的，也没有准备得特别充分。

结果就是裴源根本说不赢对面两尊大神，一个比一个思路清晰，他们这边的逻辑漏洞也是被他俩追着反复打。

温喻珩不用说，平时嘴皮子就厉害得很，关键还是有理有据，把你气死。但让他没想到的是那个叫安树答的，他本来最不在意的就是这个安安静静、一看性格就特别软没什么攻击性的小姑娘，谁知道反驳他的时候一点都不心软。

事到如今，裴源不得不感叹一句，本以为对方是个小角色，谁知道是个主角，尤其是那双眼睛，讲话的时候锋芒毕露，让他有一种压迫感。

也是那一刻，他隐隐有一种错觉，这个妹子绝不像她表面上那么软。如果要把她形容成一种动物，那最合适的可能是狼，披着羊皮的狼。

最后十班赢得非常轻松，基本上是全程碾压。但最佳辩手产生在输的一方——没什么悬念的是裴源。

领奖的时候裴源撞了一下温喻珩："珩哥，这就是你同桌？"

温喻珩挑了挑眉："怎么样？是不是特帅？"

裴源叹了口气："帅到我心态都崩了。"

温喻珩"

咳"了一声，笑了笑，没说话。

"你们聊什么呢？"安树答站到温喻珩身边，有些好奇地问。

经过这次辩论赛还有两个多星期的相处，安树答早已经不像当初那样怕温喻珩了，和他也熟了很多。

温喻珩笑着看她，眼尾上挑，狭长的丹凤眼天生含情："在聊《钢铁是怎样炼成的》。"

安树答疑惑了几秒："你喜欢奥斯特洛夫斯基啊？"

"佩服他百折不挠的精神，顺便……决定实践一下。"温喻珩笑得张扬，灯光下，眼神明亮。

安树答不知道前因后果，似懂非懂地点头笑了笑，不再说话。

裴源把他们俩的对话一丝不漏收编入耳，然后替温喻珩脸红了。

果然啊，狂还是他珩哥狂啊，该认的夸奖从来不谦虚。

好像在温喻珩的认知里，遵从本心的选择就是对自己最高的忠诚。

裴源还在感慨的时候，温喻珩他们俩已经并肩走远了。

"一会儿你怎么回去？"温喻珩拿着奖状慢悠悠地跟在安树答身边。

安树答想了一会儿，想起上个星期日乔佳送她的时候说的话，想来是没有时间来接她了："坐公交车回去。"

"一起？"

"嗯？"

"我要去补课。"温喻珩无所谓地笑笑。

安树答了然："好。"

不过她此刻有点困惑一个问题：温喻珩会坐公交车吗？毕竟，像他这样的大少爷，平时出行不都是专车接送吗？

但她没有问，毕竟不太礼貌，可还是细心地准备了两个人的钱。

很快她发现，温喻珩好像还挺熟练的，也没有特别拘束，很自然，是她狭隘了，幸好没有那么笨直接问出来，要不然就暴露了她的想法。她不该认为有钱人都是衣来伸手、饭来张口的。

修养与金钱无关。

安树答找了个靠窗的位置，温喻珩挨着她坐下来，然后就拿出手机和蓝牙耳机，还递了一只蓝牙耳机给她，她笑了笑拒绝了。

温喻珩也没说什么。

"温喻珩……"她忽然想到了什么。

温喻珩挑眉："嗯哼？"

"你补什么课啊？"

她真的就是纯属好奇，像温喻珩这样样样出挑，几乎没有什么短板的尖子生究竟还要补什么课。上次就想要问的，这次终于问出了口。

"语文。"他说得慢悠悠，相当坦荡。

安树答疑惑："语文有什么好补的？"

"你在嘲讽我？"温喻珩也没有不开心，似笑非笑地看着她。

"实话。"她严肃又一本正经。

温喻珩"扑哧"一声笑了。

看着安树答一本正经的样子，莫名有些可爱。

他双手环胸："我谢谢你啊，安树答。"

光线从窗外透进来，透明的车窗是天然的三棱镜，将阳光分解成五彩斑斓。

过了一会儿，安树答又问了个问题："你以后想学什么专业呢？"

温喻珩轻声笑了笑："我怎么没看出来你是个话痨呢？"

安树答有些不好意思地转过头去，抿了抿嘴，以为他不会回答了。

但温喻珩还是慢悠悠地解释了："想学法学喽。"

"啊？为什么呀？"

温喻珩的思绪飘了很远，看着她晶亮的眸子。

他喉结滚了滚，笑了。

"嗯……你要是实在不愿意说我就不问了。"安树答后知后觉地发现，她这刨根问底的架势着实有些唐突了。

但温喻珩回了："你见过我堂妹吧？"

"上次你打架时站你旁边那个吗？那个特别、特别漂亮的女孩子？"安树答回忆起来。

无论隔了多久，安树答还是能非常清楚地记得那个女孩子的相貌，她和温喻珩长得是有一点像的，都极出挑。她实在漂亮得不可思议，长相极具辨识度，即使只看一眼也能记一辈子，再加上她与生俱来的高傲，给人浓重的、不容侵犯的距离感。

温喻珩笑了笑："是，那丫头确实长得漂亮。"

"和你妹妹有关？"安树答好奇地问。

温喻珩抬了抬眼皮："是，也不是，她算个媒介吧。"

"那丫头的相貌算是从小就很出众。"

安树答安静地看着他。

"她每次进一所学校都能引起轰动，什么都不做名声就能传遍全校。她又是个女霸王的性格，小学的时候天天领着一帮小姐妹在学校里行侠仗义。"

"行侠仗义？"安树答笑起来，眉眼弯弯。

温喻珩看了看她，偏过头去：

"嗯，她是那么理解的，其实可蠢了，最后老是招来一帮对方的救兵。她打不过他们，就把我拉去给她护驾。我总不能看着她被欺负吧？

"那个时候什么都不懂，有人找她麻烦，就直接放学后约架，到了初中她就收敛很多。但是不知道怎么回事，她的照片后来传了出去，放学的时候总有几个外校的或是一些混混儿模样的人过来找她，对她动手动脚的，我看到了就直接一拳头挥过去。有一次我没控制好力度，把人打进了医院，他们家长不知道从哪里听说的我家很有钱，就想把事闹大拿钱，最后闹进了警局。那个时候我初三了，马上中考了，总不能真的把事情闹大然后退学吧？

"但我又叛逆，不想告诉爸妈，就搬出偶然之间看过的几条法律条文吓吓他们。可能是看我有理有据吧，还真把他们唬住了。我说我有充分的物证和人证，你们儿子对我妹妹进行了一定时间的校园性骚扰以及校园暴力，而且根据国家近几年对青少年犯法修正的法案，犯罪年龄下调了几岁，而他们年纪到了，只要我死咬着不放，你们儿子肯定会去坐牢，我最多赔点精神损失费，可你们儿子得坐牢留案底。

"谁知道他们是真没文化呢，一听到'性骚扰'和'校园暴力'这种名词，立马就慌了，说他们要点赔偿就行，想要和解。但我突然就不想这么算了，想着一定要让他们付出点代价，把这件事彻底了了。所以我说我一定要把他们告到法庭，一定会请最好的律师。更何况他们不是知道我家底有多厚吗，所以我说我会花最多的钱，尽量让他们判无期徒刑。可能是我把情况说得很严重，再加上我说得比较有底气。"

温喻珩懒洋洋地笑了笑，继续说："我当时不了解法律，就在那里瞎诌，谁知道还真把他们唬住了，磨了一个小时，他们差点给我跪下。"

"然后呢？"安树答听得津津有味。

"然后？"他勾了勾嘴角，"然后就是我爸妈带着律师，赶到警察局打算给我撑腰的时候，那几家人看到真的有律师，脸都吓白了，拉着我爸妈的手不停赔罪、道歉，最后他们当场凑了一万块钱赔给我们，搞得我爸妈都不好意思了。"

不知道为什么，安树答觉得温喻珩好酷啊，从小就那么厉害又有主见。

"可能也是那件事之后吧，我发现法律比拳头更有威慑力，平平静静就能解决许多的事情，所以我就对法学产生了兴趣，想着以后当个律师，最好是能成立一家律师事务所。"

温喻珩的语气稀松平常，说起他梦想的时候，就像在说月考目标一样，充满了不容置疑的底气，和她见过的很多人都不一样，那些人或腼腆或掩饰，都不大好意思说出口。

但温喻珩不一样，他从不腼腆，从不羞涩，永远都是大大方方，充满底气，一身的傲骨，好像对于他来说，这从来不是什么天马行空的想象，而是一个他必须完成的目标。这样的人，好像天生就与自卑背道而驰，带着万丈光芒。

安树答忽然就有些羡慕了，他和她这样的人，是完全相反的，她是个清高也自卑的人。

午后的阳光静谧，秋日的天空蓝湛湛的，万里无云。

"你一定会实现的。"她呢喃了一句，看向窗外。

不是鼓励，是她的第六感。

周末。

爸妈又吵架了。

安树答待在房间里，安静地写作业。

"我说了我只是去健身！你思想能不能不要那么龌龊！"乔佳怒吼一声。

"健身？健身需要待在一个黑屋子里吗？那个男的还对你动手动脚！"安廉江一边怒不可遏，一边阴阳怪气地说。

"那里又不是只有我们两个人！一堆人！十来个！你没眼睛看不到的吗？瑜伽你懂不懂？教练只是在纠正动作！你不懂就不要乱发表言论行不行？"

安树答皱了皱眉，走过去把门狠狠地甩上了。

"砰"的一声巨响，外面没了声音。

隔了一会儿，大门被甩上。

安廉江怒吼了一声："你去哪儿？！"

乔佳没回。

外面静悄悄的一片。安树答平静地写完了最后一道数学题，收拾好书包，往背上一甩，打开了卧室的门，然后就看到爸爸瘫在客厅的沙发上，一支又一支地抽着烟。

"把烟熄了。"她平静的语气没有一丝波澜。

安廉江没说什么，只是把最后一截烟抽完，但没再抽下一支。

安树答平静地扫了她爸一眼，没有丝毫波澜，然后走到鞋架前，拿起一双白色的运动鞋，一边系鞋带，一边说："你又跟踪我妈了？"

安廉江沉默了好一会儿才开口，嗓子有些沙哑："小孩子别管那么多。"

安廉江起身走过去，停在安树答身后，声音很疲倦："今天我送你。"

她系好了鞋带，站了起来，背对着她爸："不用了，你又没有车。"

"……你是嫌爸没用吗，还是嫌你爸没有你妈有出息？"

安树答冷笑了一下，转回头来看着爸爸，眼神平静极了："你懂什么呢？"

她看到爸爸的表情瑟缩了一下，她知道他并没有听懂她的意思，也知道爸爸被她眼睛里浓浓的不屑伤到，无关叛逆，但这是她要的结果。

她忽然笑了笑，极冷："更何况，我也不是去学校。"

"那你去干什么？"安廉江皱起了眉。

"找男人。"安树答的语气极冷，是深入骨髓的冷。

安廉江的脸色立刻就变了，想要说些什么，但不等他开口，安树答忽然就笑起来了，乖巧懂事，一如既往的甜美可爱。

"开个玩笑。"

她转身，开了门拖着行李箱就走了。

"砰！"

门被狠狠地砸上。

出了门的安树答立刻就收敛了笑容，冷静得像什么也没有发生过一样，静静地等着电梯上行，眼底弥漫起大片大片的寒冷和陈年坚冰。

安廉江看着那扇被甩上的门，眼睛闭了闭，拖着沉重的步子走回沙发边，又吸起了烟。

安树答在宿舍睡了会儿午觉，看着时间差不多，才又背上书包去了教室。班里没几个人，温喻珩已经在了，他在补觉。安树答抿了抿嘴，轻手轻脚走过去，然后又放慢动作坐下，生怕打扰他睡觉。这个周末布置的作业挺多，温喻珩又要补课，应该没什么时间写作业吧？看他这困倦的样子估计是熬夜了。

她没说什么，拿出数学错题本来看，又拿了一张草稿纸辅助演算。

马上就月考了，好不容易起来的成绩，不能再下去了，她不能让乔佳失望，但不知为什么，她就是写不下去，思绪万千，脑海里全是刚刚她爸妈吵架的画面。他们最近吵架的频率越来越高了。

安树答的第六感告诉她，这不是一件小事。不知怎么，她想到了那具女尸。女尸平静地躺在床上，一动不动的，闭着眼睛，连绝望都看不见。

"啪！"

一滴眼泪毫无知觉地拍打在纸张上，然后慢慢地洇湿了一圈。

安树答回过神来，这才察觉到不知什么时候，泪水迷了眼。她苦笑了一下，抬手轻轻把眼角的泪水擦掉，撩了撩头发，让它们遮住脸，然后吸了吸鼻子，把眼泪又憋了回去。

犹记得很小的时候，她挺调皮的，总喜欢把买回来的玩具拆了然后再拼回去，但有一次，有件玩具怎么拼都拼不回去的时候，她特别害怕，然后哭了好久。可乔佳看到后，却发了火："女孩子哭什么哭！矫不矫情！"

那一次的印象特别特别深刻，所以从那以后，在乔佳面前，她能憋就憋。因为她实在不喜欢"矫情"两个字，太过矫揉造作。

只是不知道为什么，和乔佳分开的时间越长，她那些陈年的委屈倒像没了后顾之忧，一拥而上。

于是，眼泪憋不住的时期，越来越多。

"安树答……"少年的声音低沉沙哑，带着惺忪的睡意，以及小心翼翼。

安树答愣住，却不敢去看他，因为她能猜到她此刻的眼睛一定很红，太过狼狈。可是不知道为什么，从前每次都能立刻控制好的情绪，此刻却很不听话。

自我洗脑不管用，她只觉得满腹的委屈都要溢出，并且越来越委屈，眼泪憋不住地往外流。

怎么擦都擦不干净。

"你还好吗？"温喻珩声音放得很低，语气不像往常那样不着调。

安树答此刻觉得既委屈又丢人，所以只是低下头用双手撑着，接着又摇了摇头。

温喻珩站起来，一把拉着她进了小教室，然后把门关上了。

他看着她泪流满面的样子，不知怎么想到了温优度之前从路上捡回家的一只流浪猫，可怜兮兮的，又害怕又无能为力，躲在小角落里瑟瑟发抖。他的整颗心都好像绞在一起。

安树答没有挣脱，任由他拉着进了小教室，然后泪水更加肆虐了起来。

温喻珩从外套口袋里摸出一块蓝白色的手帕，递过去，语气很耐心："不想说的话，我就不问了，想哭就哭。"

她泪眼婆娑地抬头看他，只见他朝她笑了笑："我陪你。"

"又或者……"他笑着挑了挑眉，"你可以抱着我哭。"

安树答自然是拒绝的，她转身趴着窗，慢慢地调整情绪。

安树答今天的情绪一直都不是很好。

课间，温喻珩和江辞他们打打闹闹的。

苏函不知道在看什么书，突然就文艺青年了起来，转过身来，开始念道："想要极致的浪漫，却淹死在世俗的潮水里。"

温喻珩懒洋洋地笑了笑，抬了抬眼皮，呛他："那是因为你不知道追逐的快乐。"

苏函语塞。

安树答抿嘴笑了笑，不知怎么，心情好了很多。

期中考试来得很快，也结束得很快，考试结束了，班里开始忙忙碌碌地收拾东西。

温喻珩坐在位置上，拿着一本历史书无聊地翻着，视线却完全没有在上面，而是好整以暇地看着江辞翻着白眼不情不愿地给他搬书。

这两人因为实在太无聊，又刚好分到了一个考场，所以考数学之前就比谁先做完数学卷子，慢的人要帮对方搬书。但温喻珩的速度真的不是常人能比的，两个小时的时间他就用了一半。江辞输得心服口服，搬书搬得不情不愿。

后来安树答知道了就问温喻珩："你平时考试也这么快吗？"

温喻珩笑了笑，说：

"当然不是，平时一般用两个小时。"

"太快了容易闲得慌。"

安树答抿了抿嘴，不敢再说话，敢情别的学霸控分，您老控时。

温喻珩偏了偏头，没找着人，抬脚轻踹了一下前面苏函的椅子："哎，苏宝宝。"

"不是珩哥，您老能别喊这绰号了吗？"

温喻珩挑眉，没理他的话："看见安树答了吗？"

苏函翻了个白眼："她在小教室。"

安树答的书本放在柜子顶上，她当时放书的时候是踩着凳子的，但是现在小教室被书本围得水泄不通，她也不好拿凳子，可是今晚的课后作业又在那里，她踮着脚去够，总差那么点意思。

突然，她一个趔趄，没站稳，摔下来时被人扶了一把，闻到了熟悉的松柏香。

"干吗不找我帮忙？我又不收费。"

少年的眼尾上挑，极度漫不经心，但狭长的丹凤眼天生含情，总是不经意透出无限倦懒，下颌线的弧度柔和。他的皮肤特别好，比很多女孩子的都好，细腻得几乎看不出毛孔。

白炽灯的灯光给少年罩上一层层光晕，好像发着光一般，安树答不禁看呆了，耳根莫名开始发烧。

看着她呆呆的模样，温喻珩不自觉地勾了勾嘴角："安树答。"

"嗯？"

"脸别乱红。"他的笑意更深。

果然，又是这句话，每次都是这句话，但是偏偏每次都能让她的脸更烫。

安树答啊安树答，你能不能有点骨气？！

"想什么呢？"

"啊……我没有……"

温喻珩轻轻笑了笑："哪堆是你的？"

安树答乖巧地指了指："这个。"

个子高就是好，都不用踮脚就能轻而易举够到高处的东西。

安树答从温喻珩手里接过东西，然后飞也似的逃了，颇有些落荒而逃的意味。

"啧啧啧……"一旁吃着小馄饨的江辞，露出一脸的嫌弃。

他因为来不及吃晚饭只能托人给他从食堂打包带回来，本来在小教室吃晚饭已经够可怜的了，还要给温喻珩做苦力，现在吃个饭又得看着温喻珩不做人。

江辞心里苦。

"我们乖巧的前班长啊，你怎么就这么好意思呢？"江辞扶了扶斯文的圆框眼镜。

温喻珩"嗤"了一声："关你屁事。"

明周淇刚好进来。

她脸红了红，略带娇羞地看向温喻珩："那个……温喻珩，你可以帮我拿一下书吗？太重了，我拿不动。"

温喻珩看向她，双手懒洋洋地插进裤兜里："收费。"然后迈步子离开了。

江辞愣住了。

明周淇脸上立刻浮上些尴尬的神色。

江辞静静地喝了口汤。

明周淇又把目光投向还在慢悠悠喝着汤的江辞身上，笑起来："江辞，可以帮我拿一下书吗？"

江辞咽了咽嘴里的汤，然后慢条斯理地扶了扶圆框眼镜："我娇弱。"然后把餐盒扔进了垃圾桶里，踩着稳健的老干部风步伐出了小教室。

明周淇呆住了。

温喻珩无聊地按着笔，有一搭没一搭地和安树答聊天。

"你们组这次选哪个位置？"他懒洋洋的，似笑非笑地看着她。

"应该不会换吧，毕竟这个位置的视野是最好的。"安树答想了想，回道。

温喻珩勾了勾嘴角。

"阿珩，我们这次考完换个位置吧？"吃完饭的江辞回到位置上。

温喻珩挑眉看他，慢悠悠地发问："嗯？你说什么？"

"我说换个……"

温喻珩朝他挑了挑眉："再给你一次机会，重新说一遍。"

江辞懂了。

原来刚刚那个不是疑问句，是警告句啊。

"为什么要换啊？我觉得这个位置挺好的呀，视野这么好。"苏函转过头来疑惑发问。

　　温喻珩"哼"了一声："看到没，江辞？你被孤立了。"

　　江辞一愣，心说：我错了，我不该问的。

第三章

玻璃心意

第二天，周六。

住宿生一周一次的回家日。

不知道怎么了，温喻珩今天没有来上课。

安树答问江辞，江辞说温喻珩受打击了，今天早上给他打电话的时候语气很冲。

安树答愣了愣，受打击？难道是这次期中没考好？

从云端摔下来的感觉确实不好受，安树答深有体会。

然后江辞给她使了个眼色，说："要不一会儿放了学你给他打个电话呗？他肯定不敢凶你。"

"为什么？"安树答疑惑。

江辞轻咳一声："哎呀，咱珩哥嘛，别看他平时吊儿郎当没心没肺的样子，其实骨子里可绅士了，当然不会凶女孩子。"

安树答点了点头："好，我回家之后就给他打电话。"

江辞笑着点了点头。

安树答总觉得江辞笑得有些奇怪，但又说不上具体缘由。

今天是乔佳来接她的，脸色挺不好看："晚上你哥要回来，我把你哥房间里的被子拿阳台上晒了，一会儿回去记得收一下。"

"好。"

"这次考试怎么样？"

安树答从后视镜里看了妈妈一眼："还可以。"

"我帮你去问了一些朋友，关于一些师范类院校的分数线，洛朗师范大学……"

"我不去师范，我也不想当老师。"安树答打断她，吸了口气，准备着迎接狂风骤雨。

令人窒息的沉默。

安树答手指不自觉地开始蜷缩，然而预料中的责骂和打压并没有到来。

"算了，"乔佳的语气里是浓浓的疲倦，"随你吧。"

安树答心惊了一下。

什么意思？

"安树答……"

"嗯。"安树答的手指已然捏紧。

"我不是你的亲妈，你知道的吧？"乔佳平稳地开着车，盯着前面的路。

静，窒息的静。

安树答不说话了，她的胸口闷起来，无力感一点点从心底攀岩而上……

"其实我没资格管你的，但你好歹叫了我十几年的妈……"

安树答的心脏开始绞着疼，但只是默默把脸偏向窗外。

"你亲妈走的那一年，你只有四岁。那个时候看着你，小小的一只，就特别心疼，那么小的年纪就没了妈妈，所以想着一定要把你培养成一个有出息的姑娘。我也算对得起你过世的妈妈。"

乔佳深深叹了一口气，继续说："所以对你管得严了一点，你要真的不想做老师，就不做，随你。你也别怪你亲妈，她不是想丢下你，她只是……"

安树答的眼泪滑落下来，一滴又一滴，但像以往的每次一样，她扒拉着两鬓的头发，让它们遮住自己大半张脸，然后间隔好久才吸一下鼻子，每一下都小心翼翼的，每一下都尽量把声音降到最低。

安树答本以为乔佳会结束话题，可她这次似乎下定决心要交代些什么，更像是离别前的叮嘱：

"她只是……真的活不下去了。她给你们留了一封遗书的，到你十八岁时，你爸应该会给你看。我也搞不懂你爸什么脑子，还复印了十几份。

"我说这些不是想让你有什么心理负担，就是你也长大了，我也不可能像小时候那样骂你打你，你应该独立，有自己的想法，你不可能总靠着我靠着你爸对吧？你哥虽说快大学毕业了，但终究也还是个孩子，你下半辈子总不可能靠着你哥过吧？女孩子还是应该独立一点的，什么都得靠自己。

"做什么事情之前想清楚，做了别后悔，别像我一样。以后嫁人也是，一定要想清楚，看清楚，别嫁个像你爸那样的。"

乔佳不说话了。

安树答的眼泪也流干了，空洞的双眼望着窗外的景物飞过，留不下半点印象，但入耳的话却一字一句刻骨铭心。

车厢内安静极了，没人再说话，她连吸鼻子也不敢。

车缓缓地停在大楼底下。乔佳没有下车，她已经很久没有回过家了。

安树答一如往常，一个人平静沉默地拿下行李箱，然后关上车门。拉杆，推箱，提步，小小的背影淹没在黑暗里。一个人按电梯，等电梯。周围没有人，她才敢闭了闭眼睛。

无力地压下心口的闷，脸庞上干涩一片，是泪水干涸的感觉。

她在心里默念了一个半日计划。

最近乔佳对她手机的管控力度也开始直线式下降，或者更准确地说，是对她的管控力度断崖式下降。

进家门后她没犹豫多久，就拨通了温喻珩的电话。她既没有准备措辞，也不知道是以什么资格打这通电话，像是机械地完成自己刚刚默念的计划，仿佛这样就能证明自己的鲜活。

"喂？"第一次没有任何腹稿地和男生说话，似乎也没有那么难开口。

"安……树答？"

"嗯……是我……"安树答平静地听着，顺势躺倒在床上。

温喻珩好像有点惊讶："你怎么会给我打电话？"

"你今天没来。"她拨了拨那条红白格子衬衫的纽扣，"为什么？"

"心情不好，不想去。"他闷闷地回了一句。

安树答觉得他的语气有些不对劲："温喻珩……"

"干吗？"

"你喝酒了？"她皱了皱眉。

"对呀，在酒吧不喝酒干吗？撩妹吗？"温喻珩懒洋洋地笑了笑。

他是不是喝高了？没考好也不用这样吧？男生解决不开心的方法都是这样的吗？

不知道怎么，安树答已经涩钝的心，开始慢慢活络，开始思考，开始浮现这人的身影。

"你在哪里？"这是她今天又一个大胆的举动。

"怎么着？你要过来？"

"嗯。"安树答脱口而出的瞬间才发现自己的情绪完全被影响了。

究竟怎么了？简直奇怪极了。

可嘴却再一次行动："发我定位。"

"……等着。"

对面挂了电话，几秒钟之后，微信发来一条消息。

酒吧定位。

他还真在酒吧？

安树答不知道怎么，她一方面为自己的鲜活激动，一方面又害怕自己失控，变得不像她自己。

可今天，她不想待在家里，一刻也不想！

于是她一把抓起手机，套上鞋就"噔噔噔"跑了出去。

到酒吧门口时，"啪"的一声，她没控制好力度，步幅太大，手机从口袋里滑出来，掉到了地上。

把手机拾起来的一刹那，她看到酒吧的大门被霓虹围着，迷离而虚幻。

安树答一愣：我在干吗？

她是害怕的，第一次来酒吧这样的地方，以前她想都不敢想。

安树答每走一步，仿佛都能听到自己的呼吸声，明明周围都是形形色色的人，可她越是靠近酒吧的大门，她就越有种说不出道不明的情绪在心底蔓延。

夜晚昏暗的路灯在空气里发酵。

安树答在大门口踌躇了一会儿，提步……

"安树答。"背后有人叫住她。

她脚步一顿，转身看去。

少年一身黑色的宽松 T 恤和九分直筒裤，头上压着一顶黑色的鸭舌帽，把那一头细碎好看的黑发压在帽檐下。黑帽衬着偏白的皮肤，街边橘色的灯光笼着他。他手里拿着手机，在指尖反复转着，胸口微微起伏，那副样子莫名地带着些失意。

温喻珩戴着鸭舌帽，细碎的发丝随意地散在额前，就这么看着她，眼里有意味不明的复杂情绪。

随后他扯了一下嘴角，笑道："你还真来啊？我要是不叫住你，你是不是还真打算进去？"

安树答此刻没了刚刚莫名其妙的气愤，倒是紧张了起来。

她捏了下衣角，朝他走去。

因为刚刚跑过的缘故，她微微喘着气，摸不明白自己刚刚那莫名其妙的气愤。

"你唬我？"

温喻珩身子站直了一点："你管我？"

他懒洋洋的，好像又有些高兴？

安树答一愣，她还没有见过这样的温喻珩，之前见到的都是语气很柔和的温喻珩。

这个不会是他的什么双胞胎兄弟吧？一瞬间，她的脑海里闪过无数的可能。

"那……那我不管你了，我走了……"安树答终于发现自己有些多管闲事，有些不像她了，这种突然的改变让她不禁有一些害怕，转身打算离开。

"等等。"温喻珩的声音很大，像是在挽留。

但是安树答吓了一跳，凶什么凶，她忽然就有些委屈……捏着手机想骂他。

"安树答？"他的语气突然放柔，小心翼翼的，好像是面对着什么珍贵得不得了的东西。

"嗯……"她背对着他。

他懒洋洋地抬了抬眼皮，手指摩挲着手机外壳，狭长的丹凤眼天生含情。

但下一秒，就听到他不屑地"嘁"了声，有些颓废："我没想到你会过来。"

安树答不解，转过身看他："那你呢？"

既然以为我不会过来，那你为什么会出现在这里？

可看他的样子也像是从别处赶来的。

敢情这家伙从她给他打电话的那一刻就是在骗她吗？

为什么呢？

"万一呢？"他的声音飘入她的耳朵里。

有路人从他们身边走过，投来疑惑的目光。

"万一什么？"

安树答才问完，顿住了，心里浮上一个可能，心漏跳了一拍。

"其实我从高一就知道你了。"

他的目光灼灼，让安树答彻底傻住了。

"温喻珩……你……"

她大脑一片空白，根本不知道此刻应该说些什么。

她呆愣了许久，最后有些无措道："抱歉，我……"

她的话还没说完，温喻珩扶着一旁的路灯倒下去。

安树答连忙上前一步扶住他。

"温喻珩！"

他眼睛闭着，整个人都借力靠着街边的路灯，安树答一手扶着他，一手去探他的额头。

滚烫。

发烧了。

发烧还跑出来，就为了一个"万一"？

安树答叹了口气，

半个小时后。

安树答看着温喻珩被抬上了救护车，医护人员问她要不要一起去，她顿了一下，摇摇头，笑着说："不了，我已经告诉他爸妈了。"

"抱歉，温喻珩，我也不知道我是不是那个万一。"她看着救护车远去，静静地站在原地，呢喃一句。

良久，她拿起手机给江辞发了消息，把事情简单和他说了下，让他转述给温喻珩的父母。

安树答并没有直接告诉温喻珩的爸妈，毕竟她并不认识，那不过就是套说辞。

安树答回去打开房门的时候，安疏景已经到家了。

还带着柏图。

柏图端着一个果盘，好像是刚洗完澡，穿着安疏景的衣服，朝她笑着："嗨！答答。"

但是不知道怎么回事，安树答只觉得一阵心虚，扯了个礼貌的微笑就回了自己的卧室，把自己整个塞进了被窝里，脸越来越红，越来越烫。

整个脑袋都在发烫，心脏在发烧。心脏的皮层仿佛在一阵一阵地起着鸡皮疙瘩，激涌起阵阵酥麻。胸口是她从未有过的感觉，好像有什么东西在轻轻抓挠她的心脏，每一下都是又轻又痒的战栗。

黑暗。

安静。

但是她的心却在狂跳，胸口一阵又一阵地起伏跌宕。

她快疯了，她到底该怎么平复这种心情？！

应该会不记得的吧？

不是说人发烧到一定程度会什么都不记得吗？

会的吧……

假装没发生过。

对，只能这么做，要不然还能怎么办？

还是得当什么都没发生最好！

"咚咚咚……"

门被敲响了。

安疏景幽幽的声音从门口传进来："安树答？睡了？"

安树答应了一声："没有。"

"我开门了？"

"哦。"她从床上坐起来。

"吃蛋糕吗？"安疏景推开门。

她反应了一两秒，然后乖巧地点了点头："吃。"

安疏景看了她一会儿，挑了挑眉："安树答……"

"干吗？"

"你发烧了？"

安树答一愣，脸更加红了，她今天有点听不得"发烧"这两个字。

"要不然脸那么红？"安疏景走近，微微俯身，凑近后，眯起眼睛盯着她的脸，还上手摸了摸她的额头。

安树答怕被他看出来，头下意识往后躲："哥！你……你干吗？！"

看了半天没觉察出什么异样，安疏景叹了口气，直起身来："没事别熬夜，学习重要还是身体重要？"

安树答松了口气。

"学习讲究的是效率，不是死读书，战线拉长没好处。"

安树答没说什么。

安疏景揉了揉她的脑袋："出来吃点东西放松一下，想看电视就看，你才高二，压力别这么大。"

安树答点了点头，相当乖巧。

她也不知道为什么，虽然安疏景嘴损，还喜欢欺负她，但只有和他在一起的时候，她才是比较自在没什么心理压力的。

虽然她脸红不是因为上火，也不是因为熬夜，而是因为温喻珩，但这一刻，她的思绪被她哥哥拉了回来。

"等你上了大学你就知道了，社会竞争是很残酷没错，但机会也是很多的，别听老妈天天跟你说的那些个毒鸡汤。该学习就学习，该休息就休息，别整天把自己当永动机似的使，科学家都发明不出来的东西，你还人工实践？是不是傻？"

哥哥好啰唆，但是她很感动。

她跟着出了门，柏图已经在餐桌上等着了。

她笑了笑："柏图哥好。"

柏图笑着点了点头，彬彬有礼。

安疏景皱了皱眉："柏二图，边儿去，那是我的位置。"

"人家是客人，你就不能客气点吗？"安树答有些为柏图鸣不平。

柏图眨了眨眼睛："没关系，绅士是不会计较这些的。"

安树答"扑哧"一声笑了。

她开始安安静静吃了起来。

安廉江今天是晚班，一般不回来，住奶奶那里。乔佳估计又和安廉江吵架了，也不回来，住她一个女性朋友那里。

所以整个房子，如果今天安疏景不回来，就只有安树答一个人。

晚上，安树答因为想了许多许多的事情而失眠了。

起来后还做了很多心理建设才来的学校，结果今天没有见到温喻珩，想来是生病了，需要再休息几天。

他是周二才来的。但不知道为什么，温喻珩对她的态度，一夜之间，彻底冷了下来。

他们分座位也没再坐一起。

温喻珩他们选了靠后面的位置，斜后方是明周淇，江辞旁边是宋或今。

安树答不知道为什么，只觉得喉咙里哽着什么东西，难受得很，胸口也是，史无前例地发闷。但想想，或许这样也好，可又委屈得不行。

之前每次她回头，温喻珩的视线都会在那里等着她，然后慢条斯理地朝她挑眉，接着是一个灿烂的微笑。可是从那天之后，再也没有了，她每次回头，他不是在写作业，就是和江辞打闹，偶尔会给明周淇讲题目。

每次温喻珩和明周淇说话的时候，安树答不知道为什么，一点都控制不住自己的脾气，连草稿纸被捏成惨不忍睹的纸团都没有发现。

她的脾气变得太怪，连她自己都没有意识到，她的情绪有一天也会这样剧烈起伏。

这种感觉糟透了，她从来没有体会过，总感觉有什么东西在慢慢地撕开她的心脏，一阵一阵地疼，让人从脚底到头顶都发麻，难受，胸口喘不上气。

极压抑，郁闷。

没有人发现安树答的异样，她只是一如既往地不怎么喜欢讲话。她总是习惯把自己隐藏在无人的角落，自生自灭，渴望有人可以看到她，却又害怕有人看到她。

多矛盾，像个精神分裂患者，她骨子里清高透了，不愿意与任何三观不合的人同流合污，可有时候又自卑地去仰望那些光芒万丈的人。

在思想领域里傲慢，在现实里假笑附和，她一时之间竟不知道该觉得自己可笑还是可怜。

安树答刷着牙，想到了那一晚有多惊喜，此刻就有多心灰意冷，她确确实实受了打击。

曾经她选择封闭自己的内心，在无人问津的黑夜里，她只和自己做朋友，做妈妈听话的小孩，说往东绝不往西，让她考第一，她可以从小到大永远都是第一。她觉得自己乖透了，懂事极了，好像只要这样，她就有妈妈，也有家，她就不是一个人。

也不会被抛下。

每次亲戚们在家宴上夸她乖、夸她懂事、夸她成绩好的时候，她都会看到妈妈松一口气，然后露出满意欣慰的笑容，她也会回报他们一个甜甜的笑容。

其实她极少开心。

这样的行为模式持续了将近十年。

可她直到此刻才慢慢地发现，她不乖，也不懂事，甚至骨子里叛逆得很，她天生高傲，但又自卑得很。中考的马失前蹄让她看清了很多，像一条鞭子狠狠地抽在她的脸上，打碎她表面上所有的骄傲和光鲜。

亲戚们开始阴阳怪气，妈妈不再在饭桌上提她的成绩，好像一场败仗击溃了她，更击溃了妈妈。

从前，妈妈对她的成绩要求很严格，考好了觉得是正常发挥从不夸她，考差了是一顿打。小时候是打，长大了是骂，骂得不堪入耳。可她不敢哭，因为乔佳会说她矫情。

而这个时候，爸爸就在一旁看着，也不劝，偶尔会帮腔附和几句不痛不痒的话，更多的时候是在卧室里看那些老掉牙的电视剧。

对她的惨叫置若罔闻。

可一旦遇到爷爷奶奶的事情，爸爸却能立刻和乔佳吵起来。安树答其实知道，她被打的每一刻，安廉江都坐立难安，但是乔佳是一个太强势的女人，爸爸天生懦弱，不敢忤逆。又或许，这是他们夫妻俩之间的默契。

棍棒底下出孝子，棍棒底下出成绩，一切都是为了她的成绩和未来，为了她好。

她委屈，可没人会帮她，除了哥哥。安疏景平日里对她特别嘴下不饶人，可每次她没考好被打被骂的时候，他都是第一个护着她的，然后就会被她牵连，一起挨打挨骂。

可后来哥哥也走了，他们见不到面，连话都很少说。

她哥哥保送去了华京大学后，回家的次数就更少了，有的时候连她的消息都很少回。慢慢地，没有什么特别重要的事情，她就不再发消息了。那一刻她才悲哀地发现，她的身边看似有很多人，但谁都不在意她。

她永远都是一个人，是乔佳的"任务"，是安廉江不关心的小女儿。

她是他们心里永远的第二顺位和可有可无。

但比起从小打她骂她的乔佳，她更恨安廉江，她对她的父亲充满恨意。这个家让她几乎喘不上气，她有时宁愿每一天都待在学校，也不愿意回这个家。

少女的心智在不断成长并趋于成熟，心思也更加敏感，敏感得让她有些神经质，以至于慢慢地，她体察到了曾经年少时无法体察到的东西——家里的极度压抑。

尤其是这几个月，乔佳和安廉江不断吵架，甚至当着她的面吵。

安廉江并不想和乔佳吵架，他传统迂腐的思想观念告诉他，吵架容易家门不幸，所以他就习惯性沉默。乔佳在家，安廉江就躲在奶奶家里；安廉江在家，乔佳绝不回家。

两个人都默契地不想见对方，所以很多时候，他们回不回家取决于安树答。

她是个传话筒。

如果安树答跟乔佳说爸爸今晚在家，再跟安廉江说妈妈今晚在家，那么今晚空荡荡的房子就只会有她一个人。

和他们任何一个人待在一起，她都觉得胸口喘不上气，可她一个人待在这空荡荡的房子里时，她还是觉得压抑得喘不上气。窒息感好像塞满了她的整个世界。

从此自卑压过了高傲，将少女囚在人迹罕至的深海。

温喻珩会关注安树答，是她没想到的。那么光芒万丈众星捧月的人，在她不知道的时候和地方，关注她这么久。

那一瞬间，欣喜压过了所有，在她以为她可能要孤孤单单走到最后的时候，竟然会有一个人，给她十七年以来从没有体会到的温暖和关注。

暖得她的"北极圈"开始化冰，暖得她的"九号路"开始生出春意。

可她的心尖才刚刚开始发烫，就被他猝不及防的冷淡回冷。没有任何理由，她甚至不知道自己错在哪里，他的关注好像一个玩笑，好像一颗只允许她浅尝辄止的糖。

他随时都能收回。

那感觉如同刚刚中了一个亿的彩票，却被立刻告知，赞助商破产导致彩票作废一样。

安树答甚至无法抽出时间来消化，也不知道是哪种情绪牵动的她。当晚安树答就哭了，一个人闷在被子里小声抽噎，将头埋得很深，怕打搅舍友睡觉，不敢哭出一点点声音。

她断断续续哭到半夜三更也停不下来。直到有个舍友下床上厕所，路过她的床边，愣了愣，将声音压得极低："你怎么啦？"

"……学习压力大。"安树答呜咽了一句，声音极低极小。

但此刻无比安静的宿舍里，那个舍友还是听到了。舍友下意识以为是安树答这次周测没考好，叹了口气，就蹲下来轻声安慰她，然后就急匆匆上厕所去了。

　　安树答失眠了几乎一整晚，借着洒进来的微弱月光看了看手表，已经凌晨三点多了，可她还是毫无睡意，她闭了闭眼睛努力酝酿睡意。

　　可专注酝酿睡意，本身就是极易失败的，最后，将近凌晨四点她才睡着。早上不出意外地睡过了头，她来不及去食堂，匆匆打扫了一下宿舍卫生就直奔教室。

　　白天，安树答整个人都跟蔫了一样，数学课上被老师点了好几次名字，每次都没有回答上来。

　　最后数学老师怕打击她信心，再也没喊过她了。

　　她饿得前胸贴后背，每个课间都趴在桌子上补觉，整个人都精神不济的，脸色和嘴唇都有些微微发白。

　　她的身体一向不是特别好，身娇体弱的。没有公主命，一身的公主病，这是乔佳在她生病的时候骂她的话，一边骂她，一边在医院照顾她。

　　安树答从桌肚里抽了张纸，若无其事地擦了擦因困意逼出来的眼泪，然后闭着眼睛睡觉，没一会儿，桑嘉就过来找她了。

　　她忘了，今天上午的最后一节课是体育课，测八百米。

　　她叹了口气，撑着桌子站了起来，不知怎么，没站稳，虚晃了一下。

　　教室里已经没什么人了，男生早就一窝蜂冲下了楼，只有几个女生还在奋笔疾书认真学习，掐着点努力。

　　男生测一千米，但他们上节课测完了，班上女孩子多，所以老师就匀出一节课给女生测八百米。

　　男孩子们则欢脱地自由活动，温喻珩和江辞、林透、苏函他们在打篮球。温喻珩总喜欢打篮球，篮球就像他的女朋友似的。

　　哨响。

　　八百米的拉锯战开始。

　　当喉咙里弥漫起浓郁的铁锈味时，那意味着八百米即将结束。越过终点的那一刻，安树答的眼前一阵白晃晃地闪了一下。

　　不知道是谁撞了她一下，她脚步跟跄没站稳，径直摔到了地上，膝盖刮到红色的塑胶跑道，代价是掉了一层皮。隔着校裤她也能感受到膝盖在淌血，白皙的手腕上也是黑色的灰尘，冒着红色的鲜血，狼狈又可怜。

跑得气喘吁吁的桑嘉连忙过来扶她，早已跑完正在散步恢复呼吸的宋彧今看到她摔倒，也急忙过来。桑嘉不住地问她怎么样，她疼得直抽冷气说不出话，只是不断摇头安慰桑嘉没事。

再加上她此刻整个脑袋都是晕的，又疲又倦，眼前越发迷糊。

耳边"嗡嗡嗡"地听不清楚。

过来的宋彧今看了一眼安树答的伤势，没说什么，只是一个转身就揪住了明周淇的领子，怒气冲冲地大声说："明周淇！你长没长眼睛！"

明周淇有些发蒙："宋彧今！你别欺人太甚！"

"你当我眼瞎吗！"说着，宋彧今就想动手，但被围过来的几名同学拉开，不断安抚情绪。

体育老师此刻也记完了最后一个同学的成绩，立刻匆匆忙忙地跑过来。远处打篮球的男生似乎也注意到了这里乱糟糟的情况，开始往这边走。

江辞首先看到了暴跳如雷的宋彧今，皱了皱眉，往这边赶。

体育老师是位男老师，不好直接动手，只好指挥着几个女孩子扶着安树答，把她送去医务室。

安树答勉勉强强站了起来，但眼前的眩晕越发严重，胸口闷得她直想吐，刚站起来，身体就一片软绵绵的，瞬间没了力气，眼睛一闭，彻底晕过去。

周围立刻发出一片惊呼声。

原本还在哭哭啼啼的明周淇看到安树答晕了过去，立刻噤若寒蝉。

后面的事情安树答不记得了，她只记得鼻尖是熟悉的松柏香，在鼻尖萦绕几下，然后倏忽间钻入心脏。少女的心动，就这么猛烈而猝不及防。

温喻珩离开时，眼睛淡淡地扫过明周淇，那眼神又冷又淡，明周淇不自觉地抖了抖。

安树答醒来的时候，身边是温喻珩，他坐在病床边的陪护椅上，此刻正百无聊赖地看着她。

她睁眼的一刹那，他们四目相对。

温喻珩丝毫没有不好意思，依旧气定神闲地盯着她："醒了？

"桑嘉她们去给你请假了。"

他语气还是很好，温和、平易近人，好像反复练过很多次，但安树答此刻一点都不想见他。她翻了个白眼，转过身去，留给他一个倔强的背影。

这不是她平时会做出来的表情，可此刻在她自己都没有意识到的情况下做出来了，还很自然。

温喻珩无奈地笑了笑："安树答，你就这么对你的救命恩人？"

她依旧不理他。

良久，久到安树答以为他已经走了，他才又开口："醒了就起来吃点药吧，校医刚说你有点发烧。"

安树答一愣，半天才开口："……我不吃药。"

"别发脾气了，听话。"温喻珩这语气带着哄，很认真。

安树答还是背对着他："我吃不下药，从小就吃不进。"

她从小就是个宁愿打针都不吃药的人。

她忽然想起来，小时候有一次，她发烧了，原本不是很严重，但她不想上学，乔佳就给她请了假。乔佳要上班没法照顾她，就给安廉江打电话，让他请假来看着她。

安廉江喂她吃冲泡剂，结果她喝了一半，因为反胃把隔天的晚饭都一并吐了出来。

她那个时候可怜巴巴的，安廉江看她烧得不是很严重，为了安抚她，就给她买了一堆油炸食品让她吃个够，结果下午她就烧得更严重了，躺在床上眼睛都睁不开，脸色发白，唇色发紫，奄奄一息的可怜模样。

乔佳回家后就把安廉江狠狠地骂了一顿，抱起她就去了医院输液。那个时候多好啊，即使是二人吵架也是无关痛痒地发发牢骚，那场面温馨又美好。

可是后来怎么就变了呢？

安树答莫名其妙就想起了这些，然后眼泪莫名其妙就滑了下来。她最近好像越来越爱哭了，也越来越控制不住自己了。

温喻珩听到她哭，一愣："哭什么？我不逼你吃了行不行？吃不下我们不吃。"

安树答摇了摇头，表示没什么，翻了个身，坐起来："借点钱行吗？我去医院打个针，周末回家还你。"

温喻珩眯起眼睛，勾了抹意味不明的笑容："你要出校？"

她点了点头。

"可以。"他笑得肆无忌惮，好像在酝酿着什么坏主意。

他从校服裤子里摸出手机，就给穆逢去了个电话，安树答当场石化，她从未见过如此胆大包天的学生。

温喻珩一边笑眯眯地看着她，一边当着她的面和穆逢请假，请两个人的假。

"在这里等我一会儿，我去办公室拿个假条。"

温喻珩回来的时候，手里多了两张假条，身边多了一个穿黑色西装的、保镖样的人，恭恭敬敬地站在一旁喊温喻珩"少爷"。

温喻珩扶着颤颤巍巍的安树答进了车子。

两人一起进了车后座，他全程就小心地扶着她，没说什么，司机启动车子。

温喻珩似乎早就安排好了医院的一切，他们到的时候，已经有工作人员等在诊所门口了，领头的那个恭敬地喊："少爷。"

温喻珩没什么表情，扶着安树答，跟着那个领头的走。

安树答从来没有经历过这样被所有人捧着、陪着、小心伺候的场景，脸一时有些烧得慌，整个人也有点局促。不就打个退烧针吗？这么大阵仗？

"去喊 Watson。"温喻珩转头对着那个领头的人说，语气淡淡的，依旧是那副漫不经心的样子，但又与在学校不太一样。

学校里，他的漫不经心是实打实的吊儿郎当，像个家财万贯的富家子弟，活脱脱一个散漫的大少爷。但现在又不太一样，只是语气里带着一种淡淡的疏离，无关傲慢与偏见，是那种活在上流社会里的贵公子与生俱来的、不经意间的居高临下，无关傲慢。

他让安树答坐在一张床上。

他的耐心好到了极点，动作也是细致又轻柔。

温喻珩在她面前又是不一样的，极温柔、极体贴，语气也没有半分桀骜，似乎总是小心翼翼的，生怕说些什么会吓到她一样，总是带着一种好脾气似的哄。

安树答很好奇，眼前的少年究竟有几副面孔呢？

他成熟得完全不像一个十七岁的少年。

她从没见过这样的人，可以懒洋洋地坐公交车，也可以潇潇洒洒地等着豪车接送，好像从来没有什么让他真正在意，也没有什么让他觉得丢脸。那些纨绔子弟的坏习惯他一个没有，这是一种底气，一种真正属于精神贵族的底气，一种没人可以威胁他绝对资源和领地的、气定神闲的底气。

他总是那副看起来对什么都提不起兴趣的样子，但了解他的又知道他是个野心不小的人。

温喻珩用狭长的丹凤眼幽幽地看着安树答，突然叹了一口气。

安树答回过神来，愣愣地看着他，等着他的下文。

他的视线上滑，扫到她膝盖上的时候停了，眸色渐深。安树答两个膝盖均有擦伤，只不过因为摔倒的姿势而呈现出一处深一点，另一处浅一点。

在医务室的时候，校医已经给她上过药了。

他盯着她的膝盖看了好一会儿，忽然笑了，抬头："安树答……"

"干吗？"相处越久，安树答越觉得眼前这人很能演，想演什么都能有八分逼真。

"饿不饿？"

"咕噜噜"的声音适时响起，打断了她要说的话。

安树答不好意思地撇了撇嘴。

温喻珩笑了下："想吃什么？"

她想到他这几天莫名的疏远，心里就又乱糟糟的，脱口而出："满汉全席。"

温喻珩眼尾的笑意更深："好。"然后起身，把校服外套拉上，起身去拉门。

"温喻珩……"安树答叫住他，后知后觉发现满汉全席怎么买呢？自己怎么突然就脑热了呢？

"怎么？还想吃什么？"温喻珩似笑非笑地望着她。

"我……我开玩笑的而已，不用满汉全席的，你在路口随便买点包子……"安树答突然就不说话了。

他会不会觉得她脾气很怪，情绪起伏太大呀？

她抿了抿嘴，低下了头，显得有些失落："我……我……对不起……我刚刚态度不太好。"

温喻珩靠在门口，双手环胸，淡淡地看了她一会儿："原来你刚刚在耍脾气呢？"

安树答一愣，缓缓抬起头去看他。

只见他的嘴角上扬，露出一贯的漫不经心的笑，懒洋洋地看着她：

"我还以为你在撒娇呢。"

安树答抿了抿嘴，把脸转向一边，发烫了。

温喻珩笑了笑："说了满汉全席，就是满汉全席。"

安树答偏头看了他一眼。

温喻珩只和她对视一眼，就转身离开了，走的时候把门带上了。

安树答坐在床沿上呆呆地看了那门好久才回过神来。她心里暖暖的，有些感动。

安树答还挂着点滴，外面响起了敲门声，她顿了一下："……请进。"

温喻珩进来了，手里拿着两个包装盒。

安树答一愣，她着实好奇温喻珩是怎么把满汉全席买回来的。

也许……也不是没有可能。如果不是今天又坐豪车又被众星捧月的，她真的差点就忘了，温喻珩只是平时低调不炫富，可他着着实实是个混上流圈子的富家子弟啊。

温喻珩慢条斯理地拆开那精致的保温盒，指了指："第一道，红豆膳粥。"

安树答一愣，还……真满汉全席？

他不等她开口，又打开第二个饭盒："第二道，奶汁鱼片。"

没了。

安树答其实一点都没有期待他真的能把满汉全席给她搬过来，她只是一时赌气想要噎他罢了，而且就算他真的能把满汉全席搬过来，他们两个人也肯定吃不下，而且这样相当的浪费，只会让她良心不安。

温喻珩懒洋洋地笑着看她："你今天只能吃这两样，剩下的 106 道菜，我分 106 顿补给你怎么样？"

安树答抬头看了他许久："……好。"

她看到眼前的少年笑起来，马上低下头继续喝粥，她总觉得自己好像说错了什么话，然后掉入了什么陷阱。奇怪的感觉，是什么呢？不知道。

安树答表面淡定地喝着粥，但其实那一刹那没注意，一口烫粥凉都没凉就被她塞入了口里，烫得她舌头在口腔里经历火山岩浆，但她掩饰得很好，哪怕被烫得头皮发麻，却愣是被她靠着强大的"不能在温喻珩面前丢人"的信念活活演成了云淡风轻。

奥斯卡欠她一座小金人，安树答在心里如是腹诽。

良久。

"我可记仇了，温喻珩……"说着说着，安树答就有些委屈。

温喻珩一愣，耐心等着她的下文。

"前一晚趁着生病把我诓到酒吧门口，结果倒头就忘，一点都没有责任心……你好歹道个歉吧？那我心里还好受点，也不至于……"她停住没再说了。

为这破事哭了一晚上。

"我的错。"温喻珩托着腮帮子，好像解决了什么大事一般，整个人都肉眼可见地轻松起来，"我看你第二天表现得那么平静，也不理我，以为是变相的讨厌。"

安树答愣住了。

"我以为你记仇了，也就不好继续打扰你的生活，我错了好不好？"他托着腮帮子，整个人都很开心，"我向你道歉。"

安树答摇了摇头："算了，是我小肚鸡肠了。"

"不是。"温喻珩从沙发上起来，走到她身边，看着她。

安树答好像感觉到，自己心理上有了一些细微的变化。

"安树答……"他的嗓音一向很好听，低沉有磁性，带着他天生的漫不经心，有一种莫名的张力。

"嗯。"安树答轻声应了。

"你偶尔，可以反思一下别人的错误。"温喻珩重新把她的输液瓶挂正一点，然后从口袋里掏出一盒药膏，递给她。

"是我的错就是我的错，不用在心里帮我道歉。"他的动作相当轻柔，语气也是。

"道歉这种事情，要本人来做才有意义。"他认真地说，仿佛在无形中纠正了她那已犯十几年的错。

从没人对她说过这样的话，做过这样的事情，眼前光芒万丈的少年，似乎是第一个。也不知道怎么，这副场景和少年的这句话，安树答记了一辈子。

她打点滴的时候太困，就睡了过去，醒来的时候已经下午两点多。

一睁眼就是病房白色的天花板。刹那间，那些片段像幻灯片一般在脑海里划过，她的脑子在一瞬间放空。醒来冷静了许久，在回想起刚刚那一幕时，慢慢地爬起些真实的感觉，也在想起自己的那些话时，发现脑热和事后之间，隔着一道理智。

于是在温喻珩进来时，便看到坐在床边默默穿鞋的安树答。

"我们赶紧回去吧。"安树答说第一句话。

"好。"他回道。

却不敢发问。

安树答有些着急，这样算的话，他们出来已经三个小时了。也不知道穆逢对温喻珩为什么那么信任，班长让他充当，手机偷偷带也不说什么。甚至温喻珩帮她请假，说要带她去医院也一点都不担心青春期的男女生会发生些什么难以挽回的事情。

这种对好学生的绝对信任和偏心，放在别的老师身上很难说通，但放在穆逢身上，似乎很正常。

穆逢留给学生的第一印象深刻度似乎比任何一个老师都要深，她也比其他老师更加固执。

安树答和桑嘉当初被她骂，后来她自己也明白过来了，只是她管理班级的需要，需要给重点班的天之骄子们一个下马威，也让他们在最短的时间内从换班的离愁别绪里脱离出来，所以耍了一些心理上的小手段。

她对安树答和桑嘉的第一印象很好，所以哪怕当初安树答因为宿舍熄灯讲话被她骂得很惨，但安树答每次有什么事情去请假时，她总是笑脸相迎，偶尔还会送安树答一两本自己的珍藏好书。

对桑嘉也是一样，骂归骂了，生活委员还是照样让她当。

当然，还有明周淇。

安树答也是后来才知道的，穆逢也是她哥哥那一届的班主任。

穆逢当初是以省文科状元的成绩进的华京大学哲学系，也许是学哲学的和常人思维不一样，又或许只是穆逢的因材施教。

深秋的风有些凉了，带着些肃杀。

和温喻珩一起走在回学校的路上，风吹过，安树答下意识裹紧了校服外套，短发发丝被风吹得到处乱飞。

她伸出手，将两边的头发别到耳后，两人无言，却没有一个人愿意加快步伐，都不约而同放慢了脚步。

上到最后一级台阶的时候，温喻珩开口："晚餐等你。"

安树答回过头，他就朝她笑。

这个世界上没人像温喻珩，在他的世界里，他会自己创造一套与现实世界契合又脱节的法律，用于规范自己的行为，不去了解就没有人知道。

可安树答那天总感觉窥见了那冰山一角,全世界都觉得他是个痞子,可安树答却看到了一个温文尔雅的绅士。

她忽然想到了毛姆笔下的斯特里克兰德,众人皆在捡地上的六便士,唯独他抬头看到了月亮。

那一刻,安树答后知后觉地明白了一个道理,哲理的伟大不在于揭露了某个社会现象,而在于只要时机成熟,可以解释任何一个恰当合适的心境。

精炼和高契合度才是价值。

他们前后脚进了教室,她从前门进,他从后门进。

她的轨迹,再也不是一眼望得到头的单向线段,而是可以相交且充满无限可能的直线。

明周淇从那以后,再没敢去招惹安树答。安树答也没有把操场上那事真当回事,她只觉得明周淇幼稚,幼稚得让她心里发笑。

安树答笑了,觉得自己也相当幼稚了起来,这种小女孩的攀比心思还真是……笑容马上僵在脸上,小女生的心思?

可她才几岁呢?不知怎么,心里是异样的感觉。

期中考试的成绩早就出来了。

温喻珩靠在最后一排的桌子上,一如既往地和江辞耍嘴皮子。

第一名依旧是温喻珩,即使这次期中考难度不小,但温喻珩还是以数学和英语几乎满分的优势和第二名拉开二十几分的差距。第二名是江辞,第三名是安树答,两人的总分仅相差三分。

温喻珩看着成绩单,心情有些不太好,甚至越看越不顺眼。

一旁算着题的江辞停下笔来,扶了扶眼镜,随后轻轻翻了个白眼,说:"有本事下次你挪挪屁股,把第一让给我。"

温喻珩扬眉:"想得美。"

江辞又翻了个白眼。

一个学期的时间很快,一眨眼,下周就是圣诞节。

温喻珩是个相当懒的人,尤其喜欢赖床,对于自己不喜欢不感兴趣的事情和人,基本上都懒得搭理,甚至很没耐心。

但如果是相反的人和相反的事情,他的耐心和脾气会好到另一个极端，就像对待安树答。

圣诞节那天，他起了个大早，准确来说，是夜里没怎么睡着。

十二月的天气已经很冷，按照学校的规定，即使教室和宿舍装有空调，这几个月也不再需要穿校服。

他单手撑着洗漱台，慢悠悠地刷着牙，眼里有光。

刚洗过的头发还滴着水珠。

乌色的发丝衬得温喻珩脸很白，但又是很健康的那种肤色。他穿戴好后出门，走到温优度房间门口的时候，挑了挑眉，心想这丫头也太能睡了，懒成这样，以后万一被对象退货怎么办？

然后伸出手。

"咚咚咚！"

"温优度！日上三竿了你还睡！给我爬起来！快点！"温喻珩背靠着门边的墙，双手插兜，隔着门大声叫唤。

隔了几秒后，他听到房间里一阵窸窸窣窣的声音，随后是有人趿拉着拖鞋踩在木地板上的声音，由远及近，带着非同凡响的起床气。

门被"砰"的一声拉开，未见其人，先飞枕头。

"温喻珩！老娘跟你拼了！"

十秒钟之后，温喻珩一手拿着枕头，一手揪着温优度睡衣的后衣领："说说，你要跟谁拼了？"

温优度欲哭无泪："我要跟作业拼了……"

"你看看几点了，能起床了吗？"

"能。"刚刚还张牙舞爪的"女霸王"，此刻被她哥哥扼住了命运的咽喉。

"最后问你个事儿。"温喻珩手上松了松，但没把她放开。

温优度趁他没注意翻了个白眼："什么事？"

温喻珩张了几次口，还是没有问出来，最后只说了一句："睡你的去。"

温优度简直无语："那你把我叫醒干吗？"

"我高兴。"

"神经病！"温优度转身进了房间，一个甩手把门甩上了。

温喻珩挑眉，笑了。该死，兴奋过头了。

此时天色还未亮，加上现在是冬季，寒风灌进来，吹得人脑壳疼，他一贯是个讲究格调的人，相当喜欢摆弄自己的形象，要风度不要温度的典范。此刻他只穿着一件淡蓝色的棉质加绒卫衣，外面套了件白色的羽绒服，裤子是黑色的直筒裤，配上黑色的马丁靴，和谐的三色原则。

黑色的劳斯莱斯启动。

温喻珩从白色的羽绒服里摸出手机，慢条斯理地嚼着口香糖："我爸不用这辆劳斯莱斯了？"

"先生最近新买了辆宾利，说圈里流行。"

温喻珩淡淡扯了扯嘴角："矫情，他怎么不买辆直升机呢？"

"阿珩，您和先生真是心意相通呢，过几天手续就下来了。"司机笑道。

温喻珩不扯皮了，拿出手机，翻了翻和安树答的聊天记录。

记录还停留在上周六的对话上，她乖得很，在家都不怎么玩手机，还要上交。

他看了看手里的烟灰色包装盒，若有所思了一会儿，笑着发了条消息。

但安树答是不会回的，因为她住宿，现在还在学校，而手机在家里。

不过今天周六，等她回家基本就能看到了。

手机上显示此时是早上五点十五分，住宿生都还没起床，难得赖床成精的温大少爷头一次起这么早。

温喻珩总觉得安树答是个例外，尤其是相处久了，他总觉得她和普通女生不一样，她是一个很特殊的人，很少讲真心话，做真心事，看着安安静静好相处，其实谁都走不进她的心里。

她笑起来的时候那么好看，好像可以治愈你所有的坏心情，可后来慢慢地就会发现那笑里总有一种淡淡的忧郁。她好像从来没有开心过，她到底为什么难过呢？

这是安树答特有的魅力，看着乖巧，其实神秘得很，相处起来又有一层谁都撕不开的伪装膜，甚至普通人很难发现原来她身上有这样一层伪装膜。

她藏得太好，毫无破绽，是从几岁开始练习的呢？那真正的她又是怎样的呢？

温喻珩背着书包穿梭在教室的连廊里，踏上最后一级台阶，手腕上的腕表，指针停在五点四十的位置。

教室的灯亮着。他愣了愣，知道是安树答，这个点只有安树答。后门大开着，寒风灌进去，他看到安树答裹着黑色的羽绒服，微微抖了抖。

教室里只有她一个人，他就那么靠着后门，漫不经心地看着她。

"阿嚏！"安树答缩了缩脖子。

"咚咚……"温喻珩抬手懒洋洋地敲了敲后门。

安树答愣了愣，慢悠悠地转过头来。

"Merry Christmas！"温喻珩懒洋洋地朝她笑了笑，腔调一贯又傲又痞。

安树答愣了愣，似乎为在这么早的时间点见到他觉得很不可思议。

"温喻珩？"她的音色天生就这么温温柔柔的。

温喻珩把包放桌上，走到她旁边："来小教室。"

然后头也不回地直奔小教室。

安树答咀嚼了几下他的话，才慢慢地起身，越过教室地上堆得满满的各种学习资料，"翻山越岭"地进了小教室。

"温喻珩，你干吗？"

温喻珩此刻懒洋洋地靠在窗户边，朝安树答招了招手："过来。"

她乖巧地走过去。

温喻珩把一个烟灰色的礼盒从口袋里掏出来，然后再放到她手心里。

"给，你的圣诞礼物。"他挑眉。

安树答一愣，拿起了那个礼盒："我不是说……不用送了吗？"

"我乐意送你，给个面子收下呗？"

安树答抿了抿嘴，又想说什么，就听到他补了一句："我每个朋友都送了，你也不能例外。"

安树答无奈地笑了笑："好，谢啦。"

她似乎想到什么："你等一下。"

温喻珩眼皮微抬。

安树答转身走到自己的柜子前，倒腾了一会儿，从里面拿出一个很漂亮的小盒子。

"给，圣诞礼物。"安树答朝温喻珩笑了笑。

他接过："这是什么？"

安树答小心翼翼地拆着那个烟灰色的包装盒："你自己拆呗。"

温喻珩挑眉，三下五除二地拆开，眼睛亮了亮："钢笔？"

安树答有些不好意思，抿了抿嘴转移话题："你之前不是嫌江辞的笔不好看吗？你自己又不买。"

"哦……"

安树答此刻已经看到了她的礼物，细眉轻挑："项链？"

很漂亮。

圆环戒指状，银色的玫瑰花环在指柱上，采用淡淡的烟粉色，从花蕊处渐变灼染，一看质地就价值不菲。

"你上次说你喜欢玫瑰，尤其是烟粉色的曼塔玫瑰。"

安树答愣了愣，没想过他会记得，抬头看了看他："谢……谢谢。"

"你喜欢就好。"

温喻珩把玩着那支黑色派克钢笔，厚重，颜色也很好看，他确实很喜欢，有些爱不释手。

第四章

野玫瑰

为期三天的高三联考明天开始，所以高一高二的学生在他们考试前夕放了假。温喻珩和江辞最近在准备数学竞赛，特别忙，有的时候课也直接不来上。

他俩的数学成绩一直都是全校学生望尘莫及的存在，所以学校特别"明理"地把他们两个也拉进了数学竞赛的队伍。

江辞是为了抢年级里华京大学的保送名额，温喻珩就不知道了。

安树答怕温喻珩落下功课，还特别细心地给他整理了课堂笔记，结果那笔记除了被他供起来之外，就没被他瞧过一眼。

结果他依旧稳稳地霸占着年级第一的宝座，同时数学用满分狠狠地挑衅了一把另一个重点班第一的裴源。

据说裴源数学的最后一题，因为一个小数点标错，导致错失了拿满分的机会。

裴源拿着卷子和温喻珩哭诉的时候，那家伙正在偷偷玩手机，可能是被闹得有点烦了，不耐烦地说了一句"我满分，无法感同身受你的痛苦"，就把千里迢迢从一楼奔赴而来的裴源成功气跑了。

安树答不得不佩服，温喻珩虽然是个低调不爱炫耀的人，但是他深谙气人之道。他的优越感永远不藏在字里行间，而是明明白白地摆在语气里。

酷归酷，但从不阴阳怪气地对待任何人。

今天乔佳有事，不能来接安树答，于是她只好拖着行李箱自己坐公交车。因为不是法定假期，所以学校放学比较晚，好像在和黄昏比谁更会控制时间。

等安树答收拾好行李站在校门口的时候，天色已经很暗了。

温喻珩被他们集训的老师抓走了，背着书包临走的时候默默看了她好几眼。

安树答第一次见温优度，也是她第一次见到温喻珩动手打架，而第二次见到温优度，也是一群人在打架，只不过这次温喻珩不在。

她真的是一个漂亮到不可思议地步的女孩子，即使现在还略带青涩和稚气，但已经足以让人过目不忘。

虽说只是堂兄妹，但她和温喻珩长得很像。温喻珩的相貌在浅岸一中绝对是万里挑一的存在，是属于笑一下就能让过路少女疯狂心动、一个简单的三分球就能让围观少女疯狂尖叫的存在。

他站在那里，闲闲散散的，不说话，也会有大把的女孩子朝他行注目礼。

可温优度却是比他还要好看一点的存在，好看到让安树答觉得全世界的男人为她打架都不为过。

安树答想起了温喻珩说过温优度的那些过往，温优度从小学就是被人疯狂追求的对象，初中为她打架、校外闻风来找她的小流氓更是多如过江之鲫。

温优度彼时双手环着胸，一脸的不耐烦。

"哎！别打了！"她一脸嫌弃地看着在她面前互殴的两个男生，心情看起来很糟糕。

他们两个年龄不太大的样子，此刻鼻青脸肿，一脸狼狈相，听到温优度喊了一声，都乖乖停手，但还是恶狠狠地互相对视，谁也不让谁。

"优度……"有一个男孩子叫她。

"闭嘴！"她恶狠狠瞪了他一眼，"别这么喊我！我跟你很熟？你谁？"

那男生立刻噤若寒蝉。

另一个男生幸灾乐祸地嗤笑一声。

温优度懒懒地打了个哈欠："起开，别挡道。"

"不行！"这次他们两个倒是默契得很。

温优度翻了个十分夸张的白眼，看得出来她已经有点生气了，根本不想多搭理他们："滚开！"

却被他们一把拉住了书包。

温优度顿了一下，沉沉呼出一口气："怎么？不知道我哥是谁？"

两人愣了一下，脸上明显浮上些错愕和忧惧："珩……珩哥不是毕业了？"

温优度嗤笑一声："我哥是初中毕业，又不是人生毕业，想揍你们还不是分分钟的事情？"

"放开啊！"她拼命甩了一下自己的包，拧着眉毛，暴跳如雷。

安树答看情况对温优度不利起来，抿了抿嘴，跑上去："喂！你们干吗？！"

安树答此刻穿着浅岸一中的校服，她跑到他们面前的时候，那两人明显愣了一下。

低年级的对高年级，向往和畏惧是同时存在的，更何况是初中对上高中。

安树答挡在温优度面前，颇有些护崽的架势。其实她心里还是很害怕的，毕竟初中见过的那几个不良少年给她留下了极大的心理阴影。

"我……我们，我们就是想要个联系方式。"其中一个人吞吞吐吐起来。

另一个倒是默契地附和："对！对！"

温优度不耐烦地翻了个白眼："我手机昨天坏了。"

"那你们为什么要打架？"安树答一愣，疑惑地问。

"温优度说谁打赢了就给谁！"

温优度一脸不可思议地看向他们："你们选择性耳聋吗？"

安树答回头看向她，用眼神询问。

"我没有这么说过！"温优度怒瞪那两个人，"我原话明明就是你俩连打架都打不过我哥，还好意思问我要电话号码。"

她有些生气了，看向安树答："真的！姐姐你信我！"

安树答听懂了，温优度确实没有煽风点火和挑唆他们两个打架的意思，缺乏基本的理解能力可真是件要命的事情。

她无奈地叹了口气，看向他们："你们两个……咳咳，走吧，别再缠着她了，要不然我就报警。"

那两个明显还是在校的学生，一听到报警，立刻就慌了起来，连连道歉，然后飞也似的跑了。

温优度不屑地嗤笑一声。

"以后遇到这样的人，直接说报警就好。"安树答回头冲她笑了笑。

温优度撇了撇嘴，小声嘟囔："其实我平时都有司机接送的，今天是个意外……"

安树答笑了笑："嗯，那你一个人回去吗？"

温优度掏了把口袋，然后暗骂了一句："我手机不见了……"

安树答立马道："想一想丢在哪里了，我陪你去找一下。"

温优度摆摆手，十分不在乎："不用，反正里面没什么重要的手机号码，回去重新买一部就行。"

安树答想了想，温喻珩他们家应该不差这么点钱，也就没再说什么，点了点头："好。"

她看了看腕上的手表，时间不早了，又发现周围的天色也有些暗了："那个……你怎么回去啊？"

"走回去。"温优度的鞋子不知什么时候沾上了一圈泥，此刻她正皱着眉，不耐烦地在沥青路面上蹭着。整个人都不耐烦得很，一边蹭着脚上的泥，一边回："不用见外，你喊我优度就行。"

安树答抿了抿嘴："那优度……我送你回去吧？"

按着温优度这长相，再加上这昏暗的天气，指不定要发生些什么，她还挺担心的，好歹是温喻珩的堂妹，她总不能把她丢在这大街上不管。

温优度倒是愣了愣，抬眸看了安树答一眼。温优度明明是圆润晶亮的杏眼，偏偏透出股高冷和桀骜。

那眼里的桀骜倒和温喻珩的如出一辙。不愧是堂兄妹，安树答心里暗想。

温优度笑了一声，挑眉："行……呗？"

"你家在哪里啊？"

"你不知道？"温优度似笑非笑地反问。

安树答摇了摇头："我没问过。"

"懂了。"温优度了然，随后从口袋里掏出颗草莓糖，撕开一颗，塞嘴里，又递给安树答一颗，"昨度公馆。"

安树答一愣，接过了糖："那还挺远的。"

这女孩子脾气不好，这是安树答对温优度的第二印象。

第一印象是傲。

安树答捏了捏行李箱的把手："走吧，带你坐公交车。"

温优度眉毛一挑："公交车？怎么坐？"

安树答回头看她："你……不会？"

温优度摊了摊手，耸肩："没坐过。"

安树答无奈地笑："没事，你跟着我。"

温优度眸色有些复杂，随后拍了拍手，懒洋洋地跟上去，然后一把扯过她的行李箱："我拿。"

安树答无奈地摇了摇头。

这姑娘不知怎么，还有点傲娇。

温优度靠窗坐着，望着窗外出神。

安树答侧着头，偷偷端详温优度，觉得她真的是个很漂亮的女孩子，冷白皮，长发又细又软，侧脸立体，鼻梁高挺，眉眼间都是一副高傲和邪气。

尤其是那股子谁都看不上的桀骜，和她哥哥简直是一模一样。

她忽然发现自己盯着温优度的时间有点久了，略略叹了口气，收回目光，有些心虚和尴尬。

美女总是让人移不开目光。

温优度似是想起了什么，意味深长地"哦"了一声，然后回身看安树答。

安树答一时有些愣，也看着她："怎么了？"

温优度笑起来："我说呢……之前我哥回家来那次，怎么突然说以后不用私家车接送改坐公交车了。"

安树答疑惑，皱起眉来："哪一次？"

"我俩第一回见面那次，还记得吗？我哥帮我打架来着。"

安树答想起来了，或许是那天让她印象深刻的事情有些多吧。记得那次好像乔佳有什么事不能来，后来是安疏景来接她。

她第一次见温优度的那次，更是她第一次见温喻珩动手打架的那次。

原形毕露的少年，星火燎原的桀骜不驯，眼底的慵懒夹杂戾气，愣是把天边的火烧云都比了下去，狂妄无比，高傲得很，也不耐烦得很。

安树答点了点头："嗯，记得的。"

"就那天回家，我哥突然抽风说以后坐公交车，不用司机接送了。"温优度撇了撇嘴，"我大伯母都被吓坏了，要知道我哥那种娇生惯养、一身懒骨头的公子哥儿，突然说以后要坐公交车，对全家都是一种不小的听觉冲击。"

安树答愣住了："……他以前没有坐过公交车吗？"

温优度嗤笑一声："没那条件，更何况，就他那一身懒劲儿。"

安树答突然想起来一件事，在看见温喻珩打架的前几个小时，她因为乔佳不能来接她而微微有些小情绪时，温喻珩好像叫住过她，那个时候他明明想说些什么。

其实当时他欲言又止的样子被掩饰得挺好的，但现在想想也不是完全没有露出马脚，只是那个时候她心情不好，所以并没有发现。

"现在破案了，我哥是不是陪你坐公交车啊？"

安树答语噎，喉咙间有股梗塞之感，原来是陪她坐公交车？

"扑哧"一声，温优度笑了出来："看不出来我那混账老哥还挺体贴。"

随后她又对比了一下自己，瞬间有些不开心，撇了撇嘴："……对我就非打即骂，哼！"

安树答看了温优度一眼，有些吃惊："他还打你吗？"

温优度的脑海里瞬间浮现出她被温喻珩没收手机，然后逼着写作业的情景。

她握着笔，看着那些密密麻麻的数学题，然后开始开小差的时候，她哥哥的笔就会准确无误地飞过来，不偏不倚弹到她光洁漂亮的脑门上。

于是她一抬头就能看到温喻珩跷着二郎腿，双手环胸，坐在她桌前的那张滚轮沙发上，嘴里嚼着口香糖，懒洋洋地盯着她："温优度，再开小差我揍你信不信？"

再有就是在她偷偷玩手机的时候，她哥哥从背后揪住她的马尾，懒幽幽的声音飘过来："就你这破成绩，配玩消消乐吗？"

一想到这些，温优度就气得牙痒痒，一颗想要报仇的心脏此刻熊熊燃烧。

她要先下手为强！她要告状！

于是温优度夸张地点了点头："每次我数学题做不出来他就拿笔敲我头，还骂我白痴。"

安树答一愣。

温优度愤慨地"哼"了一声，像个饱受委屈的少女："温喻珩，真是太混账了！"

安树答笑了笑，这回答怎么感觉和自己面对浑蛋老哥有得一拼，又觉得这姑娘就是面上看着高冷傲气，真实的性格其实挺可爱的。

这是安树答对温优度的第三印象。

到昨度公馆的时候，天色已经很暗了。

昨度公馆，整个浅岸市最贵的地段，最出名的名流聚集地，饶是安树答这样一点都不了解不关心行情的人，都对这个贵得让人咋舌的别墅区的房价有所耳闻。

绝大部分人向往却住不进去的地方。

她想起来有次春节时的亲戚聚餐。

一个平时嘴很不饶人、各种看不起他们家的婶婶和乔佳聊天，说她一个同学是老师，去过昨度公馆做家教，还说那里怎么怎么好，里面住着的人怎么怎么有钱。语气里是各种向往、炫耀和拜金主义，好像进去的是她自己，好像在那里逛一圈就能身价倍增似的。

安树答无情地笑了笑，然后安安静静吃着每年都没什么变化的菜。

有些人对这样的生活羡慕、向往，拼命地想要挤进去看一看，可有些人一出生就坐拥这些。

每一栋房子都是白砖红瓦，欧式的建筑风格，一栋接一栋，距离恰到好处。

温优度把安树答的行李箱抢了过去，说是让她进去坐坐，感谢她亲自跑一趟把自己送回来。

安树答一开始是拒绝的，她本意只是怕温优度在路上遇到什么意外，所以才插了一手，但并没有想要什么回报。

但温优度下车之后一把抢过她的行李箱就跑，她愣是被温优度"逼"进了这个别墅区。

"放心啦，我大伯和大伯母出国办事去了，一个星期都不在家。"

今天温喻珩竞赛集训，所以回来得很晚，七点多才到家。他在家门口换鞋的工夫，看到门边上有一个银色的行李箱，愣了愣，随后到客厅的时候，就看到桌上超大份变态辣小龙虾，还有皱着眉陪着温优度吃麻辣小龙虾的安树答。

电视不知道播着哪部偶像剧，温优度津津有味地吃着那小龙虾，时不时地指着电视剧里的演员作评价。

安树答被呛得不停咳嗽，拿着矿泉水瓶狠命灌着水，眉头皱成了"川"字，嘴唇被辣得通红。

温优度又递给安树答一只小龙虾，安树答苦笑了一声，似是不好拒绝她的热情和好意："不……不用了，我回去还要吃饭……咳咳咳……"

她喉咙里火辣辣的，又麻又痒，没说几句话又被辣得呛了一口，狠命咳起来，小脸涨红，不知怎么，身上还有些痒，她用衣服蹭了蹭，却更加不舒服。

但温优度这家伙偏偏没一点眼力见，于是温喻珩的火气立刻就上来了。

"温优度！"

吃着麻辣小龙虾的两个人均被吓了一跳。

温优度不知怎么，背后升起一股极大的凉意。

温喻珩像捉小鸡似的把她拎起来："谁让你点的麻辣小龙虾？你知不知道安树答吃不了辣？！就算你不知道安树答不能吃辣……那你这腿呢？忘了医生怎么说的？！"

安树答有理由相信，要是温优度不是个女孩子而是个男孩子，温喻珩这会儿一拳头已经挥了下去。

安树答一边不住地咳嗽，一边脱了手上油腻腻的手套去拉他："温喻珩，别，优度她不是故意的，她只是看我肚子饿，你冷静一点……"

温喻珩听到她的声音才略微冷静了一点，但是转头看着她嘴角通红，因为受不了辣而眼尾泛红的样子，火气又上来了。

他此刻抓着温优度的后衣领恨不得把她揍一顿给安树答也给自己解气，但是不行，终归是自己宠大的妹妹。

他放开温优度，温优度一个踉跄躲安树答背后，闷闷地"哼"了一声。温喻珩真是一点面子都不给她留，她事先也不知道安树答吃不了辣。

温喻珩压下心口的火气，懒洋洋地扫了温优度一眼，然后把视线转回安树答身上，把她拉到自己身边，给她顺着背，凑近了仔细看她："怎么样？还辣吗？温优度，愣着干吗？去倒水。"

他看着安树答一边笑着摇头，又止不住咳嗽的样子，就想把温优度按地上打，但是不行。

"我……咳咳咳，我没事，就是刚刚一时……咳咳咳，呛……呛到了……"安树答笑着朝他摇摇头。

她两只手还扯着温喻珩的袖子，怕他又冲动，动手打温优度，但是喉咙火辣辣的，呛得她眼泪不住地流出来，忍不住一遍又一遍地咳嗽。

安树答不是吃不了辣，只是不喜欢吃辣。

温优度说要点麻辣小龙虾的时候，她说了她吃不了辣，让温优度少点一些自己吃就可以了，但温优度那个时候戴着蓝牙耳机可能没听见，而安树答以为温优度听见了。所以温优度当时可能就以为安树答是太客气了而已，毕竟在温优度眼里，安树答是个太乖巧懂事的女孩子。

为了体现自己的待客之道，温优度还可怜巴巴地朝她撒娇："你不吃就是不给我面子。"

安树答无奈，只好接住她递过来的龙虾。

谁知道温优度口味这么重，直接点了变态辣。安树答辣得半死不活，现在整个喉咙都有些冒火，眼泪止不住往外流。

谁都没有错，真的只是一次误会而已。

安树答从温喻珩手里接过玻璃杯，就往嘴里猛灌凉白开，几大杯下去才勉强缓了缓喉咙里的辣劲，但是不知怎么，手臂、背后和脖子处痒的感觉更加厉害了。

她用肩膀去蹭脖子，越蹭越痒。

"怎么了？"温喻珩皱起眉来。

温优度视线瞥向她的脖子，咽了口口水："哥……她脖子……"

温喻珩皱着眉低下头去看安树答的脖子，通红一片，还有可怕的块状红肿遍布在那原本细净的脖颈上。

温喻珩的眉头瞬间拧得更深："你过敏了。"

他一个刀眼飞到温优度的身上，温优度这下彻底乖了，颇有些欲哭无泪："我马上去打电话！"

温优度从后花园里找来叶管家。

"叶叔……我好像闯祸了……"她跟在叶管家的身后委屈巴巴的，一副要哭了的样子。

"没事，我相信少爷不会多怪你的，毕竟二小姐你不是第一次闯祸了……"叶管家一边疾步走着，一边拨家庭医生的电话，颇游刃有余。

温优度小声说："……可今天的受害人是我哥的同学。"

叶管家顿住了脚步，回头看她："那你完了。"

温优度愣住了。

电话刚好拨通，他立刻微笑起来："嗨——"

家庭医生接到电话就马不停蹄地往这里赶。

此时安树答已经被温喻珩扶着，进了一间客房。

她脱了外套，掀起了袖子，才发现除了脖子上，连手臂上都是大大小小的红色斑块。由此想象了一下后背看不见的惨状，倒吸了一口凉气，然后控制不住地去挠。

乔佳说她没有公主命，却一身的公主病是有原因的，坏毛病一大堆：吃药会吐、强迫症、轻微洁癖、过敏性皮肤……

现在莫名其妙过敏。

温优度在一旁罚站，看着安树答那一手臂的惨状，噤若寒蝉。她感觉她哥哥望向她的眼神都带着滔天怒气。她真是委屈得不轻，人家电视剧、小说里的哥哥，不仅帅得惊天动地，还温柔体贴善解人意又疼爱妹妹。怎么她堂哥，除了相貌，没一点能让她满意的呢？

哪个作家能写出这样没人情味儿的混账哥哥，那作家的脑子也多少有点问题。

安树答似是注意到了温优度的委屈表情，再偏头看温喻珩，他那眼角的怒气真是收都收不住。安树答抿了抿嘴，坐在床沿，抬脚轻轻踹了他一下，示意他别这么凶。

"优度，你去做自己的事吧，不用在这里的。"她笑道。

温优度得到指令，下意识想跑。

"站着，"温喻珩轻飘飘的一句话飘来，"反思一下今天都干了什么错事。"

温优度抬头看了一眼安树答，用眼神疯狂求救。

安树答轻轻拉了拉温喻珩的衣角，语气很轻，带着点求情的意味："温喻珩……"

温喻珩叹了口气，不情不愿地环着胸："滚你房间面壁去。"

温优度麻溜地跑没影。

偌大的客厅只剩下他们两个人。

身上还是奇痒无比的安树答看向温喻珩："你干吗这样啊？大庭广众之下让她下不来台？她初心是好的，你这么咄咄逼人，好歹她是你妹妹。"

"我疼她和训她有什么矛盾吗？我好歹是她哥。"他"哼"了一声，抓住安树答的手腕，"别挠了，再挠皮肤要破了。"

"可是好痒……"安树答一边挠着脖子，一边叹了口气。

温喻珩扯了扯嘴角，没有一点不好意思，抓着她的手腕不让她继续挠，说："再忍一下，家庭医生马上到了。"

安树答叹了口气："你手机借我一下呗？虽然我刚给我妈打过电话说晚点回去了，但是现在太晚了，我怕她担心。"

温喻珩从口袋里掏出手机来，递给她。

她拨了个号码。

"喂？妈……"

他静静地看着她皱起眉头。

"这样啊……好，我知道了。"安树答没聊几句，很快就挂了电话。

"怎么样，等医生看一下，然后送你回去？"温喻珩挑眉。

安树答点了点头："麻烦你了。"

家庭医生来得挺快，看了她一眼又询问了前后吃过的东西，就指出了她的病因。

"应该是季节性皮肤过敏，过敏原无外乎花粉柳絮等，并且要注意，尽量远离辛辣海鲜这样的过敏物质，这次应该是由过敏物质引起的。我看了一下你的症状，不是很严重，我给你开点药或者打一针就行了。"医生撂下这大半段话，又给安树答来了一针后，就被温喻珩打发去看温优度的腿伤了。

安树答问温优度怎么了。

温喻珩就说温优度前几天把腿给摔了，挺严重的，医生让忌辛辣刺激，结果才几天她就点了变态辣的麻辣小龙虾。

安树答笑着调侃他"刀子嘴，豆腐心"。

温喻珩不置可否。

她打了一针，等药效起来的时候，慢慢地不痒了，那些红斑逐渐开始消退。等了一会儿，感觉情况稳定了之后，温喻珩通知家里的司机，送安树答回去。

"明天来图书馆吗？"温喻珩给她推着行李箱。

"你不准备竞赛？"

"所以要去图书馆呀。"

临到她家楼下时，安树答才给了他回应："好，上午九点见？"

"八点半呗？"温喻珩开始讨价还价。

安树答想起来温优度和她说"我哥那可是个赖床狂魔，放假在家不到十点绝对不起，叫多少遍都没用"。

她笑了笑："你要起得来也行。"

温喻珩手插兜，笑得相当得意："我来接你。"

安树答点头，然后从他手里接过行李箱就往楼上去："你早点回去吧。"她回头朝他挥手。

温喻珩手插兜，朝她笑着。

安树答觉得他的笑容在黑夜里都好亮。

温喻珩裤兜里的手机来电狂响，但直到安树答的身影消失在黑暗里，他才掏出手机来看。

江辞。

他"啧"了一声，点了拨通，然后开始往回走。

安树答进家门之前心情还挺轻松，可一打开门，看到空空荡荡的房子，心里的一股无力感瞬间又席卷而来。

她开了灯，换了鞋。

进浴室洗澡前，把行李箱里的脏衣服都拿出来，塞进洗衣机里，出浴室后又把换下的衣服塞进去。启动。

然后坐到客厅里，等着手机开机。

阳台上的滚筒洗衣机"轰隆隆"地滚着衣服。

周围的空荡感猛地袭上来，一点一点攥着她的心脏，让她几乎无法喘息。她感觉自己在一点一点地沉入深海，空荡无比的感觉让她有顷刻的窒息感，心脏是无比沉重的钝感。

在温喻珩家有多欢乐，这一刻就有多落寞。

死寂。

唯有洗衣机发出厚重的声音，却与这周围的死寂遥相呼应，周围的空气像是死神的镰刀，时间逝去的每一秒都是对她心脏的凌迟。

手机弹出来整整一周的消息。

她任由消息弹，懒得搭理。

不知过了多久。

一条新消息的铃声响起来。

她终于抬了抬眼皮，勉强给了手机一点余光。

新消息，来自温喻珩。

她不自觉地点开。

是他安全到家的消息和一条让人哭笑不得的表情包，这是温喻珩的作风。

原本颓丧的少女，此刻嘴角终于有了一丝笑意，身体的血液仿佛也重新开始流动。她动了动手指，打下几个字。

安树答："安全到家就好。"

她等洗衣机的"嘀"声响起，然后去晾衣服。

关灯，进了自己的房间，然后看着天花板出神，翻了个身，闭上眼睛。开始酝酿睡意。

睡不着，她摸出手机看了看，没有新消息。

按灭后继续睡。

可惜她又失眠了，直到凌晨三点多才睡着。

失眠快一个星期了，有的时候是睡不着，有的时候是三更半夜突然醒过来，又或者第二天起来浑身难受，昏昏沉沉的。

第二天。

安树答是被电话铃声吵醒的，醒来的时候脑袋疼又全身不适，仿佛一摊死肉。她几乎是愣滞地听着它响了半天，才终于反应过来似的，拿起手机看了看。

温喻珩。

她夹着些起床气："干吗啊？一大早的。"

"说好八点半接你的，现在都八点五十了，安树答你讲不讲信用的？"温喻珩拨弄着指甲。

安树答惊了一下，看了一眼手机，咽了口口水："你等很久了？"

温喻珩淡淡地说："我是会迟到的人？"

安树答极快地收拾好之后，下楼。

温喻珩说带她去吃早饭。

到地点后她没什么胃口，就随便指了道咸粥，但温喻珩暗地里帮她换成了甜粥。

甜粥端上来的那一瞬间，安树答有些愤慨："你干吗换我菜单？"

"嘴唇都发白了，补充点糖分吧。"温喻珩抱着胸，丝毫不让步。

安树答想了想，是温喻珩付钱，她没啥底气去计较，心不甘情不愿地喝了起来，却发现甜粥出乎意料的好喝。

"温喻珩……"

"在听。"

"那个满汉全席……"她喝着粥问他，"还剩几道菜？"

"七十三道。"他挑了挑眉，"怎么？下周想享受点餐服务？"

安树答不知道温喻珩是故意的还是怎么样，他答应她的满汉全席确实都在一道一道地履行承诺，但关键就是这人每次就给她带一道菜，愣是把短短几天就可以完成的任务拖了整整一个学期到现在还没完成。

有一种要拖到高中毕业的架势。

所以她怀疑他是从一开始就已经挖好陷阱等她往下跳，这么算下来，她是把高中剩下一年半左右的学校就餐时光，全押给温喻珩了。

唉。

"没有，就问问。"她长睫垂下，眼里有团复杂的情绪。

胸口是团压不下的心虚。

喉咙里涩涩的，喝着甜粥，却莫名觉得苦。

温喻珩笑，不再说话。

似乎是和安树答现在熟了，他的本性多多少少暴露了一些，比如说温优度一直吐槽她哥哥一身懒劲儿。

印象中不知从什么时候开始，他们俩出去没再坐过公交车，每次温喻珩都是懒洋洋地一把把安树答往家里的豪车里塞。

可能是温喻珩以前在学校里太低调，也很少穿当代学生喜欢的潮牌，除了那一身的贵公子气质提醒着周围人，他还是个家大业大的富家子弟外，很多人都快忘了这茬。

连安树答也不例外。

所以当她今天第三次被温喻珩塞进他家的劳斯莱斯时，微怔了一下，然后问他："你家到底有几个亿？"

温喻珩笑道："我家有几个亿，与我无关。"

安树答愣了："……你是捡来的？"

温喻珩不自觉地翻了个白眼："赚得再多也是我爸妈的财产，我要钱呢我会自己挣，懂那种感觉吧？"

安树答看了他很久，才慢慢地移开目光，不知怎么，温喻珩身上那骄傲又朝气的活力让她佩服，又……有些艳羡。

说实话，她觉得这是一个少年最好的状态，也是她最向往的状态。

可她是个活在阴影里太久的人，会对奔她而来的太阳不知所措。所有突如其来的关心都会让她手足无措，她不适应，又割舍不下。可安树答知道，她没有资格贪心的。

至少温喻珩这样的人，太好了，她凭什么心安理得地占据阳光？这对太阳不公平。

良久。

安树答移开了视线，望向窗外："我不想吃满汉全席了。"

温喻珩手机还在有一下没一下地转着："不吃这个，那你想吃……"

车窗外一辆车超过去。

他的话突然凝在嘴边，眉心皱起来，眼里珠色深黑："哪个意思？"

"你想的那个意思。"安树答毫不迟疑地回答，低着头，手指绞在一起，拨着纽扣。

她能感觉到温喻珩对自己很好很不同，但她又想起自己身边的桩桩件件，自己根本无法回报他的这种好，倒不如一刀切，干脆一点，也好。

最后一个朋友都没有，活该。

其实她心里挺难受的，毕竟他对她那么好。他对她越好，她越怕，或许是从来没有体验过这样纯粹的、直接的、热情不加掩饰的情感，所以这样的未知反而让她倍感恐惧。

最让人害怕的永远都是未知，尤其是她这样的阶段和性格，她最害怕未知与陌生。以及，她从曾经到现在，甚至是未来，都不一定能保证的，与一个陌生人再次建立相互信任的亲密关系。

上一个是乔佳。

可安树答曾期待的女儿对母亲的向往，乔佳不懂，她只是用她的方式，用"望女成凤"的严厉回报安树答对她所期待的母爱。

"开玩笑的？"温喻珩把司机喊下了车，很认真地问她，没有平日里半分懒劲儿，连带着眼神都有点冷。

安树答有一瞬间不敢去看他的眼睛："仔细考虑的。"

"什么时候做的决定，还是一直就这么想的？"

"有区别吗？"

"有。"

"什么区别？"

"如果你一直都是这样想的，那就是你对不起我；如果你是最近作的决定，那算我魅力不够。"

总结到位。

安树答闭了闭眼睛："后者。"

"行，你比我会气人。"温喻珩压着胸口熊熊燃烧的火气，下了车，走到司机身边的时候，指了指车的方向，"送她回去。"然后头也不回地去坐公交车。

安树答最后没让司机送，自己走回去的，一路上失魂落魄。

"嘀——"刺耳的喇叭声。

她差点被车撞，是一个少年拉了她一把。她抽回手，抬眼看他。

宋迟墨。

安疏景是浅岸一中靠成绩和颜值名冠全校的存在，而温喻珩则是靠成绩、颜值加冠世名冠全校，某些时候，群众的期待值是呈一个开口向下的抛物线发展的。

温喻珩是最高点，是以大家对温喻珩的接班人，远没有当初对安疏景的接班人那么吹毛求疵。

比如说眼前这位，宋迟墨，浅岸一中公认的下一届优秀代表接班人。

"学姐，你还好吗？"他朝安树答笑。

他名字里虽然带着个"墨"字，但真实的他长得很干净，皮肤很白，淡颜系的长相，算是能让人一见倾心又越看越舒服的类型，眉目温和，青春洋溢。

安树答愣了愣，似乎没想到会是他，无力地笑了笑："没事，刚刚谢谢你。"

她认识宋迟墨不奇怪，因为他也算浅岸一中的一个风云人物，虽然风云不过温喻珩那个走哪里都能掀起狂潮的"小霸王"。

而且安树答和宋迟墨初中是同一个学校，记得那个时候，安树答放学后被一个班里的不良少年堵在校外的一个角落里，她当时特别害怕，后来是宋迟墨出手帮她解决了麻烦，他们就有了一面之缘。可她当时因为有心理阴影，只想赶紧回家，所以只是对他简单道了个谢，就心惊胆战地跑了。后来他们也没怎么见过，更何况是聊天。

当时，宋迟墨的妈妈刚好是安树答的英语老师，带过她一年。其实他们那一面之后基本没什么交集，她觉得宋迟墨应该不会认识她，没想到他对她还有印象！

"学姐，你脸色不太好，我送你回去吧？"宋迟墨笑道，语气温柔得不行，那笑容很干净也很纯粹，让人很舒服，搁任何一个小姑娘身上，都能让她脸红心跳，可偏偏他碰上的是安树答。

估计是和温喻珩这阵子相处，所以安树答和男生相处、聊天，已经没有了以前的那种局促不安。

她突然有些难过。

还有点烦。

她只是平静地摇了摇头，然后拒绝了："不用了，我自己回去就行。"

说完抬步子。

但宋迟墨没有走，而是跟了上去。安树答下意识皱了皱眉头，只不过宋迟墨比她高一个头，她又一直微低着头，所以他并没有发觉。

"学姐不认识我了吗？我是宋迟墨，我们初中是一个学校的。"他手插在衣服口袋里，淡淡地笑道。

安树答点了点头："我知道。"

宋迟墨的眼睛亮了亮："真的吗？"

"你初中就挺出名，而且你妈妈教过我一年的英语，所以认识。"安树答笑着敷衍。

宋迟墨倒是显得有些兴奋，他们穿过一条街道，街道上人来人往，川流不息，春天的花开得遍地都是，好像什么都在复苏。

"初中的时候就听说过学姐的大名，不知道可不可以加个好友，希望有这个荣幸，在学业上获得学姐的帮助。"宋迟墨笑得相当干净温柔。

"我不怎么用聊天软件。"安树答穿过一个红绿灯路口，继续往前走，早春的风还带着些寒，吹得她的脸有些疼。

宋迟墨明显僵了僵，但还是一笑而过："放心，学姐，我没事绝对不会骚扰你的，请给我一个努力学习的机会吧。"

风吹过来，冷得安树答缩了缩脖子，停下脚步，看向他。对方一脸的真诚，眼睛里都是期待的光。

话说到这份上，安树答实在不好拒绝，关键她现在只想赶紧回家补觉，于是叹了口气："手机带了吗？"

"带了！"宋迟墨麻溜掏出手机来递给她，连嘴角到眼尾都是满满的笑意。

安树答输完自己的账号，然后把手机递回给他时，手已经被风吹得一丝温度不剩。

"学姐……"宋迟墨叫住准备提步走的安树答。

她回头："还有事吗？"

宋迟墨笑笑，似乎有些无奈："学姐，你变了很多。"

安树答愣了愣，似乎是在咀嚼他这句话的意思："是吗？"

她变了很多？变得没有那么乖？变得更加叛逆？

"你开朗了很多。"宋迟墨还是在笑，"以前你可不爱说话了。"

安树答又愣了愣，然后无声地笑了笑："也许吧，人都是会变的，时间问题。"

不知想到了什么，她的心脏被戳了一下，很痛，胸口又是那样闷。

宋迟墨看着安树答的背影越走越远，嘴角的笑意渐渐下来，取而代之一阵忧郁。

回家后，安树答发现只有安廉江在客厅里抽着烟，还是那副好死不活的没精神样儿。

她在奶奶的房间里见过爸爸年轻时候的照片，挺帅，很白净的样子，但年龄大了，脸上渐渐爬上皱纹，也就没了当年那股子精气神。曾经她也想过，乔佳为什么要嫁进来，选择当两个孩子的继母，来撑起他们这样一个近乎支离破碎的家庭。

安廉江当时的颜值也许是其中一个理由，但岁月是把杀猪刀。

乔佳是个很拼的人，不管是家庭还是工作，妥妥的女强人，后来职位越做越高。他们当初买房的时候，问安廉江这边的亲戚借过钱，没借到不说，还招来一阵冷嘲热讽。乔佳当时什么都没说，是问娘家才借到的。

后来安树答的堂姐也红眼，要去买房子，问他们家来借钱。安廉江问乔佳要钱，乔佳没给，第二天拿了银行卡去了趟 4S 店（集汽车销售、维修、配件和信息服务为一体的销售门店），当场就提了一辆宝马，然后发了条朋友圈：

"刚提了新车，最近又得省钱了，穷啊。"

还配了个捂脸笑的表情，下面是一张她和宝马车的合影。

她自己一个人出的钱，一次性结清，算是狠狠打了安廉江那边不帮忙还喜欢冷嘲热讽的亲戚的脸。

可是当晚安廉江就和她吵架了。

安廉江说："就为了气她你花那么多钱，你怎么就这么虚荣呢？！有必要吗？忍一时风平浪静，退一步海阔天空的道理你都不懂吗？"

乔佳是个暴脾气：

"就他们这种人配让我让步吗？他们当初指着你脊梁骨骂，饭桌上冷嘲热讽我后妈不如亲妈，肯定带不好孩子，我聋的吗？

"我告诉你安廉江！这口气你咽得下我咽不下，你妈说你性子好你就真以为好了？我告诉你，这个社会的现状就是人善被人欺，马善被人骑，你自己窝囊就别骂我虚荣！我还告诉你，我就是虚荣，我就是要把那帮看不起我们的人通通踩在脚下！"

"你别胡搅蛮缠！这么一大笔钱你为什么不和我打个招呼？！这是我们夫妻的共同财产！"安廉江气得脸发红。

乔佳气极反笑，手狠狠地拍着桌子："商量？我自己赚的钱我自己花有什么错吗？还夫妻的共同财产？你说这话就不觉得可笑吗？你一个月赚那么几千块钱，房贷都不够还的，还来教训我？！"

安树答那个时候就躲在自己的房间里写作业，眼泪啪啪地掉，一边掉她一边擦，生怕谁突然进来看见她这副矫情的丑模样。

然后隔一阵她就听到她哥哥把房门一脚踹开："吵够了没！"

外面会安静一阵，接着继续吵。

安疏景没几分钟就进到安树答房间里，给她收拾书包和换洗的衣服，接着拿着那些东西，一把拽着她，潇洒地带她住酒店去。

开两间房，挨着。

安疏景把安树答的那些东西一股脑儿丢到床上，然后把她丢进去。他关门的时候特别不耐烦："这里安静了吧？要是今晚课文背不下来就不许吃饭。还有啊，死丫头，我告诉你，在这儿乖乖待着写作业，没事别上隔壁来烦我，听到没？"

安树答不知道哥哥哪里来的钱，能这么潇洒地开两间房，也不知道哥哥要忙些什么，但是那一刻，她觉得哥哥太酷了。

所以她特别听话地点了点头。

但是今天，哥哥不在。

想到这里，安树答看着沙发上没什么精神头的安廉江，心头翻上些苦意和无奈。

她背着书包回房间，安廉江开了口："去哪儿了，电话也不回？"

"图书馆。"

那一次之后，父女俩的话更少了，安廉江的白头发也多了几根。其实安树答对安廉江的感情特别复杂，恨和爱并存，是以他们两个连话都不知道从何说起。安廉江其实挺疼她的，却不知道该怎么表达。但安树答对爸爸的恨就比较直接。

两个都不喜欢说话的人，也害怕先开口。

安树答把自己关在房间里，英语作业快写完的时候，看了一眼手机，是宋迟墨的新消息。

对方发了个打招呼的表情。

安树答思量了一下，斟酌了一下用词，发了条相当冷淡疏离的消息。

安树答："你好。"

安树答："我是安树答。"

然后按灭了手机。

把英语作业收了个尾，再翻出手机来看。还是只有宋迟墨的消息。

她看了眼，还是常规的打招呼，就没再回。

做完语文作业，安树答又看了一眼手机，还是没有温喻珩的消息，像是人间蒸发了似的。

就在这时，门突然被打开，她吓了一跳，立刻按灭了手机，但没藏好，被推门进来的乔佳看到了。乔佳的心情似乎有些不好："安树答，都快高三了怎么还在玩手机？手机放外面！"

安树答沉了口气，按了关机，把手机拿出去，然后回来继续写作业。

没一会儿，门外又吵起来了。

安树答深深地呼出一口气，沉下所有的坏心情，专注地写作业，但是脑袋微微有些刺痛，背后也是一阵冷汗。外面的声音越来越大，可是再也不会有人打开她的门，给她收拾东西，然后潇洒地带她去住酒店。

她强忍着情绪，手指甚至身体都在微微地发抖。

回学校的那一天，温喻珩没有来学校。

安树答以为是他受的打击太大，可桑嘉告诉她，温喻珩和江辞去华京参加奥数竞赛了，她这才后知后觉地反应过来，江辞也没有来。

她不由得有一丝自嘲，安树答，你可真把自己当回事。

希望坏心情不要影响他的发挥。

可后来她又想，安树答，你哪儿来那么大的魅力去影响他的心情呢？

这个世界上没有能影响他心情的人和事情存在，因为他的胜利从来理所当然，也不容置喙。就像穆逢说的那样，温喻珩永远知道此时此刻他应该做些什么，他永远懂得把两件事分开。

肚子有些不舒服，安树答算算日子，拿着东西去了厕所。

厕所这地方可真是个天然的八卦所。

安树答第一次听到有人议论她就是在厕所，那个时候是齐浣和张意昕。

这一次是她不认识的人，但是她们谈的主人公她认识。

温喻珩。

而很可笑的是……女主角又是她。

"听说安树答没？"

"听说了，就她那个事吧？"

"对啊对啊，就是那个事。"

"唉，她人品也太差了吧？为什么温喻珩不仅看不出来还和她走那么近啊？"一个女生洗着手，颇有些惋惜的意味。

安树答开门的手顿了顿，偷听不礼貌，但她本就是个自私的人。

"鬼知道，我看那个帖子里还说他们当初坐得近，所以安树答的考试成绩都是抄的温喻珩的。我看那个安树答长得还挺乖，没想到是这种人，真是知人知面不知心。"

"真的假的？怪不得她考这么高的分，不劳而获也太讨人厌了吧！"

安树答的手指蜷缩起来，一股闷气在胸口绕着、抵着，消散不去。

"所以说人不可貌相呗。"

安树答闭了闭眼睛，头有点晕。

"啪嗒"，门开了。说别人坏话被当场抓包的两人呆在原地，均有些尴尬。

安树答走出来，心累得不行，但还是尽量装出一副云淡风轻的样子，淡淡地看了她们一眼，然后越过去，洗手。

"明周淇告诉你们的？"安树答洗着手，面色很淡，看不出喜怒哀乐。

"我们有义务告诉你吗？"其中一个女生冷笑。

"你们不告诉我……"她关上水龙头，笑了，"我怎么知道该告谁诽谤呢？"

温喻珩到校已经是下午五点多了。

江辞笑得相当开心，听说他们两个并列奥数竞赛全国一等奖。

温喻珩倒是仍旧那副懒洋洋的样子，看不出什么心情。

一群人都在欢呼，何来凯相当殷勤地一边给温喻珩捏肩膀，一边拍他马屁："咱们珩哥就是牛！"

温喻珩懒洋洋地笑，不动声色地抖了抖肩膀，保持距离。

听着他们的欢呼声，安树答抿了抿嘴。

原来即使那么生气地走人，也真的不会影响他的状态丝毫，温喻珩还是那个温喻珩，什么都不能撼动他胜利地位的温喻珩。

安树答一时又欣慰又觉得心里荒凉。

欣慰温喻珩不会被任何人和事扰乱目标，荒凉自己在他心里其实并没有那么重要。她觉得自己真矫情，话头是她挑的，明知道说出来对方可能会生气、会被伤害、会头也不回地离开她，甚至同学关系也会直接崩掉。可她还是做了。

晚自习的时候，苏函凑了过来。

"咳咳，答答……"

安树答抬头笑了笑："怎么了？"

"是这样的，珩哥让我和你说一声，一会儿晚饭去老地方，说那个满汉全席什么的是债，他想继续请你吃，他说我这么说你肯定懂。"苏函一边思考着，一边说道。

随后他笑起来，用胳膊肘戳了戳安树答："你俩这打什么哑谜呢？"

安树答有一瞬间的失落，但是想想那本来就是开玩笑，当初说不想吃也是她的借口，还挺不好意思的。

她笑了笑，摇头："他不欠我的，你和他说不用还了。"

她想了想，还是从书包口袋里掏出一个钱包，从里面拿出那仅剩的两百块钱，那是乔佳上次给她的买书钱。钱拿出来的瞬间，她有些肉疼，但还是咬了咬牙递给苏函："跟他说，这钱当还以前那几顿的饭钱，可能不够，等我回去会把剩下的还他。"

苏函接过钱，有些无措。

安树答对他笑了笑："没事，你给他吧，他懂的。"

那一刻她才发现，原来只是简单地掰断关系都有这么多的东西要还，她爸妈要是离婚，分的东西岂不是更多？

每一种切割和分离都是一种变相的凌迟。第一次，安树答开始审视现实中的成人社会，而不是一以贯之的高中生期待。

后来那一节晚自习课结束，温喻珩直接一脚踹开了教室后门，把大半个教室的人都吓了一跳。还记得刚分班那会儿，温喻珩的霸道形象挺深入人心，总让人有些畏惧，一个多学期下来，他却轻而易举地扭转了所有人对他的印象，现在反而是彬彬有礼又好相处的形象，比较让人印象深刻一点。

但今天这一脚好像又隐隐让人觉得，当年那些传闻或许并不是没有依据。温喻珩脾气是挺不好的，但他不随便在外人面前发火，尤其不在安树答面前撒气。

从来没有。

第二天，温喻珩直接没来。听江辞和宋或今聊天，说是他竞赛考太好，心情不错，和一帮狐朋狗友庆祝去了。

安树答听到了几句，佩服得不行，搁她身上，她绝对不敢。

宋或今又问江辞怎么不去。

江辞说自己对灯红酒绿的生活过敏。

安树答叹气，觉得这两货真是塑料兄弟情。

江辞抬头的时候，刚巧看到安树答朝他们这里发呆，没忍住，轻咳了一声，又对宋或今道：

"那边喊得太热情，阿珩推辞不过才去的，其实他不是很喜欢这种场合。

"绝对！不是常客！"

这话锋转得快，愣是把温喻珩刚刚放浪形骸的形象扭转成了好脾气、懂礼貌、不忍心拒绝好友邀约的翩翩公子。

安树答笑了笑，她看到江辞又往她这边瞧了几眼。

她还能不懂吗？

温喻珩好像也这样。有一次她在他面前提了一嘴："我觉得江辞人挺好的，长得也挺帅，相处起来很舒服，做事认真靠谱，关键有种沉稳儒雅的老干部风，很随和。"

结果把温喻珩气个半死，然后他阴阳怪气地以"斯文败类"为轴心，奸商为半径，影射了江辞好半天，然后一下午都没给江辞好脸色。

江辞对此没发表什么意见，跑到安树答身边的时候，推了推那副斯文得不行的圆框眼镜，问她："你刚刚是不是在那货面前说我什么好话了？"

安树答点了点头。

江辞了然，特老干部风地叹了口气："爽。"

温喻珩有一次和安树答说江辞的时候，这么形容他们的关系：表面和谐，背地里互骂，但其实"革命友谊"又比谁都固若金汤。

直到周五，温喻珩才迈着疲惫的脚步出现在教室里，而安树答一大早就去找了穆逢，说想要争取华京大学的保送名额。

穆逢挺意外的："之前找你谈话，你还说不要，这次挺可惜的，华京大学的名额，就一个。"穆逢一边说着，一边从抽屉里拿出一张申请表。

她之前不要，是因为她对保送没什么兴趣，除了不用高考外，没什么选择的权力，所以她不想去。

"嗯，忽然想通了一些事情。"安树答笑着接过那张申请表，从口袋里摸出黑色的水笔和粘了双面胶的一寸照。

她按了按笔，"啪嗒"一声，清脆无比。

"不过现在也不晚，考察期挺长的，最重要的也是你每一次的成绩排名，只要稳居前三，再到明年的华京大学自主招生考试正常发挥，就不是什么问题。

"哎，对了……"

穆逢喝了口水，继续看着安树答填表："你知道我们这一级的班里，华京大学的申请人有谁吧？"

安树答开始填家庭住址那一栏，点头："江辞和明周淇。"

穆逢点头，淡淡吹了吹茶面，激起一圈圈细小的涟漪："温喻珩那小子是志不在此，其他人是不敢报，竞争太激烈，但要是有个目标能拼一拼，其实也挺好的。你当初放弃，我觉得是挺可惜的，不过还好，现在改主意不算晚。"

安树答笑了笑，收笔。

"穆老师，我还有一件事。"安树答笑起来，那笑容有一种让人变开心的魔力。

"嗯，你说。"穆逢回得也相当温柔。

"您上次和我说的那个全国作文大赛，我决定参加。"

穆逢眯起眼睛："你怎么突然……变得这么积极了？"

安树答笑了，把刚填的申请表拿起来指了指，回道："这不是刚填了这个吗？江辞已经有一场全国竞赛一等奖了，我也得拿个国奖平衡一下呀。"

穆逢笑着说："你终于有点野心了。"

安树答依旧笑着，没说话。

中午安树答没什么胃口就没去吃饭，只从桌肚里掏出面包来吃了几口。

　　于是到了晚上，她就有些撑不下去，晚自习肚子饿得不停地叫。课间的时候，她从桌肚里拿出一些面包来吃，看了一会儿错题，眼睛不自觉想往后排瞟。

　　温喻珩似乎低头在写着什么，大半个身子都被明周淇挡住了。他前面的明周淇相当殷勤地问东问西，他居然没有赶她走。那一瞬间，安树答所有的心酸好像有了发泄的理由，鼻头一酸，眼泪掉了出来。

　　她惊了，赶紧从桌肚里掏出纸巾擦。

　　"答答，你怎么啦？"桑嘉拿着作业经过她的时候，发觉了她的不对劲。

　　温喻珩终于懒洋洋地抬头，视线越过眼前叽叽喳喳的明周淇，看向安树答的方向。

　　"没事，我肚子疼。"安树答说着就把眼泪憋了回去，然后往厕所跑，没敢去看温喻珩的方向。

　　下半节晚自习，温喻珩没在教室，不知道去哪儿了，直到铃声响起来，晚自习结束，他才回到教室。

　　教室里乱糟糟的，一片嘈杂。

　　桑嘉赶着抢浴室先走了，安树答一个人默默地收拾东西。

　　"啪"一声，桌上多了一个袋子。她愣了一下，抬头，是温喻珩。

　　安树答疑惑地看着他："怎么了？"

　　"你不肚子疼嘛！"

　　安树答抿了抿嘴，觉得他们都已经掰了，他还这样，她受之有愧。

　　"已经好了。"

　　温喻珩没说话，只是眉心里有些生气，他拿起书包甩头就走。他生气了，但她不知道原因。客气也不对吗？

　　安树答抿了抿嘴，扒拉开那个袋子，一些糖分挺高的小零食，还有一些红糖姜茶的冲泡剂。她的鼻子忽然又有些酸，觉得他这样对她太好了，可自己对他又太残忍。她心里开始舍不得让他做这些糟心事。

　　于是，第二天体育课前，安树答找了温喻珩。

　　温喻珩觉得挺意外，朝江辞打了个响指，江辞回了他一个"OK"的手势。温喻珩手里抱着那个新买的篮球，跟着安树答去了一个人少的地方。

安树答想开口感谢他，但是觉得这样太生疏，怕他又不高兴，一时之间竟然不知道该说些什么。本应该她先开口，此刻却像个哑巴似的不知道怎么说。她想开口和他说这些，但话到嘴边又说不出口了，因为她没那个立场和资格。

温喻珩先开口了："宋迟墨是谁？"

他骨节分明的手指摩挲着手里的篮球。

安树答到嘴边的话一噎，不知怎么，突然有些哽咽和不知所措。

她抬头看他的眼睛："一个学弟。"

温喻珩笑了笑，但那狭长的丹凤眼里着实没多少笑意。

安树答看着他，突然就读懂了他的笑容，心中有一瞬间的慌乱，一股没来由的心慌和被侮辱的酸胀袭上来，压得她有些喘不上气来，心脏某个地方疼得仿佛要开裂。

她苦笑了一下，脚步虚浮，轻微踉跄了一下，几乎看不出来。这一刻，她的心累极了，瞬间什么话都不想说了，也什么都不想去解释。

她突然明白了一些什么，扯了扯嘴角，转身。这一刻她才清醒过来，原来，他们从未相互信任过。

温喻珩在她面前展现着最好的自己，是为了让她开心，可这样对她却是一种心理负担。而她呢？因为那些事一直惯性地封闭自己的内心，不对任何人敞开心扉，包括温喻珩，这对他又何尝不是一种心理负担呢？

安树答撇了撇嘴角，提步离开，却被温喻珩拦住了去路。

"我没怪你。"

安树答顿住，回头看温喻珩。

他的视线重新聚焦到她的脸上，他仿佛能听到自己此刻快冲出胸口的心跳声。

"只是学弟吗？"

"只是学弟。"

第五章

乌托邦逢春

　　时间好像总在不知不觉间溜走。转眼间，上一级学生即将迎来高考，而他们距离进入高三生活仅有两个月左右的时间。

　　但安树答和温喻珩之间……即使那天两人开了口，可不知道为什么，安树答总觉得她和他中间有一个似有若无的疙瘩。两人默契地不提，就好像真的揭过去，他们还是可以一起讨论题目的友好的同学。

　　温喻珩又去华京参加竞赛了，这次是英语。高中的时间太紧，他们相处的时间越来越少。

　　温喻珩十八岁生日前一天，人还在全国赛场上。晚上，安树答的指腹在手机壳上摩挲了一阵，最后踩着零点给他发了条生日祝福。

　　这时温喻珩在华京，前一天刚刚结束全国英语竞赛，刚刚才从带队老师的眼皮子底下拿回了自己的手机，在酒店的套房里刷着安树答的QQ空间。

　　她的空间一向很干净，经常晒的是加缪的某些文学观点，加缪可是安树答公开承认过的追星对象。她极偶尔会晒一下和她哥哥的聊天记录，然后配一张比中指的表情包表示自己被气死了。

　　温喻珩真的无法想象温柔乖巧的安树答会发比中指的表情包，只用在她哥哥身上，看来兄妹俩的关系确实很好，并且两人的相处模式非常唯一且特别。

安树答偶尔发发牢骚，说数学题太难，卡壳，然后配一张打哈欠的表情包。但那都是好久以前了。

她以前的动态要活泼得多，不似现在若有似无地在掩盖什么不想让人发现，但又想一吐为快的东西。好像上了高中之后，她的动态就少得可怜，从高一到现在只有十条不到。

随着时间的推进，那些动态也越来越让人看不懂，像在掩藏什么秘密似的。

最近的一条是"演员演绎表象，记者才挖掘真实"。往前推一点，是一条"那是格格不入的真实"。

零点。

"叮——"一条消息。

温喻珩顿了顿，退回自己的页面，却傻了眼。

安树答："不知道在全国赛场过生日是什么感觉？祝你十八岁生日快乐，温喻珩。"

今天是六月二十一日，他生日，原来她知道？

他的嘴角勾起来，回一句："赛后狂喜。"

"叮——"又有动态消息。

他以为是安树答回他了，笑着去看消息，结果是明周淇，还是直接发的空间动态。他勾着的嘴角立马瘪下去，挑了挑眉，瞥了一眼。

明周淇："生日快乐！@温喻珩"

他没回，懒得回。

温喻珩觉得自己一定是和安树答心有灵犀，因为下一秒安树答就回复了那条消息——一个捧着生日蛋糕的表情包。

温喻珩笑了，打算信息轰炸安树答。但安树答先回了。

安树答："比赛结束了？"

温喻珩："对啊，刚拿到手机，结果就给我这么大一个惊喜？"

安树答："礼物在家，回来给你。"

她看了看枕边的一个小盒子，那里面是给温喻珩的生日礼物。

温喻珩："什么礼物？"

安树答："你回来拆呀，早知道就没有惊喜了。"

大概隔了好几分钟，安树答以为温喻珩不会回了，刚打算睡觉，消息来了——

温喻珩："我现在去机场。"

安树答："？？？"

安树答："你别，你刚比完赛不好好休息？"

温喻珩："晚了。"

温喻珩："我已经改签了。"

温喻珩："我太好奇你的礼物了。"

安树答愣了愣："华京在下雨吗？要是下雨就别了，不太安全。还有，你要真的走记得和你们老师找个好点的理由！路上慢点，注意安全，记得带身份证，东西注意点，别忘了拿。"

温喻珩："我能这么不靠谱？"

他一边笑着回复，一边坐上出租车。

温喻珩："首先，这里一整周都放晴；其次，三分钟前就和老师以及母上大人交代过并获得首肯了；最后，我东西在睡觉前就已经收拾好了。"

温喻珩："一个小时后登机。"

安树答："……"

温喻珩："看校园墙。"

安树答："？"

她立马退出界面，去刷校园墙，看到温喻珩最新的一条动态是几秒钟前的，是安树答祝他生日快乐并带有他自己评论的截图。

然后下面附带一句话："感谢高二（10）班的安树答，送了我十八年以来最喜欢的生日礼物。"

结尾附带一个向上指的箭头——"不匿"。

安树答眼眶一热，可能是现在太晚了，零零星星没几个人在，但热度还是一等一的高。

她往下刷新。

温喻珩几秒前刚刚刷新了一条动态：一张他在出租车上的自拍，光线暗，只有模模糊糊的半张侧脸，他有些疲惫地靠在出租车窗沿上，意境很强，构图、色彩很自然，应该是随手照的，没调过。不过还是把氛围感拉得很满。

配字："改签在回，为了我的礼物。"

底下还没睡的夜猫子们疯狂调侃，大都是温喻珩的那帮关系不错的铁哥们儿。

安树答退出去，找到温喻珩的聊天框。温喻珩没再回，想来是已经关机了。她把手机调了静音，然后开始睡觉。

第二天醒来的时候，不出所料，她和温喻珩的那条动态几乎涵盖了各自列表将近八分之七的点赞。

而明周淇的那条动态不知什么时候已经被她自己删了。

而墙上的那条帖子已经被人疯转，浏览量超过一万，是全校人数的几倍。

"看那心机女吃瘪就是爽。"宋或今长呼一口气。

安树答笑着摇了摇头："你怎么这么讨厌明周淇？"

桑嘉给安树答解释道："她们两个初中就有仇了，明周淇有'红眼病'。"

"真的？"安树答第一次听说，愣了愣。

"真的，我新买支钢笔，一节体育课回来就不见了，最后在垃圾桶里找回来的。还有当时班里评比优秀班干部，我比她多一票当选，她转头就……"宋或今一边气势汹汹地说，结果越想越委屈，下一秒就哭了出来，拿衣袖擦起了眼泪，"就去乱传说我家塞了钱早就内定了。"

"我真的是气死了！那是我复习得最认真的一个学期！我靠努力换来的东西就那么被全盘否定了！"

安树答抿了抿嘴，急忙从口袋里掏出纸巾来给她擦："那个，今今你别哭……"

"我宋或今这辈子都和她势不两立！"宋或今一边哭，一边气得直跺脚，"结果我倒了八辈子血霉，高中又和她一个班！"

她哭得更凶了。

安树答手忙脚乱地给她擦眼泪，桑嘉上去抱着她，哄小孩似的给她顺着背。

"怎么了？"江辞捏着一包牛奶从小教室的外面探了个头进来，看着她们三个人，视线瞟到此刻正号啕大哭的宋或今身上。

他眉心皱了皱，走进来："宋或今……你哭那么丑干吗？"

"关你屁事啊，死江辞！我哭给你看了？！不想看滚！老娘没求着你！"然后，宋或今哭得稀里哗啦地蹲下来。

江辞叹了口气，朝另外两个人挥了挥手，示意：我来吧。

安树答正想说什么，温喻珩在门口"咳"了一声，懒洋洋地靠着门边。安树答会意，拉着桑嘉走了。

"我的礼物呢？"他似笑非笑地看着安树答。

安树答抿了抿嘴，从口袋里掏出一个盒子："最近太穷了，记得听谁说你把篮球当女朋友来着，就买了个篮球的钥匙扣，不知道你喜不喜欢，生日快乐！"

她朝着他笑。

高三仿佛是突如其来的，高考的最后一天下午，安树答倚着栏杆看后面那栋笃学楼。伴着金橘色的辉煌日落，解放的学长学姐们扔着、撕着考卷，三年终解放的狂欢呼喊席卷在每一位学弟学妹的耳畔，通往更高学府的殷切化作鼓点落在其他年级学生的心畔，奏响无与伦比的向往鼓声。

高二年级在两天后搬入高三楼，抓住高二的尾巴，开始适应属于"笃学楼"的节奏和鼓点。据说，五楼最东面的高三（10）班，是最先看到日出的班级。

只是高三的日子比想象中的苦，也更加压抑。每天都是考试，一周一大考两天一小考。知识点不断滚动，新题、难题不断地刷新上限。每天回到宿舍都是晕头转向的，但真的趴在床上了又怎么都睡不着。

焦虑。不安。

比曾经的每一段日子都要更加累，但是温喻珩却完全不一样，每天跟度假似的，偏偏成绩还是独占鳌头。

有的时候他太闲，就把安树答的数学卷子拿过去，用自动铅笔给她把错题改出来。偶尔心情好会把大题里不太完美的步骤圈出来，然后在旁边用笔轻轻写"你能不能严谨一点"，写得极其潇洒。甚至在他无聊透顶的时候会检查她政治简答题有没有错别字。

安树答翻个白眼，写纸团砸他："哼！"

安树答看完那试卷上的错题之后再把试卷给他，温喻珩再把他那些助人为乐的"铅笔印子"用橡皮一点一点擦掉。他后来烦了，就吸取教训，换了个方式，在错的地方写个序号，对着序号再把步骤全写在草稿纸上，后续工作立刻减少。

安树答有次问他："你这样不烦吗？"

他回道："有成就感。"

安树答笑着送他白眼。

乔佳和安廉江好像很少吵架了，从热战转化为冷战——拉锯战，也是心理战。

"明天国庆，回奶奶家吃个饭。"安廉江给安树答打电话。

安树答放下手中的笔，闭了闭眼睛，眉眼间都是疲惫："我作业还没写完。"

"就一顿饭的时间，很快的，你奶奶她一直念着你呢。"安廉江打着商量。

安树答微不可闻地叹了口气："好。"

"行，你明天自己坐车回来。"安廉江像松了一大口气。

安树答把作业写完后，才再次拿出手机来看，消息很多。放眼望去，全是温喻珩的。基本上她有账号的聊天软件里，都有温喻珩发的消息，就是没有打电话过来。可能是怕她在做重要的事情吧。

温喻珩："刚放学走那么快干吗？明天图书馆，给你复习自主招生考试的内容。"

温喻珩："作业写完了回我。"

她抿了抿嘴，打字。

安树答："刚刚赶公交车，所以急了点。明天要去奶奶家，后天吧？"

温喻珩几乎是秒回："好。"

温喻珩："我妹妹说她想你了，你要不要来看看她？"

安树答愣了愣，算了算时间，温优度今年应该是高一，不知道考上了哪所高中。之前事情太忙，她倒是忘了问，温喻珩也不大爱讲这些话题。

安树答："优度在哪所高中啊？"

温喻珩："世音高中。"

安树答一愣。

安树答："是我孤陋寡闻吗？我好像没听说过。"

温喻珩："不是浅岸市的学校，在洛朗市。"

安树答明白过来，打开手机上的浏览器，输入了"世音高中"。

词条上介绍：世音高中，洛朗市排名第一的私立高中，也是国际学校，国外名牌大学的第一择生地。每年哈佛、普林斯顿、牛津、剑桥大学等国外顶级名校的入学率平均46.7%，最高一次达到了51.4%。

安树答倒吸一口凉气。

安树答："你妹妹连这种学校都能考得上，比你厉害。"

温喻珩回了条消息。

温喻珩："本地人有加分政策喽，再加上我乐于助人。"

安树答："那你妹妹多少分进的？"

温喻珩："677。"

安树答："总分多少？"

温喻珩："720。"

安树答再次倒吸一口凉气。

安树答："所以进那学校的分数线是多少？"

温喻珩："675。"

安树答："这是神仙打架吧？"

温喻珩："所以她一个扯后腿的，能比我当初全市第一进浅岸一中的牛？"

安树答忽然想起来。她当初中考失利，因为太丢人连散伙饭都没去，所以对班上同学叽叽喳喳讨论中考的事情一概不知，只知道当初中考的全市第一几乎门门满分，分数高到了骇人听闻的地步，但她没想到那个人就是温喻珩。

安树答："你是全市第一？"

温喻珩："对，没错，夸我。"

温喻珩："等等，你为什么不知道？"

安树答抿了抿嘴。

安树答："当初考砸了，就没关注。"

温喻珩："你当初考多少分？"

果然，这个问题是无法回避的，她下意识怕被他嘲笑，手指摩挲着手机外壳，顿了顿。

安树答："分数很难看，全市排名两百出头。"

温喻珩："其实也还好，我后来看过那个分数段的表，进浅岸一中的是全市前四百五十名，分数咬得很紧，我和第四百五十名的分数差是30分，很多人的分数基本都是持平的。江辞比你惨，他全市近三百名。"

安树答愣了："江辞？他成绩不是很好吗？上个期末他全市第八呀？怎么会这样？"

温喻珩："自己作死的。中考第二天晚上，觉得自己考太好就飘了，和他堂哥出去嗨，结果把肚子吃坏了，化学少拿了 10 分。"

安树答了然。

安树答："怪不得他和我都在普通班。"

温喻珩："那你呢？为什么考砸？"

安树答抿了抿嘴，记忆疯狂上涌，她记得中考前一天，她爸妈在她面前吵架——那是他们第一次吵架。

她缓缓地呼出一口气，打字："你刚刚的意思，优度是洛朗人？"

隔了一会儿，温喻珩才回："是。"

安树答："既然你们是堂兄妹的话，那你也是洛朗人？"

温喻珩："是，我妈是浅岸人，她又恋家，我爸就干脆把自己的户籍转了过来，反正两个都是一线城市，不妨碍他活得高兴。车程不超过两小时，我爸觉得不亏。"

安树答："那优度怎么不和她爸妈一起住？"

温喻珩："她小时候被绑架过。"

安树答愣住了。

温喻珩："我叔脾气不太好，和家里关系又一直挺僵的。他年轻的时候就自己出去创业，经商能力强，所以后来生意做得挺大，但因为那坏脾气在外面得罪了不少人。"

安树答："所以有人为了报复，就绑架了优度？"

温喻珩："嗯，她那个时候特别小，虽然没有受到什么实质伤害，也很快就被救回来了，但还是受到了不小的心理创伤。"

温喻珩："最让人头疼的不是绑架，而是绑架这件事的后续发展。不知道是谁在背后推波助澜，当初这件事闹得挺大，还闹上了社会新闻，就报了警，网警效率很快，网上泄露的照片很快就被删光，就是讨论的热度不小。后来我叔他们托了好多关系，才把这件事情彻底压下去。"

温喻珩："但我小叔和我婶婶还是怕了，再加上我婶婶是国际超模，他们家附近经常有记者蹲点偷拍，他们两个又经常国内外地飞，就把优度送我家暂时养着，顺便在这里借读。反正高中以前学的内容，各地都差不多，临到中考才把她接回去。"

安树答手指顿了顿，原来是这样……原来每个人都有不易。

安树答："你以后对你妹妹好点。"

安树答："童年阴影很可怕的。"

温喻珩："我总感觉你话里有话，你不会也有什么童年阴影吧？"

安树答："反正你对她好点。"

温喻珩没回。

第二天，安树答简单收拾了一下东西，坐车去了她奶奶家。

下午五点左右，安廉江在上班还没回来。

奶奶见到安树答很开心，爷爷还是那副老大爷的样子躺在藤椅上，一手夹着烟，指点江山似的看着奶奶忙进忙出。两人每隔一会儿就会拌嘴。

安树答坐在旧式的厨房里剥着毛豆，傍晚的乡下更加静谧，有一种"世外桃源"的与世隔绝之感。

整个人都安静下来了。

没有浮躁，没有焦虑，十足的慢生活，也许陶渊明爱着的就是这份静。可她不爱这里，这里有她难以释怀的噩梦。

她抬了抬眼帘，目光所及之处，是被一棵接着一棵桂花树包围的庭院。此时是秋日，已有阵阵桂花的清香飘进来，搅和着每一寸空气。

庭院深深深几许？别院回廊，也是廊桥遗梦。

浅岸市的园林艺术享誉全国，呈现出江南地区特有的幽深静谧，倦怠慵懒。院子里那个地方，曾经有一个穿着象牙白旗袍套平底鞋的女人……

安树答不再想了，闭了闭眼睛，继续剥起了毛豆。

奶奶搬了张小凳子，凑过来，带着乡下妇人特有的嚼舌根子的兴致："答答啊，我和你讲哩，你爸爸和妈妈快要分了咯……"

安树答的手顿住了。

"你可要听点话啊，学习什么的用点心，咱们村上的那个娃子，连大学都没考上。"

"你要懂事，好好念书，念好了书上个好大学才能有老实的男人看上……"

奶奶还在滔滔不绝地讲着，安树答的心却越来越累。

"我出去走走。"安树答手上的一把毛豆"啪"一下落到了地上，下一秒她就站了起来。

"早点回来啊。"奶奶丝毫没有意识到不对劲，摇了摇头，继续说，"要不然会嫁不出去的……"

安树答手里握着手机，力道又紧了紧。

"秋老虎"的余威到了十月已经弱了许多，傍晚的夜风下，她的短发被吹得飘起，发丝间的青柠薄荷味似有若无地萦绕在她的鼻尖。因为长期把两边的头发别在耳后的缘故，那两撮头发有些自然卷。

奶奶家的前面就是一条河，水不太干净了，但村里的人每天还是在这里洗衣服。河口的埠头边，栽着一棵柿子树。那人走后，那棵柿子树就没人管了，现在任凭自己野蛮生长。

从奶奶家回去的时候，奶奶照例是千叮咛万嘱咐，安树答闷闷地应和着，没什么心情。

回到家的时候，桑嘉给安树答发了好几条消息。安树答头也不回地进房间，没理会身后安廉江的叫唤。

"砰"的一声，所有的声音都被阻隔在外面。

周六下午放假的时候，是温喻珩和安树答一起走的。他说要去老师家补最后一次课，顺路，就和她一起坐公交车。

期间他一言不发帮她拿着行李箱，安树答推辞不过，只好应了。

"成人礼结束后，我要去趟华京。"

滚轮在水泥地上"骨碌碌"滚着。

安树答插着衣兜，看着自己的步伐，点了点头。风大，她整个脸都塞在围巾里。

"华京大学的自主招生考试也就这几天，你打算和江辞一起去吗？"温喻珩慢她一步，看着她的背影。

"我决定不去自主招生。"安树答看着路面，平静地说。

"嗯？"温喻珩脚步顿住。

安树答停了下来，回头看他，眼神里带着很复杂的意味："我说，我会参加高考，放弃保送名额。"

她头一回说得这么坚定，也颇决绝。

"为什么？明明你离保送只差一场考试？"

安树答没有说话，她在思考要不要和温喻珩说自己的事情。

"安树答，你就对你的前途这么不负责任？"

这句话像是打开了安树答的口子："你了解我多少呢，温喻珩？"

"那你让我了解你吗？"第一次，温喻珩没让步。

安树答不想和温喻珩吵架，至少现在，一点也不想："那我告诉你

— 133 —

好不好？"

这一次她下定决心把心里话说出来："对于我来说，保送华京只是我妈给我设下的一个目标，但说白了，她自己也不知道为什么是这所学校，或许只是因为在家长圈里，这所学校拥有教育界举足轻重的地位。而她从来不考虑我喜欢什么我想要什么，真正适合我的又是什么。我心之所向也从来不是那里！"

"我讨厌被选择的感觉，我更讨厌被逼迫。"这句话，她说得又急又重，说完看了温喻珩一眼，又像是放松了。

温喻珩看着安树答，眉头一点点放松下来，他没想到背后是这样的故事，也没想到她愿意和自己袒露心声。他心里有些高兴，又为她有些难过。

"华京大学从来不是我想去的，如果我无法拿到这个保送名额，我妈就会让我去念师范，师范很好，可我不喜欢，我再也不想我的人生被局限在一个框架里了，我厌倦了，我想看到更多的可能性。我最讨厌待在舒适圈里混吃等死，凭什么女孩子就不可以有野心？就不能表现得野心勃勃？

"所以我必须去申请这个名额，并且用实际行动告诉我妈，我有能力去拿到它。只有这样，我妈才不会一直盯着我的学习，把我盯成一个犯人，一只无能的笼中鸟。"

温喻珩喉咙动了动："抱歉，我以为你是害怕才放弃的保送名额。"

安树答闭了闭眼睛。

这一刻，安树答莫名有了一种放松感，她看到自己在努力挣扎，也看到自己敢于表达。

浅岸一中高三最后一个隆重的集体活动，是高三上学期的成人礼，按例是学生穿着礼服，和家长一起走成人门。

"答答，你礼服买了吗？"桑嘉一边写着数学作业，一边问安树答。

这节是体育课，和一班一起上的，所以温喻珩和裴源攒了个篮球局。

温喻珩、江辞、苏函、林透、裴源，自成一个圈子。苏函本来想过来找安树答聊聊哲学的话题，结果他"美学"两个字刚出口，就被温喻珩一声"苏宝宝"勾走了。

沈央过来有意无意想和桑嘉搭话聊天，他这股勤的劲头让安树答咂摸出些不同寻常的味道，又想起了温喻珩之前说的，隐隐约约像发现了什么不得了的事情。

她转头去看桑嘉的表情，但桑嘉好像挺冷淡的，与他没什么话说，隔不多久就扯了话题把他打发走了。

宋彧今在她们这里聊了一会儿，转头去找班艺唠嗑了。桑嘉一边赶着怎么都写不完的数学作业，一边找安树答聊天。安树答坐在长椅上，翻着厚厚的摘抄本。

"温喻珩说他要帮我选。"安树答想了想，回答道，"我本来是拒绝的，但他坚持，我就不好意思再推托。"

"啧，他的品位肯定很好。"桑嘉撇了撇嘴，羡慕地说。

"为什么呀？"

"你看他周末穿的私服呗，超有范儿的。"桑嘉拍了拍安树答的肩膀，"对了，答答，你成人礼谁来啊？你爸还是你妈？"

安树答摇了摇头，摁了摁手里的圆珠笔，把瞟到的错别字改出来："他们不一定有时间。"

"不会吧？高三最后一场活动呢，你爸妈也舍不得请假吗？"桑嘉瞪大眼睛，脑袋后仰。

安树答却只是笑着耸了耸肩，依旧低头看笔记本。

又是一个周末，乔佳没回来，安廉江说要加班，安树答只好一个人煮了点面，清汤寡水，挺没滋味的。她嫌这房子里的空气闷得慌，就把客厅的液晶电视打开，随手调了部搞笑的综艺。

头顶的一盏灯闪了几下，灭了。她低头吃了几口面，想要给温喻珩发消息，又觉得自己莫名其妙，到最后她还是只有一个人。

她在某一瞬间理解了马尔克斯的《百年孤独》。

拿起的手机又放下，她忽然想起今天放学时穆逢找她谈的话："安树答，你最近的状态很不好，老师理解，高三的压力确实很大，如果心里有什么事情的话你随时都可以找老师来讲的，如果实在不愿意对老师说，也可以去找学校的心理老师谈谈心，再不济就去医院里的心理医生那里咨询一下。你不用觉得有什么负担，高三有压力很正常，老师也带过很多的学生，很多去心理医生那儿看看就好了。时间很快，你看，下学期马上就要高考了，一定要挺住啊！加油！"

"嗯，谢谢老师。"安树答苍白无力地回答。

高三的作业出奇多，压力更是压得她快要透不过气来，她写完作业的时候已经是凌晨一点了，倒头就睡，灯都忘了关。后来凌晨四点左右醒了一次，是被冻醒的，醒来整个人都昏昏沉沉的，晕，身子骨跟要散架了一般。

她拖着疲惫的身体，鬼使神差地开了卧室的门。黑暗从客厅蔓延到厨房，影影绰绰间，她还能看到昨天餐桌上没来得及收拾的空碗，周围发酵着让人窒息的沉闷空气，一簇一簇，像是默剧里空洞苍白的哭泣。

手无力地从门把上松了下来，她无力地扯了个笑容，拿了几件衣服，进了浴室。最后，她吹干了头发，定了个上午十点的闹钟，打算睡觉。

却怎么也睡不着。

明明整个人都很累很困，却因为满脑子混乱的意识与焦虑而睡不着，清醒力好像在跟她开什么玩笑。

她闭着眼睛清醒了很久，直到闹钟在十点准时响起，她才悲催地发现，她真的从凌晨四点多一直清醒到上午十点。

这点时间都够她做好几道数学题了吧？她觉得自己不能再这么躺着，还有两个小时，她又得回学校了。

午饭懒得做，就没吃。临走的时候，她犹豫了很久，给安疏景发了几条消息。

安树答："哥，你下周六有空吗？"

安树答："学校有个成人礼，要家长参加。"

安树答："早上十点开始，下午三点半结束。"

等了很久，安疏景没回，她叹了口气，算了。关了机，换鞋出门。

难得的，成人礼这天，是个好久不见的艳阳天，天空水蓝水蓝的，像晕开了的克莱因蓝。

十二月伊始，已渐入冬季，江南的气候还没有彻底凉开。风也难得小了几许，穿着礼服裙才不至于冻得瑟瑟发抖。

女孩子们难得得到了可以化妆的默许，早早挤进小教室里拿起各种化妆品上脸开抹。

安树答的底子太好，再加上不知从谁身上传染的懒劲儿，别人在小教室里口红乱借，她趴在桌子上，披着自己的羽绒服外套在原地瑟瑟发抖。

她的礼服是温喻珩给她挑的，黑色的抹胸公主裙，缎面的，裙摆蓬出来，长到小腿肚那里，衬得她皮肤更加白皙和吹弹可破，简单配了双黑色的平底短靴。

她从卫生间换完回教室的时候，温喻珩已经是西装革履了。剪裁合体的偏美式复古的黑西装，黑色的九分裤，没打领带，而是换成了蝴蝶结，不显成熟倒显出几分缱绻慵懒的优雅来，配上万能的白咖相间的德逊鞋，即使穿着西装，那一身漫不经心、随处释放的悠懒让他在那儿静静地坐着，就显出一股子既雅又痞的傲慢来。

一旁的江辞把眼镜摘了，显得比平时生人勿近了些。温喻珩和江辞两人坐那里，不像成熟的企业家，倒像是百无聊赖之际来参加晚宴的贵公子。

温喻珩手里转着支笔，慵懒又傲慢。他的视线扫到他曾千挑万选的裙子上时，眸色亮了亮，然后视线上移……打量完后，嘴角不自觉扯过一抹微笑。

"还冷吗？"温喻珩把凳子移过去。

安树答摇摇头："好一点了。"

"你……明天就要去华京了吗？"她抬头看他一眼，又移开。

"嗯。"他的嗓音挺沉。

"洛朗国际机场？"

他双手插着兜，痞笑："怎么，要送我？"

"不送。"她撇了撇嘴，转过头去。

他笑了，不答话。

周围的同学们趁着这会儿穆逢没来，打打闹闹的，当然也有人于这嘈杂中争分夺秒。

"去多久？"安树答把脸转过去，继续趴在桌子上，不去看温喻珩。她羽绒服下的手被焐得暖烘烘的，但心里却不知怎么生起了冻疮。

"可能要一两个星期。"他想了想后回道，全无平日里的半分懒散。

"怎么这么久啊？"她的语气带了些调笑，却还是显得有些苍白。她嘴唇有些发抖，不知是因为冷的，还是因为压抑的情绪。

她听到江辞在夸宋或今今天好漂亮，沈央在和明周淇讲话，桑嘉在捧本子，班艺在和女生嘻嘻哈哈……

"因为这次是从初赛开始比，所以比较久。"

"嗯，加油。"安树答的手指轻轻摩挲了一下袖口，指尖冰凉。

"穆逢来了——"不知是谁这么通风报信了一句，大家都心照不宣地往自己位置上急赶。

温喻珩叹了口气："一会儿见。"

穆逢把成人礼的流程大概说了一遍，安树答听得心不在焉。她有点担心，万一她哥哥没有看到消息怎么办？又或者看到了，但是没时间赶回来怎么办？而且来回机票好像挺贵的。

不过以她哥哥这几日随随便便就给她转一两千块钱零花钱的架势来看，她哥哥好像挺有钱的，但大概率是不会来的吧？

她哥哥本来就不大爱管她的私事，而且他是个怕麻烦的人。他也有自己的事情，确实犯不着为了她东奔西走的。没这个义务，谁都没这个义务，所以她做好了一个人走成人门的打算。

安树答默默地叹了口气，也不知道自己在期待些什么，家长已经在楼下等着了，同学们一个个走过去找自己的父母。

最后剩她一个人。

果然，安疏景没来。

"走呗，我陪你走成人门。"身后有声音响起来。

安树答回过身去，少年身量挺拔，百无聊赖地靠着门，双手环胸，似笑非笑地看她。

不知怎么，她鼻头忽然就酸了。

温喻珩随意挽了挽袖口，愣是把西服穿出了一种别样的优雅和时尚。温喻珩总是这样，穿衣服不好好穿，总要在可行范围内弄点花样，改成带点自己风格的造型。

"不追求时尚，但不能不时尚"，这是温喻珩的众多格言之一。

"你爸妈呢？"安树答站起来，提着裙子向他走去。

"他们晚到。"

温喻珩看着安树答向自己走过来。那身礼服特别衬她，加上她那一头短发，显得她高冷又神秘，丝毫没有平日里半分甜妹的样子，可谓是减了不少的甜味。不过好像……这才是真正的安树答。藏在甜美皮囊下，清冷、孤独又神秘的灵魂。

"哎哟，珩哥你这……"裴源叼着根糖，手上戴着个毛线手套，站在楼梯底下，一脸嫌弃地看着款款而来的两个人。

西装配毛线手套，真是奇怪的搭配，安树答嘴角勾了勾。

温喻珩眼皮抬了抬，转回头，出于绅士风度给安树答提了提宽大的裙摆："别踩着。"然后又回过头去看裴源，"你这什么搭配？"

裴源举了举手上的毛线手套："这个啊？你懂什么，未来握手术刀的手，要从小保护好。"

温喻珩懒洋洋地笑了笑："你不找你爸妈？"

"人两口子缠着老师琢磨我成绩呢，懒得理我。"裴源无奈地耸了耸肩。

两人走成人门的时候，桑嘉和宋或今几个人三三两两地凑了上来，非要一起拍个合照，说是青春友谊的见证。

苏函硬是被江辞拉了过来，几个人在鲜花搭成的巨型成人门下，留了张合影。

宋或今手里被塞了两三束花，是她爸妈买的，听桑嘉说宋父宋母直接订了好几个花篮赞助了这次成人礼。除了一些家长赞助外，浅岸一中每年都会有很多的优秀校友在一些大大小小的重要活动中出钱回馈母校。

后来浅岸一中那一贯节俭的老校长觉着这样颇有些"劳民伤财"，就和那些校友好说歹说，最后双方妥协，就改成了一些实用的东西，后来这个风俗就一直延续了下来。像这次高三成人礼，校友就是提供一些茶点饮料什么的，供学生、家长和现场老师自取。

安树答闲得无聊，就在学校那个巨大无比的宴客厅里随便找了个角落坐着，周围的人熙熙攘攘。

温喻珩被他"姗姗来迟"的爸妈叫走了。

安树答朝他们看了一眼，他妈妈气质特别好，无论是样貌还是身材管理都极为出色，保养得当的脸蛋甚至看不出一点岁月的痕迹，说她是温喻珩姐姐或许都有人信。她就是从容不迫、大气雍容，很年轻的时候就闻名遐迩的钢琴家单涟绦。

单涟绦朝安树答瞥了一眼，安树答猝不及防就对上温喻珩妈妈的视线。她抿了抿嘴，有些怕生，但还是礼貌地笑着，算是一个回礼。这个气质特别好的女人同时笑着朝她点了下头。

温喻珩似乎并没有注意到，一直和他爸聊着些什么，面上依旧是那副熟悉的漫不经心。

"答答！"桑嘉凑过来，听着语气有点不大好。

"怎么了？"

"我爸妈，缠着老师问东问西的。"

安树答无奈地笑了笑。

"咳咳，安树答……"背后有人喊她。一个极冷极不耐烦的男声，也极为熟悉。

那一瞬间，安树答感觉自己的心脏都颤了颤。

周围有女生没处理好情绪而忍不住发出了尖叫声。

安树答回头的时候，看到了两个人。

安疏景。他双手插兜，表情冷得像有人欠了他八百万，整个人都极为倦怠，眼神淡淡的，有散不开的疲倦。

看来是刚下飞机。

他身旁的年轻人手里抱着一束彩虹玫瑰，此刻正低头摆弄着手机，眉头紧锁，似乎是在处理什么很棘手的事情。

而随安树答一起转身的桑嘉，在看到那个年轻人的瞬间，整个人都颤了一下，她即使打着粉底，脸色也几乎是肉眼可见地白了。

安树答也明显愣了愣，随后下意识去握身旁桑嘉的手。她对着安疏景笑了笑："哥，你怎么回来了？"

"不是你叫我来的？"安疏景眼皮耷拉着，双手插在裤兜里。

"嗨！答答。"另一边的年轻人似乎是处理完了手里的事情，放下手机，抬头朝安树答递了束花——那束彩虹玫瑰。

他与桑嘉对视一眼，然后他也愣住了。

桑嘉立马就移开视线，尴尬地笑了笑："答答，今今找我了，你们慢聊。"她几乎是踉跄地逃走的。

"桑嘉……"安树答看着她的背影，叹了口气，回身接过那束玫瑰，"谢谢段措哥。"

但段措却发了呆，出神地盯着远处，眉心慢慢皱起来。

安树答心下了然。

"啊，咳咳，你哥送你的玫瑰。"段措收回目光，笑了笑。

安树答点了点头，转向安疏景："谢了，哥。"

"路过顺手买的。"安疏景懒洋洋地打了个哈欠。

"那你为什么要买个七彩的？"安树答抱着那束玫瑰问。

"谁知道你喜欢什么颜色的。"

安树答嘴角抽了抽，此刻她不知道该说安疏景是贴心还是直男癌了。

"礼服哪里来的？"安疏景开始审她了。

"买的。"她脸不红心不跳地撒谎。

"啧，迪奥高定，你哪里来的钱哪里来的人脉？"安疏景挑眉，毫不客气地拆穿她。

她不说话了。安疏景没再问下去，只是笑了笑，散发着一股子洞察一切的透彻。

　　周围有女生议论的声音传来："啊，那是安疏景吗？！"

　　"我的天哪，我以为我这辈子只能见照片，真人啊！真人比照片还帅啊！"

　　"我现在明白前几届校园优秀代表候选人被群众嘲讽的原因了，果然，除了温喻珩，谁都接不了这种班。"

　　"他和安树答是怎么认识的？"有人开始发问。

　　"我有一个大胆的想法。"

　　"他们都姓安……而且眉眼相似……"

　　"我天，不是我想的那个答案吧？"

　　"我我我……我也是么想的！"

　　"你也是吧你也是吧？"

　　"老天，这是什么奇妙的缘分！"

　　"安疏景旁边那个是不是段措学长啊？哇，段措学长原来也长得这么好看啊？"

　　"听说两人高中时是死党，后来一个保送，一个高考都去了华京大学，那一届考上华京的就两个人，真的是厉害的都只和厉害的人玩吗？"

　　在此之前，安树答从来没主动说过她有这么个哥哥，而且这个哥哥还是以前的校园优秀代表。

　　安树答注意到温喻珩朝她这里投来了视线，他似乎也是听到了周围女生的议论，越过重重人海，向她轻挑了下眉，似乎在说"嗨，人生赢家"。

　　安树答无奈地笑了笑。

　　"咳咳，安树答，介绍一下呗？"特别难得的，江辞主动凑上来了。

　　安疏景的眼神落到江辞身上，若有所思了一会儿："不如之前那个。"

　　这么没头没脑的一句话，江辞没懂，段措也没懂，但安树答懂了。她淡淡地撇了撇嘴，没有理安疏景。两人像在打哑谜，江辞依旧听不懂，段措也依旧疑惑得很。

　　安疏景笑了，笑得意味不明。

　　安树答朝他翻了个白眼，有些没好气地说："这是我哥安疏景，旁边这位是他朋友段措，都是浅岸一中的校友。"

江辞笑了笑，点头，看着安疏景："久仰大名。"

安疏景耸了耸肩，表示认可。

江辞笑了笑，朝一旁的段措点了点头，然后就提步离开了，这方向应该是找温喻珩去。

成人礼刚结束，安树答有点担心桑嘉。

"车里等你。"安疏景给她撂下一句话，就头也不回地和段措离开。

段措倒是一步三回头，像在找着什么人。

安树答无奈地摇了摇头，目光在周围寻找了一圈才看到宋或今："你看到桑嘉了吗？"

宋或今抬头："我看到她往厕所的方向跑去了。"

"哪里的厕所？"安树答问。

"宴客厅……东面那个。"宋或今思考了一下，回道。

安树答点了点头，没有多说。

安树答是在厕所隔间找到桑嘉的，她提着裙子靠近，站在桑嘉面前，轻轻喊了一声："桑嘉……"

桑嘉抬头，眼眶还是红的。

安树答吸了口气，蹲下来看她："刚刚那束彩虹玫瑰是我哥买的，段措只是刚好帮忙拿着，你别误会。"

桑嘉吸了吸鼻子，摇了摇头："你误会了，答答……"

"嗯？"

安树答看着她，抿了抿嘴，不知道该说些什么。

"我就是以为我放下了，但是一看到他我就绷不住，为什么我就不能在表面上装得洒脱一点呢……算了，我累了，就这样吧，今天只是一个意外，我刚刚想了好久，我不知道该怎么办。答答，你能不能教教我，我该怎么做？"桑嘉把头埋进膝盖里，身体因为止不住的抽噎而微微发抖。

"如果实在不知道怎么办了，就投入学习里吧。桑嘉，说实话，我……"安树答想了想，话到嘴边又顿住了，无声地苦笑一下，换了个话头，"这几天你的成绩，实在不太好看，也许，你应该让重心回到正轨上来。"

桑嘉抬头看她。

"抱歉，劝人学习这话，我们这个年龄段的人大概都不太爱听，也很老土，但是……我们现在，毕竟是高三。"

"我知道，答答。"

两人对视。

"其实你早就想说了对吧？"桑嘉看着安树答，吸了吸鼻子。

安树答抬头看她，不语。

"我自己是个什么德行有的时候连我自己都不知道，也从没有人这么对我说过，今今也没有。今今是个大大咧咧的女孩子，但其实她比谁都会看人眼色，也会来事，把人的情绪安抚得妥妥帖帖，和她相处很舒服。而答答，你是第一个和我说真话的人。"桑嘉鼻子酸了。

安树答抿唇。

"你知道吗？说实话，你刚刚那几句话说得真的挺差劲，但是……很真诚。"

安树答会心一笑。

"啪！"

车门被关上。

开车的是段措，安疏景坐在后座。

安疏景看了安树答一眼："换衣服去了？"

安树答点了点头。

"措子，老地方，我请客。"安疏景懒洋洋的，像个大爷似的发号施令。

车子启动。

段措像是有心事似的，一路上都没怎么说话，偶尔才看几眼后视镜，和安树答搭几句话，很是客气。

"哥，那个……"

"说。"安疏景先是懒洋洋地翻了个白眼，随后看安树答。

"你什么时候回去啊？"安树答的意思是回华京。

"今天晚上。"

"这么快？"

"我有事。"

"那你有事还来？"安树答有些感动。

"陪他。"安疏景朝前座努了努嘴。

"哦……"她哥哥可真是表里不一。

前座开车的段措没说话。

"怎么？有事？"安疏景瞥安树答一眼。

"没……没事……"安树答笑了笑，掩饰过去。

看来明天得自己想办法去洛朗了。一想起那边人生地不熟的，她此刻就开始慌张起来，但不知怎么又觉得这么做是值得的。她不再说话，视线扫到窗外，满目都是车水马龙。

安疏景是真的说来就来，说走就走。安树答原以为她哥哥是把行李丢在某个酒店了，谁知道是压根儿没带，直接订的当天往返的机票。

段措倒是真的回来办事的，没走。

吃饭的时候，安树答想了想，和哥哥脸不红心不跳地扯谎："哥，我跟你一起去洛朗机场行吗？我想送送你。"

"你矫不矫情？"安疏景吃了口烤肉，冷眼看她。

安树答抿了抿嘴："真的想送送你，让我去吧！"

她看向一旁的段措，发出求救的信号。

段措立刻会意，拿胳膊肘戳了戳安疏景："景哥？"

"那你打算怎么回来？我晚上九点的飞机。"安疏景的意思是太晚了不安全。

"没事，我在酒店住一晚，我可以等第二天再回去。"安树答立刻接话，拿着筷子，满脸期待地看着安疏景。

"你明天不上学？"

"我可以和老师请个假晚点到。"

"明天周日不是有周测吗？"

"周测每周都有，不差这一次。"

"爸妈那儿呢？"

"他们不回来。"

安疏景优雅地吃完最后一口米饭，抬了抬眼皮："随你。"

哇呜！安树答心里立刻放礼炮庆祝："那……那一会儿你送我回去下呗？我去拿下手机。"

安疏景看向段措："你那事急吗？"

段措喝着雪碧，摇摇头："不急。"

"实话？"安疏景好整以暇地戳穿他。

段措只好"嘿嘿"讪笑了两下，没说什么。

安疏景给了他一个白眼："义气不是这么讲的，兄弟。"

"我不就是想帮帮你……"段措挠了挠头。

"你事情急就先紧着你自己的事，一会儿我们打车走就行，你忙你的。"安疏景摆摆手，喝了口饮料，然后双手环胸，看着安树答。

安树答被他看得心里发毛，低下头去吃自己碗里的螃蟹。

"想考哪里去？"

安树答抬头看了她哥哥一眼，见安疏景依旧是皱着眉头一副别人欠了他百八十万的不耐烦样子，她抿了抿嘴："我打算去洛朗。"

"早想好的？"

安树答点了点头。

安疏景喝了口饮料："知道了。"

餐厅里的暖气开得很足，烤肉架上的五花肉被烤得"吱吱"响。

吃到一半，安疏景借口上厕所，去把他们桌的钱付了。

到了他们家小区门口，安树答怕耽误安疏景的航班，于是去了卧室匆匆拿了手机、充电线，还有身份证，就往小区外走。

她哥哥没下车，悠闲地坐在的士里，握着手机敲键盘，像极了某优雅的成功人士。

她打开车门进去的时候，车里的暖气扑了她一脸。车内外的温度差让她狠狠地打了个冷战，这时的安树答才后知后觉地意识到：冬天来了。

安疏景没去机场，而是直接带安树答去了离机场最近的一家酒店。

他拿着身份证给她开了间房，一边把房卡扔给她，一边问："还去机场吗？"

安树答点头："去！"

这一刻她想的没有任何人，只有安疏景一个。亲情的基因在这一刻剧烈运动，扭化成割舍不下的离愁别绪。直到安疏景过安检，回头向她摆了摆手的那瞬间，她才有了那么点离别的意味。

周围都是人，来来往往的行李箱滚轮划过大厅瓷砖，嘈杂地响着。明明他就在她眼前几十米的距离，可她却觉得那是一道银河的距离，那瞬间她是恍惚的，她哥哥走了。

这一刻，她似乎理解了马尔克斯的《百年孤独》——生命从不曾离开孤独而独立存在。

告别是每个人的必修课，在你心理年龄还不足以去进修时，它就来了，以一种极任性且霸道的傲慢姿态，与你兵戎相见。

　　似乎是前一天做了铺垫，以至于到了第二天，在机场等温喻珩的时候，安树答的别绪没有那么强烈了。她没告诉他要来，他也没要求她一定要出现，所以她戴着口罩，站在远处的人群里，穿过人群，远远地看着他。

　　和温喻珩一起来的是他妈妈，那个优雅知性的钢琴家。他妈妈提着一个限量款的皮包，稳稳地走在她儿子的身边。温喻珩依旧懒洋洋的，戴着个蓝牙耳机，慢悠悠地听着歌，另一只耳朵听着母亲不厌其烦的念叨。

　　他双手插在裤兜里，手腕间搭着黑色的羽绒服，单穿一件浅灰色的卫衣、黑色的直筒裤——他真是酷爱直筒裤——脚上蹬着一双棕底白灰相间的德逊鞋，不知道又是怎样的天价。

　　他们背后应该是他们家的某个在职司机，毕恭毕敬地站在一边，手里拎着即将随温喻珩远行的银色行李箱。

　　他妈妈不知道在说些什么，他只懒洋洋地单手抄着裤兜，头微微低着听妈妈的嘱咐，没表现出半分不耐烦。

　　安树答哽咽了一下，最后还是没有勇气上去和他说声再见，只抽出手机，简单地打了几个字，然后点击发送。

　　安树答："一路顺风，愿望成真。"

　　她看到少年拿出手机看了一眼，随后嘴角扬起笑意。

　　不出几秒，她的手机"叮"的一声响，收到一条消息。

　　安树答按开屏幕。

　　温喻珩："你也是。"

　　寥寥几字，却让她的鼻头瞬间发酸。不知道出于什么心理，她此刻不愿意让他知道她来了，也不愿意让他在偶然的情形下看到她此刻的狼狈模样。

　　她吸了吸鼻子。

　　转身，没入人群中。

　　少年抬头，视线落到安树答刚刚所在的地方，入目是机场里陌生的人群。

　　温喻珩没看到她。

　　他的视线又迅速挪开，转到下一个人群中时，注意力便又被他的母亲拉了回去。

单涟绛理了理自己儿子的领口，一脸的不舍："下了飞机打电话，听到没？"

"知道了，你儿子已经成年了好不好？"

"有事就找你江叔叔，江曦那孩子好像回国了吧？"

"嗯，上次去华京就和他聚过了。"

"阿曦那孩子讨人喜欢但玩心也重，不知道这次回国打算做些什么。"

温喻珩耸耸肩。

单涟绛笑着摇了摇头："好啦，我还是那句话，该玩的时候就玩，该学习的时候就学习，不管怎么样，安全第一知道吗？"

"明白。"

日子不平不淡地过着，距离温喻珩去华京，也有将近一个月了。

而这时安树答才后知后觉地发现，明周淇也将近一个月没来了。是巧合吗，还是因为什么别的事情？

她依旧经常失眠，看着成绩偶尔下滑会焦虑得整个人都睡不着。如果不是亲身经历，她可能也不会想到，即使少了家里的压力，高三的压力也依然是只增不减，密不透风的高强度训练能把她压死。

月考结束了。

她抱着书穿梭在走廊间，一摞书一摞书地整理东西。

初冬的风已是寒气逼人，砸在她的脖子上，刺激着最表层的皮肤，瞬间起了一大片鸡皮疙瘩，她隔着厚厚的毛衣都能感受到。

因为刚结束了一场大考，教室里吵吵闹闹的。学校广播站的今日流行曲响彻整片校园。

今天的广播站主播似乎是江辞。据宋彧今说，他刚考完最后一门政治，就急匆匆地去了，此刻少年疲倦的嗓音响起。

"接下来这首歌，送给我校刚刚结束月考的高三学子们。

"一首《凉凉》，送给大家。"

安树答愣了愣，教室里的同学们也都有一秒钟的安静。

熟悉的旋律随之响起，所有人"哄"一声笑骂起来。

男生们尤其欢快。

"江辞这也太损了吧？"是何来凯，他此刻和沈央勾肩搭背。

班里不少人都纷纷冲着教室里的小型音箱表示鄙视，同时笑骂江辞这个混账东西。

安树答也无奈地笑了笑，觉得这算是这段时间高强度下的一个小透气口。

不久后，江辞要去华京参加华京大学的自主招生考试了，走前问安树答是几点的飞机，他们可以一起去。

安树答告诉他，她打算放弃保送名额。江辞挺惊讶，问她为什么，说少了她这个对手会没有悬念没什么意思。

她说她有自己真正中意的学校，华京大学是她父母希望的。

江辞又问温喻珩知不知道。

安树答笑着点头说，他早知道了。

江辞点了点头，又问她有没有什么想给温喻珩带的东西或是话，他过去了肯定会找温喻珩，到时候会帮她转达。

安树答摇了摇头，说让他好好学习，也好好休息。

江辞去考试的一周后。

宋或今突然把笔拍在作业上。安树答和桑嘉都被她吓了一跳，怔怔地看着她。

"我忽然发现……"宋或今脸一红，嘴皮仿佛在打战，字从牙缝里挤出来，"江辞也挺帅的。"

说完她又立马转过身去，像是鼓起勇气和小姐妹分享心事，又不敢全部说出。

安树答和桑嘉憋笑。可是两人在后面不管怎么问宋或今，她就是闭口不谈，仿佛刚刚什么也没有说过，只留下红彤彤的脸蛋，还有几乎滴血的耳垂。

高三上学期，期末考试有两个人超常发挥——桑嘉和安树答。

前者第一次考了第一；后者第一次考了倒数第十。

期末考试结束，那些压力小范围地急剧释放，使得所有人的娱乐心理都在蠢蠢欲动。而成绩一出来，这样极具戏剧化和视觉冲击力的现象直接引爆了这种心理。猜测达到巅峰，之后在每个人的嘴边广泛流传，舌根子嚼烂。

但安树答充耳不闻，她只在乎乔佳会不会生气，又或者说，她想试探一下现在的乔佳还会不会生气。

如果她的成绩下降了，乔佳会不会因为发现自己的任务还没有完成而选择留下来？

可是没有，乔佳只是拿着她的成绩单对着沙发上的安廉江冷嘲热讽："我才不在几天？安廉江你就是这么管她的？班级倒数第十！就你这样的责任心，安树答还有未来吗？"

"是你先放的手啊，乔佳！你在这里怪我？"安廉江冷笑一声。

"不怪你怪谁啊？我又不是她亲生的妈！我管她是善良，不管是本分！"

"哟哟哟，现在知道不是亲生的了？当初上赶着的是谁？搞得我亲生的儿子女儿现在不跟我亲，我告诉你，那都是你的责任！"安廉江立刻红了脸，猛地站起来，转头就指着安树答说，"看到没？知道这个娘儿们存什么心了吧？安树答我告诉你，我才是你亲爹，你以后要孝敬我，而不是这个娘儿们！这个寒假你给我好好念书，就不能像你哥一样给我长点脸吗？"

两人你一言我一句谁都不放过对方，誓要放出最狠的话不让自己落败。

安树答抓着试卷的手不自觉蜷缩，她默默回了房，无力地躺在床上。惨白的天花板就像那层盖尸布，一只手的影像在她脑海中划过。因为抬担架的人踉跄一下，而使那漆白发冷的手从盖尸布里滑了下来。

当这段影像只在脑海里露出冰山一角的瞬间，她的嘴唇同步一抿，无意识的眼泪比悲伤更快地酸满整个眼眶。

卧室塞满了书，可安树答依然觉得空落落的，甚至无比冰寒。她抓着手机，坐起来，越过客厅的争吵和发问，坚定无比地甩上了大门。

"呼——"

寒风凛冽，温差让她下意识打了个冷战。

她今天发现了一个荒诞无比的事实，她快满十八岁的人生，所有的努力全是因为乔佳。以前有人问"你为什么要好好学习"，她会回答"为了考上一个好大学"。

这一刻的她想说放屁！她明明是为了乔佳！可是凭什么，她的人生凭什么按图索骥打压自我？她真真正正明白了老师那句"学习是为自己学的"。

以前她只觉得那是句正确的废话，可今天她才发现，她何尝做到过呢？所有没考好的时候她其实从未羞耻过，只有当想到乔佳时才会！只是在乔佳眼里，考好了是常态，没考好是大逆不道。她维持着优异的成绩已成习惯，所以从未思考过学习究竟为了什么。

安树答第一次真真切切地感到迷茫，第一次开始思考明明很遥远的未来。

她怀揣着困惑在小区门口见到了抄着衣兜的温喻珩，四目相对之时，她愣了一下。

楼下的奶茶店。

安树答点了杯冰冷的加冰柠檬水。

"我去老班那儿看了你的试卷。"温喻珩单刀直入，他不喜欢无意义的寒暄与废话，尤其是和她。

安树答懒懒靠着椅背，手指划擦着杯壁上的水珠，低头"嗯"了一声。

"安树答，我本来猜你是和家里斗气，所以故意考砸的。"

安树答无神的瞳孔一凝，抬头瞧他。

温喻珩看着她，然后气笑了："结果发现，你是靠实力考砸的。"

"你说人为什么要学习？"安树答看着他的眼睛，略过了刚刚那个话题。

温喻珩顿了一下，看到她的眼里全是迷茫和认真，以为她是在扯开话题而微微升起的怒气又慢慢地降了下来。

他的手指从桌上移开，又抄回口袋，抬了抬眉头："认真的？"

安树答点点头："认真的。"

"为了建立自己的哲学。"他毫不犹豫地开口回答。

安树答身体渐渐坐正，移开视线，看向窗外的那株野玫瑰。

良久。

她看向温喻珩："我好像懂了。"

温喻珩挑了挑眉："那我们可以把话题扯回来了？"

"啊？"

温喻珩看着安树答此刻稍迷糊的神情，无奈地笑了笑："期末考试为什么因为实力不济而惨遭滑铁卢？我不在的这段时间是不是发生了什么？"

安树答平静地摇了摇头，转而说："你华京的事情搞定了？"

"没。"

"那你怎么突然回来了？"安树答不解。

　　"来安慰你。"温喻珩从口袋里摸出一张飞机票，"现在看来你还好，那我回了？"

　　安树答一噎，一时有些不知所措。

　　良久，她重重点了点头："考试顺利。"

第六章
笼外雀

高三没有寒假可言，所以短短的一周假期结束后，毕业班陆陆续续回了学校，准备最后的高考冲刺。而这一次开学，高三（10）班有了明显的不同，一个寒假好像改变了很多事情。

准备冲刺的学生下课都在疯狂刷题，保送生队伍则优哉游哉地被班主任抓来"助人为乐"。

而安树答没有来学校。开学前一天，乔佳和安廉江又吵上了，安树答忍无可忍上去拉架，结果被不知谁甩出来的玻璃碎片划伤了手臂，连夜送了医院，只好请了几天假。

穆逢对这件事缄口不言，有些闲的人就开始议论纷纷，猜测安树答是不是因为期末考试成绩太差而不好意思出现。

苏函看着草稿纸上整齐又自成一派风格的行楷——是数学最后一题的三种解法。

"珩哥，你说你个不良少年咋么么不敬业？老打架成绩还这么好？"苏函看着温喻珩淡定解题的模样捶胸顿足。

温喻珩白了他一眼，懒洋洋地写完最后一个字母："打架关成绩什么事？我这叫能文能武，懂吗？"

"更何况，你见过我打架？"温喻珩斜了苏函一眼，说着说着，眼睛不自觉地又瞟到安树答的位置，至今没人。

他下意识就想：她躲着我吗？

不，不会，她不会这样。

他想着想着又发起了呆。

江辞也是闲得慌，因为他华京保送基本是稳了，所以每个课间就挤到宋或今身边，非要给她检查作业，忙得根本没时间搭理温喻珩。

温喻珩看了远处直接把椅子搬到宋或今旁边的江辞，一脸恨铁不成钢。明明穆逢说的是让他们两个一起看着班级，顺道给全班人讲解作业，怎么这会子这任务全部落到他一个人身上了？

苏函文艺青年的毛病又犯了，于是又颇忧伤地呢喃道："原来前程似锦是再也不见的意思。"

温喻珩愣了愣，随后忍不住说："你得癌症了？"

苏函有点蒙："我回过头向那个充满故事的门说再见。"

"嗯？不是再也不见吗？"

最后，苏函受不了，就调侃道："珩哥，你不能因为安树答没来上学你闲得慌就打击我，对不对？"

结果本来是开玩笑的一句话，温喻珩却没回应，随后更是一声不吭地走掉了。

苏函敏锐地嗅到了这不同寻常的一点，但非常高情商没有问，而且更加高情商地转头告诉了江辞。

于是江辞喊上温喻珩去体育馆。

"你和安树答……"

温喻珩双手插着兜，没说话，靠在篮球架上，懒洋洋的。

江辞顿住。

温喻珩无力地闭了闭眼："她的事情从来不会告诉我，我俩的和谐都是虚假繁荣。"

温喻珩转了转手上的篮球，继续说："看似好像解决了，实际上只是为了规避吵架而互相妥协。"

真的解决了吗？没，反而是在加深矛盾罢了。

温喻珩很清楚啊，他知道安树答也很清楚，但当他们想要回过头去解决的时候才发现，在他们退缩不愿解决的那些日日夜夜里，矛盾已经根深蒂固到了无法下手的地步。

于是他们皆下意识地决定，再次规避。

江辞顿住，也懒得说些矫情话安慰他，撇了撇嘴。

安树答，好像从来都是自己解决事情，看着小小的一只，其实永远都是单枪匹马。

"孤狼型选手。"

这是裴源在上次辩论赛结束后，私下里形容安树答的。裴源那家伙看着吊儿郎当，其实看人一直都挺准的，就比如他早就和温喻珩说过"安树答这人吧，也许只是看着好追，但其实实践起来特别难"。

时至今日，温喻珩信了。

安树答回校那天，教室里的所有人都抬头看她。哪怕是平时两耳不闻窗外事，一心只读圣贤书的那些苦读仔，也是不约而同向她行注目礼。

她疑惑，却并不关心，于是也没有向任何人发问。

班里少了三个人——温喻珩、江辞、明周淇。安树答猜到了温喻珩和江辞，一个应该又是去参加比赛了，另一个保送生提前解放了。

至于明周淇，她不想知道。

安树答觉得周围的人很奇怪，但她没问，她本来就不是多事的人。宋彧今和桑嘉前后脚来问她这一个多月去干吗了，安树答不想告诉她们家里的事，就说了一句"我哥带我在华京散散心"。

于是她们默契地不再问。

安树答看懂了她们的欲言又止，可她不想问，她只想以最投入的状态搞定近在眼前的高考。

穆逢又把安树答找出去谈话了，理由是她状态不好。

安树答看着穆逢的嘴张张合合，入耳的却没有几句话。

"如果真的有压力，就去找心理医生看一下，班里不是只有你一个人这样的，高三到这个关头了，确实压力也会成倍增长。

"挺住，知道吗？"

安树答近乎麻木地点了点头，扯了个笑："好的，谢谢老师。"

她从办公室回到班里的时候，还是大课间，大多数同学都在紧张备考中。把下课当自习，是高三的常态。关心八卦的人少了很多，平时闹腾的男生也开始收敛。女孩子们的头发短了不少。

安树答倚在栏杆上，看教室里抢分的青春与天边如火如荼的火烧云，手上拿着英语复习材料。

高考结束的那一天，安树答再次见证了夕阳下翻飞的试卷，只不过这一次，她不再是那个旁观的局外人，而是身在其中的亲历者。

　　但安树答依旧觉得她是个和世界格格不入的人，因为当她走在试卷翻飞的笃学楼时，她并没有大松一口气生出"我终于解放了"的欢呼，而是非常扫兴地想着未来看不见的迷茫。

　　但安树答打起精神在桑嘉和宋或今狂欢着拥抱她时附和了一句："是啊，终于解放了。"

　　她背着包出校门，看到一个又一个抱着鲜花的高考生。有个姑娘抹着眼泪在她妈妈的怀里大哭："妈，我终于考完了！我要去烫头发！我要去做指甲！我要去吃好吃的！"

　　那位妈妈说："都听你的，宝贝。"

　　安树答对这对母女很有印象，因为高考的第一天，她就看到那位妈妈穿着红色的旗袍在校门口送考，寓意着旗开得胜。

　　红色的旗袍。

　　旗袍。

　　安树答的嘴瞬间抿成一条线，眼眶不适时地漫起雾气。她咬了咬牙，拉着行李箱，急急地离开人群。走到马路的尽头，没有看到熟悉的宝马车，于是她又拉着行李箱返回。校门口稀稀拉拉只有返校的高二高一生，而欢天喜地的高三生早已溜得不见踪影。

　　她找不到乔佳。

　　或者乔佳根本没有来。

　　是乔佳忘了吗？

　　安树答想起上周离家时在置物柜上放着的一份新加坡合作资料，那是乔佳的。

　　还是已经走了？

　　安树答的心里瞬间就像被撕了一道口子，注满无限的荒凉。

　　那些因为高考而被她强迫压下的焦虑，在高考这个最大的问题解决后，决堤如泄洪。

　　她没人要了。

　　这个认知在她脑海里炸开的同时，伴随着曾经强压下的所有不安，让她对前路的迷茫与焦虑达到了巅峰。

　　安树答就像断线的风筝、走失的孩童，忽然之间手足无措。

自己明明盼望着乔佳早点脱离这个令她痛苦的家，期待她能过得更好。毕竟乔佳对这个家已经是仁至义尽。

而且自己也没有遵循她的意愿保送华京，她没有来接送自己考试是正常的，说明对方真的摆脱了这个泥潭，自己应该替她高兴的。

可是这么多年的情绪在这一刻还是决堤，安树答高兴不起来，她甚至觉得自己正在被黑暗吞噬！

突如其来的崩溃让她全身一软，把脸埋入膝盖哭了起来。

不知道过了多久。也许周围有看笑话的人，也许周围有懒得看笑话的人。有脚步声走近，一声"学姐"让安树答微怔。

她抹了抹眼泪抬头，是一个穿着校服的学妹。对方抿了抿嘴，从口袋里掏出张纸巾递给她："安树答学姐，我不知道你怎么了，但是生……生活总会好的。"

对方似乎并不会安慰人，但此刻却像个小天使。安树答应该有很多问题问，比如说"你为什么认识我""你是谁"，但她没有问，她只说了一声"谢谢"。

学妹笑了笑，抬头的时候，愣了一下，脸立刻红彤彤一片："学……学长！"

安树答愣了，她站起来，一回头就被身后的人摁入怀里。闻到熟悉的松木香，于是她知道是谁来了。

温喻珩看向那个学妹，微笑着点了一下头："谢谢你在我不在的时候安慰她。"

学妹脸上红晕朵朵，磕磕绊绊说了声"没事"，然后飞也似的跑了。

安树答却不知怎么了，一听到他的声音，眼泪更加管不住了，心里的委屈更是翻倍增长。

"考后失落症吗，安树答？"温喻珩低头看了看怀里的人。他本来在马路对面，看到她在路边哭就立刻飞奔过来了，抱她完全是没忍住的下意识举动。他还怕安树答会觉得他举止轻浮而烦他，但他没想到是让安树答哭得更凶了。

安树答摇了摇头。

温喻珩于是不猜，他抬起的手又放下，最后还是轻轻拍了拍她的背，以示安抚。

"我送你回家？"

安树答点点头，温喻珩失笑。

家里空无一人。

似乎谁都不在意安树答今天高考结束，除了手机里安疏景发来的一个红包和"我过几天回家，给你庆祝一下"的消息让她稍稍觉得这个空荡荡的房子还有那么一点人气。

她无力地躺回床上，天花板很白，白得她头晕。脑中不自觉闪过那日白色的盖尸布下，已经冰凉的手从担架上垂下来，随着担架的动作抖着。她鼻子一酸，眼泪流下来。

"叮——"

手机来了条新消息，她疲倦地眨了眨眼睛，拿起来看。是安廉江。

爸："今天晚班，不回去了，自己煮点面吃吧。"

她的眼泪彻底忍耐失败，流了出来。

安树答："知道了。"

她把手机扔在一边，无声地哭起来，湿漉漉的黑发粘在耳垂。她像是具没有知觉的尸体，不知道躺了多久。外面的天色已经黑了，她睡不着，只是就这么躺着，呆呆地望着天花板，头发半干。

不想动，肚子饿了，又没有胃口，手机好像来消息了，不想看不想碰。她就这么静静地望着白色的天花板，眼神里是所有人都不曾见过的绝望，无声的绝望，又歇斯底里的绝望。

没人见过她这副模样，她真正的模样。

极丧、极负能量、极冷淡，像极了一具尸体。这才是真正的安树答，没有感情，对什么都提不起兴趣，冷漠至极。

乔佳也没有回来，她不回来很少会发消息给安树答。安树答总有一种错觉，爸爸妈妈掰定了，因为这次的冷战比以往任何一次都要长。

安树答又失眠了，她叹了口气，拿出手机看了一眼，凌晨三点。

有新消息。

她皱了皱眉，点开聊天框。是温喻珩的。

温喻珩："好点没？刚刚怎么了？"

时间是昨晚七点五十八分。

温喻珩："好了，我不问了，你给我回个消息好不好？"

时间是昨晚十点三十六分。

温喻珩："心情好点没？"

温喻珩："在你家小区外，下来一下呗？"

温喻珩："我来给你送温暖。"

看到最后一条消息，安树答彻底惊呆了，手有些控制不住地发抖。她急急忙忙地翻身下床，结果脚抽筋，没站稳摔了一跤。但等她慌慌张张跑到门口的时候，才后知后觉地想起来……现在已经凌晨三点多了。

温喻珩应该已经回去了吧？

想到这里，不知怎么，她有些难过，有些失落，于是叹了口气，回了他一条。

安树答："抱歉，我刚刚一直没看手机。"

安树答："对不起。"

安树答："明天请你吃饭，就当赔罪？"

"叮——"

安树答愣住了，打字的手瞬间又僵又颤。

温喻珩："还能下来吗？要是怕你爸妈醒的话，那我就回去了。"

不知怎么，安树答的心脏剧烈跳动起来，一种酥酥麻麻的感觉以心脏为起点，一瞬间涌向全身！

她握紧了手机打开门，直往外冲。

电梯太慢，她看着那数字一点点降低，只觉一阵恍惚。她几乎是跑到小区门口的。外面人影稀疏，但她还是一眼就看到了那抹颀长高瘦的身影。

温喻珩穿着那件蓝白条纹 T 恤，双手插在口袋里，吊儿郎当地站着，嘴里还嚼着口香糖。她的鼻子有些酸，和以往的鼻酸不一样，她此刻很清楚这是一种感动。

夜晚的风有些凉，从脖子里灌进来，她里面还是单薄的睡衣，外面随便套了一件薄外套，脚上踩着烟粉色的拖鞋。

温喻珩又冷又困，懒洋洋地打了个哈欠，偏头，看见了一旁的身影，挑了挑眉。她的眼睛不知道怎么红红的，那头短发也乱糟糟的。

安树答吸了吸鼻子，裹紧外套，朝他走过去。

"我以为你不下来了呢？"温喻珩笑得风度翩翩。

安树答手指缩在袖间："对不起……"

温喻珩挑眉："我原谅你了。"

安树答抿了抿嘴，破天荒没反驳："你冷不冷？"

温喻珩挑眉，似乎是在思考该怎么回答才最有利："冷死了，答答。"他还作势缩了缩脖子。

安树答嘴角抽了抽，这家伙怎么还会撒娇了？

温喻珩此刻快糗死了，他干吗要听江辞的？这语气一副小媳妇的委屈样，他高大伟岸的形象彻底没了。

几个小时前他等得无聊就和江辞闲聊，问安树答不高兴该怎么哄。

江辞问："安树答为什么不高兴，是不是你惹的？"

温喻珩没说，就让江辞支招，江辞就说："你撒个娇呗。"

他刚才下意识没过脑子就照做了，所以现在浑身不自在，他到底哪根筋搭错了要听江辞的话？

"你在这儿等这么久，你爸妈不管吗？"安树答问道。

"我跟他们说我今晚和朋友聚，不回去了，在附近住酒店。"

"那你真的住酒店？"

温喻珩闷闷地"嗯"了一声，忽然想起来什么："你爸妈应该还睡着，不知道你下来吧？"

安树答不自觉地笑了笑："我爸妈不在家，没事。"

温喻珩一愣，挑眉："所以……你家就你一个人？"

安树答点了点头。

温喻珩双手懒洋洋地插着兜，嘴角勾了勾，似乎在酝酿什么坏主意："答答……"

"怎么了？"

"酒店有蟑螂，我害怕。"

安树答蒙了。

安树答裹着外套走在小区里，后面跟着温喻珩。

"今天早上六点之前必须走。"

"好。"温喻珩嘴角的笑意怎么都下不去。

走到他们家那栋楼下，安树答瞥到旁边有一丛光秃秃的植物，停下了脚步，指了指："别看它这么秃，它可是玫瑰。"

温喻珩顺着她的视线看过去，笑了笑："你就这么喜欢玫瑰？"

安树答已经刷了卡，楼下的厚玻璃门应声而开。

"玫瑰浪漫啊。"她笑笑，进了楼里。

等电梯的空隙，温喻珩一直都盯着她瞧，好像怎么都看不够似的。高考一结束他就有点压不住自己的感情了。

"温喻珩，你别老看我。"安树答抬头佯装生气。

"哦……"他开始不安分地贫嘴，"我不要。"

安树答转回头不看他，低下头不自觉地笑了笑。

到了大门口，安树答按了指纹解锁。

"嘀——"一声。

门开了。

"进来吧。"安树答带着温喻珩走进家里，然后看了一圈门口的拖鞋。

她指了指："你穿我爸那双吧，我哥有洁癖，他要是知道有别人穿了他鞋，会疯的。"

温喻珩挑眉，非常听话地换了鞋。

"我睡哪儿？"他语气懒洋洋的。

安树答思考了一下，不能让他睡安疏景的房间，她哥哥有洁癖，会疯。也不能让他睡爸妈的房间，不合适。睡沙发？好歹来者是客啊，又有点不礼貌，那岂不是……只有自己的房间？

不知想到了什么，她脸红了。

温喻珩"哎"了一声，勾了勾嘴角："想好没？"

"想好了。"安树答做了一个重大的决定。

温喻珩挑眉看她："嗯？"

"我们……"

"嗯？"温喻珩憋笑。

"坐沙发上看电视吧？"安树答朝他笑起来。

温喻珩挑眉："行……呗。"

"温喻珩……"安树答给温喻珩泡了一杯姜茶，她怕温喻珩在外面站那么久被冻坏了。

"嗯？"

他懒窝在沙发上，眼前是无聊的电视连续剧。他静静地看着电视机里放着的画面，电视机的光打在他的侧脸上，神采淡淡的。

此刻放的是一部都市剧，漂亮的女秘书扔了霸总男主角的玫瑰花，温柔客气地说："老板，请不要为难一个被生活所迫的打工人，薪水比您的感情更令我踏实。"

安树答看着这句话，想到了以前问安廉江借手机查资料，却发现他的聊天框里躺着一条搜索记录——女人一回家就洗澡是不是出轨的征兆？

她想到这里喉咙一酸。

"几点了？"安树答问了句，以图掩饰过去。

"三点半。"温喻珩抬头看了一眼邻座沙发上的她。

"哦。"安树答打了个哈欠，在沙发上找个舒服点的位置。

两人都不说话，静静地看着无聊的电视连续剧。

良久。

"答答？"

没人回应。

温喻珩低头看去，不知什么时候，安树答已经睡着了，睡颜安静又乖巧，呼吸很平稳，胸口在轻轻起伏。

他失笑，和一个年轻气盛的男生共处一室，还能睡得这么安心，也不知道该说安树答是心大，还是信任他呢？他看了她好一会儿，似乎怎么也看不够。

"答答……你有没有……哪怕一点点，喜欢我呢？"他的眼里有淡淡的忧伤和无奈。

被那么多人追又怎样呢？喜欢的那个人连理都不理他。温喻珩无奈地笑了笑，起身走到她身边，弯腰，拿了旁边的毯子给她盖上，扑面而来的是青柠薄荷的淡香。

他将空调调了个合适的温度，插兜站在边上，盯着她的睡颜又看了一会儿。

"安树答……"他笑着看她，眉眼里溺满了温柔，"我的骄傲怎么在你面前就失灵了呢？"

他趿拉着拖鞋，起身，简单收拾了一下客厅，然后换上自己的鞋，轻手轻脚地离开。出门的一瞬间，冷风灌得他热量流失。

他看了眼手机，凌晨四点半。

他自始至终都没有问安树答为什么她家只有她一个人。不是他不好奇，而是他看见了，看见安树答在说"我爸妈不在家"时，那稍纵即逝、快得几乎抓不住的一丝落寞。那一瞬间，他明显地感觉自己的心脏抽疼了一下。

今天是宋或今生日。

所以人缘好得逆天的"小宋公主"请了一大帮关系不错的朋友和同学去家里开生日派对。

让安树答没想到的是，宋或今和江辞、温喻珩住一个小区。

昨度公馆，寸金寸土的地方，地段和房价堪比洛朗市的檀宫。

宋彧今让他们晚点再过去，说这次是她十八岁生日，与以往不一样。她爸妈请了一大帮生意伙伴过去，前一个小时是那些生意伙伴的主场，到处都是成年人的虚与委蛇和谈工作谈生意，他们去了肯定没意思，就让他们晚一个小时再来。等那些"商业人士"都走得差不多了，就是他们这帮年轻人的天下了，到时候随他们怎么闹腾都可以。

安树答和爸妈说了一声，赶巧两人又都不回家，一个在闺蜜家留宿，一个加班不回来。而她像个消息中转站似的，好像谁都不在意。她撇了撇嘴，手机落到床上，闭上眼睛将自己整个砸入床。

累。

"嗡——"手机响了。她睁开眼睛，去摸。

"喂？"

"在家。"

"没。"

"现在？"

"好。"

短短几句话就结束了通话。

"阿嚏！"

出门后觉得有点冷，估计是昨天下了雨的缘故。安树答她双手环胸，露在空气里的胳膊激起鸡皮疙瘩。她看了看不远处的一辆卡宴，算了，懒得回去换衣服了。她最后认命地想，这懒劲儿还真的会传染。

少年一身懒劲儿，瘫在车后座打着游戏，嘴里嚼着口香糖，精削的面庞立体又俊美。他抬了抬眼皮，瞟到安树答的身上，视线下移，落到她白皙的胳膊上，眉心微皱。

安树答注意到了他的视线，抿了抿唇。

她忽然就想起了自己怕冷，但每到冬天她又不喜欢穿太厚的衣服，不是为了要风度，而是单纯因为不舒服，衣服一件又一件裹在一起的感觉，让她特别难受。但穿得少就得挨冻，每到那个时候乔佳就会特别不耐烦地一边数落她，一边盯着她把一件一件的毛衣、秋裤穿上。

温喻珩看了她一眼，随后道："周叔，窗户都摇上吧。"

安树答心里"咯噔"一下，这一句话连带着将她的整颗心脏都焐暖了。

温喻珩又说："走吧，周叔。"

她的鼻子一时有些酸，只好掩饰性地转头去看窗外。

"小没良心的，看我行不行？"温喻珩一边转着手机，一边看着安树答。

　　她的耳朵红得莫名有些可怜巴巴的。

　　安树答转过身去看温喻珩，他嘴角勾着一抹坏笑，样子挺痞的，不知想到了什么，她的脸红了红。

　　温喻珩笑了："脸别乱红。"

　　安树答愣了愣，印象中，她好像很久没有听过他说这句话了。但每次听到，心脏还是会不可抑制地颤一颤。

　　到了昨度公馆，温喻珩问她："考完了想过出去旅游吗？"

　　安树答摇了摇头，她不知道去哪里，也不知哪里可以去。

　　温喻珩笑了："那你就待在家里……"

　　他话还没说完，宋彧今就给安树答来电话了，说是那帮商务人士已经走得差不多了，让他们赶紧过去。"赶紧"说了两遍，听得出来，她此刻心思已经彻底飞了。

　　安树答转头对一旁的温喻珩说："走啦，今今催了。"

　　十班的人几乎都到了，一班到了几个宋彧今以前的同学，还有好久不见的裴源，他的头发稍长了些。他见到安树答的时候，抬手问了句好，然后朝一旁的温喻珩递了个眼神。少年意气风发，开朗又阳光，好久不见，依然带着天然的调皮劲。

　　温喻珩白了他一眼，跟他说笑了两句。

　　周围一圈人笑了。

　　裴源佯装委屈巴巴地翻白眼："阿珩哥哥真坏，你不要人家了吗？"

　　"抽你信不信？"江辞笑骂。

　　裴源调转方向，和江辞打骂去了。

　　宋彧今跑过来拉起安树答就往室内跑："答答，走，我们女孩子一边聚。"

　　温喻珩无奈，双手插兜，耸了耸肩，转头找江辞他们去了。

　　进了室内，安树答才发现这场生日会有多隆重。不说周围琳琅满目的各式茶点、蛋糕，光宋彧今身上穿着的高定公主裙，就可以看出价值不菲。楼梯上铺满了昂贵花朵，有些甚至不是当季的，很多她都叫不出名字来。

　　"这也太豪了吧？"桑嘉一进来，就被布置得堪称婚礼现场的大厅给弄晕了。

周围的人也都是不住"啧啧"感叹。

"同样都是父母，差距怎么就这么大呢？"不知道是谁，这么说了一句。

宋或今只是淡淡地笑了笑，并没有给什么回应。很多人都对这豪华瞠目结舌，可安树答却看到了宋或今父母对女儿十八岁生日的重视。

而她的父母呢？甚至连家都不愿意回。她是羡慕的，但羡慕之余，她的心里又涌起一阵荒凉的无力感。残酷的对比，压得她透不过气来。

"唉——"桑嘉感叹连连地一屁股坐下，"哪像我生日啊？我爸妈就带我去了餐厅，礼物就送了我一双高跟鞋。"

"高跟鞋？"安树答疑惑。

桑嘉点头："对呀，女孩子十八岁生日都要收到一双高跟鞋的呀，代表长大了。不信你问今今。今今，你收到高跟鞋了吗？"

宋或今抬了抬脚："喏，这不穿着呢吗？"

桑嘉笑了笑："你看吧。"

大家像是打开了话匣子。周围有个女孩子也附和了一句："其实那是爸妈那一辈的说法啦，现在不流行了，不过十八岁确实要过得特别一点就对了。我妈说了，女孩子的十八岁生日意义不一样，要过得隆重一点。"

"答答，你呢？你十八岁生日收到的是什么？"桑嘉想到什么，转头问安树答。

安树答笑了笑："我还没到十八岁生日。"

桑嘉点头，了然。

宋或今像是想到了什么，问道："对了，答答，温喻珩要去 M 国留学的话，你要不要在他离开前表白呀？"

安树答的手指一顿，神色有些呆滞："他要去留学？"

"对啊，江辞上次说……"

桑嘉急忙踢了宋或今一脚，然后咳嗽一声。

宋或今终于反应过来，颇有些心虚地看向安树答："咳咳，那个……"然后拿起一旁的饮料喝起来掩饰尴尬，还朝一边的帮佣打了个响指："花姨，麻烦把蛋糕拿上来吧。"

安树答却陷入了沉默，温喻珩……要去留学？他为什么从来没有对她说过？

她抿了抿嘴，心里的荒凉像被撕了道口子，越来越大。后来整个生日会她都处于一种发呆的状态，愣愣的，别人的欢声笑语对她似乎隔着一层幕，她对此什么反应都没有，只是淡淡地喝着饮料，里面加满了冰块。

　　温喻珩拿走她的杯子，塞给她一杯热可可的时候，她只知道朝他笑笑，然后继续发呆。

　　整个晚上，她的脑海里只剩下一个念头：温喻珩要离开了。

　　可她不敢去向他求证，她怕得到肯定的回答。她本以为她在很久以前就适应了安廉江与她的沉默式相处，也可以在不断的自我洗脑下做好准备接受乔佳的离开。

　　可她万万想不到，打垮她的永远都是"突然"两个字。有铺垫的离别从来不是离别，只有那些突如其来的、猝不及防的、意料之外的，才是真正的离别。

　　她承认她懦弱，她很怕。

　　他的感情太过浓烈，即使不说，旁人也能一览无遗，更何况是作为焦点的她？

　　安树答第一次被迫正视自己对温喻珩不同寻常的感情，第一次想关于他们的未来，想她自欺欺人回避的一切，最后想异地恋都那么难熬，更何况是异国恋呢？

　　这一刻她仿佛能洞察未来，看到如果他们在一起，那些日后相处的日常。

　　她会担心温喻珩在国外有没有女生缠着，她会害怕他身边突然出现一个比她更好更优秀更自信的天之骄女。他是个自制力很好的人，但安树答太敏感，刚开始她会拧着自己的清高劲不去问，但时间久了她就会担心，那种担心能要了她的命。她会经历一段非常痛苦的自我怀疑与犹豫的过程。然后她会控制不住，她可能就会变成安廉江那样，因为乔佳一回家就洗澡去怀疑她是不是出轨了，她可能也会受她爸的影响而去网上搜男人出轨都有什么征兆，然后陷在自我怀疑里。

　　庸俗又卑微。

　　她会去试探他，试探他周围有没有其他的女性，任何一点不同寻常的痕迹都可能会让她发疯。她可能慢慢地，脾气就会变得很差。

　　而他呢？会为了让她安心，一次又一次地买机票回国来见她，在此期间，他会落下数不清的考试、课业，还有活动，浪费着时间又消耗了感情，然后他会慢慢地嫌弃她烦。

他们会吵架，慢慢地甚至会恶语相向，把最狠毒的话刀子插到对方的心上，然后曾经的优点变成缺点，缺点变成不能洗白的罪证，成为互判死刑最有力的证据，就如安廉江和乔佳一般。他身边优秀、漂亮又自信的女孩子闻到这样一点风吹草动就会蜂拥而上，尽全力展示自己的魅力，那个时候，她会变成那个不懂事、拖累他、让他烦透了的前女友。

她不要变成这样，太俗了。

这现实里最俗的一切即将发生在她身上，现在她身边对她最好的人将要离开她。她会永远一个人。可她不能让他留下来。温喻珩是个多特立独行的人啊，他是个信念感多强的人啊，那是他人生的规划，凭什么为了她放弃？为了爱情就要放弃他想要的前途？

安树答自己都不会同意。

温喻珩明明有能力的，以他的脑子和信念感，他将来一定会成为特别优秀的律师。她凭什么让他为了她就放弃他的梦想？这不公平，也太自私，她要是这么做了，往后余生里她不会放过自己。她更不能主动问，那像是在质问他，又像是在卑微地哀求他留下来。

她做不到，太卑微。

温喻珩和安树答走在小区里，周围是一栋又一栋昂贵又豪华的别墅。

"答答……

"你今天怎么了？一整晚都闷闷不乐的。"

他看向她的背影，瘦弱又莫名的落寞。

安树答摇头："没事，不常来这样的场合，不太习惯吧。"

温喻珩没说话。

乔佳和安廉江又吵架了。

安树答躲在房间里，头疼又无奈。每次外面摔东西、吵架时，她整个人就心烦、难受。

她一个人待着的时候，会想着酝酿几滴眼泪出来。

对于她来说，眼泪不是软弱的象征，而是心情极度抑郁时，一种舒缓的媒介，一种压抑的放肆。

哭完会让她的心情好很多。可她现在却连哭都觉得是一件难事。

外面吵得天翻地覆，乔佳吼着要离婚，她大概已经迫不及待要去新加坡了。而安廉江冷笑着说你想都别想，一点不想让她好过。

而安树答坐在十一楼的阳台上，看到远方有晚霞和云霓。

夏天燥热的风滑过她的脖颈，又闷又燥。而她浑身无力，呆滞地趴在阳台的栏杆上，任由热风一簇接着一簇地拨乱她的发丝。白色的蓝牙耳机里，舒缓的女声在低语，诉说着百转千回的离别。

　　最是离别苦。

　　不知怎么，安树答想起温喻珩对她无底线的信任，她害怕。他对她越好她越怕，怕他有一天知道她的真面目，知道她原来是一个那么没心没肺的人，就会害怕她、讨厌她。

　　时至今日她才发现，她对温喻珩的喜欢，早就已经深入骨髓了。可是能怎么办？她戒不掉了。

　　这种从未见过的真心，从未有过的温柔以待，还有被捧着、被哄着、被小心翼翼宠着的感觉。

　　她这辈子都忘不了了。

　　艾米莉·狄金森说过："我本可以容忍黑暗，如果我不曾见过太阳。"

　　模模糊糊间，安树答仿佛又见到了那个担架、那具尸体。那天她很漂亮，漂亮得不可思议，像去赴一场皎洁纯粹的浪漫。她穿着象牙白的旗袍，上面有用银丝绣的玫瑰，手腕上系着一串银铃，两个银铃荡在空中，随脚步晃荡，"丁零零"地响，荡入安树答眼眶的水珠子里。

　　安树答目送着她离开。

　　她的心此刻闷到了极致。

　　阳台上有远方云霓洒下的天光，星星点点的，在栏杆上跳动。安树答握着栏杆的手指紧了紧，眼泪不受控制地从眼眶里滑出来，一滴接着一滴，像大雨。

　　小巧白皙的脚不知什么时候悬了空。

　　地上有一双白色的亚麻拖鞋，安安静静地并列在一起，此时四周空空荡荡的。

　　她赤裸着双脚，半个身子已经探出了阳台的栏杆。

　　"嗡——"

　　刺耳的电话铃在耳机里炸开，随后越过耳膜，唤回安树答的最后一丝理智。她猛然惊醒的时候，脸上还挂着泪珠，而她的半个身子已经探出阳台……

　　她"啪"一下退开阳台，当她意识到自己在做什么的时候，惊慌失措地跑回了房间，把阳台的玻璃门牢牢锁上，因为难以平复的心情而大口喘着气。

她闭了闭眼睛，深深地呼了口气，才按下耳机的接听键："喂？"

"安树答，你刚刚在干什么？！"耳机里的男声似乎很急躁，语气压抑着愠怒。这是温喻珩第一次对她发火。

安树答愣了愣，然后笑了一声："想什么呢？你误会了。"

"什么？"对方似乎是有些错愕，语气平缓了很多。

"你看天边啊。"她细细地笑着，笑声像银铃似的，很悦耳。

温喻珩一手拿着手机，一边朝天边看去。

火烧云，橘色和粉色的渐变色霓彩，染红了整片天空，漂亮得不可思议。

"是不是很漂亮？隔壁的楼挡着了，我想看得更清楚一点，你以为我要干吗？"安树答无力地躺在床上，心跳加速，小心应对着。

"我以为你要……"温喻珩顿了顿，没把剩下的话说出来。

但安树答帮他说了出来："想不开？"

最坦荡才最不容易引人怀疑，手机那边没声了。

安树答低笑了声："喂，拜托？我有那么傻吗？"

温喻珩终于放下心来，轻轻叹了口气："……抱歉。"

"你在楼下吗？"

"在。"

安树答偏了偏头，看向那扇刚刚被她锁上的玻璃移门，顿了顿，起身，又重新打开了。

从栏杆上往下看去，有一个懒洋洋的身影站在楼底下，像一个小小的点。

安树答眼眶热了热："温喻珩，我看到你了。"

"你怎么会来？"安树答看着楼下的他，不自觉地笑了笑，但门外砸东西的声音又让她忽地皱起了眉。

"我要去趟 M 国，办一下入学手续，来和你道个别。"温喻珩抄着兜，站在楼下。

安树答一愣，将近半个月的时光让她似乎忘了，温喻珩也是要走的人。

"你家有人吗？"

"砰"，外面又是砸东西的声音，伴随着一声压抑不住的怒气："离婚！"

安树答心力交瘁地闭上了眼睛，叹了口气，有无限的倦意："我来找你。"

她越过客厅的时候，两人立马不吵了，像是自欺欺人的鸵鸟效应。她心里笑得很讽刺，但仍能保持面不改色的样子离开："我去住酒店。"

　　从家里出来的那一瞬间，好像有种莫名的魔力，她身上所有的不适都消失不见。好像那是一个盘丝洞，里面有各种各样的妖魔鬼怪，但把门一关，她就可以百毒不侵。

　　真是可笑的心理状态。

　　安树答坐进车里的时候，整个人都还是恍惚的。

　　"我今天不回家。"她把她整个人都埋进真皮座椅里。

　　车里的空调开得很足，凉丝丝的，但挨着他好像又是不冷的。

　　温喻珩看着她的样子，皱了皱眉头："周叔，回家。"

　　她愣了愣，抬起头来看他。

　　温喻珩懒洋洋地笑："我妹妹想见你，我爸妈去国外了，这几天不会回来，不用担心会尴尬。"

　　安树答垂了垂眼睫，最后点了点头："好。"

　　然后她又把头埋回去，从未有过的安心。

　　"温喻珩……"

　　"我在听。"

　　安树答闭了闭眼睛，笑了："没事，叫叫你。"

　　"啧，"温喻珩看着她的背影，"答答，你这几天乖过头了呢。"

　　安树答没说话，只是笑了笑。几分钟之前的阴霾好像被扫了个空，她的心脏开始一点一点放晴。

　　温喻珩家里只有一个帮佣和上次见过的管家叶叔。叶叔戴着副近视眼镜，拿着报纸坐在沙发上看着些什么。

　　"叶叔好。"安树答礼貌地喊了一声。

　　叶叔抬头看了她一眼，和善地点了点头，又瞟了她身边懒洋洋地玩手机的温喻珩一眼，推了推眼镜，语气带点调侃："我家阿珩少爷啊——"

　　温喻珩"啧"了一声："简姨，晚上吃什么？"

　　一个正在拖地的老妇人抬头，特别有眼色地笑："这得问你同学啊。"

　　安树答抿唇，有些局促地拉了拉温喻珩的衣摆。

　　温喻珩笑了："别做辣的，这小公主吃不了辣。"

　　"行嘞。"

　　说完，温喻珩和安树答上了楼。安树答被他拉着去了他房间。

"我去洗个澡……"说完，他颇有些不怀好意地看着她，"你洗吗？"

安树答朝他砸了一个抱枕："我出来前洗过了。"

温喻珩很轻松地接住了那个抱枕，颇有些失望地"啧"了一声，然后笑笑，进了衣帽间。

安树答有些心累，顺势躺在他卧室里的那张黑色的真皮沙发上。天花板很白，但在那水晶吊灯的柔和光线下，总有种温馨感，她不自觉地勾了勾唇。

她出来的这一阵子，安廉江和乔佳都给她来了好几个电话和消息。

她通通拒接。最后出乎意料的，是安疏景给她发了条消息。

安疏景："臭丫头，搁哪儿离家出走呢？"

她的心脏颤了颤，沉了口气。

安树答："妈给你发消息了？"

对面隔了好久才回。

安疏景："不然？"

安树答的手指在手机外壳上摩挲了好一会儿，微不可闻地叹了口气，心累的感觉又袭上来。

安树答："我在酒店，明天会回去。"

安疏景没再回，而是直接给她来了个电话。

"喂……"

时隔多日，安树答终于再次听到了她哥哥的声音。不知怎么，那声音沙哑了很多，也憔悴了很多，一点精神都没有，倦怠无力。

那边顿了好久："我上次带你住的那家酒店？"

安树答看了一眼温喻珩的卧室，叹了口气："不是。"

"几星级的？"安疏景又问。

"五星级吧……"她很自然地撒谎。

安疏景似乎是叹了口气："钱够吗？"

安树答点了点头："够。"

"行，挂了，明天早点回去。"安疏景顿了顿，说道。

"哥……"安树答叫住他。

"又怎么？"他语气挺不耐烦。

"你……没事，叫叫你。"

那边没回。

良久，久到安树答以为对面已经挂了，安疏景才笑了一声："你……

是不是叛逆期来得有点晚？"

安树答手指一僵。

"算了，酒店住好点的听见没？差的不干净，挂了。"

对面是"嘟嘟嘟"的忙音。

安树答缓缓地吐了一口气。

没过一分钟，安疏景来了条消息。安树答压了压心里的苦闷，点开聊天框。

转账一万。

安疏景："酒店住好点的，听见没？明天早点回去，没事别玩失踪，懂了没？"

安树答的鼻头一酸，可对着安疏景她又说不出什么太煽情的话。

安树答："你哪儿来那么多钱？"

安疏景："我抢银行了呗。"

她才不信，吸了吸鼻子。

安树答："那你还有钱吗？"

安疏景："不然？"

安树答："谢谢哥。"

安疏景："矫情，没事别想些乱七八糟的，别一考完就放飞自我，别太疯，收着点，听见没？"

安树答："你啰唆。"

安疏景："那你把我删了吧。"

她才不要。她发了个吐舌头的表情包。安疏景没再回，她又翻回去看了看聊天记录，点了转账收款。

入账一万，她忍住泪意。

"吱"一声，浴室的门开了。温喻珩擦着湿漉漉的头发出来了。

安树答转头去看他。

温喻珩对上她有些通红的眼眶，微微一愣，随后挑了挑眉，"啧"了一声："怎么委屈巴巴的？"

她吸了吸鼻子："温喻珩……"

温喻珩眼皮微抬，走到她身边，蹲下，凑近她仔细瞧："嗯，在听。"

"我想我哥了。"

安疏景说他会回来，还特意带上了段措来帮着她填志愿。因为她的十八岁生日要到了，在她哥哥回来之前。

那天安树答就在温喻珩家借住了一晚。第二天，爸妈都离开各干各的去了，所以她又选择回去。

安树答其实挺期待的，从上个月期待到这个月。在想女孩子十八岁这一天，妈妈会给她准备什么礼物。其实过去十八年，乔佳从没有送过她生日礼物，爸爸也没有，哥哥更没有。他们家好像从始至终就没有送礼物这个传统。但是这次肯定会不一样吧，毕竟她要满十八岁了。

也许会收到一双高跟鞋？即使她并不会喜欢那颜色、款式，甚至并不合脚。也许十八岁的生日，蛋糕会大一点？也许这不同寻常的十八岁生日，爸妈会摒弃前嫌聚到一起给她庆祝？也许哥哥会回来，会和父亲重归于好？

他们家可以像曾经的某一段时光一样，其乐融融，即使只有这一天……光是这份期待就能让她的心脏"扑通"地跳着。

安树答生日这天。

乔佳从公司来家里拿东西。

安树答安静地等待着乔佳的下文，心里积攒了整整一周的期待仿佛在这一刻濒临极点。

乔佳一边换鞋，一边说："明天公司要来一个大项目的老板，一大堆忙的。"

脑袋"嗡"的一声，安树答开始预料到乔佳接下来要说的话了……安树答心里仍有个声音在淡淡祈祷着不要，可事实就是这么可笑。

"一会儿自己弄点吃的，我没时间管你。

"听到没？"

安树答的心一点一点冷下来，好像窗外的冷风隔着窗户灌进她的心脏里。

"妈……"

"怎么了？"

"今天我生日。"安树答的嘴唇都有些发抖。

乔佳愣了愣："啊？今天几号啊？"

安树答没有回，她只觉得喉咙在发烧。乔佳听她没声音，按了按手机看日期，然后没说话，似乎在想着什么。

客厅里是静默。

安树答淡淡地看着手背上那道已经愈合却无法消去的疤，那是上次爸妈打架时留的。

那个时候她整只手都是血肉模糊的，此时却只剩下这么一道小小的、无法消弭的疤痕。看着这道疤，安树答似乎明白了些什么。

爸妈的矛盾就和这疤一样，不是靠着她过个生日就能愈合的，更何况，这个生日甚至没几个人记得……

良久。

"明天补上行吗？"乔佳打着商量。

这一刻听着乔佳的语气，安树答觉得自己是不配的。乔佳不是她亲妈呀，却还是劳心劳力养了她这么多年。她想起了奶奶对这个儿媳妇的冷眼，想起了她亲外婆曾在她和哥哥面前不止一次地哭诉"如果你亲妈还在多好啊"。

乔佳承受着她家亲戚们的阴阳怪气，又要忍着家人背地里的闲话、指责、无端谩骂。

却还是把安树答当亲生女儿对待。

"我去买个蛋糕就行了。"安树答撇过头，闷声说。

"蛋糕就别买了吧，你一个人也吃不完，放那里又要放坏了，没那个必要……"但乔佳说着说着又不说了。

那天，安树答第一次犟着说一定要买蛋糕，乔佳很无奈，但工作又实在走不开。

安树答最后很"善解人意"地妥协，说她下楼自己买。

"那我带你去街上，但你一个人回来的时候注意点。"乔佳说。

安树答点头。

蛋糕店里，安树答手里攥着刚刚乔佳给她的一张一百元纸币，耳边有店员热情的介绍。

她走到一个红色的奶油蛋糕前，停下了脚步。

零售价：178.99。

看到价格时，她手指蜷缩了一下。

乔佳给的钱不够，她觉得她此刻一定很丢脸。

她手里的一百元钱像是一个笑话，也是一份成人礼——成年人的第一课，学会自己一个人过。

"小姑娘，要这个吗？这个是刚刚做好的。"店员仔细地介绍着。

安树答的呼吸有些乱了，攥着纸币的手指慢慢地把那纸币一点一点绞进拳头里……

她直起身来，眼眶有些红了，苦涩一笑："不了，谢谢。"

她失魂落魄地走了。

算了，那么期待的十八岁生日，除了有点不开心，好像也没有什么特别的。

安树答转身走出蛋糕店的时候，整个眼眶都红了。她一遍遍在心里骂着软弱无能的自己，一遍遍警告自己不许哭。像无数个曾经一样，她红了眼眶，也制住了眼泪。

她一路上都没有哭。

夏日炎炎，她却遍体生寒。风照着她的脖子狠狠地一记劈下去，不留丝毫心软。

有个人靠墙站着，白色球鞋映入她眼……她愣了愣，视线上移。

那人慵懒而漫不经心，俊美无双的少年，又酷又绅士。温喻珩唇齿翕动，辗转咀嚼着她的名字。

"安树答，生日快乐。"懒洋洋的话从他唇缝里漏出来，让人脸红心跳。

安树答的发丝被风吹起，又生生打回脸上。温喻珩的手上提着一个大大的包装精致的蛋糕盒。

安树答的鼻头一酸，憋了一路的眼泪就那么断了线。

"温……温喻珩……"她走上去，一把埋入温喻珩怀里，不由分说地呜咽起来，眼泪彻底决了堤。那一刻，她第一次有了掰断一切理性的冲动。

温喻珩轻轻"嗯"一声，回抱住她的腰。

"温喻珩……"

"在听。"

"我们交往好不好？"她呜咽着。

风与烈阳里，唯有这句话深深入了他耳。

因为少年给的一丝温暖，因为从未感受到的一点点爱意，她从前习以为常的防御机制，好像全部失了灵。她想她已经开始贪图这种温暖了，那一丝丝的光，撬开了残破不堪的心门。然后，她就舍不得放开了。

"什么？"温喻珩笑了。

"做我男朋友。"

温喻玎勾唇，开始得寸进尺地问："什么男朋友？别只是普通的男性朋友吧？"

"是可以接吻的男朋友！

"温喻玎，虽然这句话说得有点晚，但是，我还是觉得应该有这样的仪式感，你愿意做我的男朋友吗？"

安树答的声音夹杂在树影婆婆的响动间。

她不想再去清算未来会有多少风险，不想去担心那些未知数，不想再小心翼翼地活着，不想再那么怯懦逃避现实。她只知道，此时此刻，她真的好想和他在一起。

温喻玎轻轻地喊她一声："安树答。"

她应了声，松开手，看向他的眼睛。

他在口袋里摸了摸，然后掏出一个蓝牙耳机，不由分说塞到她耳朵里。歌词只有"生日快乐"，但是是一首从没听过的新歌，至少她，从未听过。

他凑到她另一只耳朵边，声音缱绻。

于是安树答一只耳朵里是一首生日快乐的新歌，一只耳朵是温喻玎的一句"我爱你"。

下一秒，他的唇贴上来。

唇齿厮磨，在这个无人问津的楼道里，他们接了将近十分钟的吻。

回到家，安树答把空调打开，又把厨房的门关上，防止空调的冷气外泄。

同时，温喻玎把蛋糕盒打开。他百无聊赖看着在屋里走来走去收拾东西的安树答，视线落到她的手背上，音色还是那般懒懒散散："手背怎么回事？"

"划的。"

"谁？"他站起来向她走去。

"我。"

她看到他眉心皱得更深。这时候她才意识到，她说了一个更不好的答案。

她想起来温喻玎曾目睹过她在阳台，心下想着完蛋。

"当时在学校里，下楼梯的时候，不当心走急了，刮到了铁片上。"安树答斟酌着语气、嗓音、字与字之间的频率。

她第一次发现，温喻玎比她爸妈还难骗。

温喻珩没继续逼问她，而是牵起她的那只手，淡淡地问道："疼吗？"

她摇头，松了口气。

他环住了她的腰，一手托着她的后脑勺，然后吻落下，目的地是她的唇。这一次是浅尝辄止，蜻蜓点水，点到为止。

"你怎么回来了？不是说去办入学？这么快？"安树答看着温喻珩给蛋糕插上蜡烛。

"给你过生日。"

"那 M 国那边？"

"入学办好了，别担心。"

安树答抿了抿嘴："那你爸妈知不知道？入学办完了还有其他事情吧？"

温喻珩没回答，只是从口袋里掏出个打火机，银色的金属外壳，限量版，"啪嗒"一声，火苗蹿出来，然后他挨个点燃蜡烛。

"你瞒着你爸妈回来的？"安树答得出结论来。

温喻珩笑了："我瞒着他们的事情太多了，不差这一件。"

"那你一般什么不瞒他们？"安树答看着他。

"已解决的事情。"

最后一根蜡烛被点燃，火光照在安树答脸上。

"现在，许愿了，小公主。"温喻珩笑得相当坏。

安树答的脸又不争气地红了。他搂过她的腰，往自己怀里送："那首歌喜欢吗？"

安树答闭着眼许完了愿，然后眼睛睁开，侧头看着他："刚刚你塞我耳朵里听的那首？"

"嗯。"温喻珩将她的头发丝别到耳后。

安树答点了点头："喜欢，旋律很高级，以前没有听过，你哪儿找到的？"

温喻珩笑了，低头吻了吻她的耳垂，声音有些沙哑："不是曲库找的，是我找圈内的朋友专门给你写的。"

安树答愣住了。

温喻珩从外套口袋里掏出一张唱片，递给她："为了你生日量身定做的。"

"哪个圈？"

"娱乐圈。"

安树答笑道："你还认识娱乐圈的？"

"不止呢。"温喻珩懒洋洋，带点调戏人的痞。他手环着她的腰，轻轻唤她一声。

安树答应了一声，有些哽咽："你为什么要对我这么好，温喻珩？"

"没有为什么，单纯就是觉得，这个世界上只有独家定制配得上你。"

安树答看着他，眼睛越来越酸。

"你只适合独一无二的东西。"他在她耳边轻轻呢喃着。

每个字都很要命，因为从来没有见过太阳，所以当阳光奔她而来时她却害怕了。她只想着逃跑，可怜又活该。

"温喻珩……"安树答轻轻唤他，"我是一个太不好的女孩，因为我自卑又清高。"

这一刻，安树答是厌恶她自己的。她清高，不想落入恋爱的圈套，但她又自卑，觉得自己配不上最好的温喻珩。

"可我喜欢你这事，没得商量。"

鼻尖尽是他身上熟悉又好闻的松柏香。谁知道安树答这一秒，整颗心都是酥的呢？

"你家今晚有人吗？"温喻珩一边抱着她，一边给她切了一块蛋糕。

安树答清楚他下一句想说什么了。

"你留宿吧，没人回来。"她想了想，不知怎么，心中有些荒凉又有些庆幸。

当晚，温喻珩确实留宿了，但是两人看电影看了一个通宵。第二天他一大早回了家，说是去认个先斩后奏的错。

第七章

失效多巴胺

不知道从什么时候起，我开始变得更加敏感、多疑、恐惧。

我开始惧怕一切亲密关系，仿佛只有和陌生人待在一个空间时，我才是安心的。

我不知道这种安全感的满足方式给我带来了什么，是我所需要的安全感吗？

又或者只是加倍的恐惧和害怕。

我开始猜测我的疏离型人格障碍加重了。因为我开始对万事万物都失去兴趣，开始觉得在这个世界上生活的每一分每一秒都是煎熬，都是难过，都是迷茫。

每一秒我都想要结束自己的生命，我无法形容这样的感觉和心情。

我想要宣泄，可我不敢宣泄。

因为我害怕别人的目光，但我又渴望别人的目光。我希望有人可以听我说，可我又很害怕倾诉。我很清醒地知道这样的死结是我自己活该。

我知道没有人愿意喜欢一个负能量爆棚的人，因为他们会觉得，你要么在博同情，要么在无病呻吟。

每一个人或许都是从心底厌恶宣扬负能量的人。

因为我也讨厌。

——摘自安树答的日记

安疏景比约定的时间早了两天回家，还带着段措，彼时两人正在客厅里研究那本巨厚的院校书。

安树答在房间看着书，和温喻珩煲电话粥。

聊着聊着，安树答就看向那天探出去半个身子的阳台，走了神，莫名说出一句："你什么时候喜欢我的？"

"很早很早，一见钟情。"温喻珩挑眉，懒洋洋地回答，"也不知道为什么，好像和你相处得越久就越喜欢你。"

安树答捏了捏笔，抿了抿唇："那万一，真正的我没有你想象得那么好怎么办？"

温喻珩没有来得及回答，就听到"咚咚咚"的敲门声。

安树答吓了一跳，直接把手机反扣到桌子上，装模作样拿着笔做书摘。

推门进来的是安疏景，他环着胸，一脸不耐烦地靠在门口："哎，死丫头，跟不跟我去洛朗？"

"去洛朗干吗呀？"

"机场，接柏二图。"

安树答看着安疏景那一脸不耐烦的样子就知道他因为此刻要出门而心情烦得很。

"柏图哥？可我有个志愿者报告没写完。"这几天，家里没人，温喻珩又在国外，安树答就想着这么长的假期也不要浪费了，所以去社区报了个志愿者。

"行了，大不了我帮你写。"

"安疏景，你不对劲，你怎么突然对我这么好了？"

"菩萨偶尔发个慈悲？"他淡淡翻了个白眼，配上他那一脸高冷的长相，颇有些不耐烦的意味。

安树答撇了撇嘴："知道了，我换件衣服。"

"砰"，门被关上了。

她怎么能不去呢？就她哥哥现在这副要吃人的不耐烦模样，指不定见到柏图哥要怎么发作，万一又嘴损说错什么话，坏了这好不容易得来的友谊可怎么办？

拿起手机要出门的时候，安树答发现刚刚太急，忘了挂电话："喂？

— 179 —

温喻珩，你还在吗？"

"你要去洛朗？"

安树答一愣，他的语气怎么怪怪的？

"对啊，接我哥的一个朋友。"她斟酌了一下措辞。

"哦，挂了。"

安树答不解，为什么温喻珩的语气突然这么冷淡。

"好……"

对面立刻就挂了电话，怎么突然这么凶？她心里有点难受。

安树答以为温喻珩挂她电话那劲已经够凶了，直到在洛朗国际机场见到柏图，她才发现，温喻珩真的已经很温柔了。

见到此刻一张苦瓜脸又气又有点想哭的柏图，不知怎么，安树答脑海中跳出几个大字来——安疏景危。

今天是国际生气日吗？怎么一个两个的都喜欢生气？还是安疏景又说错什么话了？

也不对啊，如果她哥哥嘴损的毛病又犯了，说了什么柏图哥不爱听的话，柏图哥不会是这表情，应该是泪眼汪汪、委屈巴巴的样子，而不是此刻无比气愤的神情。

"说好的画展为什么不办了？你都准备了那么久。"柏图坐在副驾驶盯着安疏景。

画展？

什么画展？

在后座安静又乖巧地吸着奶茶的安树答愣了一下，安廉江当初不是为了逼他哥拿保研名额而……

"咳……"安疏景从后视镜里看了安树答一眼，然后皱了皱眉，"我妹妹在呢，你说话注意点。"

"答答她不知道你……"柏图原本紧紧地盯着安疏景，听到这句颇有暗示性的话时，立刻顿了一下。

"我知道。"安树答回过味来了，咽下嘴里的珍珠。

安疏景顿了一瞬，随后又看了一眼后视镜："你知道什么？"

"知道你高中偷偷学漫画差点没拿到保送名额，然后爸把你偷买回来的那些书撕了扔掉的事。"安树答平淡地说，说到最后一句的时候，她从后座偷偷看了一眼她哥哥的表情。

寂静。

"所以你还是没放弃对吧？"安树答隔着后视镜和副驾驶的柏图对视了一眼，接到柏图一个"别说了"的眼神示意。

"你一小屁孩别管那么多。"安疏景开着车，前方遇上了堵车。

碰上下班潮，洛朗的高架上堵得水泄不通。

"哦……"安树答闷闷地把视线瞥向窗外。

安树答抿了抿嘴，又想起出门前温喻珩毫不犹豫地挂断电话，他是生气了吗？看着手机上两人的聊天记录，她开始反思自己最近异常的行为。

她是不是做了什么让对方不开心的事情？她是不是相处的时候说错了什么话？

手指逐渐开始冰凉，她发现那天在今今生日宴上想的事情，真在逐一验证。

安树答撇了撇嘴角，把在下眼眶含着的眼泪又生生憋了回去。她注意到自己情绪不对，不想被她哥哥发现，然后啰啰唆唆地教训，就把外套自带的帽子戴上。带帽子的外套就这个好处，把脸随便一遮就没人能发现你面部的坏心情。

安树答："抱歉，我最近是不是给你添麻烦了，我会注意的。"

发完消息，然后按灭了手机，把脸埋在衣服里，靠着前座的软皮后背，呆呆地看着车窗外走走停停的风景。

温喻珩看着安树答最新的那条消息，发了愣，那话怎么看怎么客气，好像要和他撇清关系似的。他总有一种感觉，和安树答相处的时间越久，那种感觉就越强烈。

你总以为已经和她靠得很近了，快要打开她的心房，她下意识的一句话却告诉你其实你们的距离还是很远。她的心房外面，是一个接一个的假象，一个又一个的陷阱，这些假象和陷阱把她真正的心房保护得太好。别的男生追女生考虑的都是"我该怎么打开你的心房"，只有温喻珩是"安树答，我该怎么找到你的心房"。

安树答好像永远清醒独立地活着，偶尔会犯一些错，但又马上可以调整好自己的状态，于是你见到的就还是那个乖巧又懂事的少女。懂事得不像这个年纪的女孩子，你甚至连她的心都无法靠近。

安树答，你到底是一个怎么样的人呢？

她太敏感了，敏感到任何风吹草动都足以让她心慌，心慌的代价就是在心房外围再筑上一圈假象。温喻珩很少看到安树答真正开心，又或者说，几乎没有。即使她每天笑得比谁都灿烂，即使她灿烂的笑容温柔得好像让每一个人都得到了治愈，但他还是感觉不到她的开心，一点都没有。

她总是安静、乖巧、懂事，对每个人都很好，还乐于助人，和每个人的关系都不错，好像有很多朋友，但只有温喻珩看出来了，她没有，一个都没有。她其实只有孤零零的一个人，哪怕是和她关系最好的桑嘉，都从未了解过真正的她，也从未见过真正的她。她其实是一个距离感很强的女孩子，是一个自我保护机制十分严密的人。

在爸爸的公司里，他见过很多有这样心理状态的年轻人，但他们已是饱经沧桑的职场人士，那很正常，可放在一个只有十八岁的女生身上，便不合情理。

安树答，你究竟经历过什么，才会让你这样，一个人都不信任，一个人都不去交心？

温喻珩烦躁地抹了把脸，语气有些沉闷："温优度，跟我爸妈说一声，我出去一趟。"

"去找嫂子吗？"温优度八卦道。

温喻珩没有回答，而是直接出门了。

安树答到家的时候，心情不好，就把自己关在房间里面。外面吵吵嚷嚷的，或许是因为安疏景回来了，再加上段措和柏图都在，所以今天爸妈难得同时出现，都在家里，给外人营造一副和睦的家庭景象。

她也不知道自己怎么了，不想说话，不想吃饭，不想做任何事，患得患失，对方一个小小的举动，都会让她胡思乱想好多东西。

这不是温喻珩的错，而是她自己的错。安树答很清楚这一点，她也不怪任何人，她只怪自己。如果她再坚强一点，只要再坚强一点点，就不会是这样一副软弱无力的样子。

至少她的内心可以配得上她的高傲，至少她的内心可以让她有足够的勇气踽踽独行而不害怕。

他们似乎在外面看电视，电视的声音很大。

"砰——"

屋外有结婚的喜庆烟火。透过窗户，入目是对面一整栋楼的万家烟火，和睦的气氛从一家的厨房里飘到了另一家的饭桌上。

恍惚中，女人安详又苍白的面容在脑海里乍现。

然后随着外面的烟火"砰"的一声在脑海里炸开细细碎碎的剧痛，于是，密密麻麻的全是疼痛和压抑。

素净的白布盖住了她最后一点念想和快乐，当眼泪又在她毫无知觉中流下来时，她竟然头一次没了去压抑它的兴趣。

随便吧，以前总以为是没有人在的时候她才会想起这些，可今日家里明明热闹非凡，她依旧觉得喘不过气来，仿佛自己慢慢变好了的感觉只是一场幻觉。

安树答翻了个身，不再去看那白得像死人样的天花板，把整张脸都埋在被子里，无声哭起来。

安树答，这世上没人比你更糟糕更软弱了。

"咚咚咚……"

是敲门声。

"砰"，又是一阵烟花炸开的声音，昏暗的房间里，外面的烟火照进来，碎了一地的精彩。

"我困了，不想吃饭。"

安树答清楚地听到门边的人叹了口气，拖着沉重的步子走了。

是她爸。

她吸了吸鼻子，眼泪又涌了出来。窗户没有关严实，明明是夏日，高楼的晚风从窗缝里漏进来，整个房间却寒冷至极。她不知道自己躺了多久，只是睁着眼睛望着对面的楼里温馨和谐的每一个家。

她平静地呼吸。

这时，烟火已经到了高潮，一簇接着一簇地在天际燃放。

"砰——"

外面好像有什么东西被砸在地上。

"安疏景！你再给我说一遍！"

外面好像吵起来了，有玻璃杯在桌子上狠狠砸下的声音。

安树答愣了愣，抬了抬她此刻酸痛的脑袋，又沉又痛，最后还是坐起身来，揉了揉自己有些发酸发胀的眼睛。

她打开了门。

又是"砰"的一声，一个玻璃杯砸在她的脚边，碎了一地。

她被吓了一跳，缓缓地抬起头。

— 183 —

安廉江怒气冲冲地瞪着安疏景，安疏景同样毫不示弱地回瞪着安廉江，段措似乎已经回去了。乔佳在一旁叹着气，柏图扯着安疏景，示意他冷静一点。

"安疏景，你再给老子说一遍！你是不是疯了？！"

"叔叔，你别怪景哥……"柏图想说些什么，却被安疏景拉住了，他只好呆愣地看向安疏景。

"与你无关。"安疏景嘴角噙着一抹冷笑，眼睛又冷又冰地望着他们的父亲。

"景哥，别。"柏图喉结滚了滚，扯了扯安疏景的袖子，示意他别说了。

"答答！"乔佳注意到安树答了，连忙喊了她一声，言下之意也是让安廉江别说了。

安树答心脏抽了抽，无力地闭了闭眼睛。不出意外，应该又是一件以为把她瞒得很好实则她一直都知道的事情。安廉江发了这么大的火，那么，是她哥哥没有放弃漫画这件事，还是她哥哥借钱给段措这事？

又或者，是双管齐下？

安廉江看到安树答的时候，也是愣了愣，随后扯了个比哭还难过的笑脸："答答，你先回房间，这里没有你的事，你哥跟我犯浑呢。"

他想在她面前把这件事搪塞过去。

但安树答这次没听话，也没有懂事地回房间。这一刻她才知道，安树答，哪有表面上那么乖？骨子里就叛逆得很。

就和那个女人一模一样。

安树答吸了口气，提步上前："别怪我哥。"

所有人向她看过来，乔佳一直在向她使眼色，让她别来添乱。

"这件事我知道。"

安廉江的眼色变得复杂起来，胸口剧烈起伏着。

所有人都不说话了，静静地看着她。安树答看向安廉江的眼睛里带着很多感情，很复杂。但此刻最突出的，是恨。

"我还帮了忙。

"帮他瞒着你。

"现在，你可以扇我一巴掌。

"或者……

"拿刀杀了我。"

安树答已经走到了她哥哥的身前，面对着她的父亲，眼神复杂，语气平静："免得，我也让你不痛快。"

"啪！"

安廉江的巴掌狠狠地落在她的脸上。

又狠又硬。

把她的脸扇得火辣辣的疼。

"畜生！白眼狼！"安廉江还想再上去打一巴掌，被乔佳死死拉住了，却还是手指指着安疏景，怒目圆睁地叫唤着，"一百万！整整一百万！这么多钱不花在家里人身上，安疏景你个白眼狼拿出去给个陌生人花！吃里爬外！你这么大方想讨你爹吗？！就知道在外面装体面人！你个吃里爬外的东西，我今天打不死你！"

"还有你！安树答？帮着你哥往外面运钱是不是？！两个白眼狼！老子白供你们吃喝！"

安疏景一把抓过安树答的后衣领，拎小鸡似的把她丢给柏图："带我妹妹走。"

他的声音很沉，很重："安廉江！你给我住手！"

"安树答！你是反了天吗？你不阻止居然还去帮忙？！你是不是脑子有病啊！你搞不搞得清楚状况！那是笔小钱吗？！"安廉江暴跳如雷，但是被安疏景拦住了。

"柏图！你听不见吗！带答答走！"安疏景回头朝柏图看了一眼。

"白眼狼？我自己赚的钱为什么没有使用权？"安疏景看着暴跳如雷的父亲，冷笑着，眼里又满是失望。

柏图看了安疏景一眼，拉起安树答的手腕就离开了。

"砰！"

门被关上的瞬间，安树答才后知后觉地反应过来脸上的疼痛，晚风刮在脸上，火辣辣的。

她的眼泪止不住流下来，齐耳的短发全部被风吹得往脸上甩。

柏图让她坐在一张长椅上，有些不忍："……答答，你还好吗？"

安树答摇了摇头，用袖子擦去眼泪，她不想在外人面前哭，太狼狈。

柏图看了她几眼，视线却忍不住往十一楼的位置瞟，眉头皱得很深。他又不能把安树答就这样丢在这里，可是上面这情况……

"你去找我哥吧，我没事。"安树答努力调整了一下自己的面部表情，尽量给他一个轻松的笑容。

柏图看着安树答努力挤出来的笑容，喉咙动了动，蹲下，仔细地看着她，然后叹了口气，从口袋里掏出一张卡："答答，抱歉。这张卡你拿着，密码是你哥生日，你去附近找个酒店先住着，等我们处理好这件事之后就来找你行吗？上面的情况太乱了。"

她理解地点了点头，很乖巧："没事的，柏图哥，我已经成年了，我懂，你上去劝一下吧，别让他们真的动起手来。"

她忽然想到了什么，眼里闪过一抹黯淡和无奈，还无意识地苦笑了一下。

柏图又看了她一眼，确认她真的没事了，便转身急急忙忙回去了。

不知怎么，她看着柏图急急忙忙往回跑的背影，心底渐渐升起一股荒凉。她孤零零地坐在长椅上，看着那抹背影离她越来越远，越来越远。

就像十几年前的某个雨夜，那只白皙的手臂从担架上垂下来，然后离她越来越远，再也没回来……

她的手指抓了一下椅沿，骨节冰凉，手里是一张黑色的银行卡，也是冰凉的。

安树答终于回过头来，低着头，眼神空洞，半边脸还肿着，就着晚风火辣辣地疼。

有脚步声靠近。

安树答一愣，映入眼帘的是一双白色的运动鞋，最新的款式，最贵的系列，是那个矜贵又衣食无忧的少爷。

"你没事吧？"

安树答没抬头，可是听到这个声音，眼泪却再也忍不住地夺眶而出，好像有满腹的委屈在胸口翻涌，压抑的情绪怎么都平复不下来。

温喻珩眉头皱起来，慢慢地蹲到她的面前："你……"

他就着一旁的路灯，终于看清她通红的半边脸上还有清晰的巴掌印。他的眉头皱得更深，语气也在不自觉地发紧："答答……不难过了好不好？我在。"

他心疼地蹲在她的面前。

周围的一切都很冷，长椅很冷，手中的黑卡很冷，安树答的心也很冷，唯独眼前的人是热的。她终于抬头看向他，他的面部轮廓在路灯下很好看，那副原本懒洋洋的面色里此刻却揉进了几抹忧色。

安树答没忍住，捂住脸蜷缩着，止不住地哭起来。

温喻珩叹了口气，轻轻拍着她的背："哭吧，我陪着你。"

这一哭，像是要把之前所有的情绪通通发泄出来似的，哭得昏天黑地，可安树答却感受到了难得的心安。

温喻珩一直在一边默默守着，什么也不问，直到女孩自己哭完缓过劲来。

去酒店的路上。

温喻珩属于那种既能穿着大裤衩吃路边摊，也能穿着晚礼服在各种高档晚宴里游刃有余的贵公子。他可以高高在上矜贵无比，也可以一身烟火气地对小卖部老板娘说："买棒棒糖，有多少要多少，但我只要柠檬味的。"然后他把那一把棒棒糖全塞到安树答的口袋里，顺便抽走了一根。

温喻珩叼着根糖，朝她挑了挑眉，也没登记，就径直去了酒店的贵宾电梯。输入一通密码后，电梯门开了，他直接按了最高层。

安树答的指尖还是冰冰凉的，好像怎么焐都焐不热似的。

温喻珩是个相当随心所欲的人，没有什么架子，但是品位相当高，对自己的隐私保护做得尤其好。

就比如，因为不喜欢被人打扰，不想在晚上听到隔壁传来什么奇奇怪怪的声音，所以他把这酒店的顶层全部租了下来。

"这一层的房间随便挑。"温喻珩懒洋洋地看着安树答。

安树答指了指电梯门口的一间："就这个吧。"

她根本没有挑，只是随意指了间离她最近的。

温喻珩笑了，跟着她进了房间。安树答很累，一进门就把自己放倒在柔软的双人床上。温喻珩环着胸看了她一会儿，最后无奈地叹了口气。

中央空调的暖气很足。

安树答不说话，只是把外套脱了，又安安静静地把鞋子脱了，然后再安安静静掀开白色的被子钻了进去，最后闭上眼睛。

温喻珩摇了摇头。

隔了一会儿，酒店的侍者拿了敷脸的冰袋上来。温喻珩接过冰袋，走到安树答身边，好声好气地哄着："安树答，拿冰袋敷下脸吧。"

闻声，安树答懂事地睁开眼睛。

映入眼帘的是穿着黑色T恤的温喻珩，他黑色的发丝垂在额前，懒洋洋的，眼睛很亮。为什么温喻珩的眼睛永远都这么亮这么漂亮呢？好像眼里有光，有光芒万丈。总有人一出生就光芒万丈地活着，也有人一出生就活在黑暗里。

太阳好像不应该与黑暗为伍。

"干吗哭啊？和家里吵架了？"

安树答沉默地接过温喻珩手里的冰袋，没什么情绪地往脸上贴。

"其实也没什么，我也经常和我家老爷子吵架，过几天就好了。"

她沉默，神情恍惚，鼻子因为刚刚的哭泣还有些红。

温喻珩叹了口气，她不想说，他便不问了。一贯这样的。

安树答吸了吸鼻子，轻轻喊了他一声："温喻珩……"

温喻珩懒洋洋地回应，把耳朵凑过去："听着呢，小公主。"

"没什么……"她无奈地笑了笑，还是什么都没说。

说什么呢？不知道为什么，年龄越大，接受的事越多，好像前路更迷茫，她连自己的想法都看不透了。

良久。

温喻珩轻轻叹了一口气，将敷得差不多的冰袋拿下，给安树答掖好被子，说了声"晚安"，亲了亲她的额头，便离开了房间。

安树答再回家是乔佳给她打的电话。所有人都缄口不言那天晚上的事情。她把卡还给了柏图，第二天他们就走了。

她不知道那件事情最后是怎么解决的，她只知道，一直到那件事情发生前，她都没再见到安疏景。

家里好几天都没有见到人了，她一个人浑浑噩噩地过着，支撑她的是温喻珩的消息。

有消息弹出来。

不想看。

但有可能是温喻珩的，因为她刚刚给他发过一条消息。她闭了闭眼睛，压下心里沉重的烦闷和无力，坐起来，拿手机，果然是温喻珩。

安树答："我好想你。"

他回道："我在来的路上。"

安树答的鼻子瞬间发酸，酸得一塌糊涂，眼泪也控制不住地流出来。她握着刚充了几格电的手机，偷偷出了门。她站在小区大门外的路口等，她忽然发现，这是她第一次主动去等温喻珩。

以前的每一次，都是他等她。

她印象极深的那天，一贯要风度不要温度而穿得很少的温喻珩，缩着脖子站在路口，等了她整整几个小时。可看到她的那一瞬间，他又特别硬气地把脖子伸直。

然后他满不在意地说："我以为你不下来了呢。"还不忘来了一句"我原谅你了"。

安树答低着头看地，想到和温喻珩相处的点点滴滴时，心口总会有暖意，唯一的暖意。

身后有脚步声靠近，她正要回头，就闻到了属于他的、熟悉的味道，大片大片熟悉的松柏香袭来，将她团团包围。

来人笑得懒洋洋："难得啊，小公主，等我呢？"

安树答抿了抿唇，不知怎么，听到这声音，鼻子就酸了起来，胸口的酸胀一阵一阵翻涌着潮意。她转过身，眼眶一热，就哭了出来。

温喻珩愣了愣，皱眉，连忙抽出纸巾递给她："最近怎么哭得这么频繁？谁欺负你了？"

安树答摇头。

"安树答，你能别老把心事藏心里吗？你这样……显得我很没用。"

"我爸妈可能要离婚了。"

温喻珩手顿住，然后又"啧"了一声："离就离呗，大不了你以后嫁给我。"

"我不要。"

"嫌弃我？我上流社会白混的？"他轻笑。

"我不是这个意思。"

温喻珩笑了："我知道你哪个意思。"

安树答白他一眼："那你还这么说？"

"这不逗你开心嘛，公主殿下。"

"这称呼怪矫情的。"她红着眼睛瞪他。

温喻珩懒洋洋地叹了口气，从口袋里再掏出条手帕来，递给她："行，听你的，心情好点了吗？"

安树答慢慢地点点头。

"刚发我那句想我了是真心的吗？"他环着胸挑着眉，似笑非笑地看她。

安树答摇了摇头，一本正经地说："假的。"

温喻珩"嘁"一声："我不管，我的直觉告诉我那就是真的。"

安树答笑了。

两人在外面待了一会儿，安树答舍不得他走，舍不得和他待在一起

— 189 —

的那种安心的感觉。

"你会离开我吗？"

他们坐在公园的长椅上，月色皎洁，那一轮明月，亮过了路灯。安树答抬头呆呆地望着那轮圆月，胸口涌上无限的冷意和倦意。她想起了安疏景，想到了桑嘉。

最后想到她和温喻珩，他们会是什么走向？

他们会不会也是以"离"告终呢？

一想到这里，她的整颗心就止不住发慌，脑子一片混乱。她想要去理清这团乱麻，却发现自己越理越迷茫，越想越难受。

从未有过的心慌。

她没仔细想，就脱口而出，问出这样一句话。问出口的瞬间她就后悔了，因为显得很矫情，一点都不大方。

温喻珩偏头看她："答答，我们只会死别，不会生离。"

安树答鼻子一酸，别过头去。这个浑蛋总是无形中让她感动。

温喻珩这次没有调侃她，更没有开玩笑，只是看着天上的月亮："还有啊，答答，很多时候，空间的分别不是离，心的分别才是离。

"我爱你，并且我也只会为你心动。

"所以我永远都不会离开你，我也舍不得离开你。

"除非是你逼我。"

他苦笑一声。

他还是他，喜欢她的温喻珩，也是她留不住的另一个人。

良久。

安树答低头，闭了闭眼睛，沉下胸口的一团闷气。

"你今晚能不能陪陪我？"

她其实从未说过，她一个人待在那间空落落的、没人想回的房子里，每一刻都像溺入海水中一般感到窒息。又或许，她只是想抓紧和他相处的每一分每一秒。

温喻珩去握她的手，她看他。

他痞笑着说："你知不知道这话很容易产生歧义？"

温喻珩永远只在嘴上对她要着恰到好处的流氓，说些无关痛痒的痞话，但他骨子里一直是个绅士。那一晚他确实没走，确实留宿，确实在安树答房间待了一整晚。

但他没碰过她床。他只是在她房间的那张摇椅上，坐了一整晚。在她的床边，哄着她睡着，然后看着她的睡颜，直到自己也睡过去。

第二天醒来的时候，温喻珩给安树答煮了两个水煮蛋，热了一杯纯奶当早餐。

他拿出做了一桌满汉全席的底气，一副大爷样坐在桌边，给她放着一首小众的英文歌，优质的烟嗓缓缓低沉地诉说着什么。

安树答问他干吗这样。

他回两个字：情调。

安树答也笑着回他两个字：腔调。

结果水煮蛋没熟，他说溏心的才不噎。牛奶没热透，他答这叫有层次。不管怎样，就是拒不承认自己厨艺不精。

温喻珩是第二天晚上回M国的，他妈妈喊他去那里梳理一些人际关系，方便他日后留学时不会举步维艰。他坚决不让安树答去机场送，他说他可以一个人去机场，但绝不能让她一个人孤零零回来。他说那场景他光想想就舍不得。

临走的时候，温喻珩抱了她好久，还问她："你会不会想我？"

安树答说会的，可他仍然舍不得放手。

告别吻有十分钟。

他连楼都没让她下。他不想让她看他的背影，更舍不得让她吹风。

后来，安树答在他走后，还是哭了一下午。

她觉得这辈子没人像温喻珩一样对她这么好了，温喻珩是巅峰了。

那次之后，乔佳和安廉江没再吵过架。又或者说，没在安树答面前吵过。但每次回来，安树答都能发现他们吵架的痕迹——

沙发底下扫出的陶瓷碎片，垃圾桶里没来得及倒掉的撕碎的纸，卫生间卡槽里被掰断的口红，垃圾桶里打碎的粉底液，衣橱里被撕烂、剪碎没收干净的连衣裙和男士衬衫……

他们再也没有同框出现过。

有次乔佳带安树答去餐厅吃饭，安树答搅着碗里的白米饭，再也忍无可忍，平静地说："你们离婚吧。"

乔佳抬头，看到安树答的眼里全是漠色和死寂。

"答答……"

"你第一次这么喊我。"安树答抬头看向眼前这个年纪越大越有韵味的女人，她的继母。

— 191 —

乔佳一愣。

"在只有我们两个人的时候。"

乔佳不说话了。

安树答苦笑了一声："你俩最大的问题，不是金钱，而是三观不合。"

乔佳叹了口气："我知道。"

好像终于把所有的一切都摊开了，撕开了那层夫妻之间彼此默契不说的伪装膜。

"我去劝他。"

安树答说的"他"指安廉江。

这一刻，母女两人心照不宣，乔佳喉咙有些哽咽。

"然后给你自由。"安树答觉得自己的嗓子眼堵得慌，但她还是在说。

乔佳叹了口气，似乎是在转移话题："这段时间很忙，忙着交接工作的事情，也是不想给你压力，所以一直没问你。感觉高考考得怎么样？"

又像在为自己接下来的决定提供一个必要条件，一个心安理得的必要条件。

"平常的手感，问题不大。"安树答依旧低着头，静静地吃着米饭。

"那很好。"乔佳舒心地笑了。

她的必要条件已经达成了。这句话意味着，以安树答现在的实力，重点大学轻而易举，基本稳了。乔佳不再有心理包袱，毕竟一个后妈能够把家里的两个孩子都培养成重点大学的学生，没人有资格骂她了。

安树答却笑了，自嘲地笑了笑。果然啊，自己还是那个不重要的备选，永远的第二顺位。

是乔佳的任务，一个包袱。

她吸了吸鼻子，笑了：

"所以啊，你们离婚吧。

"既然是没有爱情的婚姻，甚至连三观都不合，那有什么继续下去的必要呢？"

乔佳看着她，咽了咽口水："我也是没有办法……你爸他，家暴我。"

安树答拿筷子的手一顿，压下眼里的震惊，去看乔佳。

"我留了证据的，只要他再有下次，我一定会报警。"乔佳叹了口气，眼里有些无奈，在手机上点了几下，拿出一张自拍照给安树答看。

照片里的女人蓬头垢面的，鼻子里有血流出来——是乔佳自己。

安树答的喉咙有些酸痛，连带着心脏都有些发颤。

"只有这一次？"安树答问。

"他把我所有的衣服都撕了，还有化妆品，砸的砸，扔的扔，像个疯子，我当时特别害怕。"仿佛是回忆起了什么不好的事情，乔佳皱起了眉头。她又说了很多，仿佛要坐实安廉江的罪名，但唯独没有回答安树答的问题。

但是安树答已经得出了结论。

安廉江懦弱，不会吵架，连话都不会说，骂人的一些词汇也都是从电视上学的，很粗俗，不堪入耳。但乔佳不一样，她很知道怎么用语言去戳人心窝子，骂到对方最难以接受的那一点，语言不一定最难听，但一定足够戳人痛处。

这一点，安树答懂得很，因为她和安疏景从小就是这么经历过来的。所以当时的场景，安树答心里有了个大概的模拟印象——一个嘴巴不饶人，一个说不过只能上手打，于是乔佳也干脆将计就计拍了照威胁安廉江。

呵，明明都是流氓，却都要在别人面前把自己摘得干干净净，半分错没有，做足好人的样子，装得像个圣人。

安树答不再听乔佳说："我会找个时机跟他说，我吃完了。"

"今晚我不回去了。"乔佳看她一眼，"你爸会回去。"

意思很明显了，她在逼安树答今晚劝安廉江离婚。安树答感觉心里一阵荒凉，转头看她，眼神着实没什么温度，一片复杂："知道了。"

走出餐厅，天已经黑了，安树答一脸的漠然，眼神空洞。然而在她回家的十字路口，碰上了宋迟墨。

"什么事？"她现在很累，整个人都是说不出的疲倦。

周围有人投来目光。

"我拒绝了班艺。"

"所以？"安树答反问。

"学姐……"宋迟墨看着她的脸，"我还有没有……"

"没有。"安树答直接打断他，然后闭了闭眼睛，转身想要离开，却被宋迟墨拉住了手臂。

她停步。

"我有男朋友，你不是知道吗？"然后下一秒她抽回手。

"学长吗？"宋迟墨嗤笑一声。

安树答皱眉。

"你不知道他和明学姐的事情吗？"

"知道。"她淡淡地回道，心里涌上一阵烦躁，"都多久的事情了，流言而已。"

"可他当初和明周淇一起去华京考托福确实是事实。"

闻言，安树答愣了一下。

宋迟墨咽了口口水，走到她身前："你没有感到过奇怪吗？有一阵儿学长和明周淇学姐是一起消失的，而那阵儿国内并没有学术竞赛，你在网上一搜就能知道……"

安树答打断他："所以呢？"她也不知道此时是在维护自己的面子，还是温喻珩的面子。

"所以他没有和你说过对吧？"

"在同一座城市就代表在同一家培训机构？在同一家培训机构就代表申请同一所学校？就算申请同一所学校，成绩也不一定是一样的，拿不拿得到那张录取通知书看的是实力。宋迟墨，你在引导我想些什么？"安树答淡漠地看着他。

她眼底的冷让他心口都颤了颤。

"在一起不代表有故事。"

她说完最后一个字，越过他离开。

可走在夏季的路上，她却觉得心在往底下沉。所有的异常总有一天会得到解释，哪怕不是真相。

那一夜，她只想野蛮求死，却因为心存侥幸而妄图苟且偷生。她没想到最后压得她喘不过气来的，是温喻珩和明周淇。

不是温喻珩。

也不是明周淇。

而是温喻珩和明周淇。

解释说得那么好，偏偏解释的那个人也一个字不信。

人行道对面的红灯亮起，行人止步，两边的车辆则开始通行，近光灯亮着，喇叭响着。安树答的脑海里全是乱麻，根本没有看到红灯，抬腿就往前走。

"哎！小姑娘！"有人抓了一把她的手腕。

安树答瞬间清醒过来。

回过头去，是一个拎着小包的老妇人，她皱着眉头："小姑娘啊，红灯啊，那么多车，你不要命了呀？"

安树答愣了好久，才扯了个笑容："……抱歉，刚刚没注意，谢谢奶奶。"

老妇人叹了口气，放开了她的手，朝红绿灯的位置努了努嘴："现在可以走啦，多等一会儿嘛，小姑娘。现在的年轻人哟，都心急得很，心急吃不了热豆腐哩。"

老妇人边说边走远了。

安树答鼻子有点酸。

安树答到家的时候，安廉江坐在沙发上抽烟，电视机开着。她没像往常那样回自己的房间，而是深吸一口气，坐到沙发上。

安廉江倒是一愣，默默把烟掐了。

"爸，手机借我用下，我的没电了。"安树答吸了口气，整个人都开始呼吸困难。

安廉江嘴巴动了动，没说什么，从口袋里掏出手机来递给她。他的手机从不设密码，因为没必要。

安树答轻叹了口气，点开了他的浏览器，哪怕做好了心理准备，却还是愣住了。

搜索记录那里，让她的心"咯噔"一下，瞬间又累了起来。她无声苦笑，然后退了出去，按灭了手机，还给他。

时间不知道过了多久，久到她终于无法再逃避。

"你们离婚吧。"

安廉江的手指动了动："那个娘们儿和你说什么了？"

安树答摇头，觉得很累，喉咙有些发紧："她什么都没说，但是我觉得你们这样很累。"

"我们的事情你不懂……"

"懂不懂又有什么所谓？与其天天这样吵来吵去，不如干脆一点，没准还能做朋友。"

"这件事情你别管，"安廉江闭了闭眼睛，"这是我们大人的事……"

"你们离婚吧，以后我养你。"安树答安安静静地说道。

安廉江不说话了，但显然情绪开始高涨，很明显的开心。

安树答感觉到了，但她不开心，她很累，整个人像要死一样难受。

安廉江因为她的一席话而高兴得不知所措，却不知道该怎么回复，隔了好久才说道："答答，晚上想吃什么，爸给你做。"

"我吃过了，我有点累，先睡了。"安树答站起来，拖着疲惫的步子回了卧室。

回到房间，她给自己的手机充上电，然后开了机，脑海里全是刚刚在安廉江手机浏览器里看到的搜索记录，不同的字，相同的意思。

几个月前她就见过，几个月后又见到了——

女人一回来就洗澡是不是出轨了？

女人出轨的几大征兆。

关于离婚分家产怎么拿到最多的钱……

安树答笑了，嘴角扯起无力的苦笑，整个人都像溺入了深海里，周围的每一寸安静都像是对她心脏的一刀刀凌迟。

黑暗朝她席卷而来，无孔不入，无坚不摧。她的城池营垒，好像在某一刻开始坍塌……她感觉自己的每一寸肌肤都在变冷，细胞在失去活性，体内在停止分泌多巴胺，任由泪水布满她此刻苍白无力的脸。

是不是自己和温喻珩以后也会走到这一步？

安廉江又催安树答回奶奶家吃顿饭，她大概能料到奶奶会说些什么。

"乔佳她外面可能有人了知道吗？答答，你以后可不能学这种女人知道吗？"又或者是"听说她当年十九岁就和人搞私奔那套，后来被家里人发现赶出来的，孩子流了没保住，想想也真是活该"。

然后结尾一定要跟一句"你可别跟她学知道吗？大学毕业后找个老实人相亲才是踏实的，就像你爸和你妈当年那样，乔佳她又不是你亲妈"……

可她没想到的是，她这次听到的会是："答答啊，我偷偷告诉你啊，你爸还让我别跟你说……"

奶奶那副样子像极了爱嚼舌根的封建女人："你爸和你妈前几天离婚了，现在在争那个房子呢。"

安树答的脑子在那一刻炸了，所有准备好的心理安慰偏偏抵不住猝不及防。即使心里演练过无数遍，但当它真的来临时，她还是会猛地一阵难受，后劲足以在她自以为坚强的心理准备上狠狠地扇上一巴掌。

然后就是火辣辣的疼。

她的第一反应是：乔佳真的不要她了。

第二反应是：后妈终于自由了。

此时此刻，她不知该为谁高兴又为谁难过。软弱的父亲，把自己家人故事当笑料的奶奶，阴阳怪气只会看热闹的亲戚们。

　　乔佳这些年是顶着这些压力过来的。她的目标是把安树答和安疏景培养成有出息的人，她做到了。作为一个后妈，她仁至义尽。而现在，她已经迫不及待地想要从这场喘不过气的关系中离开。她是该走的，安树答没有理由留，也没有这个资格去自私。

　　但是心底巨大的失落是怎么回事呢？明明反复预演过无数遍。

　　还真是可笑。

　　乔佳接安树答去吃了个饭，算是道别宴。房子她不争了，赶紧投入新生活在她心里似乎更加重要。

　　"这边的事情处理好了，过几天可能就去新加坡了。"她叹了口气，自顾自地说起来，"妈妈以前确实逼你逼得太紧了，但也是为了你好。我活到这岁数了才明白一些事情，人得向前看，不能老记着过去。"

　　安树答嚼着米饭，眼眶却有些发酸。

　　"还有啊，大学也最好别谈恋爱，让你那些姑姑婶婶的知道了，得把你说成什么样啊。到时候又该指着我的脊梁骨骂了，骂我没把你教好，骂我一个后妈比不上你……"

　　乔佳顿住了话头，看了看安树答的表情，见她没什么反应，还是安安静静地吃着饭，这才暗暗地松了一口气。

　　"我不会。还有，我或许会永远不结婚。"安树答淡淡地说。这一刻，她似乎作出了什么重大的决定。

　　乔佳愣了愣，随后笑了笑，显然并不认为她是认真的："答答，别闹了，谁会不结婚呢？"

　　安树答摇了摇头："我不知道，但我绝不会为了结婚而结婚……如果我遇不到那个让我心甘情愿的人，我宁愿一辈子不结婚。"

　　她的眼神比任何一刻都要坚定和决绝，语气很平静，也很平稳，几乎没有任何情绪起伏，这似乎是她经过深思熟虑作出的决定。但即使在心里演练过无数遍，说出来的瞬间她还是有些难以平复心情。

　　"为什么？答答，你听我说，你不能因为我和你爸这样糟糕的婚姻状况就不去相信，你有你自己的人生你知道吗……"乔佳眼里有淡淡的担忧，但说着说着又不说了。时至今日她也渐渐明白了，他们做父母的，有些错已经造成了。

只是抱歉的话却不知从何说起。

"因为我不信任婚姻，可我永远相信爱情。"安树答咽了咽口里的米饭，看向乔佳，心里默默叹气。因为她是一段破产婚姻的痛苦见证者，在这个本不该考虑这些事情的年纪就被迫观火，消磨掉了对还未考虑过的婚姻的全部热情与期待。

已经经历过一次的她，真的没有任何勇气去期待。

她是懦弱，她最懦弱，她此刻破罐子破摔的心理让她小小吃了一惊，但又被快速压下——也是啊，她本来就是这样的人，冷漠、自私、无情、没心没肺。

她是你们的乖乖女，可她凭什么应该是你们的乖乖女？明明应该是你们自己的事情，为什么要拉上她给不幸婚姻陪葬？

"而且，妈，你错了，那些认为结婚是必需的人，只是因为世俗不接受，违背了上一辈的规则和认知。"安树答夹了一块豆腐进自己的碗里，没有给乔佳一丝余光。

"爱情来的时候就是来了，生理和心理的本能反应罢了，与婚姻无关。"她轻轻咬了口豆腐，咸咸的，"只是这个社会上太多的人抱着婚姻的态度去看待甚至选择爱情罢了。"

她不知道乔佳听懂没有，她或许也不是说给乔佳听的，而是在为自己清理一些思路，一些她现下必须去想清楚的道理和原则。

"可是妈……"安树答抬头看向乔佳，扯了个淡淡的笑，一如既往的没什么温度，"社会的规则不是我的规则，大多数人认可的不成文规则不一定就是正确的，也不一定是我喜欢的。"

最后一句话是温喻珩对她说的。

她记得那天是高二的某一天，最后一节课下，其他人都去吃晚饭了，她肚子疼懒得下楼，就在走廊的那个阳台上吹风。

温喻珩去而复返，给她带了红枣粥。那包装太精致，一看就不是学校食堂里的。她也没多问，甚至没推辞，就喝了起来。期间温喻珩就和她聊聊天，具体内容是什么她忘了，但温喻珩说的这句话让她记了好久。风轻轻扫过他的面颊，额前有细碎的头发懒洋洋地荡着，他睫毛很长，侧脸好看得不可思议。

那天，天边的火烧云很温柔，温喻珩看着远方的云彩，懒洋洋地笑着："社会的规则是别人做出来的，我自己的人生就应该有我自己的规矩。那些不成文的潜规则，既然没有法律效力，就不存在对错之说，那些我不喜欢的，就不遵守，谁也别想在我这儿讨便宜。"

他这话说得相当狂妄，那一瞬间他笑得懒洋洋的，却莫名有些安树答眼羡的潇洒。

安树答叹了口气，想到这里，手指微缩了下，看向乔佳：

"我也从来不怕那帮亲戚的嘴脸，他们只会让我恶心和生厌。

"所以……随他们骂好了，只要别当着我的面。他们要是骂你，我帮你骂回去。

"我相信，我骂不过世俗，但能骂得过他们。"

乔佳颇有些热泪盈眶的意味。

其实安树答一直都知道，乔佳是一个太强势的女人，但所有的强势都是她的伪装，真实的她很讲义气，也爽快，但虚荣却也不假。这一切都是因为太早出社会讨生活被逼出来的。

安廉江太懦弱，不管是在亲戚面前还是在家人面前。所以当乔佳接手这个几乎要支离破碎的家时，她是有心也有力的，像个虎虎生威的将军挑起大梁，把当初所有的谩骂都阻隔在外，给了安树答和安疏景最好的保护。

即使严厉，但乔佳为这个家付出得比安廉江多太多了。所有的流言蜚语和压力，她默默地照单全收，所以在那样的情势下，她必须要把所有的软弱压下去，用强势包装自己。可说到底，她也只是个嘴硬心软的女子。

所以这些年，她受了太多的委屈，安廉江不会安慰她，也不可能成为她的安慰，她在这里几乎是举目无亲。

即使乔佳只是安树答的后妈，即使从小对她无比严厉，严厉到几乎让她感受不到母爱，但安树答还是愿意尊敬乔佳，因为乔佳比那些和她有血缘关系的陌生人都要好上太多。

"答答……你长大了，也懂事了。"乔佳欣慰地看着安树答。

"或许吧……"安树答呢喃了一句。

可是长大的代价太大，她太累了，心累，甚至整宿整宿地失眠、压抑，望着天花板会喘不上气来。她不想长大，宁愿无知地活着。

乔佳一如既往地把安树答放在楼下，然后驱车离开。

安树答回了趟家，开门扑面而来的是熟悉的死寂。这个家往日里发生的一切，都像电影的慢镜头一般，一帧一帧地在她眼前回放。

乔佳会因为考试不理想而责骂她，安廉江在一旁静静抽烟从不帮她，哥哥和安廉江矛盾爆发被赶出家门，没人记得她生日，没人帮她，没人站在她这边，就连高考也像儿戏一样撒手不管，所有人都要走！

原本应该疼她的爷爷奶奶却只会在她耳边说她后妈的风凉话，因为中考考砸而对她冷嘲热讽的亲戚……明明是两个人的婚姻，却要把她扯进来做裁判。

谁都无错，谁都是凶手，在这场"谋杀"里，旁观者在窥探，罪魁祸首在谈笑风生。

唯有受害者受尽折磨！

安树答眼前的最后一个镜头是连败苏——在她年仅四岁时就去世的亲生母亲。

"阿景，陪你妹妹出去买点东西吃吧。来，这是零钱。"那个女人像无数个往常一样温和又平静。

而等他们回到家时，入目是女人已经发紫的尸体，安静地躺在床上，穿着那件她生前最喜欢的象牙白旗袍。随后，被抬上担架，盖上尸布，离她越来越远、越来越远……

一截惨白的手腕从布里滑落，那个银铃"丁零丁零"响。

那个场景，成了安树答一生的噩梦。

所有人都在幸灾乐祸等着看她会不会成为第二个连败苏。她不会成为第二个连败苏，可她即将成为第二个连败苏。所有人都是罪魁祸首！

"砰"的一声，门被狠狠地甩上。

她转身按电梯。

14 楼……

17 楼……

21 楼……

30 楼。

天台的风狠狠地砸上来，吹得她全身的鸡皮疙瘩都起来。安树答的眼睛，这一刻没了光，黯淡，像星辰坠落。

医院。

安树答看着天花板，有些发愣。她的皮肤有些许擦伤，病床边坐着一个少女，准确来说，是把她从天台上拉下来的救命恩人。

当一个人的故事参与进第二个人时，就变成了滑稽。

"为什么要这么做？"那个少女看着安树答，淡淡地发问。

"那一刻觉得撑不下去了吧。"安树答望着天花板回答。

安树答看过很多个天花板，这一刻，她觉得医院的是最好看的。

"那这一刻呢？"少女问。

"后悔了。"安树答如实答。

"后悔没成？"

"后悔去做。"

那少女不说话了，手抬到脑后，指尖轻拨，一拉、一弹，黑色的长发在脑后挽成一个髻。

"谢谢你。"安树答坐起身来，看她。

眼前的人长得真漂亮，淡颜系，自成一派的清冷，眉眼间却自带一股子桀骜，不驯与优雅并存。

"不想接受。"少女清冷的音质如空谷幽兰——在古岭里野蛮生长的幽兰。

安树答笑了笑："确实，我不该和你说，我该和我自己说。"

"是这样。"

安树答点点头。

"一会儿会有心理医生过来开导你的，我已经把你的问题如实相告了。"那女孩的手指极细极美，"别想逃，我会看着你。"

"我们并不认识。"安树答有些无奈。

"南评私高，高一，郗雾。我认识你。"那女孩抬了抬下巴，淡淡道。

安树答出乎意料地愣了愣。

南评私高？邻校？

浅岸一中和南评私高一墙之隔，关系可以说是亦敌亦友，毕竟都是浅岸市的名牌高中。

"你是怎么认识我的？"安树答有些意外。

"校庆，我们学校去你们学校借场地，路过校园风采展架的时候，我看过你的文章，很喜欢，后来打听到的。"

安树答点了点头，不再多问。

"挺巧的，我们住在一个小区。"安树答笑了笑。

郗雾下巴抬了抬："我要搬走了，你下次就没这么好运碰上我了。"

"话说你在天台干什么？"

"离家出走。"郗雾耸耸肩。

安树答不再问了，随后想了想，又问道："你带手机了吗？"

郗雾从口袋里掏出手机，按了解锁，递给安树答。但安树答摆了摆手，没接："你有微博吗？"

郗雾点头："有。"

"你可以关注我一下，答尔文，答案的答。我所有的文章都会同步到上面，你喜欢可以看，就当是……谢礼。"安树答咀嚼了一下字词。

"这个吗？"郗雾把一个页面举到她面前。

安树答确认点头。

下一秒，心理医生进来。

郗雾看了眼时间："医药费和咨询费都帮你结过了，就当是一个陌生人的善意。我要你知道，一个陌生人都对你心存善意，更何况是爱你的那些人。"

安树答愣了愣，鼻子有点酸，笑道："好的，谢谢你，郗雾。"

"我走了，可能不会见了。"郗雾耸了耸肩。

安树答下意识问："你要去哪儿？"

"洛朗。"郗雾出门关门。

"砰"的一声，病房内只剩安树答和医生两个人。

"安树答……我叫你小安可以吗？"心理医生拿着一张检测报告，笑着问道。

安树答点头。

"你可能要做好一些心理准备。"

"疏离型人格是吗？"安树答主动问。

那医生看了她一眼，拍了拍她的肩膀：

"是抑郁症，刚刚的几份量表检测显示，中度抑郁症。

"并且，根据人格障碍的初步筛查数据显示，你的回避型人格和依赖型人格也超过了临界值。"

安树答回了家。

她又想起了上次回奶奶家里，门前掉光了叶子的老松，河面的岸口探出重新打上水泥的埠头，密集的电线是麻雀常停驻的吵闹场，冬日的温度，吓退了许多生机。河里的树叶晕染开圈圈涟漪，砍倒的枝条在碧波里探出一枝又一枝颓败之势。

印象中无法探索的宇宙级别的广袤，原来也如此的渺小。童年印象里深刻的一切，此刻看来全是荒凉。

手里拿着那张量表检测报告和一瓶治疗抑郁症的药，安树答双腿无力，"砰"一声，身体失重，瘫坐到地上。身边刚刚开机的手机打来第四通电话。

无一例外，全是温喻珩。

可她现在的所有情绪都被"抑郁症"三个字填满了，她怎么会得抑郁症？所以最终、真的、原来……所有的异常都能得到解释。

为什么她总是会胡思乱想，为什么她总是会持续性失眠，为什么她总是开心不起来，为什么在不开心的时候所有负面的经历会爆炸般在她脑海里放起电影，又为什么她的身体总是会莫名其妙不舒服。

"嗡——"

电话第七次响起。她接通。

"喂？"声音是她自己都没想到的沙哑。

对面安静了。

安树答拿开手机，深深地呼了一口气，然后才又继续道："刚刚在洗澡，怎么啦？"

"家里有人吗？"温喻珩开口了。

"没有……"她的鼻子有些酸了。

"吃饭了？"

"没。"安树答捂住自己的鼻子，不想让他听出此时她快要憋不住的鼻音和强忍的情绪。

可是，从听到他的声音开始，她就快要崩溃了。

"给你点了外卖，海鲜粥，你喜欢的。明天早上、中午、晚上也都给你点好了，都是你喜欢的。"温喻珩在那边缓缓地说。

"明天一整天都有开学考试，所以不能打电话。"他开始解释，带着开玩笑的语气，"打个电话来报备，结果你不接，我以为你不要我了。"

"正式的？"安树答不接话，反而这么问。

"嗯。"

她轻轻地"嗯"了一声，手机离开耳朵，别过脸去狠狠地吸了一下鼻子，稳定了一下情绪才又重新听电话。

"安树答……"

"嗯？"

"怎么了？"

"没事。"她答得很快，几乎是下意识的。即使忍着，但偏偏她的鼻音那么重。

温喻珩那边顿了顿。

"想哭吗？"他不问她怎么了。

她的眼泪瞬间掉下来，但没有发出一点声音。

"你哭，我听着。"他的声音低沉又沙哑，"只有我一个人知道你哭了。"

安树答所有的情绪在这一刻彻底决堤。可她不想让自己的眼泪影响他明天的面试心情。

"我真的没事……"她开始主动提，她知道只有这样才能让他真正放心。

"温喻珩，你要加油。"她沉着气，拿出全身心的精力来压下此刻的情绪。

"我想你了。"温喻珩在电话那头说。

"所以这是打电话来的另一个原因？"

他"嗯"了一声。

安树答觉得他这样的状态不对，继续说道："温喻珩，你别想我，你要想明天的面试。"

对面安静了许久。

"明晚家里有人吗？"温喻珩问。

"没有。"

"好。"

他把电话挂了。

听到电话那头"嘟嘟嘟"的忙音，安树答才敢把自己所有的情绪"轰"一下全部释放出来。她蒙在被子里哭了好久好久。

门口有敲门声。

她却懒得去理会，不久，门口又重新恢复平静。她把那瓶药按剂量吃了几颗，嚼碎了强咽下去的。

就着酸奶。

她从小就吃不下药，一吃药就会吐。安树答把那张单子藏了起来，不想让任何人知道。

从那天开始，她去了解抑郁症。她每天给自己积极的心理暗示，但每到寂静无人的晚上，看着天花板，她依然会觉得乏力、疲倦，还有无边无际的崩溃。

第二天晚上。

安树答知道了温喻珩挂电话前说的那个"好"字代表什么。

那是这个夏天的第一场暴雨。

少年出现在她家门口的时候，肩头还是湿的。

"都结束了？"

"下周还有一个考试。"他嗓音沙哑。

"考试几点结束的？"她侧身，让他进来。

"下午五点半。"

此时是晚上十点。M国到洛朗的机场，航程是十四个小时，时差是十三个小时，而洛朗再到浅岸，车程是两个小时，所以他是考完试直奔机场，从洛朗直奔浅岸，然后直奔她家。

温喻珩进门，轻车熟路地换鞋。

安树答看着风尘仆仆的他，眼窝处还有淡淡的黑眼圈。她终究，还是影响了他的前途对吗？这个认知让她心里翻起无边的愧意。

他看着她，不说话。

熟悉的清新又好闻的松柏香一股脑儿扑袭过来，在她的鼻尖占了个满满当当。她能感觉到温喻珩身上因为在雨天里行走而染上的寒气，消不散，细细密密的从每一个毛孔里向外发散。

"温喻珩，你考得怎么样？"安树答背对着他，看着桌上那壶正在烧的水。

他背靠在墙上，双手懒洋洋地插兜，看着她的背影："拿第一没问题。"

安树答闭了闭眼睛，整个人都放松下来，鼻尖终于后知后觉地酸起来："江辞呢？你俩不一起去庆祝一下……"

但说着说着她就说不出来了，只觉得心尖上都是酸涩的。

原来，人类的悲喜，真的并不相通。

"怎么回来了？"她的眼泪溢出来，"啪嗒啪嗒"地全部滑到她的手背上，怎么都收不住。

她总是容易在他面前收不住眼泪。即使拿出十二分的演技也很难骗到他。

"我说过了的……"温喻珩抬起手，又放下，"我想你了。"

"你这样很冲动。"她的声音有些呜咽。

他轻轻笑了下，似是有些无奈："我有分寸，信我，答答。"

"温喻珩……"她鼻尖极酸涩。

"在听。"

"我爱你。"

温喻珩是在三天后走的，他要去准备下一场考试了，走的时候给安树答打了个电话，照例没让她送。

他说他不是一个会告别的人，是个不擅长告别的人。

她仍然咽不下药，会用牙齿把它一点一点咬碎，任由它在嘴巴里发苦，苦得她直流眼泪却又不敢吐出来。

然后是反胃、干呕，堵到她嗓子眼，又酸又涩，干瘪瘪的又烧得她难受，整个人都头皮发麻，不由自主地颤抖。

可她不敢告诉任何人。

偶然有一次，她去看过网上关于抑郁症的一个贴吧，每个人的症状都相似，他们在找感同身受和心理安慰。可安树答看着却更觉害怕，她怕有一天，那些症状会成为心理暗示在她身上加倍反噬，于是她再也没去搜过关于抑郁症的任何相关资料。

任何一个小小的句子都有可能在她心里埋下心理暗示，这个定时炸弹指不定哪天就会爆炸。

蝴蝶效应。

任何小小的话语都被她无以复加地放大，然后陷入无边的胡思乱想中。她控制不住，只能被病魔牵着鼻子走。每天晚上，她闭着眼睛却怎么都睡不着，曾经所有美好的事情此时通通想不起来，唯有一桩一桩的糟心事，不断重复，在她的脑海里反复横跳、碾压。

她被各种各样的噩梦吓醒，醒来后发现额头上全是汗。其实确诊前就是这样，但她没有当回事。直到确诊后，她的症状似乎翻倍加重，眼睛淡得似乎快要没有颜色。她看到楼底下的野玫瑰开了，红色的花瓣，妖冶动人。

她打着伞，伞上有雨珠，江南的梅雨季到了，天气湿漉漉又阴沉沉的。她蹲着，看着那丛玫瑰，然后把伞一点一点移过去，给它们挡了挡雨。

"真的会有人在乎我吗？"她淡淡地嗤笑一声。

眼泪不知不觉流下来。

她现在不会去憋眼泪了，因为乔佳已经不会回来了。听安廉江说，乔佳去了新加坡发展。

　　新加坡的工作是在安树答高考前几天安排下来的，只是乔佳那个时候还没有签字。或许她私心里也是舍不得安树答和安疏景的，但是他们只是乔佳的"任务"，任务完成了，她就要毫不犹豫地去过自己的生活。

　　安树答不奇怪，乔佳一向是个很有魄力的女人，又怎么会甘心和安廉江这样一个甘于平庸的男人待在一起呢？

　　她看着那丛玫瑰花，想了好久，似乎是终于下定了决心。

　　她从口袋里掏出手机，手指是冷的，但她依然穿着清凉的短袖短裤。她依旧是个不扛冷也依然不愿意穿太多的人，拥挤的感觉从来都让她不适。

　　她给温喻珩发了最后一条消息，然后关机。

　　安树答："我们分手吧。"

　　她选择推开他。挑在这个时候，他的所有考试都结束了，不会对他的国外留学之旅造成任何影响，他的前途会一片光明。他会继续在所有人的眼里发着光。而她，会继续在无人的角落落着灰。

　　这短短的两年半不到，或许是她人生中最好的两年半，想想还真是短，就像从没存在过的乌托邦。可是她又想想，有两年半呢，似乎也不亏。

　　她知道温喻珩一定会打电话过来，但她并不想和他多作解释，所以她关了机。

　　都结束了，这场乌托邦的玫瑰伊甸园之梦，结束了。

　　"为什么？"少年的嗓音低沉沙哑，压着愠怒。

　　安树答愣住，她听到身后有脚步声靠近，随之而来的是清新淡远的松柏香。她缓缓地站起来，双腿无力。

　　慢慢地转身。

　　少年撑着伞，手里抱着一大束玫瑰花，是烟粉色的曼塔玫瑰。她只提过一嘴的，她最喜欢的玫瑰。

　　可温喻珩就是记住了。

　　他撑着伞的手指尖因为用力而发白。抱着玫瑰的那只手里，还举着一只手机，屏幕亮着，微信的聊天背景是她。

　　是她在成人礼上，抱着一大束彩虹玫瑰，穿着黑色高定礼服，在人群里低声笑着的画面。那照片拍得很好，无论是构图、比例，还是色彩，都有电影的质感，像随手截的电影大片。

但那框底的最后一条消息，是安树答的"我们分手吧"。

"给我一个解释。"温喻珩盯着她，有疑问、有困惑、有失落、有不甘，唯独没有责怪。

"高考成绩出来了，我考得一般。"安树答丝毫不慌地看着他。

"所以？"他歪头，等着她的下文。

"喜欢你会浪费我的时间。"安树答觉得她的心脏疼得在抽搐。

"浪费在哪里？"他切断她的后路。

他根本不信。

"而且我累了。"

"哪儿累？"他追问。

两个辩论高手，把分手变成了一场紧张刺激的辩论赛。

"喜欢你很累。"安树答忍痛说出违心的话。

"那喜欢谁不累？"温喻珩的眼里慢慢染上一层灰蒙。

"如果我是个不婚主义者呢？"她胸口闷闷的。

"那我也可以做不婚主义者。安树答，这不是借口。"他不依不饶。

"可我没那么喜欢你了。"她的鼻尖酸透，强忍着眼泪。

他没话说了。

时间过了很久，久到安树答以为一切会定格在这一刻。

他嗤笑一声，然后移开目光："安树答，我温喻珩有多骄傲你根本不知道，因为我在你面前从来没高贵过，哪次不是我先低的头我先认的错？可你是不是觉得这一切理所当然？"

她不语，她的喉咙难受得不行。

"因为我喜欢你，所以我为你做的一切都是我活该对吗？"温喻珩的眼眶开始泛红。

安树答第一次见到他红眼眶，愣住了。她从来不知道会这样，从来不知道温喻珩这么骄傲的人，有一天……眼眶也会红。

这时她才意识到，眼前的人，不管他平时有多么骄傲，办事有多让人放心，自始至终，也不过是个十八岁的少年。

他的眼神定定地看着她：

"安树答，你信任过我吗？

"你有什么事情从来不告诉我！"

"有必要吗？"安树答冷冷回道。因为她不能后悔，她是个随时都有可能想不开的人，她不能拉上温喻珩。

离开她，他会出国，念他梦寐以求的法学，之后会成为一个优秀的律师。其间可能会碰到一个和他一样优秀阳光的女孩子，然后结婚生子。绝不是把生命和时间浪费在她这样一个抑郁症患者身上！

　　她现在快烂透了，她不能让他陪着她发烂。

　　温喻珩把伞扔到一边，暴雨打湿他乌黑的发丝。他抓住安树答的一只手："安树答，你最好告诉我，你发生什么事了，别让我亲自查出来。"

　　"因为不喜欢了！"她猛地甩开他的手，"你听不懂吗？"

　　"温喻珩，你能不能别再烦我了！"她狠狠地推开他，心脏剧痛，转身就跑，回了楼上，几乎是关门的那一瞬间，她的眼泪涌了出来。

　　温喻珩没有追上来，他抱着一大束玫瑰花站在原地。暴雨如注，打湿了他的黑发、肩头……

　　满脑子都是安树答的那句"因为不喜欢了"和"你能不能别再烦我"。

　　"那你为什么要给我希望呢？"他看着路边的那丛红玫瑰，又看了看自己怀里的那束托人从国外空运来的烟粉色曼塔玫瑰，嘴角扯起一抹淡淡的自嘲，"果然，家花哪有野花香。"

　　他手臂轻轻一松，那束玫瑰落到地上。他重新捡起地上的伞，又看了看路边那丛红色的野玫瑰。

　　蹲下。

　　伞偏过去，雨打在伞上。

　　那丛玫瑰被暴雨欺凌得很惨，已经快要败了。

　　安树答回了房间，无力地靠着门，近乎虚脱地倒下，地板冰凉。

　　她手机重新开了机，拨了个号码。

　　"喂？"电话那头的声音一如既往的不耐烦。

　　安树答哭腔明显。

　　对面安静了良久："答答？"语气好了很多。

　　"哥……我得了抑郁症……"

　　安树答再也说不出话，将头埋进膝盖里，抽噎起来。

　　电话那头也彻底没了声。

　　而安树答不知道的是，楼下的少年没有走。因为安树答喜欢玫瑰，他给一朵快开败的玫瑰挡了一整夜的雨。

　　好像只要玫瑰不败，就会有安树答喜欢上他的可能，他觉得那一刻他傻得有些可怜。他忽然想起暗恋她的感觉，此时此刻看着那玫瑰，他似乎终于可以解释那种感觉。

暗恋或许就是……

我为你的玫瑰挡了一整夜的雨，却害怕你知道。

凌晨五点钟。

温喻珩最后一次看了一眼安树答房间的方向，然后站起身，脚步踉跄了一下。

伞柄，靠向肩头，落寞而去。

安树答……这一次，我不想再低头了。

安疏景是第二天早上六点到的，据说是那晚上的雨比较大，所以航班延误。

安树答给安疏景开了门。让她没想到的是，同行的还有柏图。他们坐在沙发上，安树答给安疏景看了她的确诊病历单。

安疏景看了十分钟，然后起身，一言不发就去了她房间。

她问："哥，你干什么？"

安疏景说："要带你去华京。"

安树答又问："去华京干什么？过几天就是毕业典礼，我要去学校。"

安疏景沉着声给她收拾行李，手都是抖的，说："我带你去看病。"

她说："不用。"

柏图说："答答，听你哥的吧。"

她才不再说话。

她哥哥给她裹了一件又一件的外套。

她说她热。

安疏景才反应过来："北方的温度不比南方。"

他牵着她的手，握得很紧，生怕她消失了似的。就像小时候一样，牵着她的手出去买吃的。有一天，他们回来的时候，妈妈就不在了。

柏图也走在她的身边。他们两个把她夹在中间，一行三个人，全都不说话。

安疏景给安树答的班主任打了电话，说是毕业典礼不去了，麻烦老师把安树答的毕业证书和一些资料留一下，他改天亲自去取。

然后安树答才知道，穆逢曾经也是安疏景的班主任。

穆逢问："为什么？"

安疏景说："家里出了点事。"又补一句："比毕业典礼重要。"

安树答听到电话那头穆逢叹了口气，然后不再说话，良久，应了。穆逢教过很多届学生，但让她印象最深刻也最放心的，只有两个人，一个是温喻珩，另一个是安疏景。

而很多年后安树答才知道，为什么穆逢明明是一个特别相信第一印象的人，也在一开学的时候因为她和桑嘉不守纪律而把她们骂得那么惨，但后来却对她那么好、那么信任。

是因为安疏景，因为安疏景这个她曾最得意的门生给她打电话，问她安树答的成绩怎么样。

安疏景告诉曾经的恩师，因为中考失利的事情，妹妹的情绪一直都不好，希望老师可以多体谅一下。

而对于老师来说，有些人的话，天生就是具有信服力的。

安树答坐的是私人飞机。

她看着与曾经所生活的格格不入的一切，她第一次意识到原来自己曾经的世界那么小。她也在那一天才知道，柏图是个京圈富家子弟。她也在那一天明白，有钱人的世界，可以有多有钱。

她不免又想到了温喻珩。

温喻珩呢？他的生活会是怎样的？或许他们真的不是同一路人。

飞机起飞前，安疏景犹豫了很久，还是给安廉江打了一个电话。这是两人吵掰后，打的第一通电话。

安疏景说，答答生病了，需要去华京治。

手机那头沉默了一会儿后，才问什么病那么金贵还要去华京看。

安疏景皱眉，然后起身，打算走远一点说，但被安树答拦住，然后她拿过了手机。

安疏景看着她，复又坐下。

她说："我得了抑郁症。"

很平静，头无力地仰在背椅上，目视前方。

身边的柏图和安疏景都大气不肯出，电话那头的声音便一点一点传过来，于是挨着坐的三个人都听得清清楚楚。

安廉江笑了一声："什么抑郁症？！答答，你听我说，这就是矫情病，没什么大不了的，没必要去华京那种地方治的，浪费钱，关键是要自己想通……"

一旁的柏图听不下去了，想要开口，被安树答拦住了。她双目无神，淡淡地听着安廉江说。

"这种病连药都用不着吃的，自己要想通，明白吧？别去华京了，赶紧回来，这种算得上病吗？没什么大不了的，没什么好治的，听到没有？不许跟着你哥去华京知道吗？你要是跟着他去就别认我这个爸。不许去听到没？我一分钱都不会给你出的……"

在老婆面前怂了一辈子的男人，只敢在弱势的女儿面前耍威风。

安疏景接过手机，嗓音冷冷的：

"从今天开始，答答的衣食住行包括以后的学费，我出。

"你也不再是我们的爸了。"

说完，他毫不犹豫地挂了电话。

安树答愣住，有些说不出话："哥……"

"闭嘴。"安疏景不耐烦地看了她一眼，然后冷冷地威胁，"你要是敢不配合治疗，我就把你扔大街上再也不管你。"

柏图笑呵呵打圆场："答答，你哥养不起你还有我，我可是把你当亲妹妹的。我的钱养一万个你都绰绰有余，放心吧，咱不缺钱。我们养你，好吧？"

安树答的眼眶红了，没点头，也没摇头。

一下飞机，柏图坚持把他们带去自己家住，说一定要尽一下地主之谊。

豪华的别墅，房间已经收拾好了，没什么人，很清冷，只有一个老管家。那管家颇有些可怜地看着安树答，安树答就估摸着这老爷爷已经听说她的病情了。

而因为爸爸，她明白了另一件事——在有关抑郁症的评论区，全是加油、鼓励；可当你带着病生活在现实生活中时，你才会发现，其实没有人真的同情你，他们只会觉得你不懂事。

她不知道为什么柏图一定要认自己做妹妹，只是安疏景特别好意思地告诉她"我当初为了拖稿不小心把你给卖了"。

安树答于是知道了他俩当时打赌，结果安疏景赌输了，让柏图白得一个妹妹的事情。

但安疏景私下里又告诉她："柏图从小一个人长大的，他爸和怀着他妹妹的妈妈在他很小的时候出了意外，这是他一直以来的心结，不是把你当替身，只是他真的很喜欢你。但你要是介意，我去和他解释，他不会在意。"

安树答摇摇头："我也很喜欢柏图哥。"

于是她白得一个便宜哥哥。

华京。私人诊所。

照例是安疏景和柏图陪安树答来的，两人像左右护法似的。安树答坐在椅子上，打量这间心理咨询室的陈设。

随后屋外进来一人，看样子应该就是她今天要见的医生。听哥哥说医生叫夏空禾，在神经心理学的领域成就颇高。

安树答愣了愣，她以为医生是个中年大叔，没想到竟然这么年轻。他穿着白大褂，皮肤偏白，甚至白得有些病态，看起来高冷又禁欲，一张脸生得极好看，鼻梁高挺，薄唇轻抿。

和她哥哥安疏景那种假高冷真不耐烦不一样，这位看起来高深莫测的心理医生是真高冷。

夏空禾进来后淡淡地扫了安树答一眼，另一只手按了一下圆珠笔，"啪"的一声脆响，在整个房间轻轻回荡了一下。

安疏景冷冷地盯着夏空禾，但并不多作言语。夏空禾并不看他，依旧继续看着安树答，很平淡，然后"啪"的又是一声脆响，圆珠笔又被他按了一下。

"OK。"

没有寒暄，直接开始工作。

"有意识到自身心理不对劲吗？"夏空禾翻开了文件夹。

对方的气场让安树答下意识地认为：什么话都骗不了眼前这个人，所以最好乖乖配合。

大概一个小时后。

夏空禾的笔停，身体前倾，拍了拍安树答的肩膀，然后站起来："那么，今天的咨询就到这里。"

安树答抬头看向他。

"答答妹妹，外套别忘了拿。"他淡淡笑了笑，像个亲切的大哥哥，仿佛一下子就切换到了下班的状态，然后转头看向安疏景，"你留下，我们仔细结算一下医药费。"

最后三个字被他咬得极重，然后眉毛挑了挑。

安疏景意味深长地笑了笑，然后转身拍了拍柏图的肩膀："带答答去车里等我一下，我和这家伙好好算算。"

北方的雨下得不像江南频繁，热，但没有南方那么极端。

安树答坐在诊所走廊的长椅上，这是她第三次来这里。她在此期间，从刚开始的避重就轻到后面敞开心扉。

哥哥和夏空禾关系确实不错，但是不知道那天他们到底要算什么事情。

她又有些想念温喻珩了，于是她在那本随身携带的日记本上，写一些给温喻珩的情书。

她提笔写下：

写给温喻珩的第十五封情书——

雏菊开了我不知，雏菊败了却能映入眼帘，我们总是下意识记住遗憾，所以颓圮的断垣也是记忆。

安疏景在喊她了，她应了一声，走过去。

夏空禾看着单子和她说："你的治疗方案出来了，你哥哥已经看过了，现在给你看一下。有什么疑问随时问我，确定没有问题之后，就可以签名了。"

"嗯。"安树答点点头，接过他手里的文件夹。

夏空禾抬头看了她一下，然后又看了安疏景一眼，随后道：

"但是有一点要提前申明，抑郁症是一种比较复杂的病症，在短期内好转了并不代表没有复发的可能，所以之后的两三年里，你依然要吃各种相关的药来防治它，并且要不厌其烦地回诊。

"当然，虽然听着烦冗，但是我们都是为了解决它，对不对？"

安树答点了点头："嗯，我明白。"

夏空禾也点了点头："好，那么准备一下，三天后我们进行第一次治疗。"

"哥……"安树答转头看向安疏景，认真地问，"我得抑郁症的事情，可不可以不要告诉别人？"

安疏景无奈地叹了口气："当然不会。"

温喻珩是在八月下旬去的国外。

去的那一天，江辞和宋彧今去机场送他了。宋彧今最后没忍住，还是问了一句："你真的不去找一下答答吗？"

温喻珩只是无奈地笑了笑，回道："我俩的问题从来不在爱不爱，而是她……她的心太难打开，什么事都藏在自己心里，自己解决，自己消化，不信任任何人，也不依靠任何人。"

最后，他近乎苦涩地添了一句："也可能，是我无法让她信任吧。"

他们之间心有灵犀去规避、不去正视的矛盾，在那个雨夜被她主动撕破了窗户纸，用一种极强悍的姿态，仍旧带着不愿承认的借口，却给出了最分明的处理方式。

虚假繁荣最终以最暴烈的长矛刺破，堕为潦草却必然的结局。

温喻珩坐上飞机，在飞机起飞的前一刻，把手机调成了飞行模式。

下一刻，他从包里拿出一个本子，黑色的皮质本，扉页上隽秀有力地写着几个字，那字是温喻珩的风格——《安树答行为准则规范》。

翻开第一页，他开始写字。手里是她送的那支派克钢笔，他最喜欢的一支笔。

手指轻动，开始落笔。

第一章第一条 永远不要相信她的口是心非。

第一章第二条 她有多懂事就代表她受过多少委屈。

第一章第三条 她的懂事不是任何人得寸进尺的理由。

第一章第四条 别让她对你懂事，那代表你在她心里一点都不重要。

第一章第五条 她也会耍小脾气，但是不能拆穿她，这是属于女孩子的面子。

第一章第六条 她的笑容一半以上都是违心的。

第一章第七条 "七"是她的幸运数字。

第一章第八条 她没表面上那么乖，也没表面上那么开心。

第一章第九条 和她吵架不能立刻认错，那会让她觉得她刚刚说的话没意义，亲身经历，要隔一个小时再去哄她。

第一章第十条 她永远都和别的女生不一样。

笔停。

这是回忆里，他认识的安树答，他的，答答。

他多想去找她，但又想到那天的那些话，他就有些怕了。他害怕听到的还是那个答案——

这个会让他疯掉的答案。

与其说是不想再低头了，不如说是他在逃避。骄傲如他，也会逃避。又或许正是因为这份骄傲，让他选择逃避。

不过，谁知道呢？已经不重要了。他看着窗外的云层，慢慢地放空一切……

华京。

安树答的抑郁症，经过一段时间的治疗，有所好转，但还是得药不离身。想来也真是讽刺，一个从来都吃不下药的人，有一天，需要药不离身。

安树答回浅岸的前几天，安疏景和柏图带她去了一次王府井，吃了一次安疏景说很好吃的那家火锅店。

出奇地巧合，三人都爱清汤锅底。

王府井很好玩，但是小偷也多。安树答的手机被顺走了。她发现的时候握了握手里的那本笔记本，心里暗暗庆幸：还好笔记本小偷们看不上。

安疏景重新给她买了个手机。但之前的那些软件，有些账号密码她怎么都不记得。她重新开了几个账号。难得的，微博注册得早，用的是用户名登陆，她还记得。

只是一些其他的聊天软件……她叹了口气。

宿命。

不再搭理。

安树答回去的那天，回了趟家。安疏景找了搬家公司来，说以后不住这里，让她把需要的东西都搬出来。房子已经被卖了，钱嘛，安廉江和乔佳五五分。

而直到很多年后，安树答才知道夏空禾和她哥哥那天到底算了什么——那是夏空禾和安疏景为了聊一下她的病情，但并不想让她有心理压力而找的借口。

她一点也不知道，就是那短短的几个看似很不正经的问题，把夏空禾想要知道的情况套得干干净净。

夏空禾告诉安疏景，安树答抑郁症的源头是她的家庭，尤其是小时候受过的创伤以及长大后某一段时期特别压抑的家庭氛围。至于催化因素，有可能是学校里发生了什么事情。

如果要防止病情复发，后期的疗养肯定是很重要的，并且最重要的一点——远离抑郁源。

而这，也是她后来搬离那个家，并且安廉江从来没有主动找过她的原因。

她不知道她哥哥用了什么办法。

安树答如愿去了洛朗大学。

安疏景为了方便照顾她，放弃了华京的保研，而考了洛朗大学的研究生。

那一刻，安树答意识到自己做了拖油瓶，但她没法说什么，那样显得哥哥的良苦用心被糟蹋了，进而又显得她"不懂事"。

柏图偶尔来洛朗看她。

安疏景直接在江边租了一套江景房，拉开客厅的窗帘，就能看到漂亮的江景。安树答偶尔会来这里住几天，但大部分时间还是住宿舍。

上了大学后，安树答被很多人追。

但她都回绝了，没有为什么，她说过，温喻珩是她有限生命里，无人能及的巅峰。

而除他以外的其他人，都不是她的心甘情愿。

最后兜兜转转，大学的安树答又变回了高一的那个女孩子——缄默、不爱说话、笑容更少，也不爱交朋友，每天沉浸在学习里，对其他事物失去了多看一眼的兴趣。

那个不爱笑的安树答回来了，而会笑的安树答，留在了有温喻珩的乌托邦。

终究是黄粱一梦。

成长注定不会一帆风顺，或者说，成长注定不与平顺挂钩。无难不成长，顺风无成熟。

她也终于明白，乔佳不是她弥补母爱的精神载体，温喻珩不是让她脱离困境的精神寄托，每个人都是独一无二的个体，与其向外探求寻找精神寄托，不如向内成长。

大一结束后，安树答转了专业，去了她原来最想去的广告学专业，洛朗大学的王牌专业。

只是她依然不爱真心地笑，只是清淡地点头，然后回一个淡淡的不失礼貌的微笑。她开始把头发留长，每天在图书馆里细细地看书，看她喜爱的加缪。

她开始尝试着写小说，用答尔文这个笔名，但没有人知道安树答是答尔文。

她只愿意用这种方式表达她的爱好与梦想，而这并不是因为她害怕嘲讽，而是不愿意让她所珍视的被旁人的唾沫星子玷污。她偶尔会写一些批评或是单纯抒发社会看法的文章发在微博上，依然用着答尔文那个笔名。

每次都会有一个昵称叫"九"的粉丝点赞。

是在天台上救过她的那个女孩子，安树答有印象。但几年后，那个女孩子，也不再点赞了，像是人间蒸发了般。

她不怎么交真心朋友，和舍友也只是点头致意的平淡情缘。她总是习惯一个人走。她很少有情绪，做着一个面试官，在人海茫茫中寻找着志同道合的伙伴，自负又孤独。

而有情绪的安树答，在玫瑰伊甸园里沉睡。

玫瑰泛滥成灾，那里是有你的乌托邦。

第八章
成人皮囊

宿醉。

安树答一觉醒来，脑袋就用痛感向她疯狂叫嚣。

她不该喝酒的，这是头痛给她第一反应的教训。但是心里再怎么信誓旦旦，终究没有用，所以到了下次一定会重蹈覆辙。

老式空调发出不大不小的噪声，风混杂着热气，被窗户死死地拒之室外。

但也不能怪她，她心虚地想。昨天 Radio 杂志社的聚餐氛围太好了，大家都因为刚刚结束的繁重拍摄工作而急需发泄，再加上第二天是周日，所以异常放飞自我。

而且这次聚餐又是他们那一向神龙见首不见尾、极不负责任的幕后大老板江曦请客。虽然他们的大老板是个成天不务正业的纨绔富家子弟，对他们基本上是放任不管的，但纨绔子弟在"玩"这一方面绝对是颇有心得且专业的，所以基本上没一会儿，那些男同事就和他打成一片了。

就连一些平时矜持的女孩子都放松很多，到后来也不拘束，愉快地玩在一起。

老员工都这样，更何况还是实习生，以至于安树答推辞不过，当晚被一群小姐妹灌了好几杯酒。

她昏昏沉沉地看着周围的一切陈设，又看了一眼闹钟，已经日上三竿。

中午的阳光大把大把酒进来，光有多少，阴影就会有多少，中午的阳光是最公平的。

安树答打了个绵长又充满倦意的哈欠，想睡个回笼觉……但理智告诉她不可以。

她从床上起来，宿醉让她思维有些迟钝。

她下意识地去抽屉里拿药，看到最后一层半开的抽屉，里面全是她这几年吃过的药，于是想起来，自己的治疗还算顺利，目前处于停药检查的状态。

算算日子，好像有半年没有吃药了。这也是为什么她昨天敢放纵自己喝酒的原因。

抽屉里那半瓶药，她一直没有丢，仿佛一个人住的时候，药成了她的后盾。

说来也是可笑。

安树答关上抽屉，来到客厅，打开电视机，随便调了个频道，刚好是时下当红的一部偶像剧。男主角是某个新生代小生，刚冒尖，她还不认识。

女主角则是美艳无双的大明星温优度。她凭借美貌在一众女明星里大杀四方。因为她的美貌实在无法用任何一种词语形容，以至于不知道哪一个聪明又善于总结的机智粉丝给她新创了一个形容词——"仙系女王"。顾名思义，长得像天仙，气质高高在上，生人勿近。

安树答虽然开着电视，但并没有追剧的打算，只是想让空荡的房子有点声音罢了。虽然挺自欺欺人的吧，但是这种嘈杂很多时候确实缓解了她大多数时候的孤独寂寞。

她敷上面膜然后坐到沙发上，拿起笔记本电脑，续上在更小说的大结局。发完后，就看起了评论区——

吃掉你的小鱼干："我熬夜追是为了什么？又是一个令人伤心的结局！哭死，我的眼泪不值钱，呜呜呜！！！"

NoaNoa："今天又是答尔文不做人的一天，还我的女主角还我的女主角，呜呜呜，我们女主角真的太难了太惨了太让人心疼了！"

一口一个小朋友："能死一次男主角吗？我一定心甘情愿地掏荷包。"

桃子屁股："我就是无虐不欢，我可能有病？？？"

我女主角今天又死了："楼上的，想要拥有女主角同款幸福吗？那就赶快拿起手中键盘，让答尔文赐给你一个答式男主角吧。"

……

安树答"扑哧"一声笑出声来，她的笑点总是莫名其妙的。不知什么时候，电视剧结束了，电视台推送起了午间新闻，这次是娱乐新闻。

女主持人靓丽的声音回荡在房间的每一个角落："昨日，某蹲点狗仔疑似拍到大明星温优度的圈外男友。两人十分亲密，夫妻相十足，温优度还十分依赖地挽着男方的胳膊，两人甜蜜互动，糖分超标，高冷女王还对着男方撒娇，笑容甜蜜。两人不仅毫不避讳不加掩饰，甚至还一起出入女式内衣店……"

咦？温优度的绯闻？

安树答愣了愣，抬起头。

映入眼的是那个男子的侧脸，极出挑极优越的弧线，鼻子高挑，眼尾漫不经心挑起，嘴角挂着懒洋洋的笑容，双手环胸，慵懒至极地靠在玻璃门边，高傲矜贵。那男子丝毫不加掩饰，连遮身份的口罩也不屑于戴，极英俊的脸蛋暴露在所有人的视线中，看着温优度的眼神无奈又宠溺。

但安树答却在看到某"圈外男友"的侧脸时，脑袋"嗡"的一声炸开了，然后心脏瞬间泛起密密麻麻的疼痛，整颗心仿佛被绞在一起，被不断揉搓、搅拌，直至要放干全部血液才肯罢休。就像南方最凛冽的冬季，北风不吹，却寒了个遍体鳞伤。

她手一滑，刚打开的一包薯片撒了一地。

她看着满地的狼藉，一股酸涩立刻涌上鼻尖，现实的骨感和她永远不想面对、一直逃避的过去一股脑儿袭上来，萦绕不去。

"咚咚……"门铃声响起来，打断了她所有的情绪发挥。

安树答一愣，尽力调整了一下情绪，然后放下笔记本电脑，急匆匆跑到门口，往门镜里一瞧，是房东。

安树答有些疑惑，扒拉下脸上黏糊糊的面膜，然后开了门。

房东一看到她，脸上就立刻浮上一些歉疚。

她心里隐隐有不好的预感。

"不好意思啊，小安……"

果然，她的直觉一向很准。

"没事，您说。"

"是这样的，我儿子前几天突然打算回国工作了，然后这个房子吧，离他公司近，就打算装修一下，让他和女朋友搬到这里来，也方便些。所以啊，这个……可能要麻烦你搬家……"杜阿姨有些不好意思，"真的挺不好意思的，小安。你看你都在这里住小半年了，每次交房租也很实在，人也乖，又是刚实习，现在突然让你搬，我是真的挺不好意思的。所以这不亲自上门给你道个歉嘛，你看这……"

安树答温和地笑了笑，好声安慰："没事的，杜阿姨，这也是人之常情嘛，我理解。那您儿子什么时候回来啊？具体什么时间要呢？"

杜阿姨看安树答同意了，人也更加热情了起来："一个月，你看可以吗？主要我儿子回来得急，所以有点匆忙，真的是不好意思啊。"

"没事没事，我都明白的，阿姨。"

两人又互相客套了一下，才又分别。安树答关上门，看着周围的一切，一种无力感涌上心头。

她整个人呈"大"字型瘫倒在沙发上，心累得有点憋屈。

迷迷糊糊的，然后又睡了过去。半梦半醒间，温优度的偶像剧又开始播放……

累了，安树答现在不想听到和看到任何有关"温"字的人或物，她气得一把按掉了电视开关。

突然的安静又让她陷入一种单调重复的恐惧中。

烦死了，怎么干什么都不顺？

"咚咚……"

谁啊！

她猛地从沙发上坐起来，拖鞋都没有穿，就气势汹汹地"噔噔噔"快走过去，一把把门打开。

"嗨！答答！"门口的人热情洋溢地打招呼，却在看到安树答一脸不耐烦时，愣了一下，"哎？谁惹我们答答生气了？"

眼前的青年男子抱着一大袋零食，穿着简单休闲的运动装，却压不住从小培养的矜贵自持。脸上白净温润，干净如皎月的大眼睛此刻因为疑惑而睁得大大的。

见到来人，安树答愣了愣，立刻扯起一抹笑来："柏图哥！"

眼前的青年随即笑起来，像个奶油味的大男孩。

"一些小事，就是房东儿子要回来了，我这里要搬家，所以有点烦躁。"

"原来是这样啊，我还以为是我惹我们答答生气了呢，那……我可以进来了吗？"

柏图笑起来太好看了，眼睛弯成了月牙，像一块奶油味的软糖，甜到了心里，仿佛可以治愈一切的黑暗和坏心情。

安树答立刻起身给他让路，忽然又想到什么似的，往门外看了看。

柏图见到她的下意识动作，了然地解释道："你哥现在可是教授了，上午有课，要晚点到。"

"给你哥留个门。"

安树答点头："哦，好。"

"嗯……"柏图看着手里的黄瓜和西红柿，然后转身问她，"答答，你想吃西红柿炒鸡蛋呢，还是……黄瓜炒鸡蛋？"

安树答眨了眨眼睛，有些小心翼翼地问："柏图哥……你……你下厨吗？"

柏图盯着安树答看了几眼，然后有些闷闷的，露出受伤的表情："答答，你知道你的表情藏不住心事吗？"

安树答不好意思地讪笑了两声，眼睛心虚地瞟向天花板。

柏图无奈，叹了口气："要不……我们等你哥？"

一秒……

两秒……

三秒……

"同意！"

两人一拍即合，懒洋洋地坐在沙发上，看起了电视。

"哦，对了，你哥给你改论文改得有点暴躁……"

"嘎吱嘎吱……"薯片被安树答嚼得诱人无比。

"一会儿他来了，你小心点。"柏图善意地提醒道，眼神略带怜悯。

两人继续嚼着薯片看电视，有一搭没一搭地聊着天，所以当安疏景到的时候，他就看到两个败家孩子窝在沙发上，零食吃了一垃圾桶，一旁饭桌上的蔬菜愣是动都没动，连保鲜膜都没有撕开。

安疏景靠着桌子，皮笑肉不笑地说："柏二图，你不是说要露一手吗？空气的味道不错吧？"

柏图讪笑了两声，走上去勾住他的肩膀："不敢篡景哥的主厨地位。"

安疏景翻了个白眼，推开柏图："你少来。"

"安树答，论文改好发你了，标红的看一下，等我做完饭抽问，要是答不出来……嗯？"安疏景歪头，眼神懒懒的，又透着小小的杀气。

"懂了！"安树答拼命眨巴着眼睛点着头，"谢谢哥！"然后抱起沙发上的笔记本电脑直冲卧室，顺便毫不留情地关上了门。

安疏景叹了口气，又踹了一脚一旁的柏图："看什么看，还不过来搭把手。"

"好的，景哥。"柏图满脸笑意。

安树答待在房间里仔细地看着哥哥给她改的论文，红色遍地，她觉得眼睛都要看花了，只好把脑袋枕在书桌上，欲哭无泪："这得改到什么时候嘛……"

不知过了多久，房间的门被敲响了，到饭点了。安树答这才发现已经将近黄昏。

她看着天边的金色，不知道为什么，心里涌上一股说不清道不明的忧伤，不知起源，不知归处，只知道它亘古不变。

她推门出去，安疏景和柏图坐在一起，对面是她的位置。

四菜一汤，很简单，但她哥哥的手艺一向很好。

她洗了个手就坐下安静吃饭了。

"安树答。"

安树答开口了，她抬头看她哥哥。

虽然是有血缘关系的两兄妹，但其实他们长得却并不相似。安疏景长得像妈妈，属于一眼惊艳，骨相和面部线条又极硬冷，再加上冷白皮的基因，不笑的时候威严感十足，冷冰冰的。

安树答则中和了爸妈的长相，看起来特别乖巧懂事，不笑的时候像个小白兔似的好像很好欺负又让人舍不得欺负，但笑起来就是个小甜豆，能一瞬间甜到人心里去的那种。

但她很清楚真正的自己是冷漠无情又清高得很，甜美皮囊极具欺骗性。

安疏景吃了一口菜，然后拿出一张卡，说："听说你要搬家了，喏，房子给你买好了。"

安树答下意识想拒绝，她不想当"吸血鬼"。

"嫁妆。"

好嘛，一句话封死了后路。

她心里涌上一阵复杂的感觉，想哭，但她还憋得住。

"至于买车钱，就自己挣吧。"安疏景淡淡地吃两口菜。

"我选的地段我花的钱哦，答答，这嫁妆算我俩的。"柏图笑起来，总能让人联想起奶油味的糖果。

"装修难道不是我的钱？"安疏景斜睨他一眼，然后吃了口菜，"我才是亲的，你只是个便宜哥哥。"

安树答反应过来了，原来是哥哥早就准备好的。

柏图撇了撇嘴："喊喊喊，答答最近明明和我更亲。"

"没事，他有的是钱，一套房子而已。"安疏景朝柏图使了个眼色。

柏图立刻会意："对对对，钱太多没处花。答答你就拿着吧，反正房产证上写的是你的名字。女孩子一个人在外面，总要有个住的地方对吧？"

安树答也没有再推辞，只觉得很感动。

安疏景吃了一口牛肉："还有，安树答，你给我听着，我是自愿待在洛朗的，不是因为你，因为这儿的经济是全国最发达的，我吃好喝好有什么不爽？又离浅岸近，我也方便回老家。华京太远，坐飞机几个小时我耳鸣，烦。有事没事别自己瞎想，能听明白吗？"

"对，我也是，答答，有人情味儿的地方才是我家，至于是哪个地方一点都不重要。难道你要我在华京守着一堆遗产当个'留守儿童'吗？"柏图道。

安树答"扑哧"一声笑了，气氛缓和了不少。

炎热的天气引得外面的知了不停叫唤，客厅的空调"嗡嗡嗡"吵个不停，仿佛在与知了里应外合搅动生活的烟火。

安疏景放下筷子，拿起纸巾十分优雅地擦了擦嘴巴："安树答，别愣着，吃快点，吃完答辩模拟。"

柏图在一旁偷偷地笑，安疏景斜睨他一眼，将他的表情尽收眼底。于是柏图没有高兴多久，就听见安疏景慢悠悠地说道："你洗碗。"

柏图愣住了。

周末在愉快中结束，周一在并不期待中来临。

异常忙碌的杂志社，因为温优度上一季的写真好评如潮，所以青禾华津，也就是温优度签约的娱乐公司，临时决定把下一季杂志写真的拍摄也交给 Radio。

有生意不接，不是江曦的风格，所以大老板答应得很干脆，但苦了下面的一帮人。

安树答有理由怀疑，周六的那顿请客约等于闭嘴宴。她来 Radio 并不久，两个多月，还差一个月实习考核，过了就能转正，工资也可以翻倍。

但她对钱并不过分热衷，只要够用就行，她就是挺喜欢这份工作的。

而且她也是在长大之后才慢慢发现，即使她的性格再冷，并且还有一些轻微的社交恐惧症，她也无法完全脱离人而生活，因为那种空荡的孤寂不知道哪天就会将她逼疯。她对此深有感触，好几次睡醒后，那种窒息感就会淹没她，让她快要喘不上气，所以她需要一份工作，不仅为谋生，也为打发她漫长的人生。

说实话，对于转正，安树答还是很有信心的。只是临近最后关头，她还是得小心一点，避免犯错，最好有机会可以让组长注意到她，这样留下来的概率会大很多。

这样的心境似乎是每一个应届毕业生都会有的焦虑吧？

所有人都忙碌着，敲字、修图、一本书一本书地翻阅。编辑部的工作就是这样，每天都忙得焦头烂额，一目十行都来不及。

到处都是鼠标、键盘清脆的敲击声，杂乱无序，但冥冥之中似乎又是有序的。

"什么东西！"

一声暴喝打碎了所有的忙碌，所有人不约而同地伸长了脖子，看到 Helen（海伦）把相机直接摔在桌子上，坐回座位上大发雷霆。

她一边走，一边忍不住发脾气："真不把我们当人看呗！今天是吃错什么药了！耍什么大牌！谁爱去谁去！老娘不伺候了！"

安树答大概猜到是什么事情了。今天 Radio 的首席摄影师 Kiki 请假没来，刚好又碰上温优度来拍写真，Radio 唯一拍摄风格与 Kiki 相似的 Helen 就被赶鸭子上架了。

刚好碰到的又是火药桶温优度，针尖对麦芒，Helen 不炸都不合理。

安树答顿了顿，起身给 Helen 倒了杯水，说："Helen 姐，温优度人不坏的，只是脾气暴了点，你别气了。"

Helen 此刻气得根本说不出话，在那里一个劲儿生闷气，谁都不想搭理。

安树答考虑了一会儿，才提出建议道："要不，我替你去吧？"

Helen 一愣，没想到安树答会主动接这个烂摊子："宝贝儿，你可别了吧，还去遭她这气受？谁惯着她这臭脾气！"

安树答笑着摇了摇头，拿起一旁的相机来："可总得要有人去嘛。Helen 姐，你先休息一会儿，我去试试吧。你放心，我之前给 Kiki 姐打杂，她闲着无聊教我，最后出来成片还行。"

Helen 向安树答投去同情的目光。

安树答天然的、软乎乎的长相优势，让她在编辑部人缘颇好，尤其是很多女孩子都喜欢偶尔捏捏她的脸。她的脾气也好，笑起来甜甜的，所以编辑部的很多人都下意识把她当个惹人喜爱的小妹妹。

安树答从抽屉里拿了个口罩戴上，径直往摄影棚去。

温优度此刻在补妆，一旁的助理和经纪人好声好气地又哄又训："你能不能注意一点，拍得不满意再来几次不就可以了，发那么大的脾气干什么？鬼知道明天营销号会发什么通稿编派你，上赶着给对家送资源吗？你第一天进的娱乐圈？这点道理都不懂？这么多年这臭脾气就没改过，你在这上面吃过多少亏自己不记得吗？！怎么就不长记性？！"

经纪人刚开始还好声好气地哄着，估计也是知道温优度吃软不吃硬的鬼脾气，但后面越说越恨铁不成钢，语气也渐渐凌厉了起来。

纵使温优度的形象管理再好，此刻鼓鼓的两腮，还是传达出怒火中烧的信息。

安树答站在远处看了一会儿，叹了口气。

温优度好像接了个电话，然后立刻就被点燃了导火线，"腾"地站了起来，瞬间就暴跳如雷，旁若无人地发起了大小姐脾气："不来就不来！我稀罕吗？爱去哪儿去哪儿！爱找谁找谁！本小姐不在乎！"

然后不由分说挂断了电话，转身就把手机摔进了刚刚坐的沙发里，生闷气不说话。

这下整个影棚的工作人员都有些蒙，他们哪里见过这种阵仗，一时之间，走也不是，留也不是，就连安树答都被这气氛搞得踟蹰不安。

而温优度那边的经纪人和助理显然是早就习惯了，立刻和工作人员道歉解释："实在不好意思，各位，优度最近压力有点大，脾气差了点，实在不好意思……"

"也许他是真的有急事呢？"不知什么时候，安树答已经走到温优度身边了，拿出随身带的纸巾递给她，安抚性地拍了拍她的背。

温优度一愣，抬起头来，看向安树答。

"你可以早点拍完然后去找他呀。"安树答笑着看她。只是忽然想到，自己戴着口罩，她看不到，于是安树答眨了眨眼睛，用眼神替代笑容安抚她。

所有人都无比安静地看着这一幕，经纪人和助理更是如获神助地屏息以待。

温优度点了点头，过了好久，可能是突然意识到自己确实有些失态，才终于开始调整好自己的状态。

她瞥了一眼一旁大气不敢出的化妆师，闷闷地说："还不过来补妆？！"

经纪人和助理纷纷不可思议地看向安树答。

就这么简单？就这种技术难度？

草率了。

安树答呼了口气，站起来，就拿起相机去一旁调焦。

"真没想到啊，安树答你还会哄孩子呢？"和安树答一起过来的一个实习生凑到她身边，面露崇拜。

"其实……还好吧。"安树答不知道该怎么接，就顺口敷衍了一句。

"那个……"温优度的经纪人走过来。

"您可以叫我小安。"

"好的，小安，我就是想问一下哈。想必我们优度在圈里的脾气你也有所耳闻，典型的吃软不吃硬，平时温声细语地哄着还好，但这暴脾气一上来谁都控制不住，所以就是想问你，这个，你是怎么做到的？"

安树答的羽睫轻颤，想了一会儿才说："嗯……其实很简单的，就给她台阶下，然后语气柔一点就可以了。"

"就……就这样？"

"就这样。"

温优度很快就调整好了状态，抛去别的不说，温优度在专业方面绝对是没话说的。摄影结束得很快，许是温优度对刚刚的事情也自知很尴尬，又或许她确实对安树答的摄影技术很满意，所以没再说什么。

"你也是摄影师吗？我之前怎么没见过你？"温优度看着平板上刚刚拍好的照片，问道。

"其实我不是摄影师，我是编辑部的美术编辑，我只负责杂志写真的后续工作，大多时候都待在办公室。"安树答如实告知。

"Radio真是人才辈出，连美术编辑的摄影技术都这么出色。"经纪人老邹似是怕温优度再说出什么不过脑子的话，连忙抢过话头，是为刚刚的闹剧找台阶，也是给温优度的暗示。

温优度没说什么。

安树答简单地收拾了一下，准备离开。

"哎！你等一下！"温优度看着她的背影，叫住她。

安树答停住脚步，整理了一下脸上黑色的口罩，才敢放心回身，但还是有些紧张："请问还有什么可以帮你的吗？"

温优度犹疑地看了安树答一会儿，然后说道："你……很像我认识的一个人。"

果然，该来的还是来了，安树答不是害怕被认出来，她只是怕引起不必要的尴尬，以及之后可能会很头疼的交集。

"是……是吗？也许吧，这个世界上相像的人确实不少。"

"大家都辛苦啦！给你们点了咖啡，有空的来门口领一下！"

影棚门口传来一道充满磁性的声音，满是其独有的玩世不恭的意味。是他们的大老板江曦。

想来是有人把刚刚的事情告诉了江曦，所以大老板本着人道主义精神，给他饱受精神折磨的员工们送安慰来了。

"哎？那是不是之前被爆出来的温优度的绯闻男友？"有眼尖的人发现江曦身边还跟着一个人，而那个人的脸似乎有些熟悉。

"还真是啊，所以这是算公开了吗？"

"啊啊啊！好帅啊！本人比照片还好看呢！简直秒杀娱乐圈所有年轻男艺人！这就是帅哥在民间吗？"

"这也太浪漫了，还来接女朋友下班吗？"

"你们说……刚刚温优度是不是就是和男朋友打电话？因为知道女朋友生气了，所以他特地跑过来哄？"

安树答听到他们的议论，身形不由得顿了顿，然后说道："没什么事我先走了。"

结果她一转身就看到了一手插兜、一手拿手机发语音的"圈外男友"。温喻珩整个人都懒洋洋的，带着漫不经心，简单休闲的长 T 恤和直筒裤却还是让他看起来矜贵又出挑，一副又酷又狂又漫不经心的样子，非常慵懒地聊着天，整个音色都是其特有的漫不经心。

"因为你珩哥厉害，除此之外，还有什么更合适的理由吗？"

"不好意思，你珩哥的牛皮底子一向厚，懂什么叫底气吗？"

安树答看着和手机那头插科打诨的人，不知怎么，鼻子开始渐渐酸了起来，胸口积攒的经年情绪都在一股脑儿爆发出来，习惯性的胸闷和喘不上气比这四年里的每一次都来得更加强烈。

所有的偶然都在无准备的情况下突然发生，随之而来的是昏天黑地的自我消化。幸好她戴了口罩，要不然，这么大的人了，要是连基本的情绪都控制不住，可不太丢人了吗？

"温喻珩，你还不来哄你家女王大人！"江曦站在温优度的身边，玩笑着朝门口发语音的温喻珩喊道。

温喻珩挑了挑眉，按熄了手机，朝着温优度的方向走过去，步子相当悠闲："温优度，你又怎么胡闹了？"

他从安树答身边越过，似乎并没有注意到她，又或者说，在这个影棚里，除了江曦和温优度，没人值得他注意。

一如既往的高傲，与生俱来的优越感，出类拔萃的漫不经心，耀眼得如同最烈的太阳，这是她认识的温喻珩，那个骄傲得无法无天的天之骄子。

只不过后来，他们闹得并不是很愉快，温喻珩应该早就不喜欢她了吧？或许……还相当恨她？

"我……我……我没有……"温优度的声音比蚊子还小，原本环在胸口的双手也下意识放下了。

这让那些刚刚感受过温优度闻名圈内外暴脾气的工作人员们，纷纷惊掉了下巴。

这么听话？

不知道为什么，安树答明明是希望温喻珩认不出她来的，可当他真的不给一丝余光略过她的那瞬间，心脏还是不可抑制地痛了一下。

她一动不动，低着头，生怕任何一个细小的动作都会让她做好的所有伪装在顷刻间崩盘。

成年之后，能让她失控成这样的，好像只有眼前这个人。她深吸了一口气，才终于提步，打算赶紧离开这个地方，以后……或许永远都不会有交集了吧？

不知道为什么，一想到有这个可能，她的心脏就开始不受控制地一阵阵抽疼起来。她不自觉加快了脚步，却觉得她的脚步一阵钝感。

"安树答！"

闻言，安树答被吓了一跳。

江曦叫住了想逃走的员工："你过来。"

然后，安树答的心跳漏了一拍。

接着，飞快跳动！

她能感觉到身后有一道炽热的目光向她投来，炽烈而火热，无比清晰。

她一时六神无主，手心都开始冒汗，她该怎么办？她根本就还没有做好和温喻珩重逢的准备！

直到此时，安树答才终于发现，她只是习惯了他不在的日子，却从未接受过他不在的日子。

还真是一报还一报。

江曦见安树答呆呆地站在原地，也不动，以为她没有听清楚，只好又叫了一遍："安树答，叫的就是你，麻烦你过来一下。"

安树答深吸了好几口气，才终于鼓起勇气转过身，垂着眼，硬着头皮朝江曦他们的方向走去。一路上她觉得仿佛在接受烈日的炙烤一般。

"老板，您叫我？"她全程目不斜视看着江曦，拿出自己所有的自制力，不去理会身旁离她一米远都不到的温喻珩。

"来的路上都听 Helen 说了，你做得不错，真没想到你技能还挺多。实习考核里的平时成绩一项会让你们组长给你加分的。"

江曦满意地夸她。

"我看过你的实习报告，成绩挺不错的，不出意外肯定能转正了。到时候 Kiki 那家伙又找借口旷工的话，你可以替她的拍摄工作，工资可以给你双份，我想那家伙听到了肯定会很开心的。"

安树答点了点头："谢……谢谢老板器重，我会努力的。"

"大热天的你戴口罩干什么？"江曦一脸问号，"感冒了？"

安树答顺着他的意思敷衍了一下："是……是有点，咳、咳咳……"

"温优度！"一旁沉默了很久的温喻珩终于开口。

"啊？老哥，怎么？"温优度眨了眨眼睛。

温喻珩盯着眼前冷漠疏离、低眉顺眼的女孩，说话依旧懒洋洋的："……过来道歉。"

"什么玩意儿？"温优度一脸蒙。

同样蒙的还有江曦和安树答。

"不用，刚刚吵起来的那个是 Helen，不是和你说过……哎？等等，你什么时候这么客气了？"江曦一脸疑惑，同时感觉身边的温喻珩整个气场都变了。

"不，不用……"安树答低着头，有些着急，却不知道该说些什么，紧张得手心微微冒汗。

"好，我们走了。"

温喻珩后半句是对江曦说的，又或许，是对她说的？不知道为什么，他的语气突然之间变得冷淡又疏离，是因为讨厌她？

江曦摸不着头脑地看着温喻珩，接着又看向温优度。

谁知温优度只是一脸吃瓜的淡定表情，随后才反应过来温喻珩的意思，然后相当不尽兴地脱口而出："啊？不是，那个……哥，就这样？"

"你不是拍完了？"温喻珩挑眉。

"哦。可……可是……我还没道歉。"

温喻珩翻了个白眼。

"我格格不入，只为建立真实的生活。"

安树答看着床头柜上的《局外人》，想起了加缪的这句话。

这本书她一直留着，从高中到大学，再到即将毕业的现在。所有的作家里，最打动她的永远是加缪，尤其是加缪的"荒诞"美学。

但可笑的是，热爱现实主义讽刺大师的她，却心甘情愿地沉溺在浪漫主义里。或许是因为，她是现实主义诚挚的信徒，更是加缪诚挚的信徒，而她偏偏是世界痛苦美学的亲历者。

所以她选择性地逃进浪漫主义的避风港，妄图躲掉现实中所有的不堪和困境。她自以为是一个不折不扣的浪漫主义者。

这四年来的每一天，她都是这么给自己洗脑的，直到温喻珩出现了。

神明一样的人物，给她的心开了灯，点了火，心火燎原，又烫又滚，然后她才醒悟过来，原来再久的压抑都压不下火红的热情，更压不灭滚烫的热恋。

她一直都是一个现实主义者，只是"谎言说得越来越真诚，最后连她自己也从中得到了安慰"。越久的生活，越让她觉得自己活在马尔克斯的《百年孤独》里，然后记住了加缪。

她发现，自己是另一种"局外人"——努力融入现实，建立真实的生活，而灵魂则格格不入，建立了一个更真实的生活——她所有美梦的伊甸园。那里铺满了代表浪漫的玫瑰花，是她自欺欺人的天堂。

安树答躺在床上，像曾经某一个阶段的无数个夜晚一样，失眠了。缘由的尽头是一个年轻人。

她今天重逢的。

思念涨了潮，淹没了平静的海岸线，搅了个天翻地覆。她翻了个身，有些迷茫，又有些喜悦，但更多的是焦虑。

温喻珩还会喜欢她吗？

不，不会的，不恨她就不错了。她最后得出这么个结论，然后无奈地笑了笑。

明天还能见到他吗？他还会来探班温优度吗？他现在在做什么工作呢？如愿以偿了吗？他在国外的这几年怎么样？有交新的女朋友吗？偶尔会想起她吗，哪怕是因为恨？

她闭着眼睛，困意却怎么都不上涌。

所以到了第二天，安树答顶了个黑眼圈去 Radio 的时候，把办公室的人吓了一跳。

尤其是找借口旷了三天班的 Kiki，一见到她就调侃起来："答答宝贝，你真成国宝了？"

安树答努力地挤出一丝笑容："Kiki 姐，这个玩笑不好笑。"

"答答，给你买的咖啡，是你喜欢的厚乳拿铁。"一个年轻人走过来。是个样貌清秀，看着很干净舒服的男孩子。

"哎哟哎哟，小施又来啦？"Kiki 用一种意味深长的眼神看着两人。

安树答笑了笑，有些尴尬。

"施道桑，我自己点了咖啡，一会儿就到，就不喝你的了，谢谢啊。"安树答借口拒绝了。

施道桑是财务部的实习生，虽然不是一个部门，但 Radio 的规模实在不算特别大，而且这一次招的实习生很少，所以基本上所有的实习生都互相认识。

而施道桑对安树答这么殷勤的目的，所有人都心知肚明，但他从没有表白。她也不好直接拒绝，只是一直刻意疏远他。

这是拒绝又给面子最好的方法了。

一般情况下，这样的态度应该是十分明显了，所以安树答在大学里对她的那些追求者屡试不爽。

可偏偏施道桑就是不下她给的台阶，上赶着献殷勤。

然后她就每次不厌其烦地拒绝、疏远、冷淡。

却根本没用。

她觉得自己应该找个机会和他好好谈谈，但又觉得这样不适合人际关系的良性发展。

果然啊，从小到大她都不擅长和人打交道。她忽然有些羡慕以前的自己，虽然也不会打交道，但好歹天生自私，不会在乎别人的看法，只是不去伤害别人的情绪。

但现在不了，初入社会的她渐渐发现她不能得罪任何一个人。

越活越窝囊。

"你中午有空吗？"施道桑仿佛已经习以为常了，丝毫不介意地坐在安树答旁边，就那样看着她。

安树答开始敲键盘，冷冷地说："没空。"

"那你下午有空吗？"

"没空。"

"你一个实习生怎么这么忙？"施道桑继续发扬锲而不舍的精神。

"和你有关系？"她的语气一向温和，见不到什么脾气。

安树答不是一个脾气太好的人，只是她的情绪永远不显示在语气里，而是藏在字里，所以别人是显山不露水，她是露水不显山，字字带刺。听不出半句情绪，细品却全是情绪。

施道桑吃了个瘪，却依旧努力找话搭："那这个周末呢？"

"有事。"

"什么事呀，周末都不休息？"

"约会。"安树答开始给昨天拍好的温优度的写真修图。

"和谁约会啊？！"施道桑心中警铃大作。

"我哥。"安树答语气冷淡，睁眼说瞎话。

施道桑呼出一口气，知道她是在开玩笑："你们家关系还挺复杂。"

安树答的手指一顿，表情没什么变化，只是羽睫颤了颤，然后继续她的工作。

"所以你应该离变态远一点。"

稀松平常的语气，一语双关的逐客令。

施道桑听出来了，但他就是不走。以他多年的恋爱经历，越是高冷的人越经不住穷追猛打，在这方面他一向颇有心得。

"答答，你可真会开玩笑。"他笑了起来。

安树答懒得给一丝反应，依旧冷冰冰的。

安树答瞟了他一眼，见他还是无动于衷，视线移回电脑，语气淡淡的："这是 Helen 姐的位置，你还是别坐的好，她洁癖挺严重的。"

她睁眼说瞎话的本事已经炉火纯青。

"你这是在关心我吗？"

她不知道施道桑的脸皮和脑回路是怎么长的，她明明是在赶他走。

安树答一点都不想搭理他，但他会自己搭理自己："你不说话我就当你默认了。"

"不是。"她毫不犹豫地说。

施道桑还想说什么。

"咳咳……"Helen来上班了，"那是我的位置。"

Helen微笑地看着施道桑，施道桑终于悻悻地走了。

"宝贝儿，我什么时候有洁癖了？"Helen朝安树答眨了眨眼睛。

"我编的，Helen姐。"安树答朝她笑笑。

"啊啊啊！我昨天错过了什么？"晓晓拎着包飞奔而入。

"错过了温优度的绯闻男友。"Kiki喝了口咖啡。

"其实那是她堂哥。"安树答纠正Kiki。

"听说本人比狗仔偷拍的还帅？"晓晓为自己错过了帅哥而捶胸顿足。

聂薇拿着手机仔细看："哎，温优度公司昨天发澄清微博了，说那是她堂哥，结果今天那帅哥的底细就被粉丝扒了个门儿清。"

"真的吗？今天睡过头还没来得及上网看。有八卦没？有女朋友吗？"晓晓咬了一口手里的煎饼。

"我说他没有，你有胆子上吗？"聂薇笑着调侃道。

晓晓翻了个白眼："人家只是八卦嘛，怎么，我还敢做明星家属吗？"

"痴心妄想。"

大家都笑起来。

"哇塞！人家是芝加哥大学法学系毕业的！"聂薇不知道翻到了什么，惊呼一声。

安树答平静地修图。

"天啊！"Helen一时没克制住，爆了句粗口，"我老弟也在芝加哥大学，我去问问小道消息。"

"珩合律所的创始人。"大家纷纷燃起了八卦之魂，开始拿起手机自力更生。

安树答继续平静地敲键盘。

"珩合律所？以前怎么没听说过？"Kiki疑惑了一下。

"前身是DA律所，两年前在M国开的，小有名气。现在好像和洛朗星权合并了，就叫珩合。"晓晓回答。

Kiki 点点头。

"哇，我表弟说温喻珩是本科法学，后来又辅修的经济学，是法学院的知名校友，DA 律所就是他在校的时候和几个朋友合伙开的。"Helen有些不可思议，又有些疑问，"那他还有时间谈恋爱吗？"

"本科法学？"晓晓一脸不可思议，"这样一个大帅哥还是个学霸？！"

安树答叹了口气，周围热火朝天的八卦氛围让她突然有些无所适从，尤其八卦对象是她前男友，让她有一种异样的感觉。

"一个个的都干吗呢？！"林组长走过来就是一声怒喝。

大家终于收敛起自己的八卦之魂，只有 Kiki 不为所动，跷着二郎腿，嘴里叼着根棒棒糖，继续刷手机。

林组长对她是见惯不怪，只是走到她身边的时候提醒了一下："你可收敛点吧。"

Kiki 打了个"OK"的手势，继续我行我素。

林组长表示无语。

Radio 创办的时间并不长，规模也不是很大，所以首席摄影师 Kiki相当于一个独立的个体。而因为工作需要，所以她和编辑部走得比较近，以至于闲着没事就待在这里。

她的拍摄风格独特，专业能力在业内称得上是顶尖。当初江曦把她挖过来的时候，费了很多的精力，自然把她当祖宗供着。她上班时间也是相当自由，完全随心情而定。

"温优度今天有拍摄任务吗？"晓晓问林组长。

"没有，怎么了？"

"没什么，就问问。"

"都给我专心工作，一天天想些有的没的。"林组长笑骂。

在电脑前佯装工作的几个人不约而同地笑了，刚刚聊得热火朝天的人都知道，晓晓的言外之意是温优度的哥哥温喻珩来不来。

但安树答的心里不知怎么，爬上些失落。

"啪啪"两声，林组长拍了拍手，把办公室人的注意力吸引过来。

"会议室那边有点事，谁有空吗，去打个下手？"

从电脑后探出的小脑袋们又立马消失得干干净净。

"那个，小安，你过来一下。"林组长叹了口气，捉到安树答。

安树答保存了一下电脑上的工作进程。

"是这样的，温优度那边来了客人，现在会议室缺个打下手的，你去那边帮个忙吧。到老板办公室去找阚秘书就行。"

使唤实习生是办公室里的常见现象。

安树答没想什么，点了点头，突然又想到什么，问道："组长，我后天要搬家，能不能请个假？"

"可以，那你记得一会儿写个假条放我桌子上。"

"好的，谢谢组长。"

会议室。

"这不就是个小问题吗？你至于亲自跑一趟？"江曦看了看合同，无语道。

一身笔挺西装的温喻珩淡淡地翻了个白眼："我妹妹的事，能是小问题？"

"这事儿是财务那边没看仔细的错，你至于要这么大一笔违约金？还是不是兄弟了？我们私了不行？"

"法不容情，你想得美。"

"你能不能讲点义气……"

"咚咚咚"，一阵敲门声打断了两人的对话。

"进来。"江曦收起话头，特意理了理衣领。

见安树答端着两杯咖啡进来，温喻珩不自觉挑了挑眉，放下跷着的二郎腿，收起自己懒洋洋的样子。

安树答看到温喻珩的时候也是一愣，一时有些失神，不过只有几秒钟，便迅速掩饰过自己的情绪。

"老板……"她顿了顿，又道，"温先生，你们的咖啡。"

温喻珩看着安树答白净细腻的半边侧脸，嘴角微勾。

"谢谢。"

客气、礼貌，好像又有点疏离。

安树答抿唇，果然，是没感情了。

"我先出去了。"她看了眼江曦。

江曦则一脸玩味地看着他对面的温喻珩。

"啪"的一声，门被带上。

温喻珩慵懒地端起桌上热气腾腾的白瓷杯，脸不红心不跳地吹了吹：

"怎么这么看着我，爱上我了？"

"所以，兄弟情不管用，"江曦笑得意味深长，挑了挑眉，"美人计才是正确答案，对吧？"

温喻珩淡定地喝了口咖啡："怎么，你要穿女装勾引我？不好意思，我没兴趣。"

江曦有些气恼："你明明知道我不是这个意思。"

"啊？你在说什么？听不懂。"温喻珩的语气一如既往的欠揍。

不知道为什么，安树答总觉得温喻珩和以前有些不一样了，具体她也说不出来。除了那一身合体利落的西服让他看起来更加风度翩翩，好像也变得更加疏离了。

以前那个又酷又狂的少年，好像不见了。现在的温喻珩，是矜贵成熟的律所创始人。

她的心脏不自觉地抽疼了一下。

联系了搬家公司在周四搬家。她哥哥给她买的新房子在顶黎世小区，是洛朗地段很好，也巨贵的高档小区。

她不得不感叹，有钱还是柏图哥有钱，不愧是坐拥一大笔遗产的小少爷。她记得她哥对柏图哥的形容就是"守着一大堆遗产，成天不务正业、游手好闲、坐吃山空的小少爷"。

本来她是不认可的，好歹柏图算她另一个哥，但有些人一旦相熟之后……

"答答？"柏图拿手在安树答面前晃了晃。

她回过神来："不好意思，走神了。柏图哥，怎么啦？"

"你哥问你，晚上吃什么。"

"吃……火锅吧？"安树答回答。

"大热天的吃火锅？"

"我们可以开空调。"

"好主意。"

柏图不走心地应和，安树答不走心地笑。

不知从什么时候开始，柏图好像把逗她开心当成了一种责任，安疏景把照顾她当成了一种补偿。

安树答其实什么都知道，知道他们的情绪，知道他们的想法还有打算，但是却不忍心辜负他们的好意。

明明谁都活得不真实。

　　哥哥担负起了她爸妈的所有责任，小心翼翼地保护着她的情绪，生怕她有一点点的不开心。即使哥哥只字未提，但相处的每一瞬间她都能感觉到。

　　感动，但也小心得让她更加愧疚。她总觉得对不起所有人。

　　安树答犹记得小时候和安疏景的关系特别不好，没事就打架，长大了就吵架，每次她哥哥那个逻辑鬼才都能把她骂哭。她哥哥不仅没有丝毫歉疚，反而得意地看着他的笨蛋妹妹哭得像个丑八怪。后来哥哥保送华京大学，那段日子她反而特别想他。

　　再到后来那件事，她也只想到了求助于安疏景。

　　那个时候她才发现，她潜意识里最亲近的亲人，一直都是安疏景。

　　也不知道怎么了，她明明已经很少会这样胡思乱想了，怎么最近几天有点频繁呢？

　　"答答，你怎么了？"柏图有些担忧地看着安树答。

　　安树答回过神来，才发现自己没有在柏图面前管好自己的情绪。

　　她摇了摇头，又笑了笑，终于还是说了："柏图哥，可不可以拜托你一件事？"

　　"你说。"柏图的眉眼间突然带上了几丝严肃。

　　她在心里苦笑了一下："你劝我哥回华京吧。"

　　柏图一愣，下意识想要找些话来逗她开心，但张了张嘴，最后沉默了一会儿，眼里染上一圈忧郁："答答，你是不是……不开心？"

　　安树答摇了摇头，说得很平静：

　　"不开心嘛，总会有的，谁又能一辈子开心呢？我只是希望你们能做自己，而不是为了我放弃喜欢的东西。

　　"我说不感动是假的，但更多的还是愧疚。

　　"我不想成为任何人的包袱，那可能更让我感到窒息。"

　　"答答，我们……"

　　"我懂的，其实我都明白的，哥哥放弃华京，留在洛朗，都是为了我，只不过他傲娇惯了，不可能承认。

　　"很多时候，我只是怕我的成全变成不懂事，甚至是辜负。

　　"说真的，多亏你们陪着我。我感觉我现在已经好了，我都有半年不用吃药了，也很少胡思乱想。

　　"所以哥哥没必要为我放弃一切，也没有这个义务的。"

"答答……" 柏图已经说不出话了，他只觉得他的眼眶有些发热，下一秒可能就会哭出来。

"柏图哥，你看，前面就是顶黎世小区了，我们到终点了。人生总会有终点的，谁知道是什么时候呢？但是为了感谢你们，我决定多跑几圈，争取晚点到终点。"

安树答的东西并不多，除了衣服、生活用品和一些电子产品外，剩下的都是书。所以，他们搬家很快，也很轻松。

安疏景下午有课，所以就把游手好闲的柏图给自家妹妹叫过去干苦力，但是从小娇生惯养、细皮嫩肉的小少爷怎么干得了这种粗活呢？

所以柏图大手一挥，钱一花，搬家公司便开始准时而高效地办事。

"2709？" 安树答按了电梯按钮，有些疑惑，"柏图哥，你买那么高的楼层做什么？"

"你哥的脑回路，他觉得歹徒不会跑到27层行凶，所以比较安全。但我觉得那是他的借口，也许他真正的想法是想让你在电梯坏掉的时候锻炼身体。"

啥东西都没搬的小少爷累得气喘吁吁地靠在电梯栏杆上，看着电梯上行。

安树答看了他一会儿，"扑哧"一下笑出了声，又立马捂了捂自己的脸。

柏图眯起眼睛看着她："我猜错了？难不成是27层……对你们兄妹有什么特殊的意义？你们竟然把我当外人？"

忽然，有点不开心，柏图的脸以肉眼可见的速度垮了下来。

安树答摇了摇头，笑着说："没有啦，我就是突然觉得，你的脑回路被我哥越带越偏了，哈哈。"

"叮——" 电梯到了。

"Close your eyes, give me your hand, darling..."

她还没出电梯，就听到一阵手机铃声，女声深情而又带着淡淡的忧伤，是她无比熟悉的那首歌——*Eternal Flame*。

随后歌声被切断，一道男声随之响起，充满磁性又带着漫不经心，散漫到了极致："放屁。" 狂到了极点，也熟悉到了极点。

安树答听到声音的刹那，心"咯噔"了一下。果然，一出电梯就看到了一抹熟悉的背影。

那人一边打着电话，一边正打算进行指纹解锁，也许是听到电梯开门的声音，回身看了一眼："我是这种……"

四目相对。

温喻珩愣了一下。安树答也明显愣了一下，心跳突然乱了阵脚。她轻轻咽了口口水，一时不知道说些什么。

"好……巧……"温喻珩沉默了一会儿，说道。

安树答点了点头，喉咙漫上一些苦涩，微微有些发干："巧。"

"哔——"是密码错误的声音，温喻珩按错了手指。他全然不在意，重新开了一遍。

"你……住2709？"温喻珩无视手机那头的人，挑了挑眉问。

"嗯。"安树答抿唇，不敢再直视他，就选择低下了头。

"嗯，挺好。"他的声音漫不经心到了极点。

"答答，你们认识吗？"柏图看了两人一会儿，眯起眼睛打量着眼前的男人。

安树答点了点头，然后思考了好一会儿，用了个她觉得很合适也不尴尬的形容词。

"嗯，高中同学。"

柏图点了点头。

安树答不再说话了，走到2709的门前，开了指纹锁。

"嘀——"

门被打开了。

"有你什么事？"背后的某人语气忽然变得很不好。

好像……来脾气了？是遇到什么烦心事了吗？烦心事是因为她吗？她住这里让他不开心了？

"砰！"

2710的门被狠狠地甩上。

安树答心里忽然不舒服起来。就这么不想看到她吗？那也……不用表现得这么明显吧？不知怎么，她心里又酸又委屈，很不痛快。

"答答，你这高中同学……脾气是不是有点大啊？"柏图眨了眨眼睛。

连柏图哥都注意到温喻珩的情绪了。

"不知道。"安树答说得闷闷的，胸口更是闷闷的。

"你以后……还是少惹他为妙。"柏图挠着下巴，若有所思地看向她。

进屋后，安树答失落地坐上了沙发，然后开始借着整理东西来掩饰情绪。

还当着柏图哥面呢，得忍，不能让他看到自己的失落情绪，要不然又要和哥哥担心来担心去的。

柏图也不知道安树答怎么了，就一脸问号地看着她抱着一堆衣服去了自己的卧室，然后又原封不动地抱了出来。

甚至位置都没变。

柏图有理由怀疑，她只是抱着衣服进卧室走了个秀。

安树答又在客厅绕了几圈，最后径直把它们丢进了阳台上的洗衣机里，然后一脸问号地看着柏图："柏图哥，你坐着休息就行，我自己收拾就好。"

柏图一愣：我啥也没干啊？

然后突然灵光一现，仿佛发现了什么不得了的事情，于是立刻从裤子口袋里掏出了手机。

柏拉图："！！！"

安疏景几乎是秒回。

Strange："你发现哥斯拉了？"

柏拉图："举报！安教授不好好上课！"

Strange："今天不想上课，给他们做小测。"

柏拉图："说正事，答答不对劲。"

Strange："生理期？很正常。"

柏拉图："看着不像，说不上来，反正和平时情绪淡淡的样子不太一样。"

安疏景没回。柏图等了一会儿，按灭了手机，起身帮忙打扫卫生。

"咚咚咚……"

门突然被敲响了。

安树答一愣，然后转头问柏图："柏图哥，你点外卖了？"

柏图一脸蒙："没啊……"

安树答皱了皱眉，去开门。

温喻珩十分漫不经心地靠在门边，侧脸在灯光的映照下，更显立体挺拔。他好像换了件休闲的家居服，棉质的衣料让他看起来没有那么不近人情，多了些烟火气息，整个人都懒洋洋的。

"温……温喻珩？"安树答有些奇怪。

"那个，我来……借酱油。"他说得一本正经，抬头，似是随意地往里面瞥了一眼。

　　安树答一愣，刚刚不还发脾气嘛？

　　"你要瓶装的还是袋装的？"安树答问。

　　"嗯……都可以。"

　　"你等等。"

　　安树答转身，踩着轻快的步子去了厨房。

　　"答答，怎么啦？"从浴室拿着拖把出来的柏图，一手捏着鼻子，一手拎着拖把。

　　"邻居来借酱油。"安树答闪身钻入厨房，然后找起来。

　　柏图看向墙壁上的挂钟，上面显示两点半。

　　柏图嘟囔："这个点做饭吗？"

　　还是下午茶喝酱油？那这癖好……还挺特别！

　　不一会儿，柏图又看到安树答像一阵风一样从厨房里跑出来。可能是跑得有点急了，她的腮边染上一层淡淡的粉红色："只有袋装的了，你看行吗？"

　　温喻珩从她手里接过酱油，温热的指腹不经意撩过她软软的手心。安树答觉得痒痒的，心里如电触一般轻轻麻了一下。

　　"谢谢。"

　　"不客气。"

　　沉默。

　　突然没话说了，但温喻珩好像没有要走的意思。

　　"你，刚搬来？"

　　"嗯。"

　　"挺忙？"

　　"还好……"安树答站着有些局促不安。

　　"收拾好了？"

　　"快了。"

　　"答答，你知道这拖把怎么用吗？"柏图拿着一个拖把走过来，委屈巴巴的，"我好像把它拆了，你哥一会儿会不会揍我？"

　　安树答看着把手都被卸下来的海绵拖把，有些无语。

　　温喻珩看着他们，没说话。

　　柏图叹了口气："我果然还是不太适合做家务，要不我们放着等你哥？"

安树答抿了抿嘴："我们还是自食其力比较好，如果你不想挨骂的话。"

顿了顿，安树答笑着从柏图手里接过海绵拖把："没事的，你坐着休息吧，我一个人收拾就好，很快。"

温喻珩挑了挑眉："要我帮你吗？"

柏图终于看向门口的年轻人，见温喻珩一脸挑衅地回看他，心想：这男人的眼神怎么透着杀气？

柏图背后不由自主凉了凉。

安树答没注意到温喻珩的表情，只是有些疑惑："你不是要做饭吗？"她指了指温喻珩手里刚刚借的酱油。

温喻珩一愣。

"可以在我们家吃啊！"柏图真想拍一拍自己聪明绝顶的小脑袋瓜，"我可以帮你点外卖？"

这样就有免费劳动力了！

安树答看着柏图，腹诽：你就是不想干家务。

温喻珩挑了挑眉，终于从门上直起身子："我觉得可以。"

安树答愣住了。

温喻珩拿过柏图手里已经废掉的海绵拖把，然后往门外一扔，整套动作行云流水、一气呵成。

"砰"的一声，把门关上，他拍了拍自己的手，然后自然环胸，朝安树答一挑眉："你房间在哪里？"

安树答和柏图一头雾水。

"我帮你整理东西。"

不知道为什么，如果温喻珩是她男朋友，这种行为，还挺像某种特别幼稚的……宣示主权。

但安树答想起来自己的房间现在特别乱，就不太想让他进去。

不过温喻珩虽然这么说，却并没有迈步子，似乎在等着她点头。

"嗯？你不点外卖？"温喻珩看了柏图一眼，不知道怎么，语气不是很好，连带着眼神也略凶。

柏图腹诽：我就是客气一下，你还挺自觉？

他这下是听出来了，眼前这个长得人模狗样的家伙根本就是对他有意见嘛。自己什么都没做就被针对，饶是小少爷再怎么温和，可也是个有脾气的人。

柏图冷笑着环起胸："你难不成现在就饿吗？"

不知怎么，安树答总感觉温喻珩背后隐隐有一些火气，语气也很是呛人。

她和柏图这几年相处的时间也挺久，慢慢地也了解了柏图。他平时看着像个奶油味十足的大哥哥，好像很好相处也很温柔，但毕竟从小要风得风，其实大少爷脾气一点都不好。

气氛突然就微妙了起来，他们像两个随时会拔刀的剑客，在做开战之前的眼神试探，又如暴风雨来临之前的宁静。安树答总觉得这两个人再这么干瞪着眼下去，不要一会儿就得打起来。

"那个，我带你去我房间！"安树答及时切断了两人之间的剑拔弩张。

她一把拉过温喻珩，扭头就跑。

"柏图哥，你休息一会儿。"

安树答这个时候也顾不上她房间乱不乱了，生怕他俩打起来，就不管三七二十一直接拽着温喻珩进了自己卧室，然后一把关上了门。

"我……我们收拾东西吧？"安树答抬头看他。

温喻珩看着她拉着他的那只手，挑了挑眉，原本黑着的脸立马就缓和了，甚至还乐呵呵地勾了一下唇："好的。"

语气都透着得意和轻快。

见他变脸十分快，安树答愣了愣。

又是沉默，安树答忽然觉得密闭的空间仿佛更容易滋生一种叫"尴尬"的气体。

"你去医院打针了吗？"温喻珩忽然开口问，打破沉默的气氛。

安树答一愣，一时间没反应过来："什……什么？"

"你不是感冒了吗？"温喻珩靠着门，整个人懒得不成样子。

感冒？？？

安树答一时没想起来这是为何，便陷入了沉默。

她从两人重逢开始回忆……

她骗江曦的那次……

安树答想着既然谎话说出口了，就干脆圆回来好了："我吃过药了。"

"你不是吃不下药吗？"

安树答一愣："总要逼自己学会的嘛。"

温喻珩皱眉。

"毕竟是一项生存技能。"

房子收拾完后，到了黄昏，安树答留温喻珩吃饭。

温喻珩看着在餐桌前就座的柏图，笑了笑："不了，还有事。"

他语气冷冷的，临走前要了安树答的一系列联系方式，然后头也不回地走了，撒气撒得很明显。

安树答不清楚缘由，想留又不好意思开口，后来一整个晚饭期间也都失魂落魄的。

安疏景过来看到后，揪着柏图的后衣领去了客房，压低声音冷笑："这就是你和我说的挺不一样？"

柏图欲哭无泪。

安树答躺在床上，看着天花板，想了好多好多高中时期的事情。

夜黑得深沉，城市里的路灯亮得夺目。

她睡不着了，翻身坐起来，把窗户开了条缝，有细微的风吹进来，凉飕飕的，楼底下的车流在一点一点变少。

因为楼层的缘故，她仿佛能看到城市的边界，靠着沙发背椅，眼里是城市的灯火辉煌。她难以解释现在的心情，如果一定要找一个词来形容，只有"复杂"二字。

温喻珩成了她邻居，一墙之隔的邻居。

她能感受到此刻内心还在鲜活地窃喜。可是，一想到他们曾经的难看收场，安树答就止不住害怕。

怕温喻珩早就不喜欢她了，更怕，他会报复她，毕竟那个时候的她，真的太伤人。

但是她又想啊，如果再来一次，在她不知道未来的情况下，还是在当时当景，可能、也许，她还是会做同样的事情。这是她在见到温喻珩之前，每一次想到这件事情得出的结论，但是今天，好像变了。

如果可以再来一次，她希望神明没收她的胆怯。

安树答翻开一本黑色烫金的本子，扉页粘着一朵玫瑰干花。她一直都有写日记的习惯，唯独这一本，写的不是日记，是思念。

这四年里，每想他一次，每回忆一次曾经，就给他写一封情书。她翻开第一页，没有时间，但她知道，这是她第一次真正心动的开始：写给温喻珩的第一封情书——

你是布罗茨基桀骜的美学风格，

是曼德尔施塔姆自由的傲骨，

是斯特里克兰德单向奔赴的执着与浪漫，

是特朗斯特罗姆诗里呼唤的真实，

无论是怎样的荒诞诡谲，森雾云弥，

那都是皎月光辉下，

烂漫璀璨、至死不渝的爱情，

于质不在量。

安树答往中间翻了翻，看到一页粘着黑色玫瑰干花的文字，她愣了愣，心脏无以复加地痛了起来，一抽一抽的，像细密的针慢慢地刺入心脏……

依旧没有日期，但她很清楚这是哪一天。

是他们分手的那天：写给温喻珩的第一百零一封情书——

远处有小雨，舞女在为玫瑰举行葬礼，鸟儿充当神父，沉默地念着祷告。乱糟糟的一切，唯独祭奠和葬礼有序。

而我撑着伞淋雨，像一个局外人。

安树答吸了吸鼻子，将本子翻到最新的一页空白。

提笔写下：写给温喻珩的第一千零七十一封情书——

我的心脏好像被地心引力固定了，任谁都无法动摇。直到遇到你，我才发现，原来心脏不动的原因，可能是因为，你是我的地核。

写完，她合上本子。

拉了一张移动式的小沙发到窗前，就着黑夜，吹着风，看了一夜的城市灯火。

第九章
答尔文

第二天，安树答简单化了个妆，遮了遮她的黑眼圈去上班。打开门的时候，2710 的门也恰好打开。

温喻珩穿着简单的黑色休闲装，戴着个鸭舌帽，狭长的丹凤眼天生含情，一只手懒洋洋地插在裤子口袋里，慵懒得不成样子。他抬了抬眼皮，语气漫不经心的，似是随口一问："上班？"

安树答抿了抿嘴，然后轻轻点了点头。

"早……早上好。"她想了想，还是主动打了个招呼。

温喻珩打着哈欠的动作一顿："嗯……早上好。"

安树答带上了门，然后开始等电梯。

温喻珩百无聊赖地靠在电梯门口的墙壁上，双手环着胸，眼神涣散地盯着显示电梯楼层的灯。

"怎么去？"温喻珩没看她，依旧靠着墙，似是没有睡够。

安树答愣了愣才反应过来："地铁。"

沉默了很久。

"一起吧。"

"啊？什么？"

"我送你。"温喻珩打了个哈欠后看向她。

"顺路吗？"安树答想了想，要是不顺路，那还挺不好意思的。

温喻珩笑了笑，看向她："不顺路。"

"那算了吧。"安树答觉得这样还挺麻烦的。

温喻珩笑了笑："行啊。"

安树答点了点头，但不知道为什么，她感觉温喻珩好像有点生气。

"叮——"电梯到了。

两人前后脚进入电梯，现在时间还早，电梯里就他们两个。温喻珩按了负一楼，她按了一楼。

安树答不再讲话。电梯下到第 25 楼的时候，温喻珩"哎"了一声。

安树答转头看他："嗯？怎么啦？"

温喻珩气笑了："我不顺路，但我要去 Radio。"

安树答手捏了捏衣角，一时没有反应过来："所以呢？"

温喻珩气极反笑："所以我送你。"

安树答反应过来，后知后觉地点了点头，然后又转回头去，对着电梯的门情不自禁地笑了。

温喻珩从裤子口袋里掏出一片口香糖，塞进嘴里嚼起来，泡泡在空气中爆破，回荡着嚣张。

"温喻珩……"安树答想到什么，转回头来。

温喻珩漫不经心嚼着口香糖，靠在电梯里的横杠上，看着她的背影，没想到她会突然转过头，视线不经意就撞在一起。

他也不尴尬，慢条斯理挑了挑眉："怎么？"

"你去 Radio 干吗？"

"啊——"他嚼着口香糖，慢吞吞地说道，"找你们江曦讨钱。"

安树答点了点头。电梯在几个楼层停停走走。

"叮——"负一楼到了，两人前后脚走出去。

安树答顿了顿，继续道："你找大老板的话，这个点他可能还没有起床，而且今天也不一定会去 Radio 的。"

温喻珩双手插兜，懒洋洋地跟在她身后："前面左转。"

"哦。"安树答乖巧地点了点头，然后继续说道，"你最好找阚秘书预约一下，不然白跑一趟。"

温喻珩又慢吞吞吐了个泡泡，从口袋里摸出手机。

"这辆。"他指了指一辆黑色的玛莎拉蒂。

安树答点了点头，还没等她为该坐哪里懊恼，温喻珩就为她拉开了副驾驶的门。安树答坐到副驾驶，然后乖巧地系好安全带。

温喻珩系好安全带后，并没有立刻发动，而是拿起手机打了个电话。对面好像隔了好久才接通。

"喂？"温喻珩懒洋洋的，单手撑着车窗。

"在哪儿留宿呢？"

"啧……"温喻珩挑眉笑了笑，"老样子，一点不变。"

"别睡了，现在来 Radio。"

"不为什么，你债主要来了，你不得过来接驾？"

车里的气氛过于安静，安树答仔细听，可以听到手机那头，一道熟悉的男声愤怒地吼了一句："温喻珩，你大爷的！"

对方还没骂完温喻珩就挂断了电话，安树答大致猜到电话那头是谁了。温喻珩挑眉，发动了车子。

"吃早饭了吗？"他偏头瞥了她一眼。

安树答今天没什么心情做早饭，她本来是打算到地铁站买些包子吃的，但计划赶不上变化，她怎么猜也猜不到她现在会坐在温喻珩的车里。

但她并不想给对方造成什么麻烦，所以撒谎道："吃过了。"因为有点心虚，所以没敢看温喻珩的眼睛。

温喻珩"哦——"了一声，刻意拉长了调子。

另一边的江曦腹诽：温喻珩，你给我等着，老子还治不了你了？我江曦今天不把这仇报回来，我就跟我堂弟姓！

温喻珩把车停在路边，一边解安全带，一边说道："在车里等一会儿。"

安树答乖巧地点了点头："好的。"

安树答拿起手机，看了看今天的工作任务，却困意袭来。她打了个哈欠，有些后悔，昨天就不该一夜没睡，现在好了，困死了。

隔了几分钟，温喻珩回到车上来。他把豆浆油条递给她："吃吧。"

安树答一愣，想要继续撒谎："我……我刚刚说我吃过了……"

温喻珩挑了挑眉，也不点破，笑得漫不经心："可我没吃，而且买多了吃不下，你再吃点，剩下的给我，我现在开车不方便。"

安树答点了点头，有些感动，她知道温喻珩看出来了。温喻珩好像还是没有变，表面上又狂又酷的，其实心思很细腻，体贴又周到。不知怎么，她的鼻子有点发酸，喉咙里弥漫起一阵苦涩。

"怎么不吃？"温喻珩瞥了一眼安树答的表情，然后继续看着前方打方向盘。

安树答摇了摇头，笑道："没什么。"

"温喻珩……"

"嗯？"

"问你个问题。"

"在听。"

不知怎么，当所有熟悉的一切扑面而来时，安树答的心脏比她的理智更快地起了反应。安树答有些哽咽，但早已习惯掩饰情绪的她，并没有表现得很明显。

"我刚刚是说谎的。"她坦诚。

温喻珩嘴角勾了勾，眉头微抬："哦？是吗？"

安树答把吸管插进豆浆杯里："我其实没有吃早饭。"

"那为什么不吃？"温喻珩皱了皱眉。

他没有问她为什么骗他，就好像，他知道她撒谎的原因似的。

安树答吸了几口豆浆，然后拿起油条，从中间轻轻撕开："懒得做，也没有什么胃口。"

她说的是实话。每年一入夏，她的胃口就急剧下滑，明明饿得前胸贴后背，却对食物毫无欲望。可能是这个原因吧，她一直都属于吃不胖的类型。

她塞了一口油条进嘴里。

温喻珩开起玩笑："你怎么不说你厨艺差？"

安树答想了想，觉得也有道理。她确实不怎么下厨，自从大四从宿舍搬出来住之后，她哥哥和柏图隔三岔五来她租的房子里看她，她哥哥就会给她下厨。她自己一个人的时候，不是点外卖就是煮泡面，好一点的时候就是拿剩饭做个蛋炒饭吃。

过得相当的简单。

"主要是也没有锻炼的机会……"安树答嚼着油条有点噎，然后喝了口豆浆顺喉咙。

"工作很忙吗？"温喻珩懒洋洋地扶着方向盘。

安树答点了点头，又摇了摇头："忙着毕业论文，而且我本来就是实习生嘛，忙一点也挺正常。"

温喻珩张了张嘴，最后还是什么都没有说。

"国外的大学毕业这么早吗？"她又问道。

但温喻珩似是想到了什么，苦笑一声："我提前修完了学分，早一年毕业了。"

安树答点了点头："哦。"

两人都没再说话，安树答静静地小口吃着早饭。不多久，车子停在了杂志社大楼对面的路边。

"那我先下去了。"安树答解着安全带，说道。

温喻珩慢吞吞地"嗯——"了一声。

他把车停好后，就迈着悠闲的步子直奔江曦的办公室。

江曦已经到了，跷着二郎腿半躺在办公室里的沙发上打着手游，衬衫解了几颗扣子，露出锁骨处的大片皮肤，显出几分不羁。休闲西服被他随意地扔在一边。鞋子脱了，歪七扭八地倒在地毯上。

温喻珩进来的时候，看到的就是这样一幅场景。

江曦用余光瞥了温喻珩一眼，手机界面上刚好是"胜利"的结束局。他冷笑了一声，把手机扔到一边，然后"腾"一下坐起来。

"温喻珩，你有完没完？"

温喻珩没多搭理江曦，双手依旧漫不经心地插着裤兜，绕过沙发，径直坐到一张转椅上，脚有一下没一下地摩擦着地面，让转椅晃着转着。他一只手支着脑袋，慢条斯理地笑起来。

"火气别那么大，我是来解决温优度小姐和贵社的经济纠纷问题的。"温喻珩狭长的丹凤眼天生含情，此刻却有些漫不经心。

江曦翻了个白眼："算错了几百块钱而已，我们把剩下的补回来不就行了？那么点问题还经济纠纷？不是我说，温大律师，你讲道理吗？"

"讲道理不是一个律师的职责。"

江曦嘴角抽了抽，心想：扯，我看你继续人模狗样地扯！

"讲法才是。"

江曦笑着笑着，就气血上头了。

"那您今天过来解决问题，怎么空手来呢？合同都不带？"江曦笑得脸都僵硬了，几乎是咬牙切齿的。

温喻珩懒洋洋地跷起二郎腿，然后指了指自己的太阳穴："作为一个至今零败诉的优秀律师，过目不忘是基本的职业素养。"

江曦抽了抽嘴角，他实在受不了："就这么一点小事，咱私了行吗？"

温喻珩百无聊赖转着椅子："温优度，我妹妹，你觉得我能看她受委屈？"

江曦说："你要不同意，我就……"

"威胁、勒索，我们可以多拿一份违约金。"温喻珩漫不经心地环胸。

"那我就追安树答。"江曦笑得人畜无害。

"私了。"温喻珩毫不犹豫卖了温优度。

江曦露出得逞的笑容，心想：大早上扰我清梦，我还治不了你了？

但温喻珩转念一想又觉得不对，语气酷酷的："她会看得上你？"

江曦从齿缝间挤出一个不文明词汇。他到底为什么要和一个法学系的高才生逞嘴上功夫，尤其这货还是温喻珩？

不过就温喻珩那点小心思，他江曦一个情场老手还看不出来吗？这货压根儿就不是认真来讨钱的，明显的醉翁之意不在酒，还死鸭子嘴硬，却苦了他一大早还要早起。好烦，他什么时候起过这么早？

安树答一向都到得很早，所以此时的编辑部没有几个人，来了的也是趴在桌子上补觉。

她一坐到位置上就开始打字、修图，但没一会儿困意就上来了。

这样下去不是办法。她摇了摇头，拿起一旁的手机，花了几分钟点了杯咖啡。闭了闭眼睛，因为长时间的注意集中，导致她的眼睛有些酸涩。

"答答，你怎么了？"是施道桑。

安树答微不可闻地撇撇嘴，没有搭理他。

她对那些不直接挑明心意，只一味骚扰她的追求者一贯的做法，就是先礼貌，然后疏离，接着远离，最后不搭理。终于时间一长，他们自然而然就放弃了。

她能猜到施道桑心里的盘算：觉得她是一个性格比较高冷的人，所以只要他穷追猛打就一定可以把她追到手。

他错了。

因为曾经每一个对她这样穷追猛打的人，都是抱着这样的心理和侥幸，但安树答最后总能用时间和实际行动让他们落败。

她还记得大一的时候，有个男生追了她很久，最后表白却还是被拒的时候，气不过骂了她一句。

安树答没有去理论，只是一声不吭，未停下自己的步伐。她当时的想法是，只要他别再来缠着她就行，其他的都无所谓，反正不是什么在乎的人，也就对这恶意的责骂感受不到半分难过。

唯一担心的也只是万一她那天有什么多余的举动或多说什么话又会给对方什么心理暗示，他们两个接下来就还会有更多的交集。一想到那些她就愈加担心，所以只是一声不吭地转身走了。

连半点情绪起伏都没有。

不过说真的，她是真的没有什么感觉，很平淡，就好像对方只是在说一句稀松平常的问候一般。

这个世界上也许只有安树答知道，真正的自己是个什么样的德行。她不是性格高冷，她是生性冷漠。她不与人真正交心，也不愿与人真正交心，维持着一种不咸不淡恰到好处的关系，这才是她想要的、合适的人际关系。她不喜欢很大的圈子，她喜欢自由不被拘束。

她出神了很久。

回过神来的时候，施道桑已经坐在 Helen 的位置上，拿出了刚买的小笼包："答答，这是我刚买的小笼包，你一定没有吃早饭吧？"

"吃了。"安树答淡淡地敲着字，并没有看他一眼。

施道桑噎住。说实话，他其实有点累了，追安树答都快小半个月了，从进杂志社实习开始就追，却一点进展都没有。她的态度越来越淡、越来越冷。虽然她刚开始就没有多热情，但还是会保持着基本的礼貌，可慢慢地，她好像连礼貌的耐心也没了。

他有一瞬间想要放弃，但想想都花了这么多的时间精力，又觉得有点可惜，而且安树答无论从相貌到气质，还是从学历到能力，都是不可多得的理想伴侣。一想到这个，他又有点舍不得放弃了，毕竟沉没成本在那里，所以总觉得自己再坚持一下，也许就能获得女神的芳心。

"施道桑。"安树答叫他的名字。

他的眼睛亮了亮："嗯！怎么了？"

"我现在挺忙的，你可以离开了吗？"

施道桑的眼神瞬间又暗了下去，但他就是赖着不走。他其实有点火了的，但又不好直接表现出来。

"我不说话还不行吗？"他笑嘻嘻的。

安树答勾了勾嘴角，是有点讽刺的笑意。那些一直缠着她不放的男孩子或许都觉得是她在耗他们。但她却觉得，是他们在耗着她。

明明可以"你表白然后我拒绝"的事情，偏偏要用他们所谓的"经验主义"来对付她，打着"只是交个朋友"的幌子死缠烂打，让她连拒绝的话都没资格说。

给一个明显的态度却又当作看不见。

而她呢？

既要护着自己的面子，还得礼貌地护着他们的自尊心。

安树答心里冷笑一片。

烦透了。

她保存了一下当前的页面，然后站起来。

"答答，你去干吗呀？"施道桑也赶紧起身。

她答非所问："答答不是你能喊的，我们没有那么熟。"

她有点烦了，虽然语气还是温温和和的，但每一个字都在表现她的排斥。她拿起桌上的手机，快步走向电梯间。

施道桑今天也是吃了瘪，现在一肚子不爽，他站起来快步跟了上去。电梯门打开的时候，安树答正要进去，却被施道桑一把拉了回来。

"安树答！"他压着怒气，所幸现在时间还早，周围没什么同事。

电梯门又关上。安树答皱了皱眉，回头淡漠地看着他："你想干吗？"

"你能不能别对我这么冷淡？你以为我欠你的吗？要不是因为我喜欢你，我至于这么讨好你？！你能不能别给脸不要脸？！"他着实是有些气着了。

"缠了这么久，终于说到点子上了？那好，我明明白白告诉你，我不喜欢你。"安树答深呼了一口气，冷笑起来，"还有，你是在朝我发脾气吗？"

似乎安树答从来都是安安静静没什么脾气的样子，她此刻阴沉的脸色有些吓人。

施道桑愣住了。

安树答"喊"了一声：

"施道桑，你觉得我让你丢脸了对吗？

"你觉得这一切的始作俑者都是我对吗？

"你一点错都没有还特别无辜是吗？

"你是不是觉得你还特别深情是我不识好歹？"

施道桑扯着她的手腕不放，却在看到她此刻咄咄逼人的样子时，有些愣怔，他从没有见过这样的安树答——明明是心平气和的样子，却给人盛气凌人的压迫感。

他印象里的安树答一直都是安静又温柔的样子，笑起来甜甜的，很可爱，有耐心没脾气，以后会是一个合格的贤妻良母，而不是眼前这个攻击性十足的女孩子，不像光滑的鹅卵石，而是像棱角分明的礁石。

到底……哪里出错了？

安树答顿了顿，看着施道桑的表情大概就能猜到他此刻心路变化过程。她微不可闻地嗤笑一声，抽了抽手臂，却没有挣脱。

"施道桑，你道德绑架谁呢？

"你如果觉得丢脸，那在你给我买第一杯咖啡，而我拒绝的时候就应该放弃。你没有，这只能说明你自负且没有自知之明。

"追我是你的决定，我无权干涉；但拒绝是我的权力，我有权行使。如果你觉得你一点错没有，甚至觉得这一切的始作俑者是我，那我是不是可以做一个简单的逻辑换算，我站在这里呼吸我就有错？"

施道桑愣得说不出话来。

"还有，对一个喜欢你的人死缠烂打才叫深情，而对一个不喜欢你的人死缠烂打，那叫骚扰。"

安树答平复了一下心情，继续说："最后，你或许应该仔细想一想，你为什么喜欢我。这道题的答案，也许就是我不会喜欢你的原因之一。"

安树答看了看施道桑紧抓着她手不放的胳膊，叹了口气，企图去拨开他的手："施道桑，放开！"

"安树答，可我……我是真的很喜欢你，你能不能给我一次机会？"施道桑舍不得放开她的手，语气有些急了，手上的力道又紧了紧。

他此刻有些孤注一掷，毕竟沉没成本已投如此之高，他不甘心。

身后有脚步声走近，有人懒洋洋又不耐烦地"哎"了一声。

闻声，两人同时回过头去。

安树答表情一僵，下意识想要抽回自己的手，但无奈施道桑一个男孩子力气太大了。

温喻珩一手插兜，一手拿着手机走过来，他脸色有些不好。

他看着他们纠缠不放的双手，眉头一皱，嘴角噙着一抹冷笑，轻轻哼了一声，幽幽开口："这位先生，你这是……职场性骚扰？"

施道桑的脸"唰"一下白了，立刻放开了安树答的手腕。

温喻珩刚好走到他们面前，挑了挑眉："还算聪明。"

"不至于吧？我就抓了一下她手腕……"施道桑讪笑了两下。

温喻珩抬了抬眼皮："《中华人民共和国民法典》第一千零一十条，违背他人意愿，以言语、文字、图像、肢体行为等方式对他人实施性骚扰的，受害人有权依法请求行为人承担民事责任。所以，只要是违背他人意愿，在受害人已经明确进行抵触，而行为人仍然实施前述行为的，就构成。"

"现在明白了吗？"温喻珩懒洋洋又不耐烦地白了施道桑一眼。

他将安树答扯到自己身后，另一只手拿出自己的手机来，按了几下，将一段视频举到施道桑面前。

是刚刚施道桑拉着安树答不放的画面。

温喻珩抬了抬眼皮："人证物证俱在，职场性骚扰未遂，想不想来场诉讼服务？"

施道桑脑袋"嗡"一下炸开了。

他心里一阵后怕，立刻央求起来："对……对不起，我……我以后再也不敢了，你……你们别报警。"

他又看向安树答："安树答，我……我只是一时心急，都是我的错。对不起，对不起，我发誓我以后再也不找你了。不，不不不，我连出现都绝对不出现在你面前。大家同事一场，你就放过我这次吧？"

安树答躲在温喻珩背后，抬眸看了一眼，抿了抿嘴，她确实觉得同事一场没必要闹这么大。

最后，她叹了口气："温喻珩，要不算了吧？"

她拉了拉温喻珩的衣角。

温喻珩挑了挑眉，他本来就是吓唬施道桑一下，于是不耐烦地白了施道桑一眼："说到做到？"

"一定！我发誓！"

温喻珩捏了捏手里抓着的软软的手指："行吧……"

施道桑立刻感激涕零："谢……谢谢，谢谢。"

"下次别犯了，我可把证据留着呢。"温喻珩慢吞吞地说。

施道桑逃也似的离开。

电梯间瞬间只剩下他们两个人。

"谢……谢了。"安树答抬头看了看温喻珩。

不知道怎么，退去了少年的青涩，青年的相貌更加深邃俊美，刀刻斧凿般精致。此刻他们挨得很近，安树答能闻到他身上熟悉的松柏香，只不过又混杂了淡淡的烟草气息。

两种香味混在一起，还是说不出的好闻，是能让人平静放松的味道。

温喻珩扯了扯嘴角，放开她的手腕，双手环胸，眉头轻抬："你在公司这么被欺负，你男朋友知道吗？"

"啊？"安树答一愣，有些莫名其妙的，"什么？男朋友？我……我没有男朋友啊。"

不知道是不是错觉，她好像听到温喻珩微不可闻地轻哼了一声。他的整张脸都明显轻松起来，语气轻飘飘的："一起吃晚饭吗？"

咦？

"可现在还是早上。"

而且她哥哥晚上可能要来给她做最后一次答辩模拟。

温喻珩抬了抬眼皮："啊——那算了。"

"那要不中午？"安树答有些心急，她还挺舍不得错过的……

温喻珩嘴角微弯。

"嗯，一会儿我来接你？"温喻珩双手插兜。明明懒懒的，但不知道为什么，安树答觉得他这副漫不经心的样子总是很惹眼。

她乖巧地点了点头："好。"

他懒洋洋地"嗯"了一声："那我走了？"

"还是我去编辑部等着你下班？"他似笑非笑地挑了挑眉。

安树答一愣。

编辑部？

她忽然想起前几天，Helen 和晓晓她们聊天时，抵挡不住的花痴脸和熊熊燃烧的八卦之魂。

温喻珩这种类型的，好像在她们那里，有着居高不下的热度，即使她们平日里看惯了来杂志社拍封面的各类俊男美女。

不太行，她不能让他"任人宰割"！

几秒钟之后，她认真且严肃地摇了摇头："不可以。"

温喻珩笑了笑，挑眉："行，那我走了？"

安树答点了点头，然后乖巧地帮他按了电梯。

温喻珩愣了愣。

安树答道："我们一起吧，我要下去拿咖啡。"

温喻珩抬了抬眼皮，似笑非笑地"嗯"了一声。

安树答一上午都想着等会儿要和温喻珩去吃午饭的事情。因为害怕工作太多来不及赴约，所以她就有点着急，一着急，就不小心把一整天的工作都做完了。现在安树答只能对着电脑发呆，办公室忙忙碌碌的，唯独早早把所有工作做完的安树答闲得发慌。

"答答啊，你是没事干吗？"是忙得焦头烂额的晓晓。

见她手里抱着一大堆资料，安树答差不多猜到她的意图了，应该是想让自己帮忙。

安树答淡定地摇了摇头，脸不红心不跳地撒着谎："不，我还有很多事。我在思考这一期的杂志封面排版，组长说要别具一格的，但我想了半天，头发都要掉光了也毫无进展，现在脑袋有点晕，所以稍微休息一下。"

其实她一个小时前就做完了。

晓晓叹了口气："好吧，我去找找别人吧。"

安树答甜甜地笑着，点了点头："嗯！"

她点开手机自带的镜子照了照，好像有点掉粉，眼线也没画，口红好像也掉得差不多了。

嗯，好丑啊。

她又低头看了看自己穿的衣服，土倒是不土，她的搭配能力一向挺好的，就是有点旧，而且T恤配长裤……会不会有点没有女人味？

她的眉头皱起来。

头发也有点油……

不行，太不行了！这副样子怎么见人？！她一骨碌站了起来，急匆匆往他们组长办公室跑。

"咚咚咚……"

"进——"林组长慢悠悠地说。

安树答推门进去，看到林组长端着一个老式的茶杯，扶了扶眼镜，抬头看了她一眼，有些惊讶："哎？小安呀？是工作上遇到什么问题了吗？"

"啊，不是。"她有些踌躇，顿了顿，说道，"组长，我那个学校里突然有点事，我得回去一趟，想要请半天假。"

林组长看了看手表。他对这个实习生的印象很不错，麻烦事儿少，能力强，效率高，工作做得还漂亮，再加上他今天心情蛮美妙，于是大手一挥："给你准一天假，去吧去吧。"

"谢谢组长！"安树答兴高采烈地关上了门，摘下工作牌放回桌子上，拿着包往楼下走。

顶黎世小区离她工作的地方还挺近的，坐地铁三号线只要三站就到了。前后也就十来分钟。

她急匆匆回了家，然后拿着衣服就进了浴室。

差不多半个小时吧。柜子里的衣服被她翻了个遍，才勉强找出一件黑色绸缎面料的裙子。她抿了抿嘴，换上了。

对着镜子看了会儿，非常臭屁地认为自己美貌犹存。

其实安树答一直觉得自己长得相当具有欺骗性：精致甜美得像芭比娃娃一样，软萌可欺又让人舍不得欺负，尤其是笑起来的时候，会让人觉得很舒服。

她无奈地笑了笑，拿起粉底液开始化妆。其实她化妆的步骤很简单，刷层粉，然后涂个口红，偶尔心情好就画个眼线。

她看了看时间，十一点了，她和温喻珩约的是十一点半，她得赶紧赶回杂志社。不知道为什么，她有点心虚，要是温喻珩问起她怎么换了件衣服怎么办？就说咖啡撒身上了？好像有点假……

算了，临场发挥吧。

"嗡——"

嗯？

安树答低头看了一眼。哥哥？

"喂？"

"有事不来了啊？可以啊可以的。"

电话那头的安疏景拿着书本走出教室，挤入下课的学生潮："安树答……"

"怎么了？"她画了笔眉毛。

安疏景吸了口气："怎么感觉……你见不到我好像很开心？"

安树答一愣："啊？有吗？"

"你没发现你现在的语气有点兴奋过头了吗？"

"你感觉出问题了吧？"安树答"啪"一下就挂了电话。

安疏景听着"嘟嘟嘟"的忙音，愣了愣。

安树答最后看了一眼镜子里的自己，化好妆的她好像更加精致了。她满意地冲着镜子里的自己笑了笑。

"叮——"一条新消息。她点开聊天框，是温喻珩。

温喻珩："刚苏函问我要不要去同学聚会，你去吗？"

安树答一愣。同学聚会？那岂不是会有很多十班的人？苏函、江辞、宋彧今、桑嘉，还有……明周淇。

她的胸口忽然就弥漫上一股酸涩和无力，手指微微瑟缩了一下。她不太想去的，同学聚会总是会问这问那，有很多人。热闹的氛围总是让她紧张又生疏，对熟悉的人群，她心里不由自主就涌上难言的恐惧。

她抿了抿唇。

安树答："中午吗？"

温喻珩几乎是秒回："嗯。"

她的眼神淡下来，斟酌了一下用词。

安树答："我就不去了吧，你们玩得开心。"

她叹了口气，把手机反扣在洗漱台上，鼻子酸了酸，有些委屈。看着镜子里打扮精致的自己，突然觉得有些讽刺。

她好期待和他的午饭，果然是计划赶不上变化。

窗外的阳光明媚得不像话，燥热填充着每一分每一秒的时间空隙。她叹了口气，坐回床上，打算把衣服换下来。

"嗡——"手机振动起来，她拿起来，看了一眼来电显示。

温喻珩。

她抿了抿嘴："喂？"

声音一出，她自己都愣住了，她的语气听起来怎么这么可怜巴巴的，仿佛下一秒就要哭出来似的？关键还这么明显。

要死，这也太丢人了？

果然，对面顿了几秒："安树答，哭了？"

"没。"鼻涕快下来了，她下意识吸了吸。然后她呼吸顿住，这下子直接坐实了！这怎么看怎么像个怨妇嘛！糗死人了！安树答欲哭无泪。

"那个，温喻珩……"

"嗯。"

安树答轻轻呼了口气："你还记得吗？"

"什么？"

"我之前和你说过的。"

"嗯？"

"我有点感冒，现在还没好透。"安树答能感觉到心脏在扑通直跳。

信吧？会信吧？求求你了，信吧！

对面好像没什么反应："下来吧。"

"啊？"安树答没有反应过来。

"不是去吃午饭吗？"温喻珩轻轻地笑了笑。

安树答疑惑："可……可是，你……你不去同学聚会吗？"

温喻珩轻笑："我这种大咖适合压轴，晚点去也没什么。"

这话听着……

"啊！我马上到！"意识到什么的安树答一时有些慌张。

啊啊啊！疯了疯了疯了！她现在还在家呢！她"啪"一下挂了电话，然后光着脚提着鞋子就冲进了电梯……

温喻珩见到安树答的时候愣了愣。女孩子明媚的样子明显是经过精心打扮的。印象中，她好像很少穿裙子。

安树答气喘吁吁地看着他，然后挤了抹笑："不好意思，我来晚了。"

温喻珩可能也回了趟家。他换了件黑色的缎面衬衫，低领，领口敞到锁骨处，露出脖颈下方偏白的皮肤，配着黑色直筒裤。他坐在驾驶座上，单手撑着车窗，天生含情的丹凤眼狭长而邪气，正好整以暇地看着她。

他整个人都是一副矜贵又玩世不恭的模样，少了曾经的痞，却像极了前几天杂志社 Kiki 和她们讨论的斯文败类风格。

而且他们俩这衣服……怎么有点像情侣装？

安树答抿了抿嘴："你……是生气了吗？我……我不是故意迟到的，我下次一定会早点到。"

温喻珩突然凑过来，整片阴影笼罩下来，他俊美的脸就这么突然放大在她的眼前，清新的松木香将她包裹起来，好闻极了。他温热的气息喷洒在她的耳畔，痒痒的，安树答不自觉捏紧了黑色的裙摆。

安树答的睫毛忽闪忽闪的，眼睛又大又亮，正看着他。

觉得有些别扭，她不自觉扭动了一下。

"别动。"他声音柔极了，略微低沉的嗓音带着纯天然的蛊惑和诱惑，让人光听着就酥到了骨子里，心软成一片，刺激着最敏感的神经。

她不敢再动，任由温喻珩拉过一旁的安全带，给她系上。她轻轻呼出一口气，可不知为什么，又有些隐隐的失落。

"想吃什么？"温喻珩笑着问她。

这问题把安树答问住了，她还真没考虑过这个问题。她摇了摇头："你定吧，我不挑食。"

"日料？"他耐心很好，温声细语、小心翼翼的，都不像以前那个不羁的少年了。

以前不是这样的。以前的那个少年骄傲得不可一世，灿烂耀眼得如同正午的烈日，心思细腻，却永远一副又狂又酷谁都不敢惹的模样。喜欢调戏她，喜欢开她玩笑，但又时刻注意着恰到好处的分寸，从不逾矩。

现在的他呢？温文尔雅，矜贵冷淡，却也客套又生疏。她心里涌上一阵难过，恍如隔世。安树答抿了抿唇，埋下心口的压抑与不适。

她点了点头，算是回答。

"温喻珩……"

"嗯？"他专心开着车。

"我们一起去看看老同学吧，我陪你。"

四季酒店包厢。

江辞扯了扯领带，放下手机笑了笑，推了推鼻梁上的圆框眼镜："哎，各位，注意着点啊，珩哥说他要过来。"

苏函抬头："啊？刚刚珩哥发消息说他不来啊？"

江辞笑了笑，满脸得意："十秒前。"

苏函一噎。

"怎么？苏宝宝你还想跟我争宠呢？"江辞笑骂。

"我哪儿敢呢，江总？"苏函撇了撇嘴。

江辞家里搞房地产的，挺有钱，所以他毕业之后就直接去管家里的产业了，圈里人都叫他"小江总"。

"你们谁有安树答的联系方式啊？"宋或今撑着下巴，扒拉着手机。

江辞喝了口酒，辛辣刺激。

苏函摇了摇头，叹气："谁会有啊？高考结束后安树答就跟人间蒸发了似的，手机号码也换了，一个人都不理，一条消息也不回，谁都找不到。"

一旁的桑嘉静静地喝了口热水，不说话。

气氛一下子冷了下来。

江辞在桌子底下抓了抓宋或今的手腕，示意她别说了。

宋或今看了他一眼，不着痕迹甩开了，然后拿起一旁度数比较低的果酒喝了一口。

"呃呃呃，那啥，咱珩哥到了没？"穿着简单运动服的林透打起了哈哈。

"在路上了，应该快了。"江辞慢悠悠地晃着高脚杯。

"苏宝宝，毕业了打算做什么啊？"江辞一边笑着，一边给宋或今的杯子里倒了白开水。

但宋或今早就一头栽到了女生堆里，叽里呱啦地聊起了八卦。

"新闻嘛，我现在可是正儿八经的新闻记者好吧？哎，这我必须显摆一下啊，各位。"苏函函嘻嘻地从口袋里拿出一个工作证，很得意，"看见没？看见没！一个星期前转正的，这可是著名电视台的记者证！这分量，你瞧瞧。"

江辞笑骂他："瞧你那嘚瑟的样，收敛点行吗？知道你牛了。"

这时，门被人推开，进来一个一身便服的青年，五官清秀，相貌端正。

江辞一挑眉："啊？这不是裴大医师吗？"

裴源大口喘着气，一副见鬼了的样子。

"去你的江辞。"裴源气喘吁吁地拿起桌上的大杯白开水喝了起来。

"见鬼了见鬼了。"他大口喘气。

"哟，你们学医的天天扛尸体还怕鬼呢？"江辞笑骂着扶了扶鼻梁上的眼镜。

"不是，你们猜我刚刚在楼梯上看到谁了？"裴源拉开江辞身边的一张凳子，就势坐下来。

裴源是理科班的，但是凭着和温喻珩、江辞的关系，文科十班的人基本都认识他，也算是半个十班人了。

江辞挑眉："谁？"

"温喻珩啊！"裴源一拍大腿。

江辞默默抽了抽嘴角："知道啊，阿珩他不前几天就回国了？咱们前几天不还一起喝酒来着吗？你怎么还给我闹失忆呢？"

裴源摆了摆手："不是，我不是这个意思。我是想说，阿珩他带了个妹子过来！"

"长什么样？"江辞顿了顿。

"没看清，但看背影就知道肯定是个大美女！"裴源坚信不疑。

一旁的林透"啧"了一声："这珩哥都换新欢了……"

"咳咳……"江辞皱了皱眉，半开玩笑地说，"那什么，大家一会儿都有点眼力见的，别提安树答哈。"

一阵敲门声响起。

所有人都安静下来，大家都心知肚明，下一秒进来的会是谁。

或者更确切地说，是在屏息以待，好奇又迫切地想知道是什么样的人可以取代安树答在温喻珩心里的地位。又或许，有很多的女孩子想要知道，曾经的梦中情人，此刻他身边的对的人。

"啧！"进来的是温喻珩，他笑得漫不经心，倨傲又矜贵。

但在看到他身后跟着的女孩时，所有人都愣住了，都向他们投去目光，也不说话。

"你们……好呀。"安树答不太能接受这样的目光，一时有些紧张，手指不自觉捏紧了裙摆。她能听到自己此刻跳得很快的心跳声。

温喻珩懒洋洋地笑了笑："怎么着啊，各位男同胞，你们也对我犯花痴？"

大家笑骂起来，欢声笑语一片。没了被聚焦的压力，安树答松了口气。

温喻珩回头看了眼安树答："走吧。"

安树答笑着点了点头。

江辞给温喻珩发了条消息："和好了？"

温喻珩回了条："慢慢来。"

江辞了然，也不开他们玩笑。

众人见江辞并不提，也就没人去提当年那回事。大家快四年不见，趣事八卦一箩筐。

安树答本来想简单吃个饭就走，但无奈温喻珩被江辞、苏函、裴源几人拉着不放，唯一的坚持可能就是知道他一会儿要开车，所以成全他滴酒未沾。

安树答就坐在旁边，既觉得和周围格格不入，又觉得这样的同学情很感人。

像一个局外人。

她抿了抿嘴，觉得有些透不过气来。

"怎么了？"温喻珩撑着下巴慢条斯理地看着她。

她这才发现刚刚全被自己不适的小情绪吸引了注意力，而温喻珩一直好整以暇、似笑非笑地看着她。

安树答有些不好意思，淡淡地笑了笑："就是觉得，我像个局外人。"

温喻珩懒洋洋地挑了挑眉："嗯，我也是。"

我陪着你，我们一起当局外人。这样，你就不是一个人。

安树答后知后觉地脸红了。

"脸别乱红。"他狭长的丹凤眼里天生流转着情丝，诉说着百转千回的无语凝噎。

安树答掩饰性地喝了口水。

温喻珩笑笑："送你回去？"

安树答看了看时间，下午两点半了，不知不觉竟然待了这么久。

她点了点头："要跟江辞他们打声招呼吗？"

温喻珩笑着站起来，帮她拿过包："他们忙着叙旧呢，我们别破坏气氛。"

安树答抿嘴笑了笑。

安树答跟温喻珩说她请了假，所以温喻珩准备直接送她回家。

洛朗的车流量很大，堵车更是家常便饭，而因为时间段的原因，他们在高架上堵了好一会儿。

期间两人都没有说话，到家的时候已经将近五点了。

安树答中午光看着一群女孩子闲扯，饭没吃几口，此刻饿得前胸贴后背，再加上昨晚失眠一夜未睡，此刻是又饿又困。

所以她打算点个外卖，然后回去草草洗个澡就睡。

但温喻珩却问了一句："你晚上吃什么？"

"外卖。"安树答很诚实地回道。

温喻珩无奈地叹了口气："家里有食材吗？"

"好像有吧？我记得我哥买了不少食材都给我放冰箱里了。"她想了想道。

"别吃外卖了，我给你做，想吃点什么？"温喻珩问。

安树答一愣，立马有些不好意思："别……别了吧，这样不太好……"

"又不是没做过。"

温喻珩下意识的嘟囔让安树答愣了愣，想起些什么，脸又红了红。

最后还是没有点成外卖。安树答进浴室洗澡的时候，温喻珩系上围裙进了厨房。她洗澡一向很快，穿着睡衣出来的时候，温喻珩还在厨房里忙活。

她轻轻拉开了玻璃移门，进到厨房："温喻珩，要我打下手吗？"

他还在切菜，摇了摇头："坐着看会儿电视吧。"

安树答点了点头。

电视的声音响起来，是温优度的那部新电影，电视声伴随着油溅起来的声音。客厅的灯光柔和，柔纱色的光线笼在四周，厨房里那抹颀长的身影在忙碌，带着他自成一派的漫不经心。

远处是万家灯火。

安树答看着看着，视线就开了小差，移到玻璃门上那移动的人影上。这画面是说不出的温馨柔和。突然有那么一刻，安树答就有了一种家的感觉。

她有了和一个人永永远远在一起的冲动，想要奋不顾身扑向他的怀抱，跟他说："我们结婚吧。"

她莫名有些想哭，但不是因为伤心和难过，而是因为感动。她还是想和温喻珩在一起。但这一次，她不想再等着对方先低头认输了，她想主动一次。

温喻珩做好饭的时候，就看到安树答因为太困，已经倒在沙发上睡着了。

电视里此刻在放着综艺。女孩安静的睡颜此刻被温柔的灯光衬托得更加乖巧。她卸了妆，眼窝处的黑眼圈更加明显。可能是因为睡着的缘故，所以她的神情很放松，没有刻意的表情管理，所以她满脸的倦色也就自然流露出来。

她呼吸平稳，几乎要湮灭在空气里。她的皮肤本来就白，透着淡淡的暖色。靠在象牙白的沙发上，黑色柔软的发丝盖住了半边脸，还有的发丝散在皮质沙发上，像柔美至极的海藻。嫣红的唇在睡梦中都不自觉地抿了抿，然后轻轻呢喃了一句。她应该是涂了一层唇膏，所以她的唇瓣亮晶晶的，十分水润。

温喻珩就这么坐在地毯上，撑着下巴，看她温柔甜美的睡颜，看了很久很久，怎么都看不够，怎么看都回不过神来。

他忍不住想亲亲她。

如果搁以前，他绝对不会这么客气，他实在没有那么正人君子，但现在不行，所以最后还是忍住了。

没什么特别的原因，只是因为安树答不喜欢。

他伸出手来给她撩了撩发丝，极柔软的触感，和记忆中的一模一样。心里立时柔成了一片。

她不知梦到了什么，细巧的眉毛皱了起来，细密的睫毛轻颤，流出几滴眼泪来。

温喻珩愣住了，心里微微一颤，心脏的表层好像有薄膜被揭开一般，泛起密密麻麻的疼。胸口的闷气不上不下的，堵在嗓子眼。

他面容带了些倦色，无奈地叹了口气，又自嘲地笑了，几滴眼泪就缴械投降。呵，温喻珩，你可真是个懦夫。

他伸出手，小心翼翼地给她擦了擦眼角的泪，动作很轻柔，生怕把她弄醒了。但她似乎很累也很疲倦，所以睡得很沉。

他轻轻地把她打横抱起来，还是熟悉的青柠薄荷，冷调的香味。和她的人一样，疏离感十足。

安树答的骨架不大，也很清瘦，看着就是小小的一只。但是只有温喻珩知道，她的身体很软很软，抱在怀里像抱着一只养得很好的小胖猫，特别舒服。

天生的软柿子，以及，硬骨头。

温喻珩进了卧室，把安树答放到柔软的双人床上，给她把鞋子脱下来。她嘟囔了一句什么，接着翻了个身，找了个舒适的姿势继续睡。温喻珩笑了笑，无奈地摇了摇头，抽过一旁的被子，轻轻盖上去，又给她披好被子。

他看了看微开的窗户，走上去，关了窗，然后拉上了窗帘，把空调的温度往上调了调。他迟迟不愿走，但他总要离开。他坐回床沿，仔细端详女孩安安静静的睡颜。

完蛋，还是忍不住想亲她。

他轻轻俯下身，微颤的双臂撑在她的耳边，在她的嘴角印下淡淡的一吻，语气带着强烈的忍耐和沙哑："答答晚安。"

他恋恋不舍地起身，却不小心瞟到了床头柜上的一个小药瓶。

他愣了愣，轻轻拿起那瓶药，看了看。

他没见过这种药，也不是常见的感冒药或是消炎药，于是拿起手机打算搜一搜，却被最下面一层半开的抽屉吸引了注意力……

他吸了口气，轻手轻脚，压着所有的紧张情绪，拉开了那层没拉好的抽屉。

却彻底傻了眼。

这层抽屉里，其余什么都没有，只有一样东西——药。

他的手肉眼可见地抖了起来，半坐下来，脚底都因为紧张而开始发酸。

各式各样不同名称的药，还有几瓶没开封的，杂乱而随意地填满了一整个抽屉。有些已经是空的了，可能是忘了扔，所以和剩下的没拆封的、吃了一半的混在了一起。

他的心脏开始抽疼起来，仿佛有密密麻麻的箭矢在无孔不入，把他刺了个万箭穿心。

"啪"的一声，灯亮了起来。

温喻珩疲倦地倒在自己家客厅的沙发上，望着耀眼的水晶灯，有一些眩晕。

他拖着一张靠椅，在自己房子的露天阳台上吹了好久的风。洛朗的纸醉金迷，南方酷热黏腻的风，其实一点都不凉快，反而很是燥热，但莫名的，他的皮肤还是起了一阵又一阵的鸡皮疙瘩。

整个人莫名的冷。

他颓疲地抽了好几支烟，最后呛得不住地咳嗽，却还是盖不住心口疼得发麻的窒息感。

他其实是不喜欢抽这玩意儿的，曾经他也以为他不会碰这东西，但在芝加哥的时候，一开始举目无亲，也没有什么朋友，那种思念就越发浓烈。他总是在某个寂静或无人的午后想起他心心念念、无法忘怀的女孩。

那种思念是刻骨铭心的。一寸一寸的相思入骨，一点一点地折磨害人。他逼着自己忙起来，法学念完了，又去辅修经济学，经济学学完了，又和当时一个朋友合伙开律所，临到起名字的时候，合伙人让他定。他想了半天，脑海里全是安树答，所以就顺口拟了个"DA律师事务所"。

被合伙人好一通调侃，说什么谁家叫"大律师事务所"的。

他笑笑没说话。

后来律所发展得很好，在M国也小有名气。发展初期他总是很忙很忙，忙得好像真的快把安树答忘了似的，但每次一闲下来，他还是会想起她。

思念泛滥成灾，慢慢地，也就学会了抽烟，呛得人胸膛发麻，却怎么也麻不过心里的疼。

每次一想起安树答，她的眉眼、她的发丝、她的笑容……思念就烫得人心焦。

可是那个时候的他太傲气了，骄傲得无法无天。他犹记得他坐上飞机离开的时候，心里只有一个固执的念头——这一次，我不想认输了。

呵，说什么不想认输啊，温喻珩，还不是碰到她就心软。

温喻珩自嘲地笑了笑，闭上了眼，掐灭了手里的烟。

他在国外待了将近四年，也自我折磨了四年，最后实在受不了，于是回了国。

一回国就去了浅岸。

但没有人知道安树答的行踪，没人知道她去了哪里、联系方式是什么。连她家以前住的小区，都早已人去楼空。她就像人间蒸发了一样。

温喻珩大海捞针一般地找她，却毫无进展。只听穆逢说过她好像考上了洛朗大学，他才去了洛朗碰运气。

后来是发小江曦给他打了个电话，说他那尽会给他惹事的堂妹温优度不知道给谁打了个电话，情绪有点崩溃，让他过去给哄哄。他才心不甘情不愿地收拾了一下自己，然后开车过去。

谁知道在那样的情况下，碰到了他心心念念的人呢？他看着她戴着口罩的样子，好像是感冒了，又看到她低眉顺眼、乖乖巧巧和上司讲话的样子，看着看着，心脏就习惯性地疼了起来，又心疼又手足无措。

鬼知道，那一刻他把整个洛朗的医院都想了个遍，如果他的自制力再差一点，他可能就会忍不住冲上去把她抱在怀里。

不过还好，兜兜转转，他还是找到她了。

温喻珩笑着笑着，又咳了几下。

安树答醒过来的时候，已经是第二天早上五点了。

她发现她睡在床上而不是沙发上的时候，疑惑了一下。温喻珩已经不在了，不知怎么，她突然就有一瞬间的失落。

天还没有完全亮，东方泛起鱼肚白。

她拿起手机，看到有一条昨天晚上十点多的短信，是温喻珩发的。

温喻珩："看你睡着了就没叫醒你。菜给你放冰箱了，饿的话热一下再吃。"

她的鼻子立时有点发酸。

好感动，又有点懊恼，自己怎么就撑不住睡着了呢？

在公司，江曦让安树答去珩合律所送点东西，让她拿过去亲手交给温喻珩。

安树答不解，问为什么。

江曦转着办公椅非常悠闲地说："为了签字。"

安树答没懂这里面的逻辑关系，但还是听话地去了。

此时是下午三点半，距离下班族抢占地铁还有一个小时左右，所以现在地铁没那么挤。安树答一只手拿着文件夹，另一只手拿着手机敲键盘。

因为她上一部手机在王府井玩的时候被偷了，所以丢了一大堆联系人。而四年后，她第一个加的人是温喻珩。上次参加完同学聚会后，她又加回了一大帮人。

比如说桑嘉和宋或今。

三人仿佛有说不完的话，于是干脆拉了个三人的小群。从建群到现在，一直在不停发消息，于是安树答知道了许多她错过了四年的事情。

比如说桑嘉现在进了一家国内排名第三的公关公司，前几天刚刚转正，拿到了正式录用通知书。而宋或今进了投行，她家本来也做投资的。据她爸说，让她先在底层干几年了解下行情，然后慢慢地让她接手自家的公司。

桑嘉调侃："富婆以后养我。"

宋或今发了个表情包，说："没问题。"

然后她们又问安树答现在在做什么，安树答说："我在 Radio 杂志社做美术编辑。"

桑嘉问："你是不是能见到很多明星？"

安树答说："至今为止我只见过温优度。"

见两人纷纷说要签名照，安树答就说："你们问温喻珩岂不是更方便？"

于是话题又转到温喻珩身上。

宋或今欣慰地说道："你们最后还是在一起了。"

安树答就回说："还没有。"

桑嘉："话说你们当初为什么分手？"

安树答："是我自己的原因，我的错。"

桑嘉："那你现在对温喻珩……"

宋或今："我问过江辞喽，温喻珩现在单身。"

安树答抿了抿嘴，指尖打字。

安树答："我打算追他。"

安树答："你们有什么招吗？"

结果这次两人的回答倒是出奇的一致。

宋或今："没经验。"

桑嘉："我也是。"

安树答看着屏幕发呆。

不过转念一想她们两个曾经的感情路程，好像确实是这样的。

安树答："你们别说出去。"

然后发了个表情包。

两人纷纷回了个"OK"的手势。

安树答从三人小群退出来，然后转切到了温喻珩的聊天框。

然后开始打字。

安树答："我们老板让我给你送一份文件，我需要在哪里等你？"

她点击发送，然后下了地铁。

温喻珩："到哪儿了？"

安树答："我已经下地铁了，马上就可以到。"

温喻珩："哪一站？"

安树答抬头看了看标牌，然后走上电梯。

安树答："徐家汇站。"

温喻珩没再回。

安树答抿了抿嘴，刷了卡开始出站。

刚一出站，她就看到了撑着伞的温喻珩。他穿着极简单的白T恤和黑色直筒裤，懒洋洋地靠在一块路牌边。一如既往的，有过路的女生往他身上瞟，像无数个曾经一般，他依然引人注目。安树答愣了愣，走到他边上时，他才反应过来似的抬了抬眼皮。

似乎是被这大太阳晒久了，他整个人都有些倦怠。

"你在这儿等很久了？"安树答看着他。

鼻尖萦绕着他身上散发出来的、细细的、好闻的松木味。

"还好。"温喻珩把遮阳伞往她头上偏了偏，然后接过她手里的那个文件袋，懒懒地笑了笑，"走吧，去律所吹会儿空调。"

安树答点头"嗯"了一声，跟上他的脚步。

地铁站离温喻珩的律所很近，过个马路就到了。他们拐弯进了一栋很高的写字楼。

珩合律所占了写字楼的整整三层，最上面的三层。

温喻珩说上面人员走动比较少，安静，适合律师办公，就把最上面的三层买了下来。他的办公室在顶楼，一个很大的平层，视野很好，落地窗外就能看到漂亮的江景。

温喻珩让安树答在沙发上坐一会儿，然后给她倒了一杯咖啡："先待一会儿吧，江曦说让你别回去了，提前下班。"

又提前下班？老板真好！但她坐在这里，有些不自在，连手指都不知该放哪里。

温喻珩看了她一眼，笑问："闷吗？"

安树答笑了笑："还好。"

温喻珩点了点头，忽然想到什么似的，没过一会儿，起身。

安树答顺着他的动作看过去，这才发现这间办公室里竟然有一个小房间。她忽然想到，一些坐拥独栋办公室的高管，确实会因为太忙而在自己的办公室里设一间小房间，如果太忙就直接在这里睡了。

想想温喻珩的职业……

嗯，合理。

温喻珩打开那扇门，然后敲了敲，靠在门上懒洋洋地喊了一声："褚司司，起床！"

安树答愣了愣，里面有人吗？楚思思？男的女的？几岁啦？

那她现在岂不是很尴尬？于是她先是听到一声稚声稚气的回应，然后好像是因为被吵醒了，所以生气地"哼"了一声，然后就是脚踩在地毯上的声音。

下一秒，她看见了一个肉乎乎的小家伙。不，准确来说是个一脸睡眼惺忪的漂亮小男孩。

温喻珩弯腰把那小家伙抱起来："去陪阿姨玩一会儿。"

安树答忽然有些不好意思。她抿了抿嘴，有些紧张地站起来。

那小男孩看了她一会儿，然后嘟了嘟嘴，张开手："抱！"

温喻珩挑了挑眉。

可安树答却犯了难，她没抱过孩子啊！这种动作该怎么操作？

温喻珩笑着说："我朋友家的小外甥，看你闷，把他喊起来陪你玩会儿。"

安树答终于把那小男孩抱到了自己的怀里，别说，还挺沉的。

"他叫褚司司，和褚遂良同姓，司法的司，今年三岁。"

安树答"嗯"了声。

"温叔叔，我舅舅什么时候来接我？"褚司司抱着安树答的脖子，相当自来熟地蹭了蹭。

"一个小时。"温喻珩说了一句，然后偏头看向安树答，"我还有一些卷宗要看，你和他玩会儿，一会儿我和你一起回去。"

"困的话里面可以睡觉。"他头偏了偏。

"没事，我在这里陪他玩就可以。"安树答笑着说道。

这小孩长得相当好看，皮肤不是她这种老阿姨可以比的，睫毛长长的，脸蛋肉肉的，小小年纪鼻梁就翘翘的。她不禁开始想象以后温喻珩的儿子会不会……

她轻咳一声，耳尖红了，眼神开始不自觉地往办公桌后的温喻珩身上瞟。

他的眉头皱得很深，似乎被什么疑难案件难住了，笔一直在转，依旧是一目十行地看文字。

他的鼻梁比在沙发上玩拼图的小家伙要翘一点，嘴唇是一如既往的殷红，吻起来特别软。他的皮肤很白，冷白皮，但又不会显得病态。

安树答不禁吞了口口水。她心想：完了，她现在已经开始馋温喻珩的身体了。

不知不觉间，就看呆了。

然后温喻珩不经意抬了下头。

四目相对。

安树答心下一空："你……什么时候好呀？"

她可真是个小机灵，温喻珩一定没发现。

"半个小时。"他笑了一声，然后低头继续。

她瞬间松了口气。

这时，褚司司拉了她一下，稚气地说："阿姨，你会玩拼图吗？"

安树答看着他拼得七零八落的拼图，然后不客气地点了点头："会，我拼得比你好。"

这样一句话不经意地飘到了温喻珩耳朵里，他不自觉地就勾了勾嘴角。

"咚咚咚……"

"进。"他头都没抬。

进来一个女生，短发，长得甜美，有些乖巧的感觉。

安树答眯起眼睛来，这不就是她的高中翻版？他们什么关系？

她背一下子挺直，警觉起来。

那个女生进来就注意到了安树答和玩着拼图的褚司司，她先是愣了愣，随后眼里闪过一丝打量。

"思韵。"温喻珩喊了她一声。

女生这才把视线移回来，然后"哎"了一声。

"把这个给小陈，顺道跟他说一声，那些证据还不够，再细化一下，然后再去挖一下角度，后天开庭，时间很紧。"他淡淡地吩咐。

那女生应下，然后走到门口的时候，又挤眉弄眼地朝他竖了个大拇指，偷偷摸摸地递话："嫂子漂亮死了。"

温喻珩开玩笑似的翻了个白眼，用口型说：别乱说话。

即使那女生的声音很低，但假装玩拼图的安树答还是听见了。

好嘛，她多虑了，然后，脸慢慢地红了。

偏偏那小家伙往她怀里钻了钻，然后一脸无辜地问道："阿姨，你的脸好红啊？"

空气里的尴尬以逼人的速度发酵，她十分确定，温喻珩一定听见了。她闭了闭眼，然后把那在她怀里乱窜的小家伙抱正："小朋友说谎，鼻子会变长的。"

语气一本正经。

"我没有……"小家伙委屈巴巴的。

"咚咚咚……"

又是一阵敲门声。

"进来。"温喻珩写着字。

"宝贝儿——"一道男声随着门推开，一起传进来。

安树答和怀里的小家伙一起朝门口看去，就看见一个生了一双桃花眼的男子。

然后她的脑海里不知怎么突然就闪过一句桑嘉以前说过的话——好看的人都喜欢和好看的人玩。

这个男子生得极好看，眼里带着三分邪，七分漫不经心，有股子浪荡和意气风发搅在一起的捉摸不透，颜值达到可以原地出道的水平。染成深栗色的微鬈发在脑后扎成一个松松垮垮的小髻，散下来的头发大概到下巴那里，整个人收拾得干净整洁，不显丝毫女气，有点像年轻时的莱昂纳多。

简单点来说，就是和温喻珩不相上下。

对方也意味深长地打量了安树答两眼，然后非常自来熟地半勾嘴角："嗨！安树答，真人比照片好看呀。"

她愣住，他怎么知道她名字？

"舅舅！"那小家伙看到来人，高兴地从安树答怀里跳起来，然后朝着那年轻人飞奔而去。

那年轻人又是"宝贝儿"地喊了一句，然后把褚司司抱到怀里。

"褚颜午。"温喻珩走到安树答的身前，朝着那个年轻人歪了歪头，介绍道。

安树答点了点头，然后看向褚颜午："你好。"

褚颜午朝她眨了下眼睛，然后也道一句："你好。"

"事情办完了？"温喻珩问他。

褚颜午的视线转回到温喻珩身上："是的。"然后又意味深长地说，"我把小电灯泡带走了，你们……放肆一点。"

然后"砰"一声带上了门。

于是安树答的脸就彻底红了……

温喻珩挑眉，"啧"了一声："走吧，回家。"

安树答任由他拉着，直到坐到车里，她都没怎么缓过神来。

温喻珩给她系安全带，她就那么定定地看着他，整个就一副被美色所迷的没出息样。

直到温喻珩盯着她，说："脸别乱红。"

她才惊醒过来，又瞬间有些心酸，这句话仿佛就在昨天。

却恍如隔世。

车平稳地开着。下班时间，一如既往地堵着，鸣笛的声音在高架上此起彼伏。

"温喻珩……"

"在听。"

"我是不是特没出息？"安树答抿了抿嘴。

她有些惆怅，以前是被他一撩就脸红，现在是光看着他就脸红，可不是越老越没出息吗？

"怪我没控制住自己的魅力。"

安树答翻了个白眼。

是她熟悉的风格。

后来晚饭是在温喻珩家吃的。

安树答问他怎么学会做饭了，温喻珩回道："在国外留学的时候学的。"

然后两人就都默契地不说话。

隔了一会儿，温喻珩问："现在在做什么？"

"在 Radio 实习，做美术编辑，不出意外很快就会转正。"

"那你喜不喜欢这份工作？"

"挺喜欢的，同事们也很好。"隔了一会儿，她又说，"而且我写小说，赚挺多钱，去年有部小说还改编成了电影，我拿了一个挺大的奖。"

温喻珩给安树答夹了一块煸炒牛肉，说："文学方面你是泰山北斗。"

安树答有些脸红："初生牛犊，不敢跟日月争辉。"

然后两人不说话。

温喻珩好像有心事，虽然照旧还是漫不经心的样子，但是没了曾经的那副吊儿郎当。

良久，他放下了筷子，安树答抬头看他。

"说一下你抑郁症的事情吧。"他盯着她，语气是不容置喙。

安树答不再吃饭。以为藏得很好的事情，其实他还是发现了。

"药。"他的声音很稳，但手指有些抖，"你放在床头柜上的。我后来查了，治抑郁症的。"

她笑了一声，开始脸不红心不跳地扯谎："写毕业论文，压力有点大，有些抑郁情绪，所以买了来吃，不是抑郁症。"似乎是长大了，所以她的撒谎能力也成熟许多，她还装模作样地吃了口鸡蛋。

"那你靠梳妆台那侧床头柜的最下面一层里的那些又怎么解释？有些可不是治抑郁情绪的。"他不依不饶。

"还有，你高二寒假发高烧那次，凌晨三点给我打电话，我买了药过去，你吃一口药把前一天晚上的晚饭都吐了出来，我是带你去医院挂水才把你那高烧搞定。和我妹妹吃小龙虾过敏那次，我是直接找了家庭医生给你打针，你没有吃药，你也说过你从小就吃不进药，你从小就宁愿挨一针都不吃药。你现在和我说因为一点抑郁情绪你会吃药？因为一点抑郁情绪你吃治抑郁症的药？"

他咄咄逼人。

"温喻珩，你是在逼问我吗？"安树答有点委屈。

"是。"

"你以前不会和我吵架的。"安树答有些生气了。

"但现在看来不是件好事。"他的语气不疾不徐。

"我哥找我了。"她真的生气了，站起来转身就走。

"砰"一声，门被甩上。

温喻珩看着她走，然后淡定地喝了口水，胸口微微起伏。

不追。

然后晚上，他的那本《安树答行为准则规范》上，就多了一条内容——她一本正经回答你问题的时候，就是在撒谎。

安树答生完气之后就后悔了。她想起来温喻珩和她分手那天说的话——"安树答，我温喻珩有多骄傲你根本不知道，因为我在你面前从来没高贵过，哪次不是我先低的头我先认的错？可你是不是觉得这一切理所当然？"

她忽然就有点心塞了。是啊，以前他们从来没吵过架，因为温喻珩每次都会先低头先道歉，从来就是他在顺着她的脾气。好像她的潜意识里真的觉得这样是理所当然的。

可……真的理所当然吗？

她寒假发高烧那次，难受得死去活来，家里没人，她先给温喻珩打的电话。凌晨三点，他二话没说就来了，一点都没有抱怨。

她开个玩笑说想吃满汉全席，他二话不说去搞定。

她后来去上学，每次都是温喻珩接的她，其间会给她带各种吃的。到后来，衣柜里一半以上的衣服都是他买的；她家的冰箱里永远不缺吃的；他喜欢送她礼物，所以她有一抽屉的价格高昂的小玩意儿。

温喻珩不会唱歌。有次她为了挑衅他，就说宋迟墨唱歌很好听，然后他一晚上没理她，第二天又买了早餐来道歉。

她说江辞家挺有钱，他暑假就把她带到自家停机坪，面对着一架私人飞机，拿出一副要三百六十度无死角地绕一圈的架势。直到她热得满头大汗地说了一句"你家真有钱"，他才善罢甘休。事后又带她去吃冰激凌火锅消暑。

她说江辞长得挺帅，他一下午没理江辞。

在爱情面前，谁都幼稚。

再后来，她成人礼的礼服是高定，喜欢的玫瑰是空运。

本来只是一个爱拿腔调的文艺青年，直到遇到你，我的清高落了地，在一片世俗的快乐中画地为牢。

温喻珩做这一切觉得理所当然，可她不能觉得理所当然。但是让她现在和温喻珩道歉吧，她又有点不甘心。

成年人的矫情。

她叹了一声，躺回床上。

翌日。

Radio 杂志社。

"一会儿去趟编辑部,就说安树答的实习期满了,明天开始正式上班。为了欢迎新人,今天晚上我请客,攒局请编辑部的人一起吃饭。"江曦一边打着游戏,一边说道。

阚秘书一边整理着桌上乱七八糟的文件,一边看着他们吊儿郎当的老板:"不急这一时吧,老板?以安树答的实习成绩肯定能留下来啊,这样别的实习生该不满了。"

江曦淡淡地说:"他们要是也能当定海神针,我一定不区别对待。"

阚秘书愣了愣。

"面子工程嘛,不是做给底下人看,就是做给客户看,而温喻珩这个大客户,一面是'红圈所'(中国一流的律所)有名的珩合律所,一面是著名艺人温优度。"江曦拿着手机打游戏,"你以为他天天来我这儿干什么?真以为是单纯来看心上人?不是,是来这里,在我心里给安树答立威呢,是告诉我安树答在他那里不一样,他提得越多说明越重要,要我多照顾着。我和他认识多少年了?老朋友的心思我要都心里没谱,也别在这圈里混了。所以嘛,与其说是面子工程,不如说是我们明面上私下里没说破的一个人情交易。"

阚秘书懂了。

下午温喻珩又来了,江曦给他留了办公室的门。

看着他淡定地坐下,江曦懒洋洋地结束了手上的游戏,阴阳怪气地吐槽:"温大律师怎么亲自来了?要送和解协议的话,随便喊一个你们律所的实习生来一趟不行?"

温喻珩拿起桌上的咖啡喝了一口:"我的实习生很金贵也很忙,像这种小事我乐意亲自跑一趟。"

江曦翻了个白眼。

"对了,我发现你们 Radio 财务部的那个叫什么施道桑的,挺不靠谱的。"温喻珩淡定地喝茶。

"怎么不靠谱了?"江曦一愣。

"调戏女同事。"

"哪个女同事?"说完,江曦瞬间豁然开朗,吊儿郎当地笑着。

"这不重要,重要的是这样工作散漫,没事就擅离职守往编辑部跑,成天想着谈情说爱的家伙你怎么放心让他待在财务部？万一哪天写错个小数点……"

"不会，就我的观察来说，他的工作能力还是挺强的。"

"工作能力强不代表不会犯错吧？像他这样不靠谱的人，出错率高，是一个隐形的危险分子。"温喻珩不依不饶。

"那你犯错吗？你就没输过官司？"

"目前为止没有。"

江曦受不了了："温喻珩，你要是吃醋就直白点，抢老婆这种事，兄弟我还能不帮你？"

"大家都是成年人了。"

江曦没反应过来。

"成熟点，文明点。"

江曦愣了愣。

温喻珩又说："别跟个强盗似的，把'抢'这种幼稚字眼放嘴边，老婆是用来追的。"

"你吃了几年洋墨水还跟我摆上谱了？"江曦一脚踹过去，但被温喻珩踹了回来。

"这叫有格调，你不懂，你也不会懂。"

江曦气得鼻孔生烟，求眼前的这家伙赶紧闭嘴吧。

"毕竟是单身。"

胸口一刀，直插心脏。

"连倒追都没机会。"

江曦觉得自己要去世了。

第十章

玫瑰废墟

晚上。

安树答被编辑部的人拉着喝了好几口酒。Helen 搂着她喊宝贝儿。Kiki 喝嗨了，隔一会儿就亲她脸蛋一口，说："宝贝儿你以后帮着我点，姐姐我假期不就多了嘛？"

凭着一张得天独厚极具迷惑性的软妹脸，再加上任劳任怨和较高的执行力，安树答在编辑部的人缘出奇好。因为是派对的主角，安树答不好拒绝，所以被强灌了好几口酒，最后喝得晕晕乎乎。

江曦本着老板的人道主义精神，帮她喊了司机，又本着和温喻珩的兄弟情义，亲眼看着车开走，然后转身去下一场派对了。

温喻珩被苏函几个人喊出去聚。

苏函和温喻珩以茶代酒，隔壁坐着衣冠楚楚的江辞。

三人小聚。

聊到安树答，江辞说："听我媳妇儿说安树答打算追你？"

温喻珩懒洋洋地挑个眉。

苏函就开始调侃："珩哥，你说嫂子都打算主动追你了，你还这么欲擒故纵的，不怕老婆跑了？"

温喻珩懒洋洋地白了他一眼："你懂什么？太容易得来的东西安树答会不懂得珍惜的，我得冷淡她几天，让你嫂子知道她到底有多喜欢我，多离不开我，多稀罕我，这样以后她才不会再辜负我了。"

苏函点头如打鼓："对对对，负心女，负心女。"

结果温喻珩一脚踹过去："你埋汰谁呢？是你老婆吗？是你能埋汰的吗？"

苏函无语凝噎。

江辞推了推鼻梁上的眼镜，调侃苏函："苏宝宝，你听不出这家伙在凡尔赛吗？"

温喻珩挑眉，不语。

苏函恍然大悟，然后默默地给江辞竖起一个大拇指，随后看着温喻珩，"噫"了一声。

温喻珩收到江曦的一条消息，说安树答喝醉了。他淡淡地喝了口茶，然后拿起车钥匙起身："回去了。"

江辞和苏函了然地对视一眼，然后异口同声地"噫"。

顶黎世小区。

温喻珩回家洗了个澡后都没听到外面有什么动静，又在自家客厅里等了好久，才终于在半个小时后听到了外面的声音。

喝醉了的安树答怎么都开不了门，她把手机当钥匙，却怎么也插不进孔里。喝得烂醉如泥的安树答当然不知道，这门是密码锁加指纹锁。

温喻珩从隔壁穿着睡袍出来看到这一幕，挑了挑眉。

安树答迷迷糊糊地看了他好久，然后笑嘻嘻地道："嘿嘿嘿，温喻珩，你怎么穿花裙子了呀？"

温喻珩气得差点流鼻血，但是看到她醉得不成样子，又什么气都没了："你还……"

"不过挺好看的。"

闻言，温喻珩嘴角上扬。

"来！温小妞，给爷笑一个！"安树答晕乎乎地调戏他。

她没站稳，眼看就要跌一跤，温喻珩下意识去扶住她，她就这么直直地跌进他怀里。

温喻珩看着她这副样子，气笑了："哎，安树答，指纹。"

安树答看着他思考了一会儿，然后朝他比了个中指。

温喻珩无奈地翻了个白眼，然后拉过她的手指按了上去……

"哔——"密码错误。

"你是不是记错了？"他无奈地问她。

"不对啊……"安树答眯着眼睛，然后伸出另一只手的中指。

"要不试试这个？"因为酒精的缘故，她脸色通红。

温喻珩无奈，又拉起她的另一只手，按了上去。

"哔——"密码再次错误。

他现在深度怀疑安树答只是为了朝他比中指。

随后又试了三根手指，全部错误，指纹解锁不能用了，只能试密码。

"醉鬼，还记得密码吗？"温喻珩无奈地看着她问道。

"试试我生日呢？"

温喻珩一通按，还是密码错误。

"你是不是忘记我生日了？"安树答看着他，眼睛异常明亮。

"怎么可能？"他毫不犹豫地矢口否认。

安树答愣了好久。

"要不你先睡我家？"

"要不试试你生日？"

两人一起脱口而出，随后两人都愣住了。

"我不记得我生日了。"

"好。"

两人又是一起出声。

温喻珩环着胸看她一眼，随后，挑了下眉。

"砰"一声，门被关上。

把她从怀里扯出来放在沙发上，隔一会儿又被她搂了腰，温喻珩无奈地说："我们昨天才吵架呢。"

"那对不起嘛！"安树答委屈巴巴的，手上箍得很用力。

温喻珩倒是一愣，挑眉，弯下腰来看着她："什么？"

"不是你说的吗？道歉这种事情，要本人来做才有意义。"安树答环着他的脖子，酒气混着她身上的柠檬薄荷味不停往他鼻尖钻。

温喻珩忽然想到了什么，嘴角漫开无限的暖意，然后他将她轻轻圈入怀里："可是答答，我也错了啊。我们两个，一直都是两不相欠的。"

安树答伏在他肩头不说话。

"所以，从今天开始，我们可以回忆过去，但永远不要后悔过去，好不好？"

她不说话。

良久，她打了个酒嗝。

温喻珩无奈地笑了笑："你去床上睡？"

"要洗澡。"安树答搂着他的脖子不放。

"你现在的小脑功能可能不支持。"温喻珩歪头笑。

"那你做我男朋友。"

"酒精作用？"他笑了。

"我真心的！"即使眼前模模糊糊，但她还是要瞪他。

温喻珩一本正经地说："问你个事儿。"

"问吧！"她看着他。

"柏图是谁？"

"我认的便宜哥哥。"

温喻珩愣住，消化了良久，然后不自觉地吞了口口水。

"是我理解的那个意思？"

"是你理解的那个意思。"

"你真喝醉了？"

"没有。"

好，此话一出，温喻珩信她喝醉了，然后温喻珩本着酒后吐真言的信条，开始继续套话。

"你高中日记里写过他。"

"他长得像我的理想型。"

"所以你都没写过我？"温喻珩冷笑。

"写过。"

温喻珩眉头松了松。

"只是被我拿修正带涂掉了。"

他的眉头又皱回来。

"但有一本本子上只有你。"安树答的身子晃得厉害，"一手交人，一手交本子。"

"你！"她的手指软绵绵地指着他的胸口，"看着办吧！"

温喻珩笑了，然后一把横抱起她，往卧室走。

"温喻珩，我今晚要和你睡。"

"你想得美。"

"那你做我男朋友。"

"这件事明天早上再问我。"温喻珩把她放床上，然后给她脱鞋。

"为什么？"

"你现在断片儿了。"他把空调温度调高了几度。

"我不会耍赖皮的。"安树答的酒胆很大。

"第一次见你喝醉，这是个全新的领域，我得观望一下。"温喻珩走到门口，朝她挑了挑眉，说完，"啪"一声，关上了卧室的门。

第二天，安树答醒过来的时候，发现她睡在温喻珩的床上，然后开门出去，看到那家伙正在优哉游哉地吃早饭。

牛奶加水煮蛋。

她揉着酸痛的脑袋，问："我怎么在这里？"

温喻珩听到此话，冷笑一声，然后懒洋洋地回道："昨晚你一直拉着我的手，抽都抽不出来，直嚷着要进我的门，我可不是自愿的。"

某人脸不红心不跳、不打草稿地胡扯。懒劲儿会传染，扯谎也会。

她"哦"了一声。

温喻珩挑眉："还记得你昨晚说过什么吗？"

"嗯……我的银行卡密码？"她一脸茫然。

温喻珩被一口鸡蛋卡在喉咙里不上不下，即使有心理准备，此刻他也还是快被气死了。

"你可以走了。"他脸彻底黑了。

安树答才不肯。

"我睡了你的床……"她慢慢地走到他面前。

"放心，我不收费。"他低头吃着鸡蛋，胸口闷着一团乱糟糟的气。

安树答抿了抿嘴："我觉得我应该对床的主人负责。"

温喻珩抬头，咽下嘴里的鸡蛋，淡淡开口："所以呢？"

"所以我想上你家户口本。"

温喻珩说："我考虑一下。"

他说他考虑一下！！！

安树答气得不行了，然后转身就回了自己的2709，临走的时候，顺走了餐桌上最后两个水煮蛋。

又是溏心的。

她简单洗漱了一下，连妆都没化就去上班了，那身莫名其妙的火气，吓退了好几个上来找她搭话的同事。许是平时没什么脾气的人突然发起火来，威慑力反而更加大。

晚上下班去地铁站，正低头回教授消息呢，听背后有人喊她，她淡淡地回了一句："抱歉，不扫码不聊天不谈恋爱不买保险。"

然后下一秒，她脚步停住。

回头。

是说"要考虑一下"的那个浑蛋，她白他一眼，"哼"了一声："您思虑颇多？"

"谁叫你一上来就要上我家户口本。"温喻珩歪头笑。

安树答一愣："什么意思？"

"你猜那一刻我脑海里想的什么？"温喻珩走上来牵她的手。

她摇头："我还没有那么神通广大。"

"我想和你滚床单。"

安树答的脸瞬间就热了，红彤彤一片，立刻上前一把捂住他的嘴："你疯了，大街上……"

不过她转念一想，又问："那你为什么拒绝？"

"床单质量不好，怕你这细皮嫩肉的，把皮肤磨破了。"他说得一本正经。

安树答说不出话了。

"而且今天是你第一天正式上班，就让你直接旷班，怕你同事误会你。"他牵起她的手走着。

天边的晚霞红得耀眼。

"所以你愿意先做我女朋友，考察我一段时间吗？"他捏了捏她的手心。

安树答觉得她要停止呼吸了，温喻珩怎么可以这么撩人？

她吸了吸鼻子，然后跟着他走。良久，她说："温喻珩，你知道什么是抑郁症吗？"

温喻珩顿步，转身看她，她也看他。

"抑郁症就是……你熬过去了你就是英雄，熬不过去你就是活该。"

"答答……"他喉结动了动，心里很不是滋味。

"没得过这种病的人不知道，其实抑郁症患者很怕别人知道他有抑郁症，我不想配不上你，不想让你觉得我矫情，更不想让你有一天认为我没有公主命却一身公主病……"

"不。"

话被打断，她看着他。

"有我在，你搁哪儿都是公主命。"温喻珩抬手揉了揉安树答的脑袋。

她鼻尖开始酸了，这么多年了，给她感动最多的一直是他。

"还有一件事。"

"我在听。"

"温喻珩，其实，那不是真心话，四年前我说的都是谎话。"

温喻珩定定地看着安树答，身边有人潮，有车流，但他眼里只有她。

她很认真地说："我提出分手，不是因为我不喜欢你，而是因为我太喜欢你，所以我才害怕失去，更害怕被人剩下、被人不要、被人抛弃、被人当作第二选择。我怕你像我生命中那些对我很重要很重要的人一样，总有一天会离开我，而当时的我真的没有勇气接受这样的结果，我怕我所拥有的一切都只是一个梦。梦总有醒的那一天，我怕醒来之后我还是只有一个人，一个人孤零零的，谁都不要我，谁都不在乎我。"

末了，她细细地补一句："我是不是很自私，也很幼稚？"

温喻珩感觉他的呼吸很重，胸口有太强大的窒息感，快要让他喘不过气来。

"我也不是不知道你有多喜欢我，我知道的，温喻珩，可也正是因为我知道，我才不敢继续和你在一起。"

"为什么？"他声音有些发颤。

"因为我查出抑郁症的那天，是由于病发……"她咽了口口水。

他的嘴唇开始抖。

"有个女孩子拉了我一把，把我送去了医院，盯着我做了检查，看了心理医生，那一天我才知道原来我得了抑郁症。

"我望着天花板，脑袋里全是各种负面情绪，未知让我害怕，害怕把我压垮……"

"答答……"

"听我说完吧，我知道你不想让我瞒着你所有的事情。"她打断他。

他捏了捏她的手心，呼吸都变得困难。

"或许是病情影响的心理，也或许是我一直以来都无法接受分离。正因为我太知道生离和死别的苦了，也知道你有多喜欢我，也因为我太喜欢你了，温喻珩，所以我不想让你有一天为我而痛不欲生，所以我决定要和你分手。

"至少，我不能耽误你前途啊。

"但是现在我治好病了，我发现我还是喜欢你，你也还是喜欢我。"

她笑了笑，往前凑了凑。

"所以，我能做你女朋友吗？"

温喻珩喉结动了动，一口气憋在胸口，不上不下，闷急了。

"我只愿意上你家的户口本。

"温喻珩，我比你想象的还要爱你。"

"答答……"

"嗯？"

"我刚刚换了新床单，蚕丝的。"

她脸红起来。

"脸别乱红。"

"温喻珩，你流氓死了。"

"那今天是 2709 还是 2710？"他搂着她的腰，往车的方向走。

"我哥有我家密码。"

他笑道："懂了，那去 2710。"

他一进自家门就把她按在门上吻。

"套……"

"买了。"

安树答整个人都软在温喻珩怀里，羽睫轻颤，鼻翼间满是他身上松木混着烟草的清香。温喻珩失笑，手上的力道收紧了些，将她整个箍在怀里。

卧室的门被甩上。

"你很喜欢青柠薄荷？"他问。

"嗯……"她被吻得喘不过气来。

松木香咬着青柠薄荷不断刺探情报。青柠薄荷是清新的，清新是带刺的，但松木天生尖锐，刺透清新只需要温度便可手到擒来。或许是终于水到渠成了吧，松柏香与青柠薄荷的香气彻底融合。

交换着最隐秘的后调，刺探着彼此最后的底线，青柠薄荷的尾调最终迷失在古老的松柏的密林深处。

水汽搅和着满屋的暖昧，让整个密林开满玫瑰……

安树答泡在浴缸里，依旧脸红心跳，温喻珩去厨房了。想到刚刚的一切，安树答还是心跳加速。

"嘶——"她抬了抬布满吻痕的胳膊，一阵疼。

安树答给了温喻珩她家的密码，然后他给她拿回来她的睡衣。

晚饭，桌上有两个水煮蛋。

溏心的。

她一边吃，一边嫌弃："你怎么每次都煮不熟？"

温喻珩把她抱自己腿上坐着，然后懒洋洋地说："溏心的不噎。"

安树答没说话。

"疼吗？"温喻珩挑眉。

"你觉得呢？"安树答白他一眼。

"我给你擦药？"

"你确定不是趁机揩油？"

"在下自认为是个绅士。"他笑了。

她轻轻打了下他的肩膀，他任由她打。然后隔了一会儿，安树答又有点心疼，于是回头照着他脸亲了一口。

补偿。

然后那家伙箍在她腰上的手就紧了紧。

她眉头拧了拧。

"累了？"

"嗯。"

"好，我不碰你。"

说不碰就不碰，温喻珩是真的说到做到。

但安树答第二天睡过了头，一看时间上班要迟到。

然后温喻珩懒洋洋地把她揽回怀里："给你请过假了。"

"什么时候？"

"昨晚你睡着后。"

"第二天正式上班就请假会不会也不太好？"她有些担心。

"放心，江曦他很懂事。"温喻珩睡眼惺忪地搂着她。

"什么意思？"

"我让他跟你们组长说，你去温优度那里送东西了，不算请假，工资照拿。"

安树答笑着说："你好狡猾。"

温喻珩亲了她一口，说："江曦的钱不赚白不赚。"

"你们关系很好啊？"

"江辞。"

"嗯？"

"是江曦他堂弟。"

安树答愣了好半天。

"这个世界这么小？"安树答不禁开始感叹，然后转念又有点惆怅，"那要是你不认识江曦，那我岂不是不会和你重逢了？"

"会的。"温喻珩此时清醒了一点，睁开了眼睛。

"为什么？"安树答不解，她的手机丢了之后，和以前很多人都失去了联系。

"我回国后找过你，没找到，问了很多人也没有你的消息，然后问了穆逢，说你考上了洛朗大学，我就来洛朗碰运气。而在遇到你的前一天，我找了褚颜午。"他搂着她。

"褚颜午？就上次那个浓颜系的大帅哥？"

"嗯——大帅哥？"温喻珩语调挑了挑，明显的不满意。

安树答愣了愣。

但温喻珩很快又转到了正题上："他呢，八卦界的神，狗仔界的王，情报界的祖宗。"

安树答一惊："真的？"

"自诩的。"

安树答笑了笑，但温喻珩懒洋洋地又继续说："虽然没有那么夸张，但其实也差不了多少。"

"所以我肯定能找到你，我们也一定会是这个结局。"他笑起来。

安树答往他怀里钻，点头。

下午的时候，温喻珩一定要带着安树答出去逛街。

她问："为什么？"

他回："换床单。"

然后她脸一红，往他怀里埋。

坐在车里，她眼睛时不时就往他身上瞟，隔了一会儿，她说："温喻珩你怎么这么好？我这样觉得特别不好意思。"

然后他看她一眼，想起了什么似的，撇嘴："安树答，你给我听着，我为你做的任何事都不是你欠我的人情，懂吗？我喜欢你我就做了，你开心我就有成就感，你每次有负担的时候，我就觉得那是对我的讽刺。"

　　她看着他，不说话。

　　"所以安树答，别用你的负担讽刺我的一厢情愿，安心受着就好。"

　　她乖巧地点头，然后"嗯"了一声。过了一会儿，她又开始有些难过，就对温喻珩说："如果我们当初没有分开就好了。"

　　她心里很自责。

　　但温喻珩笑说："离别只会让我更加爱你。"

　　于是一句话轻轻松松减轻了她大部分的负罪感。

　　不知怎么，温喻珩忽然想起了安树答在电梯间对施道桑说的那句话——"对一个喜欢你的人死缠烂打才叫深情，而对一个不喜欢你的人死缠烂打，那叫骚扰。"

　　他笑了笑，说道："毕竟，像我这么深情的人……"

　　两人在商场逛累了，就坐在椅子上休息。隔了一会儿，温喻珩去厕所了。于是安树答捧着杯厚乳拿铁坐在椅子上等他，边等边拿手机刷微博，看到一条关于温优度的八卦爆火了。图片中，是温优度和一个男子挽着手出入某五星级酒店。

　　男朋友？

　　改天打电话问问……

　　她正思索着，就被人喊了一声。她抬头，是苏函。

　　苏函高兴地跑上来和她打招呼。

　　她不假思索，脱口而出："苏宝宝？"

　　然后下一秒，她看到他身边有一个长得颇乖巧的姑娘，看着像女朋友。

　　那她刚刚那句话……完了，她嘴怎么就那么快呢？

　　苏函当时就欲哭无泪："姐姐，你可长点心吧，当着我女朋友的面，就别说那些糗事行吗？你这样，别人还以为我俩有什么不为人知的过去呢。"

　　安树答一时有些尴尬，赶忙道歉："对不起，我不是故意的。"

　　她真不是故意的，纯属嘴快……但苏函女朋友像是知道些什么，并没有多在意，反而"扑哧"一声笑了。然后苏函的脸色才缓和了下，幽幽吐了一口气。

两人有一搭没一搭地闲聊了几句。

安树答才知道苏函现在是记者，连忙朝他竖了个大拇指："大记者。"

不一会儿，温喻珩回来了，看见苏函，挑了挑眉："苏宝宝？"

苏函不愿再解释，委屈巴巴地看向他女朋友："我说我俩有什么不为人知的过去你信吗？"

隔了几天，宋彧今和桑嘉把安树答叫出去了，说是要聚一下。然后安树答才知道桑嘉和段措在一起了，他们是在高考后又遇上的。

于是安树答高兴地恭喜她，顺嘴问道："他当初为什么拒绝你啊？"

"他家当初因为经营不善所以破产了，还背了好大一笔债，他就觉得他给不了我未来，又觉得我该好好学习，就……"

安树答笑了一声，随后又问："那他现在怎么样了？"

"他大学不是后来转了金融系嘛，现在在投行呢。"

说到这个，一旁的宋彧今就激动起来："段措是真的学霸，眼力见也是真的一流，他基本上每次投资的项目都是潜力股。上次和他交流过一次，我直接心服口服。"

桑嘉笑了一声，随后叹了口气。几年不见，几人又唠嗑了好一会儿才分开。

前几天安树答还在微博上刷温优度的绯闻，结果下一秒她一开门，就和捂得严严实实的大明星打了个照面。

温优度一把摘了墨镜："嫂子？"

"优度？"

"你和我哥和好了？"

"嗯。"安树答一边说着，一边侧身让她进来。

"我哥行啊！"温优度熟门熟路地进来换了鞋。

然后毫无形象地倒在沙发上，没有一点明星样。

这时温喻珩听到动静，从厨房出来，挑了挑眉："又被记者蹲了？"

她烦躁地"嗯"了一声："还不是因为喻京南那个小狐狸。"

她坐起来，眉毛一挑："嗯？嫂子你是怎么让我哥这个大懒蛋愿意洗手做羹汤的？"

安树答也坐到沙发上，倒是没想过这个问题，摇了摇头："他好像是自愿的。"

温喻珩挑眉："这次打算住多久？"

温优度撇了撇嘴："一个星期，但我看你们现在好像不太方便。

"所以我还是去住酒店吧。"

"你可以住我家。"安树答提议。

温优度眉毛微挑。

"就在隔壁，"安树答笑了，"2709，你饿了随时可以过来吃饭。"

温优度眯了眯眼，仿佛在脑补一出大戏，然后慢慢地朝安树答凑过去："嫂子，你也太好了……"

温优度正想照着安树答的脸亲一口，却被温喻珩拎住了后衣领："她是我老婆。"

然后他往后一带，把她拉开，顺势坐到两人中间，瞪她。

安树答抿唇笑。

温优度翻了个白眼，"喊"一声："小气鬼。"

安树答把密码给了温优度，然后温优度识趣地去了2709。

安树答给她哥哥发了条消息。

安树答："哥，我家这一周有朋友借住，是个女孩子，你没事别过来。"

安疏景可能在上课，所以没有回消息。

没隔几分钟，温优度又特别激动地敲开了2710的门。

这次是温喻珩开的门。

温优度特别兴高采烈，她手里拿着个奖杯。

温喻珩懒洋洋地看着自家妹妹两眼发光地冲到了自家老婆面前，然后没好气地关了门。

"嫂……嫂……嫂子！这个奖杯！！！"她激动得有些说不出话来。

安树答看了一眼，就立刻明白了，然后点点头："是的，我就是答尔文。"

语气很平淡。

"啊啊啊！"温优度一把冲上去抱住安树答。

温喻珩看得一脸蒙："什么情况？"

温优度拿着奖杯高兴得不知所措，转身对着他哥，然后指着手里的那个奖杯，激动得有些语无伦次："哥，你还记不记得我得最佳女主角的那次？！"

温喻珩自然有印象，点了点头："记得啊，《杀死乌托邦》对吧？当时我还在M国，还和司洛林去电影院看来着呢。怎么啦？"

"那我有没有和你说过，当时这部电影其实一共得了两个奖项？"

"嗯，一个是你的最佳女主角，另一个是最佳改编剧本……"他眯起眼睛来。

"对对对，我当时还和你说我们那个编剧，也就是原作作者，特别神秘、特别酷来着。平时神龙见首不见尾，从来不去拍摄现场不说，连意见都是网上连麦解决，不仅不出席颁奖典礼，还给剧组打电话让他们把奖杯邮寄给她。"

"嗯，印象深刻。"温喻珩点头。

"最关键的是，那个编剧是我的伯乐！因为我能拿到那部电影的女主角，全是因为编剧指名要我出演，然后我才能拿下最佳女主角奖项，成功摘了'花瓶'的称号，打了一个特别漂亮的翻身仗！但是我没有想到那个编剧竟然……"

"所以那个编剧是？"温喻珩看向安树答，心里渐渐明朗。

"我。"安树答淡定地承认。

温喻珩挑眉："你笔名不是大桉树吗？怎么变成答尔文了？"

然后安树答面上露出几许尴尬的神色，解释说："你还记不记得我写小说被有些人骂，然后你帮我对骂一下午的事情？"

温喻珩挑了挑眉："有点印象。"

"后来我又去看了那些话一次，然后觉得那人说得也不是没有道理，我就有点那啥……所以后来我就换了个笔名，就叫答尔文了。然后我觉得这样挺没种的，怕你觉得我胆小怕事好欺负，我就没和你说。"

他笑了："怎么会，我家答答什么时候胆小过？"

"不过嫂子，你为什么会钦点我做女主角呢？当时不管是导演还是正式官宣后粉丝的态度，他们都不觉得我可以演好这个角色的，我被你的那帮热衷读者骂得老惨了。"温优度撇了撇嘴，有些委屈巴巴的。

安树答的记忆回到了半年前。

《杀死乌托邦》是她最新完结的作品，也是拥有最高人气的一部作品，很快就有圈内的一个知名导演联系到她，说愿意出高价买她这部作品的版权，并诚挚邀请她做电影的编剧，但安树答一开始是拒绝的。

她的第一反应是怕电影拍毁了她心疼，毕竟这是她迄今为止最满意、最喜欢、人气也最高的一部作品。

于是那导演就加码，加到后来干脆大方利落地说："只要你点头，条件随便你开。"

那个时候安树答戴着口罩去见了导演。

她遇到过一次温优度，那个时候的温优度出道两年了，凭借得天独厚的美貌优势在娱乐圈小有名气，但无奈一直被贴着"花瓶"的标签。

而安树答看过温优度参演的几部电视剧和电影，其实她演技很好，但因为她的美貌太过出色，再加上有人刻意抹黑她的缘故，观众对她的印象就一直停留在"花瓶"的层面上。虽然安树答不懂娱乐圈那些个套路，但对一些对家买通稿的事情也是有所耳闻的。

但了解温优度的粉丝就更加心疼她，所以娱乐圈对温优度的评价是两极分化最严重的，喜欢她的喜欢得不行，讨厌她的可以不厌其烦地天天骂她。

而恰巧那天温优度出席活动，后来离开的时候被一个不怀好意的人扔了一身的鸡蛋，还被骂是"花瓶"。结果在停车场，安树答又亲眼目睹另一个内地走清纯人设的年轻女艺人对着温优度冷嘲热讽。

温优度上去和年轻女艺人理论，结果被自家经纪人拉走。没办法，那个年轻女艺人在圈内地位比她高，资历比她老，又比她红一点。

安树答听说那个年轻女艺人对《杀死乌托邦》的女主角志在必得，就等着导演把版权谈下来了。

后来安树答上网查了查，才知道那年轻女艺人叫辛栖。

她有点心疼温优度，又有点气不过，当下就给导演打了电话，说她同意，但她有五个硬性要求：一、电影的编剧只能有她一个人；二、电影必须照着她的意见改；三、她不会到场；四、其他演员可以商量，但女主角必须是温优度；五、不可以泄露有关她的任何隐私。

导演犹豫了几天，但没办法，海口已经夸下去，就只好答应。于是，安树答和导演签了一份合同，就那么定下了。

想到这里，安树答对温优度笑了一声："我看过你的电视剧，你的演技很好，只是被黑通稿耽误了。"

温优度立时有些感动："果然是金子总会被看到的。"

安树答笑了一声，然后又嘱咐道："我是答尔文这事保密哦。"

"为什么呀？嫂子你现在可是我们娱乐圈的香饽饽，好多大导演和明星想和你合作呢。"温优度眨了眨眼睛，不解。

安树答叹了口气："没办法，想给我寄刀片的热衷读者更多。"

"哦……"温优度会意一笑，"据说你每写完一部小说就要被粉丝骂一次，因为直到现在，你每一本小说的女主角到后来都会死掉，唯一没死的也和男主角分道扬镳了，结果就成了人气最高、最受欢迎的那本。所以你的热衷读者都怀疑你是不是有什么'厌女症'。"

"所以……"温喻珩刚刚在手机上关注了答尔文的微博和作者专栏，然后按灭了手机，笑问，"到底为什么每次都要把女主角写死呢？"

温优度的视线也一并朝她看过去。

安树答微怔，缓了缓，看着温喻珩，淡淡地回道："也许……是因为愧疚？"

温优度不懂。

但温喻珩却愣住了，愧疚，对谁愧疚？他立刻心知肚明。因为愧疚，所以在虚拟世界里给自己判死刑来赎罪？

可她真的有罪吗？温喻珩从来不觉得，他也从未怪过她。

"我去厨房。"温喻珩有些哽咽。

安树答点了点头。

温优度没发现什么异样，于是又拉着安树答说闲话。

"嫂子，我最近在看各度秋色的小说，你认不认识她啊？"温优度很兴奋。

"知道，但不认识。"安树答摇了摇头。

两人你一言我一语地闲聊着。

温喻珩却在厨房发起了呆，心里一阵痛。

于是，晚上，他的那本《安树答行为准则规范》里又多了一条：她很敏感，你要知道，但别让她知道你知道。

而安树答给温喻珩写下了第一千零七十五封情书——

你看，我总以为我沉在铺满玫瑰的伊甸园里，活在我自己塑造的极致浪漫里，但其实我才是最俗的。我胆怯、懦弱、自欺欺人，那不是铺满玫瑰的伊甸园，只是开满玫瑰的废墟，是我心里不愿承认的虚假繁荣。

"温喻珩，我能给你涂指甲油吗？"

"我明天开庭。"

"我们可以涂透明的嘛。"见有可能性，安树答开始撒娇了。

"我觉得我皮肤够白了，不用多一个部位来反光。"温喻珩继续拒绝。

"好吧……"她悻悻地放弃了，继续抱着薯片看电视。

良久。

温喻珩无奈叹了口气："就涂一根手指，行吗？"

安树答凑上去亲了他一口："我开玩笑的啦，我都没买过指甲油，嘻嘻。"

温喻珩无奈地笑了："答答？"

"嗯？"

"以后别这么听话。"温喻珩搂过她的腰。

"什么？"安树答没反应过来，却被他往怀里一搂，密密匝匝的吻落下来。

温喻珩没告诉她，其实在给她收拾卧室的时候，他在安树答的床头柜那里，见过一瓶银色的指甲油。

两人又厮混了一晚上。

第二天去法庭前，温喻珩遇到了裴源。

他保研，刚巧最近一阵子比较闲。

"珩哥，你这黑眼圈……"裴源眯起眼睛，做起名侦探。

"怎么？"

"晚上节制点。"

温喻珩翻了个白眼："有女朋友的人，很正常。"

他眼角的笑意把裴源伤了个痛彻心扉。

"你和一个医学生说这事，合适吗？"

温喻珩只是耸耸肩，然后拍了拍裴源的肩膀："我是个法学生，没这个机会身受，所以无法感同。所以你还是学会自我消化吧。"

裴源微笑无语。

周四是安树答的毕业典礼。

温优度磨了半天，温喻珩也没同意，理由是："你要去了，我还牵得到我老婆的手吗？"

温优度翻了个白眼，然后冷笑一声说："和你说是给你个面子，反正最后拿主意的是嫂子。"

于是温优度就跑到安树答面前，像块牛皮糖似的抱着她撒娇，翻着白眼左一句"嫂子小宝贝儿，我要去你的毕业典礼"，右一句"嫂子小宝贝儿，你老公欺负我"。

安树答哭笑不得，温喻珩气得半死。

最后安树答还是同意了，因为他们这一届的毕业典礼办得比较晚，时间定在七月上旬，此时大学生都已经放暑假，留校的不多，温优度去了也不会引起多大的轰动。

然后她下一秒就去哄温喻珩。

但温喻珩只是懒洋洋地挑了挑眉，笑得意味深长："那小兔崽子不会如愿的。"

安树答微怔，看着不远处穿着粉色睡衣，盘腿坐在沙发上，正在悠闲地嗑着瓜子复盘自己那部刚开播的偶像剧的温优度，不知怎么，内心默默为温优度捏了把汗。

不知缘由。

直觉。偏偏她的直觉一向很准……

安树答无奈地叹了口气，转头看向温喻珩："毕业典礼我哥也会来，啊，还有柏图哥，你……准备一下？"

温喻珩挑了挑眉，捏了捏她的手指："你老公喜欢临场发挥。"

说完还朝她眨了眨眼。

温喻珩看了眼远处沙发上的温优度，她正在认真地看着电视剧，并没有注意到他们这边，于是痞笑了下，然后就在安树答脸上轻轻啄了一口。

安树答脸红了，然后轻轻捶了他一下，力道很轻："你流氓死了。"

"你最近有点不经撩了。"

"你是在夸自己的撩妹技术长进了？"安树答斜睨他。

"答答……"

"嗯？"

"你晚上写小说吗？"

"写不出来，暂时没有灵感。"安树答想了想，然后摇了摇头。

"那……我给你找点素材？"温喻珩的手已经环上了她的腰肢，笑得不怀好意。

"什么素材？"安树答微愣，没有反应过来，就又被他吻了下嘴唇。

鼻尖全是他身上清新好闻的松木香。温喻珩的气息洒在她耳朵上，痒痒的。

"感官素材……"

一秒后，安树答的脸慢慢地红了……

洛朗大学，北西街校区。

"我们毕业啦！"随着"咔嚓"一声响，学士帽飞向空中，砸出毕业的喜悦与迷茫的双重乐曲，最后淡化为各奔东西的渐弱尾调。

大合照后，毕业生又互相拥抱，拍照留念。

安树答抱着一大束烟粉色的曼塔玫瑰，还是温喻珩送的，今天他终于把四年前没送出去的花送出去了。安树答穿着学士服，不停出汗，一边牵着温喻珩的手，一边给安疏景打电话。

但没打通。

温喻珩就在一旁拿手帕给她擦着汗，温优度则暗戳戳地想把她哥哥从安树答身边挤走。

"咳咳！"身后有人轻咳了一声。

三个人一齐转身，是安疏景和柏图。

咳嗽的是柏图，而安疏景手里拿着安树答的毕业证书和学位证书，想来是刚刚去她院里的学生会那里亲自取的。

但柏图的脸色并不好。

安树答突然明白了什么，她好像忘了温喻珩和柏图第一次见面那次，好像并不愉快。

但温喻珩笑了笑，先松开了她的手，然后走到柏图面前，深深鞠了一躬："柏图哥好。"

柏图怔了怔。

所有人，包括温优度都愣住了。

温喻珩缓缓起身，然后说道："很抱歉，因为一些误会，所以第一次见面给你留下了不好的印象，不奢求得到原谅，但道歉得有。"

柏图脸色立马松了松，然后轻咳了几声，拍了拍温喻珩的肩膀，笑道："小事，过去了。"

安疏景挑了挑眉，看向安树答："行啊，是真的没换。"

安树答笑了一声，走上前去挽住温喻珩的胳膊，然后朝安疏景笑嘻嘻地说："你妹妹从小就比你专一。"

"等等？"柏图挑了挑眉，看向安树答，"有故事？"

安树答摇了摇头："不告诉你。"

柏图笑嘻嘻的："答答，我发现你最近越来越傲慢了。"

"才没有呢。"说着，安树答不自觉又搂紧了温喻珩的胳膊。

温喻珩轻轻捏了捏她的手指，懒洋洋的："我宠的。"

安疏景看了他们一会儿，然后说道："温喻珩？"

温喻珩看向安疏景，轻点头："是的，景……哥？"

"称呼随意。"安疏景抬了抬下巴。

温喻珩点头："好。"

安树答觉得这一刻的温喻珩乖得不得了。

"听说你就住答答隔壁？"安疏景淡淡地问了一句。

"是啊，老天爷给的缘分。"温喻珩笑了，说完看了安树答一眼。

"哥？"安树答有些紧张。

哥哥不会对温喻珩不满意吧？虽然知道哥哥以前挺欣赏温喻珩的，但他俩毕竟分开了四年，其间虽然安疏景没问，但她不知道哥哥会不会因为护短而误会温喻珩不负责任是个负心汉？

不行，她不能让她哥哥误会温喻珩。

"那个，哥，当初是我提的分手，你别怪温喻珩……"

安疏景挑眉，然后淡嗤一声。

一旁的温优度疑惑地问："不是我哥对不起你吗？嫂子小宝贝儿。"

安树答一愣，看向温喻珩。

温喻珩脸色微变，然后懒洋洋地斜睨了温优度一眼："别说了。"

温优度会意，闭嘴。

安疏景这时淡淡开口："安树答，你预判不了我。"

安树答一愣。

柏图在一旁憋笑，安树答也讪讪地闭了嘴。

安疏景的话头又对向温喻珩："一会儿来趟2709，有些话要和你说。"

"好的，景哥。"温喻珩点头。

"家属回避。"安疏景又看向安树答，轻轻挑了挑眉。

安树答的"你想干吗"最终堵在嗓子眼。

安树答不是个喜欢拍照的人，但温优度喜欢，于是就拉着安树答拍了好几张照片。但没过一会儿，过来一个年轻人。

他眸色淡，唇薄，发色浓得像化不开的墨水，那双桃花眼标准到了极点，俊美异常的脸蛋让他显得有些男生女相，只不过一米八几的个头又使他拥有一身压迫感的气场。

他全身上下笼着一层内敛的神秘感，有一种比温喻珩更加捉摸不透的气场，所以安树答对他的第一印象是帅，第二印象是危险。

那年轻人看到安树答时眼睛亮了亮："嗨，你就是优度她嫂子吧？

真人比照片漂亮。"

"谢谢。"安树答淡淡一笑。

那个年轻人伸手："你好，我是喻京南，当然你可以叫我 Lemon。我从小在 M 国长大，所以嫂子姐姐如果叫我 Lemon 的话，我会觉得很亲切。"

说完，他俏皮地朝安树答眨了眨眼睛。

"Lemon？"安树答愣了愣，然后伸出手与他握了握，"你好。"

两人一触即收。

于是她的第三印象是亲切。

"Hello！图图！景哥！"喻京南笑着朝不远处的柏图眨了眨眼。

安疏景"嗯"了一声算是打招呼。

柏图抿了抿嘴，似乎对喻京南有些回避，皮笑肉不笑："我可以不搭理你吗？"

喻京南只是轻轻耸了耸肩，然后看了温喻珩一眼，微点下巴。

温喻珩淡定地挑了挑眉，懒洋洋一笑："快点。"

喻京南眨了眨眼，笑得天真无邪："明白。"

然后他又看了一旁环着胸冷笑的温优度一眼，耸了耸肩，说道："OK，我们不当电灯泡了，你们慢聊。优度，我们走吧？"

"谁要和你走？"温优度白他一眼，脸撇向一边。

喻京南嘴角依旧笑意如常，只是那桃花眼里的笑意又深了几许："亲爱的，我昨天替你被你经纪人骂了半天，打击挺大的。"

"你活该。"

"你粉丝上次朝我扔鸡蛋，我额头破相了，你说会不会留疤？"

他大庭广众之下就揽住温优度的腰，然后撒起了娇。

安树答愣住，她第一次见一个男孩子撒娇。温喻珩则见惯不怪。柏图和安疏景对视一眼，然后双双耸肩。

温喻珩拉过一旁看好戏的安树答："我们走吧，他俩还有事。"

"那优度……不和我们回去了？"安树答被温喻珩拉着手离开。

温优度想跟上去，却被喻京南搂着腰不松手，被他好声好气地磨得半点脾气也发不出来，最后只好缴械投降："我饿了。"

然后下一秒就被喻京南带走。

顶黎世小区。

安树答被安疏景赶到温喻珩家不让出来，安树答即使好奇，现在也是没了办法。按之前在学校的约定，温喻珩被安疏景喊到了隔壁的2709。

安疏景淡定地喝了口茶，抬了抬眼皮，看着坐在沙发对面的温喻珩："温喻珩是吧？"

温喻珩应一声："是。"

柏图在安疏景身边，静静地坐着。

安疏景点点头："你们之间的事情答答都跟我说了。但是我有一件事要跟你说。"

温喻珩点头，没有半分漫不经心："嗯，我听着。"

安疏景又继续道："我妈，也就是答答她妈，她跟你说过吗？"

"叔叔阿姨……在高中离婚的事情吗？答答和我说过。"

安疏景摇头："不是。"

温喻珩愣了一下："嗯？"

安疏景叹了口气："她不会跟你说的，很正常，你也不用因此有心结。这对于她来说，是最深的噩梦。而且她的主治医生和我说过，那个童年阴影是她患抑郁症和疏离型人格的根本原因，纵使她再爱你，也做不到把这个伤疤再次撕开。可你应该有权利知道，所以告诉你这件事的人，或许也只能是我。"

温喻珩点头，直起脊背，没有半分不耐烦，很认真地说："我听着。"

"我妈在答答四岁的时候就去世了，我和她是第一发现人。"

只一句，温喻珩愣住了。安疏景喝了口茶，但手指有些微不可闻地颤抖。

良久，他才继续。

"我妈和我爸当初看似是相亲认识的，实则还是被家里摁头结婚，本质还是包办婚姻，很不幸福，所以后来我妈提出要离婚。但在当时的社会来看，并且，在那个小地方，这是一件不小并且十分有伤风化的丑闻，但偏偏后来，周围的人都知道了……

"所有人猜她是出轨了要和别的男人私奔，所以脏水泼了一桶又一桶，最后多到解释成了狡辩。

"所以我妈受不了世俗的眼光，就选择了离开。"

温喻珩的喉咙哽住。

"但答答那个时候太小，不知道真正的原因。她只听周围的人说妈妈背叛了爸爸，抛弃她了，不要她了，所以从小她就特别害怕被抛弃，也很自卑。这种恐惧几乎是刻在潜意识里的，可能她自己都没有意识到。和我上街时，她会紧紧抓着我衣角……"

安疏景顿了顿，才又继续。

"后来我们后妈来了，人无完人，但后妈已经做得很好了，是个很好很热情的人，对我们很好，也很严格。尤其是答答，因为她是女孩子，后妈不想让周围知道当年事情的人觉得'女儿会重蹈她妈的覆辙'，所以她对答答的成绩要求很严格，而人际圈更严格，她想让答答被所有人看得起。答答从小到大都很听话，成绩一直都很好，所以中考考砸的事情对她几乎是毁灭式的打击。

"但在她最需要安慰的时候，她得到的是我去国外做交换生和后妈恨铁不成钢的责怪，而我爸不说话，只会附和。

"这些她选择不说，只默默承受，因为她一向是个不喜欢麻烦别人的女孩子。但偏偏就是这样，所以大事、小事被她全部压心里，以至于到了后来，再大的事情她也以为是小事，不知道说，不知道发泄。而这些桩桩件件，促成她心理变化的全部原因，我是到了她得抑郁症之后才知道的。

"后来我去了华京，家里只剩她一个人。我不知道那几年家里究竟发生了什么事情，但我知道她得了抑郁症的时候，我很自责。因为我明明知道家里的氛围已经越来越让人窒息，我还把从小就内心敏感的她留在那个压抑的家庭里，让她举目无亲……"

温喻珩的手指握在一起，喉头很酸，说不出话。

"我说这些不是为了让你同情她，从而把保护她作为一种强加在自己身上的责任。我很了解我妹妹，她是不会接受这种弱势地位的。"

闻言，温喻珩抬头，看向安疏景。

"我说这些，是尊重她，也是尊重你。我不知道你会不会在意，但你不该被瞒着。从这一切出发，真正明确自己的内心，想清楚你是否能接受她的伤疤和她的过去。我更希望的是，你在知道她的身世之后，也依然可以继续发自内心地尊重、爱护她，让她平等地站在你身边。原谅我的私心，我就这么一个妹妹，所以与其你们在之后的相处中发现接受不了她的过去，而再伤害她一次，不如在一开始就讲清楚。"

温喻珩声音沙哑：

"其实我隐隐约约有过感觉，我感觉她有一个很沉重的过去。曾经我选择不问是因为我想让她自己告诉我，我不想逼她做任何艰难的决定。但我不知道答答经历了这么多，或许非局中人，无法真正感同身受，但我没有任何一刻比此刻更清楚和坚定：我爱她，爱的不是她的过往，而是单纯她这个人，我爱的不是任何她的附属品，只是现在在我身边的她。我只知道答答值得我最好、最热忱、最真挚的爱。我爱她是因为在和她每一分每一秒的相处后，她让我觉得她是一个永远知道自己热爱什么并着手去做的人，我爱她的清醒独立，也佩服她的清醒独立。也许喜欢一个人是没有理由的，但其实又是有理由的，或许让我喜欢她的理由太多，以至于到了最后，理由只剩下一个——因为她是安树答。

"景哥，我很清楚，我非她不可。"

安疏景点了点头，继续说道："最后一件事，如果有一天，答答不爱你了，或者你不爱她了，就放她走。"

温喻珩说："永远不会有这一天，这是我最坚信的一件事。"

温喻珩回 2710 的时候脸色很不好。

安树答第一反应是安疏景给他脸色看了。温喻珩是个心高气傲的人，但安树答看得出来，因为她的缘故，在她哥哥面前时，温喻珩要多乖有多乖。

但是，她就是心疼。所以她第一反应就是要去隔壁找安疏景算账。

不过她没成功。因为她走过温喻珩身边的时候，被他拦腰扯到了自己怀里。温喻珩紧紧抱着她，死都不放手，把头埋在她的脖颈间，声音都发着抖："对不起，答答。"

安树答怔了一下，没反应过来是为什么，于是依然问道："是不是我哥欺负你了？"

"是我欺负你了。"

安树答彻底不说话了，所以她又错误预判了她哥哥？

后来两人没再说话，温喻珩就那么一直抱着她，从客厅抱到卧室，从墙上吻到床上。

"答答……"

"嗯……"她被他压在床上，吻得有些喘不上气。

"这么多年了……你接吻还是不会换气。"

温喻珩熟练地勾掉她的搭扣，把热气喷洒在她珠玉般润泽的耳朵上："安树答，以后你就算不要我，我也要跟在你身边，死皮赖脸一辈子。"

他抱着她，在她耳边留下这么一句话。

安树答搂着他的脖子，声音断断续续的，笑道："你这样是热脸贴冷屁股。"

"只要你喜欢我，我就不是热脸贴冷屁股。"

"所以……"

"喜欢我吗？我亲爱的答尔文太太？"

"我爱你。"她轻轻回道。

这一晚，温喻珩前所未有的温柔，松木的香气咬着柠檬香。

第二天，换一床床单被罩。他偶尔会亲自上手洗，安树答本来觉得，他这样从小衣食无忧的大少爷不可能会干这种活。

不扔，放洗衣机里已经是他最大的耐心了。

但他就是做了，而且做得很好，就像曾经的他不会做饭，但后来每次都是他做饭一样。

这是第二天安树答写在日记本上的话，但在此之前，她是被一个噩梦吓醒的，顺便连累了搂着她的温喻珩。

他揉了揉眼，懒洋洋地问："怎么了？喊那么大声？"

安树答不说话，温喻珩也不催，就那么等着。

"温喻珩，我刚刚做了个噩梦。"她抬头看他。

"嗯，我在听。"

"我梦到大学的时候，我们班长带着我们班参加一个培训课程。"

"嗯。"他擦了擦她额头上的汗。

"然后那个老师带我们去参观监狱。

"和我们说了很多大道理，他们所有人都同意，但是我觉得那些道理不对，而且很可怕很吓人，那些明明都是反人类的言论。就比如他说杀人是很正常的事情，每个人都要学会。"

温喻珩挑眉，嘴角弯了弯。

"然后我就站出来说，老师你在放屁。"

温喻珩"扑哧"一声笑出来，下一秒抬手给她拨了拨头发。

安树答慢慢从梦里清醒过来，没有那么害怕，也觉得这话现在这么听着确实很好笑，也情不自禁地笑了："这么说着确实很好笑，但是在梦里的时候我真的是很严肃也很害怕的嘛。"

"嗯，我知道，然后呢？"

"然后……我就被追杀绑架,最后还被一个黑衣大汉捅了刀子……"

温喻珩把安树答扯进怀里,亲了亲她的脸蛋:"没事,下次我进你梦里把他解决了,你再进来好不好?这样,我们答答就只能做美梦了。"

"可你这明显不合常理。"安树答佯装瞪他。

"行呗,那我下次不这么安慰你了。"温喻珩不知想到了什么,笑起来,笑得很坏。

安树答抿了抿嘴,看着他,想听听他接下来要发表什么言论。

"我们在睡觉前多花点时间找素材……太累了,就不会做梦了,这倒是有科学依据。"

他的笑容浪荡,痞气十足。

安树答脑子一热,脸就止不住地红了。这……这……这个该死的浑蛋!

"今天是法定假日,"他又开始不安分起来,将热气洒在她耳边,开始循循善诱,"再来一次?"

安树答才不干,推开他,义正词严:"我不干!"

"不用你干……"他笑得毫不脸红,"我干。"

但两人最后没干成,温喻珩要带她去干正事。

安树答听他说"干正事"的时候,以为是要带她去领证,结果黑色的玛莎拉蒂停在了医院的门口。她第一反应是可惜,可惜自己的直觉越来越不准。

第二反应是生气——"温喻珩,你生病了为什么不告诉我?"

结果温喻珩拍了拍裤子上不知什么时候沾上的灰尘,极漫不经心地拉起她的一只手:"带你来去疤。"

她愣了愣,这时才看向自己手上的那道疤。那是高中的时候爸妈争吵,被误伤的。她哥哥之前问过她,要不要去把这疤消了,她嫌麻烦就说算了。

但她没想到温喻珩直接找了医院。

"你是不是嫌我手上的疤丑?"她被他牵着手,问了一句。

然后温喻珩就懒洋洋地回道:"我不能看着你为任何人留疤。"

安树答噎住。

温喻珩和前台的护士打了个招呼,立刻有人带着他们往皮肤科走。

安树答坐在手术室门外,不知怎么鼻尖有些酸,于是低着头不言语,手里的病历单被她捏得皱皱的。

"温喻珩，我想和你坦白一件事。"她深深地叹了口气，然后看向他。眼里是坚定。

"我听着。"温喻珩笑得浪荡。

恍惚间，似乎还是当初那个意气风发的少年。

"有关于我亲生母亲的。"

温喻珩皱眉，但只一瞬，便恢复往常："嗯，我听着。"

"我当初不和你说，一个是因为，那是我的噩梦，另一个是因为，我怕你看不起我。"

"我不会因为你无可奈何的附属物而看不起你，答答。"温喻珩懒洋洋地笑，但话却说得很认真。

"我的亲生母亲，其实在我四岁的时候就离开了。

"妈妈们一个接一个地离开、父亲的沉默、无休止的争吵、哥哥的离开，让我对亲情灰心丧气，所以我开始无限拔高爱情在我心中的地位，直至无以复加。可身边所有人的经验好像都在告诉我，我在异想天开、痴心妄想，毕竟再浓烈的感情也会散。时间长了，我对爱情的态度也慢慢变得可有可无。但直到再遇到你，我发现我还是痴心妄想，或者说，其实我一直在自欺欺人，我还是喜欢你，我一直都喜欢你。很多时候我只是习惯了没有你的日子，但我从未接受过你不在我心里的认知。所以你一出现，我的心脏就渐渐苏醒过来，那时我才反应过来，爱你早已经是我刻在骨子里的了，而且从没有哪一刻那样清晰过。我爱你，我心甘情愿。"

"我也是心甘情愿。"他轻轻捏了捏她的手指。

"温喻珩，我本来只是一个爱拿腔调的文艺青年，直到遇到你，我的清高落了地，在一片世俗的快乐中画地为牢。"

安树答似是觉得扯远了，于是无奈地笑了笑，但温喻珩并不催，只是耐心地等着。

"我妈妈的真名叫连败苏。

"她名字本来的寓意是我外公对我外婆一见钟情，可我妈妈的结局是败俗，败给世俗。

"我的母亲，在一次偶然情况下遇见了一个思想比她身边所有人都开放的酒吧老板娘，一个中意混血的女人，来自西西里岛。因为那次偶然，她发现了她曾恪守的、让她十分难受的那些传统规则到底哪里不一样，一时的热情让她鼓起勇气提出离婚，去追寻自己真正热爱的东西，而后来的事情，你能猜到吧？千夫所指，万人谩骂。

"他们只愿意相信我母亲是个出轨的荡妇，要不然怎么会死犟着要离婚？可他们不知道，我妈妈嫁人是被逼的，她和我父亲提过很多次离婚，是我爸撕了离婚协议书，然后借口逃到了西北，妄图逃避。

"但其实就算他们知道了真相也没用，他们依然会觉得男女之间，契约比精神的契合更重要。

"所以他们的婚姻，本质依然是包办婚姻，只不过用了一种道德绑架的高明手段——'谁到了年龄不结婚'。

"可最后还是我妈，向世俗投了降，服了罪。"

温喻珩把安树答搂进自己怀里，下巴抵着她的额头。

"我后来一直在想，世俗是一条一条先人的规矩垒出来的，祖宗家法，后人就得磕头遵守，凭什么呢？

"祖宗是人，我们也是人，为什么我们不可以有新的看法？为什么我们必须墨守成规？

"可后来又想，如果没有那些世人所恪守的规则，这个世界又怎成方圆？"

"答答，那你现在想通了吗？"他笑了一声。

"想通了。"她轻轻点了点头，笑着看向不远处手术室熄掉的灯。

"传统和规则，本来就是两种东西。"安树答摇了摇头，"怪不得我哥一门心思选了哲学，他比我感悟得早。"

温喻珩懒洋洋地一笑："传统可有可无，规则牢不可破。只是很多人模糊了这个概念，所以总有人为传统前赴后继地卖命，也总有人被世俗的框架束缚手脚，这个问题搁在哪个年代都得不到解决。"他站起来，看向远处从手术室里走出来的护士，转身对着安树答说："答答，到你了。去掉这条疤，你的明天会开始变得幸运。你老公保证。"

那件事结束后，温喻珩带安树答去了一趟意大利的西西里岛。

但事先一直瞒着她。

起因是因为两件事：

一件是有一次周末，安树答睡着午觉，然后做了个噩梦被吓醒了。

"温喻珩，我又做噩梦了。"

"嗯，说说看。"温喻珩把玩着遥控器，百无聊赖地坐在沙发上。

"我梦到有只恐龙穿着我的睡衣在客厅看电视剧，然后把你给我买的零食全吃了。"

温喻珩挑眉。

"然后我上去和它理论。

"它说它是小三，还让我滚，语气可理直气壮了。"

温喻珩无言笑笑，摸了摸她头，把她揽进自己怀里。

另一件事是有一天晚上，温喻珩和安树答在客厅看电视，安树答摆弄着他的手指，怎么看怎么好看，又细又长又白又性感。她突然想到了什么，跳起来，走到卧室里翻箱倒柜了一会儿，又重新回到温喻珩的怀里。

于是，百无聊赖的温喻珩，就看到他家小公主拿着一个圆形的东西，套到他的无名指上。

温喻珩有些好笑地看着她："你干吗呢？"

安树答看着他的手指，欣赏了一会儿，然后表情认真地说："今天你嫁给我吧？"

温喻珩挑眉，没当真，情不自禁地笑了笑："这戒指你什么时候买的？"

安树答笑嘻嘻地说："这是我的耳环。"

温喻珩的脸瞬间垮下去了："果然就是玩玩呗？"

"还以为你真求婚呢，差点就答应了，小没良心的。"他宠溺地刮了刮她的鼻尖。

安树答笑得明媚，脸颊薄红："那……那等我存的定期到日子了给你买个定制的，好不好？"

温喻珩托着腮帮子看她，笑道："行啊，我等着入赘。"

这两件事下来，温喻珩好像忽然意识到了什么，于是立刻作了个决定。傍晚的西西里岛，海风凉爽，海平面上起着阵阵海雾。海风把安树答象牙白的法式长裙轻轻撩起来，露出一截白皙光滑的小腿。及肩的黑色长发混杂着海风的咸腥，带起一阵又一阵的发波。

温喻珩在她背后站着，不知想到什么，看了许久，眼睛都酸了。

她原本是短发，现在是长发。

他眨了眨酸疼的眼睛，上前，把手里的风衣给她披上，又去牵她的手，软软的，一如往昔。

察觉到什么的安树答回头冲着他笑。

"西西里岛……"安树答吹着夜晚的海风，牵着温喻珩的手，颇有些惋惜，"我妈妈的骨灰被她带到了这里，这里是我妈妈灵魂的故乡。"

— 309 —

温喻珩喉结动了动，最后只是轻轻地"嗯"了一声。

"妈——"安树答对着海风喊。

"我不恨你了。"最后一句她说得很轻，是说给自己听的。

她不由得想起初中到高中，她每次都偷偷地瞒着家里人，在连败苏忌日那天，买一枝玫瑰和几支蜡烛，放在早已落满蛛网的石碑前，然后说一句："妈，今年我还是恨你。"

又恨又想，安树答自己也无解，直到今天也无解，但她决定放下了，然后下一秒，她把头埋进温喻珩的怀里，温喻珩抱着她。

良久。

他缓缓地说，声音依旧缱绻而磁性："松个手，你的礼物到了。"

大海击打着礁石，海鸥滑翔着低鸣，远处有人走近。

她松开了抱他的手，向身后看去。

一个长得十分漂亮的女人，漂亮得有些张扬的意大利女人，即使容颜渐衰，也能依稀辨出她曾经的风华绝代。

这个女人穿着月牙白的旗袍，拿着一大束烟粉色的曼塔玫瑰向他们走来。明明张扬无比桀骜不驯的相貌，但偏偏眉眼间有着不符合她身份的忧郁。

她在离他们十米左右的地方停下，和安树答遥相对视。

她们谁都没上前。

安树答天生强烈敏感的直觉告诉她，眼前这个女子，就是那个女人……

她们的对视持续了十秒钟，但那十秒钟，却犹如隔了一个荒唐的年代。

温喻珩走上前，打破两人的对视。

两人用意大利语交流了一会儿，温喻珩点了点头，接过女人手里的玫瑰，然后转身，一步步走向安树答，递给安树答。

那个外国女人深深地看了一眼安树答，然后笑了笑，转身离开。那一瞬间，她眉眼间的忧郁，顷刻间烟消云散。

安树答好像懂了什么，她没去追。

"答答……"

温喻珩在叫她了，她的目光从那抹背影上收回。

"虽然你早答应了，但我知道你喜欢仪式感。"

她看着他，好像意料到他将要说些什么，但整颗心还是为他接下来要说的话而不可抑制地加速跳动。

"花是你最喜欢的。

"人是你最爱也最爱你的。

"戒指是独家定制的……"

他单膝下跪，笑得张扬，表情认真。

"而我家户口本上缺个你。

"给个面子吗？答答？"

她低头看着他，淡笑："只要是你，我愿意。"

后来……

温喻珩的《安树答行为准则规范》依然在不断出台补充条例。哦，值得一提的是，他现在写到第十章第十条了。

他偶尔会"违规"，但又发现"受害人"已经改掉那个习惯了，于是会得寸进尺地再"违"一条规，隔天会再写一条修正过后的行为准则。

而安树答的情书也依然在继续，只是称谓从"他"变成了"温先生"，风格从"我曾经只想溺死在至死不渝的浪漫中，后来遇到你，我发现我也可以拥抱现实"的阳春白雪变成了"温先生喜欢赖床，且一点都不喜欢做饭，但喜欢给我做饭"的稀松平常。

安树答最新的一页情书写的是——

"温先生的牛奶依然热不好，水煮蛋依然是溏心的，温先生依然厚脸皮地说牛奶那样有层次，水煮蛋那样才不噎。温先生现在做早饭不用手机放歌了，他昨天买了个唱片机。"

梦醒了是现实，可原来浪漫一直藏在俗世里。

我曾厌恶这个俗世，嫌它太不浪漫，所以碰到那些人间烟火，我只想逃。

可你让我明白，拥抱现实才是浪漫的开始，浪漫从不与现实脱节。是你吵醒了我的梦，也是你将我从被荆棘捆缚的玫瑰伊甸园中解救出来，让我心甘情愿地落俗，亲吻真正的浪漫。

我也曾害怕现实，所以一直逃避。可后来我发现，玫瑰泛滥的伊甸园里，只是玫瑰的坟茔，那里没有真正的浪漫。

而我也终于明白，你才是我极致浪漫的心之所向。

有人在荒瘠的废墟里野蛮生长只为见见阳光，有人在平淡的日子里暴虐求死只为打破平静，我们生而为人，我们至死都在追求的其实一直都是得不到的、只存在于想象中的乌托邦。

— 311 —

后来玫瑰代表浪漫，废墟代表终结。

我决计终结自己虚无缥缈的浪漫来爱你。

最后，化用王尔德的"爱自己是终身浪漫的开始"，我想说，爱你，是终身浪漫的开始。

—正文完—

番外一

安树答的日记

安树答写情书的那本本子写完了，所以她换了一本新的本子。她的新本子很漂亮，是她喜欢的烟粉色。照例是温喻珩挑的，他给自己挑东西总是很严格，给她挑东西更严格，所以挑了半个晚上吧，最后把购物软件"啪"一下关了，说："我给你弄本定制的。"

他是真的很喜欢独家定制。

新本子是今天下午到的。温喻珩现在在书房和同事交流明天的开庭细节，她就回了2709，她自己的书房。写完后，把本子合上。

后来想着温喻珩明天应该会挺忙的，她就在自己家洗了澡睡了。结果她睡得模模糊糊的……温喻珩就掀开被子钻了进来。

"我能抱你吗？"

"不能。"

隔了一会儿，他又问："我能亲你吗？"

"不能。"她今天真的太累了，就抓着被子死不就范。

她起床气来了。

最后浑蛋没辙，就把她抱回了隔壁的卧室，但终究没有对她做什么。

特别听话。

"你明天不是要开庭吗？"安树答被温喻珩弄醒了，就看着他问。

"我打听了一下明天的对阵律师……"

"嗯？"她打了个哈欠。

"挺差劲儿的。"

"你尊重一下人家。"

"所以我还是认真准备了。"他低头亲了她一口。

隔了一会儿，他抱着她轻声问："明天结束了，回趟浅岸呗？"

安树答睁开了眼睛，看向他："怎么？"

"你婆婆想见你。"

她觉得温喻珩真的是个浑蛋，因为这事儿她一晚上没睡好。

第二天，安树答打了厚厚的一层粉底去了 Radio。她第一个见到的是江曦。大老板正优哉游哉地去往办公室，看到安树答的时候，他很没正形地打了个招呼，然后又仔细看了看她的妆容，啧啧叹一声："温喻珩真是个浑蛋。"

然后安树答想到，因为温喻珩那句话，她一整晚没睡好的事情，就有点气不打一处来，于是点头附和："没错。"然后慢悠悠地往编辑部走了，上班的时候有些漫不经心。

万一他妈妈不喜欢她怎么办？万一他们那种豪门世家接受不了她的出身和过去怎么办？

但事实证明，这一切都是她想多了。

出乎意料的，单涟绛很喜欢安树答。然后温喻珩在她耳边悄悄说了一句"我妈是你的热衷读者"，她脑袋"嗡"一下炸了。

单涟绛真的是个极优雅的钢琴家，时刻都带着淡淡的微笑，而且与外面训练得体的礼仪人员一点都不一样，单涟绛的笑是发自肺腑的，充满生活之美的岁月静好。她轻轻拉着安树答的手去了二楼。温家的书房基本上都是卧室自带的，所以单涟绛带她去了主卧的那一间，那里除了老温先生的各种文件，其余的全是单涟绛买的书。

能看出来单涟绛是个很爱看书的人。很多是国外的小众名著，以及中国的一些著名作家的著作。中国作家里，看得出来她独爱朱光潜，因为在最显眼的地方，放着朱老先生的《谈美》《谈美简史》等美学著作。

而在那些书本旁，安树答看到了自己曾出版的几部小说。单涟绛走上去取下一本，是《杀死乌托邦》。

"我很喜欢这本书，电影也很好看。"单涟绛走向安树答。

"说实话，上了年纪后，我很少会和我老公一起去电影院耐心地看完一部片子。"单涟绛依旧静静地牵过安树答的手，然后带着她往温喻珩的房间走。

"他总是很忙，我也总要去国外接一些公益演出。"单涟绛淡笑着，"但是这部片子例外。后来才知道编剧竟然是我儿媳妇，而且获得了那么大的奖。"

安树答一时觉得有些哽咽。

"每一个喜欢你的人都会为你骄傲的。当时在电影院，我看到有好多年轻人为你的女主角而哭，我也哭了。"

安树答愣了愣，然后试探性地说一句："……抱歉。"

单涟绛笑着摇摇头："这是成功。"

"啊，想起来一件事，跟我来，儿媳妇。"单涟绛想到了什么，站起来，去牵她的手。

她们下了楼。

客厅里，温喻珩在陪他爸打一款游戏，父子俩针锋相对，正打得你死我活。温喻珩抬了抬眼皮，看向从楼梯上下来的安树答，他嘴角勾了勾，向她眨眼的同时，他赢了温开远。

骄傲得不可一世。

温开远很不服气，一句"小兔崽子"刚喊出口就抬眼看到了楼梯上的两个人。他对上单涟绛的视线，然后聪明地话锋一转，变成了："我宝贝儿子真是天纵奇才。"

单涟绛满意地点了点头："老公，你们继续。"

那一刻，安树答仿佛明白了温喻珩的自恋是有家庭基础的。

单涟绛带着安树答去了家里的一间小型放映厅。

于是她见证了温喻珩的成长影片，从出生时的肉乎乎大胖小子，到十三四岁穿着棒球服桀骜张扬的男孩，再到穿着校服，指尖上转着篮球的少年，和同是少年的江辞勾肩搭背。背景音乐是 Richard Marx 的那首抒情意味很浓的 *Now and Forever*。

"这是我曾经的一个梦想。"单涟绛看着影片，淡淡地笑着，有一种发自内心的幸福感，"和我未来的儿媳妇看这样一部纪录片。"

"我也很开心。"安树答笑道，"因为是阿珩。"

"我那宝贝儿子从小就很特立独行，认定的事情一定会去做成，谁都改变不了，但很多事情他又会很有分寸。所以，以后如果你们有了什么矛盾的话，可以吵架，但也希望你们可以去试着谅解对方。这番话我在你来之前，已经和他说过了。"

"当然，我会的。"

晚上，安树答看着从浴室出来的温喻珩，说："你妈好知性优雅。"

然后温喻珩忍不住笑了："那是你没有见过我妈和我爸的吵架现场。"

见安树答微怔，然后温喻珩走过来抱住她。

最近秋老虎很厉害，所以安树答每次出门都要涂完防晒霜再喷一层防晒，然后温喻珩就挤过来蹭她的防晒喷雾，顺便黏着她亲几口。

这个浑蛋比她还能浪费防晒喷雾，凡是暴露在太阳底下的部位，他基本就要抹一层。

安树答翻了个白眼，说："你怎么那么臭美？"

温喻珩继续喷着，然后懒洋洋地回了一句："爱美之心人皆有之，你搁哪本宪法上看过男生爱美有错？"

安树答便气不打一处来："我说的是这个意思吗？你倒是会偷换概念。"

"我错了老婆。"温喻珩二话不说就道歉，然后下一秒懒洋洋地笑着，意味深长地说："要不我给老婆大人个补偿？"

她挑了挑眉"什么补偿？"

"我允许你亲一口你老公的脸。"

安树答毫不犹豫地打他肩膀，他哼唧一声，笑着不再说话。

番外二

温喻珩视角

　　她和我分手了。

　　在我搞定芝加哥大学入学考试回来的当晚，她说她不喜欢我了，还觉得我很烦。

　　我手里拿着她最喜欢的曼塔玫瑰，她真的很喜欢玫瑰花，也真的很喜欢浪漫，可她不喜欢我。

　　这几个月国内根本买不到曼塔玫瑰。

　　所以我找了褚颜午，那家伙的人脉相当广，所以通过他拿到了国外种植基地的联系方式。

　　玫瑰是连夜空运过来的，为此拜托了我爸，才借到了他那架私人飞机。

　　可她看都没看一眼。

　　路边那丛野玫瑰被暴雨打得快死了。我学着她的样子给玫瑰撑伞，又想起来她是个喜欢浪漫的人。

　　那一瞬间，我有一个很中二的念头——只要玫瑰不败，就还有她喜欢上我的可能。

　　我给她打电话，她关机。她说不喜欢我的那瞬间，我觉得是假的，我第一反应是她是不是出什么事了？

我期待她能给我回一个电话，但她没有，她甚至没有出阳台来看我一眼。

我想起来她的日记本掉到了地上，那个时候是午休，她好像睡着了。我想给她捡起来，但在摊开的那一页上，我知道了一件事情，她喜欢一个人——柏图。

我气死了。

所以这么想想，也许安树答是真的不喜欢我的吧？因为她自始至终都不愿意信任我，什么话都不愿意告诉我。

很多事情我都是从江辞那个家伙那里听来的。我永远是最后一个知道的。

我看着十一楼看了很久，可她房间的灯都熄灭了都没有给我回电话。

天亮了，我走了。

衣服全湿了，玫瑰也败了。

嘁，老天爷都在告诉我结果。

她提分手的那一瞬间，我想过要找褚颜午，那个家伙搜集情报的能力真的强得令人难以想象，但转念一想，又算了，因为我心里有气。

不管有没有错，在这段感情里，错的永远是我，我在她面前从来都是自卑的，所以这一次，我不想无底线地低头了。

来到国外的第一年，我很不适应，因为习惯不了宿舍时不时响起的呼噜声。考虑到我的睡眠质量和我对自身隐私的看重，我最后还是听了我妈的建议，结束了宿舍生活，搬进了我爸早给我安排好的公寓。

公寓有一个挺大的院子，院子里有个温室，里面种了很多玫瑰。

如果有机会，可以带她来这里住几天，她一定会喜欢……

啧，又想到她了。

事实证明，独居有独居的好处，比如说不用去为宿舍乱七八糟的关系心烦意乱；但独居也有独居的坏处，比如说，我只要一闲下来就会想她。

我依旧有女生追，甚至有个留学圈里颇有名的交际花，在一场派对上直接问我："怎么才能跟你在一起？"

我就笑了一声，酒精上脑骗她："需要你去趟泰国。"

她吃了一惊："太可惜了。"然后转身走了。

第二天，这件事在整个留学圈都传开了。

我觉得无语。

后来司洛林来看过我一次，那个家伙总是一副闲云野鹤的样子，听说这件事后就嘲笑我："你真能给自己断后路。"

我没说话，懒得理，然后就问他："来这儿干吗？"

他说："谈生意。"

"你不做天文学家了？"

他没说什么，只是把我给他倒的那杯酒一口气干了。

我懂了什么，没再问。

然后他说："温喻珩，你还记不记得欠我一个人情。"

"记得，你和褚颜午一人一个，记着呢。"

"你今天还了吧。"

"怎么还？"

"陪我看场电影。"

"确定吗？"

"确定。"

进了电影院，我才发现那部电影叫《杀死乌托邦》。我妹妹主演的，那个时候想不到这部剧后来竟然得了两项大奖。

我就笑司洛林："你真会给我妹妹捧场，异国他乡还要来看一遍英文版。"

他就笑笑："不是为了女主角，而是为了编剧。"

我就好奇地问："编剧是谁？"

"答尔文。"

"以前没听过。"

"她的偶像。"

"偶像"是谁，我不知道，但"她"是谁，我知道，然后我就说不出话了。

电影结束时，我才说："怪不得你找我陪你看，而不找褚颜午，因为我俩都失恋。"

他拍了拍我的肩膀，说："走了，下次见。"

"再见。"

但是这次电影后，我更加想安树答了。我太想她了，日日夜夜，每一分每一秒都在想她，所以我只能通过学习来麻痹自己。

我只好又辅修了经济学，但再密不透风的学习、作业、实践，只要一闲下来脑海里就全是安树答。

这种思念不断累加，不仅没有淡下去，反而挠得人心里很痒。我再也受不了了，提前修完了所有的学分，拿了毕业证就匆匆买了机票提前一年回了浅岸。

而在重新遇见她的前一天，我找了褚颜午。

很久之后，我问安树答，为什么要重新取笔名叫"答尔文"。她说，答尔文的谐音是答爱温。

她希望有一天如果她出名了，全世界每一次喊她笔名的时候，就是在替她向我告白。

我整颗心脏都为她死掉。

随章附赠——
温喻珩的《安树答行为准则规范》：

第一章第一条 永远不要相信她的口是心非。
第一章第二条 她有多懂事就代表她受过多少委屈。
第一章第三条 她的懂事不是任何人得寸进尺的理由。
第一章第四条 别让她对你懂事，那代表你在她心里一点都不重要。
第一章第五条 她也会耍小脾气，但是不能拆穿她，这是属于女孩子的面子。
第一章第六条 她的笑容一半以上都是违心的。
第一章第七条 "七"是她的幸运数字。
第一章第八条 她没表面上那么乖，也没表面上那么开心。
第一章第九条 和她吵架不能立刻认错，那会让她觉得她刚刚说的话没意义，亲身经历，要隔一个小时再去哄她。
第一章第十条 她永远都和别的女生不一样。
第二章第一条 可以哄着她，但别惯着她，总有一天她会觉得自己是个废物。
第二章第二条 她很敏感，你要知道，但别让她知道你知道。
第二章第三条 吵架可以，别提她禁忌。
第二章第四条 她喜欢真心实意的夸奖，她没有的就别敷衍她，她会知道，她会难过。

第二章第五条 凡事别催她，对她用多少分的耐心都不为过。

第二章第六条 她喜欢柠檬味的东西，但不喜欢柠檬。

第二章第七条 别夸她可爱，她其实是个酷得不行的女孩子。

第二章第八条 比起甜，她更喜欢咸和酸的，但她最讨厌酸辣。

第二章第九条 让她有安全感，让她相信你。

第二章第十条 她一本正经回答你问题的时候，就是在撒谎。

第三章第一条 她的主动等于喜欢，喜欢等于迷恋。

第三章第二条 她沉默不代表生气，有可能是在纠结。

第三章第三条 她笑得越灿烂越代表有大事发生（待验证）。

第三章第四条 她每次接吻都不会换气。

（有待观察补充）

番外三

调皮基因

　　温寻安特别喜欢她舅。

　　但安疏景特烦他这个小外甥女。

　　因为小时候家里大人不大管他和安树答，以至于他小时候拉扯他那个烦人精妹妹的时候，经常是一桶泡面加一瓶矿泉水，把她留家里自生自灭，他自己干自己的事情去。可是安树答小时候特别调皮，很爱闯祸，最后安廉江回家发现了，第一个骂的就是安疏景，怪他怎么没有带好妹妹。

　　以至于他对亲妹妹一直颇有微词。

　　他一直以为安树答那惹祸精很晚熟，压根儿不知道早熟哥哥心里的斤斤计较。因为她该惹的祸仍旧惹，比如把连败苏的高跟鞋拆了，最后发现和她那些玩具不一样，拼不回去，哭哭唧唧跑去找哥哥。安疏景看着那已经成了破烂的高跟鞋，气不打一处来。但是当时的安树答是个小傻瓜，一点不懂到底怎么了，反正连败苏不会生气，因为脾气好，而安廉江不会骂她，只会认为是安疏景的错。

　　大人生气了，有哥哥顶着，她只难过只心急为什么拼不回去了。

　　破天荒，安疏景第一次把她骂了一顿，把她骂得一愣一愣的，说不出话来，她哭得抽抽噎噎，跑走了。

后来她半天不着家，安疏景就急了，出去找，最后在一处垃圾桶那里把她找到，拎着她后衣领把她带回家。他看着她灰头土脸的样子气不打一处来，问："你跑垃圾桶那里去干吗？"

"你不是不要我不理我了吗？一般不要的东西都是丢垃圾桶里的。"她哭哭啼啼的。

安疏景一边给她擦眼泪，一边说她："真是烦人精。"

"骂你不是故意的，都是因为你闯祸了。"

"那你还说我混吃等死。"安树答泪眼汪汪地看着他。

"这不是事实吗？"安疏景不解，认真地说。

安树答嘴巴一噘，哭得更凶。

安疏景发誓他不再凶他亲妹妹了，但是发现她哭完之后又很乖，于是又默默把那个誓言从记忆细胞中"剔除"。

安疏景的损人功夫就是这么养成的，见到小孩子就跑也是由于这一阵的心理阴影。他从小就养成了根深蒂固的思想：小孩子什么的，简直是他安疏景的克星。

在温寻安四岁的时候，她那不负责任的爹妈把她丢给安疏景，要他帮忙照看一个星期，两人则跑去成都甜甜蜜蜜过二人世界去了。

把温寻安打包带来的是柏图。彼时安疏景在华京，刚结束一个哲学课题，一开门就看到被柏图抱着的温寻安，眼皮一跳，感觉有不好的事情发生。温寻安抱着干舅舅柏图的脖子，看着亲舅舅"吃小孩"的眼神，往柏图怀里钻了钻。

"安树答，你们这什么情况？"安疏景把自己锁在阳台，给那个没良心的亲妹妹打着电话。

"哥，麻烦你照顾一下小寻安，就一个星期，就一个星期，我和阿珩有点急事。"

"急事？你的急事是不是有个昵称叫二人世界？你发的那条腻腻歪歪的朋友圈是不是忘记屏蔽我了？我是你家保姆？你但凡说谎打个草稿……"

"怎么可能？我肯定屏蔽了啊……"

安疏景一愣。

"啊！不是不是！哥，你带一下她吧。你看你一个人在外地孤苦无依的，做妹妹的心疼你才让宝贝女儿过去给你送温暖……"

"她爷爷奶奶不能照顾她吗？一定要我来带？还有，不劳你操心。我警告你，下次再敢先斩后奏，我把你闺女扔回去。"

"你不会的，哥。啊，对了，小寻安不吃辣，你别忘了啊。"安树答笑着，只答了这么一句。

"你到底是怎么把她生得和你一个德行的？"安疏景不齿，看向客厅里和柏图相处得不亦乐乎的温寻安。

"不知道啊，哥，你要不给你高中生物老师打个电话问问呢？"安树答笑着回敬。

"安树答！"

"拜托拜托啦。"说完，安树答就挂了电话，手里拿着温喻珩买的厚乳拿铁，冲他笑了笑，"我哥同意了，我听出来他挺开心的。"

温喻珩挑了挑眉，食指扶了扶鼻梁上的墨镜："你怎么知道的？景哥语气这么凶。"

"兄妹之间的心有灵犀啦，他就这副花架子。"安树答笑得温柔。

温喻珩刮了刮她的鼻子，叹了口气："想我闺女的第一天。"

"回去就见到啦，让小寻安陪陪她爱损人的亲舅舅。我哥带孩子不靠谱，还有柏图哥在呢，没准就负负得正了。"安树答笑了笑，拉着他的手，"走啦，我们去逛逛，优度喊我给她带麻辣兔头。"

干舅舅为了多看几眼他的干外甥女，想要把小寻安接他自己家里去，但是亲舅舅不让："亲的在这儿呢，你个干的靠边。"

于是柏图特地脸皮厚地搬了过来。

三天后。安疏景看着腿上毛茸茸的小家伙，一脸嫌弃地和安树答打这三天的第十次吐槽电话："安树答，我到底是作了什么孽，要给你看孩子？"

"哥，你最好了。"

"我不好，一点都不好。"

"舅舅……"温寻安抱着安疏景蹭了蹭。

"温寻安，你是不是想要尿尿？"安疏景挑了挑眉毛。

温寻安眨着大眼睛看他，然后迟钝地点了点头。

安疏景看了她几秒，眼睛眯起来，挂断电话，转头就朝楼上喊："柏二图！"

一个星期下来，温寻安吃饭是柏图喂的，洗澡水是柏图放的，衣服是柏图买的，游乐园是柏图带着去的，睡前故事还是柏图念的，想爸爸妈妈哭了还是柏图哄的……

亲舅舅突然觉得带孩子其实也蛮轻松的，以至于安树答和温喻珩飞来接孩子的时候，他点点头，说："以后没事，可以把她送来。"

安树答狐疑地看了安疏景好几眼，最后蹲下来，看着温寻安，认真地问："舅舅对你好不好？"

"超级好！"

安疏景骄傲地抬下巴："你闺女比你诚实多了。"

在公司开会的柏图打了个喷嚏。

温喻珩抱着女儿，但笑不语，随后问："爸爸好还是舅舅好？"

温寻安没有立刻回答，而是皱着眉头思考了一会儿，最后抱住温喻珩的脖子："那还是……爸爸好吧。"

安树答无奈地摇了摇头，和安疏景打了个招呼离开，无视温喻珩这幼稚的攀比行为。

但是温喻珩就不乐意了，因为亲闺女犹豫了，辜负了她亲爹的殷切期待。

于是最近几天，每天下午三点半，珩合律所的律政精英们都能看到温喻珩踩点接回自己的女儿。

忙的时候就交给忙里偷闲的人带，大家接杯茶的工夫，总爱逗她。

隔了几天，温喻珩问："小寻安，你觉得谁最好？"

"张加娜阿姨吧，她的糖果好好吃。"

温喻珩又问："那她好还是爸爸好？"

温寻安犹豫几秒："那还是……爸爸吧！"

温喻珩不开心了。

一连几天，温喻珩就发现自家闺女变心快。

他比较过很多人，闺女"现阶段的心上人"一直变，没个准头，但想想他还是能占那个第二，也就还好。

第一是亲妈。

只是闺女那股调皮劲就不知道遗传谁了，总能在家里的犄角旮旯里搜到玩具们的碎零件，以及芭比娃娃东一件西一件乱丢的衣服。

以至于打扫温喻珩办公室的清洁工很是苦恼。

温寻安隔三岔五地调皮捣蛋，拿着水彩笔在房间的墙上搞激情创作，书房里不是没有复印纸，但她不用。偶尔还要抱着玩具熊穿梭在2710和2709的各个衣柜里，害得安树答找她半天，最后在衣柜里发现了睡着的她。

安树答哭笑不得地把她抱回房间，到了晚上还要向温喻珩甩锅："看吧，温喻珩，你女儿都是遗传的你的调皮基因。"

不熟悉安树答童年的温喻珩无奈地叹了口气，非常苦恼：为什么闺女没有遗传到她妈妈的半分温柔？

最近温寻安又被温优度接了过去，她对摄影棚那些奇奇怪怪的东西非常感兴趣，拿着化妆台上的各种粉扑，学着周围人往脸上拍，人家拍脸，她拍嘴，结果吃了一大口粉，然后被温优度捉过去，拿着纸巾给她胡乱擦，最后温优度发现自己给搞砸了。

温优度往旁边玩手机的人身上看了一眼，抬脚，踹一下："喻京南，带小寻安去洗个脸。"

"喊老邬。"他皱眉忙着工作。

温优度眉头一皱。

温寻安见状，抱住温优度的天鹅颈："呜呜呜，我不想要他做我姑父！"

喻京南一个激灵摁灭了手机，把她从温优度怀里扯出来，抱着她就往厕所跑："小寻安乖。"

温优度非常喜欢温寻安这鬼机灵劲，在保姆车里轻轻捏了捏她的脸："小寻安，姑姑教你跆拳道怎么样？"

"好玩吗？"

"很好玩。"

"那可以！"

最近几天褚司司不大来找温寻安玩了，安树答觉得奇怪，想着两人是不是吵架了，于是牵着温寻安的手问："你是不是和司司哥哥闹不愉快了？"

温寻安摇摇头："司司哥哥不扛打，我让他回去练练再找我。"

安树答不懂，但温喻珩表示很欣慰。

放年假前，惯例是Radio杂志社的年会。

但是安树答不想去，她看了看旅游名录，想和温喻珩去卡尔顿山看爱丁堡的日出和日落。

这个旅游名录是之前一个新认识的朋友给她的，对方也是个女生，长着一张高级脸，气质很飒爽很优雅，做过模特，现在是一家香水工作室的老板，这个香水品牌叫 Kiss more。温优度当年事业低谷期的时候给他们做了代言，后来重回巅峰后，连带着 Kiss more 的知名度也翻了个倍，于是创始人被邀来杂志社做采访，安树答刚巧在采访现场。两人就是这么认识的，聊了聊发现挺投缘。对方虽然长得犀利不好惹，但是脾气是真的很好，说话也和声细语却字字有着独特腔调，还送了安树答一瓶自调的香水小样。

　　聊上后，她得知安树答喜欢旅游，就把自己这些年去过的地方列了个清单给安树答。

　　安树答拿着清单给江曦打电话，问大老板："老板，请问年会可以带家属吗？"

　　江曦此刻在酒吧闹腾，脑瓜子转了转，说："可以的，但是不可以秀恩爱。"

　　言下之意是你可以带你闺女来，但是不能带温喻珩来气他这个单身人士。

　　安树答欣然答应。

　　于是温寻安小小年纪就有了一项辉煌履历：

　　年仅五岁的时候就代替母亲出席业内时尚弄潮儿的先锋——Radio 杂志社的年度盛典。

—番外完—

后记

说是后记，大概说是一封信更适合。

其实这封信写了很久了，只是一直找不到一个契机发出来。

下面是正文，慢阅。

好像还没有认真地介绍过我自己，但又觉得不该省去这样一个重要的环节。

我是各度秋色，也是你们的阿色。

人间角度，各度秋色。

想要用不一样的角度来写生活中最平常的琐事，喜欢在平淡中爆破的感情流，喜欢轰轰烈烈地相爱，喜欢细水长流的浪漫，喜欢用细节灌糖，喜欢探究两种极端之间的平衡木，想要逐级细究人生的许多层境界，想要写有缺点的完美，想要写每一个问题的辩证两端……

有时真的笔力不够，但每写完一本书，我便觉得离这个世界的真相又近了一步，精神世界的谜题似乎又被破解一道，我的人生哲学好像又完整了一点。

人生哲学是我一生追求的人生课题，风格的形变神不变是我追求的写文境界，至于这两点，依然是正在进行时，或许永远是进行时。

我不算完全的坏，但也确实算不上完全的好，也有过三观不正的青春期，但也感谢生命中遇到的那些人以及会反思的自己，以至于当我的三观从颓丧被扭向积极面时，那感觉……

　　太舒服了！

　　对我自己来说，创作是件很快乐的事情，我欢喜创作前不断查阅资料，为了一个感觉而去亲身体验（当然，这一点绝不会违背任何个人原则）。

　　清醒而自由，这是我对自己的人生要求。即使会有存在偏差的某一时刻，但主骨在，我便永远有反思和拨正的机会。

　　我也欢喜一个个人物蹦入我的脑海中，期待他们在我的笔下一点点成长，一点点立体，一点点栩栩如生，一点点被你们记住，一点点成为部分人深刻的回忆。

　　我更欢喜我的故事被你们喜欢，被你们认可，被你们理性讨论，尤其是我在书里摆出的没有解决的问题在你们的讨论中，甚至是在辩论中渐渐离真理更近一步。

　　这会是我至死都欣喜的成就感。

　　但也要提醒大家，凡是能引起辩论的问题，那么这个问题本身就是未解之谜，可以辩，但不要在这种辩论中固化自己所持的观点，因为逆反心理会让你与问题本身产生一种"同阵营"的联手错觉，类似于一种潜意识绑架。

　　我很高兴我能做一个讲故事的人，也高兴我还有讲故事的灵感和能力。

　　还有，我真的太爱看读者评论了，对我来说，评论区才是"各度秋色"最好的诠释。

　　2021 年 3 月 31 日，《玫瑰废墟》开始连载，当时没有一个读者，让我既挫败又自由。2021 年 8 月 7 日，《玫瑰废墟》正式完结，收藏有四百多，截止写后记的今天破两千，收获了对我来说很多的读者。有过被人夸得天花乱坠的时候，虚浮的滋味让自己都快信以为真，可直到提笔时才发现，自己还是现在进行时。

　　作为"艺术家"系列的第一本书，这或许是我行文最稚嫩的一本书，但不可否认也是写得最淋漓畅快的一本书：无论是安树答抑郁症时期的挣扎，疏离型人格的障碍，还是父母离异期家庭的压抑氛围，安树答退缩又叛逆的心理挣扎，人事、世俗的条条框框对自我原则的压榨，很多时候我并没有多加以思考，而是一气呵成而作，好像我的印象里它就该是这样的——拧巴而挣扎，于痛苦中涅槃、迷茫里思考，从而获得自己的感悟，找到自己的哲学，以及突破重重障碍建立自身对传统与规则的自我认知。在此期间，安树答认识到逃避现实而自建的精神支柱其实是另一种牢笼，我们真正寻找的精神家园应该能够让你拥有直面生活的勇气，而不是让你自欺欺人的白日梦境。愿每个人都能找到那方给予你无限勇气的精神家园，而不是只有美好白日梦和温柔乡的虚假乌托邦，它不会让你真正成长。

但，与其说是安树答的思维变迁，不如说是阿色对自己青春的一场盛大纪念。

其实我的青春很平淡，无甚暴烈，只有枯燥的试卷以及常态的人生，对于学校里的风云人物来说，我更像是一个格格不入也不愿参与的过客。

他们从我的青春里走过，我也从他们的青春里路过，互不干扰。

高中三年，我的认知一直都是这样的，可直到后来才发现，怎么会互不干扰呢？其实一直都在交织，只是就像安树答那样，我不愿意走出自己的玫瑰废墟。

在《玫瑰废墟》里，没有一个人是我，又好像全部都有我的影子，无论男女。

看这封信的你，首先感谢你看到这里，其次感谢你喜欢阿色，感谢你喜欢我讲的一个又一个故事，感谢你喜欢阿色书里的人物。

最后祝你，今夜好梦，明日辉煌。

我们有缘再见。

于苏州记